MONBIJO

Peter Beutler, geboren 1942, ist in Zwieselberg, einem kleinen Dorf am Fuße der Berner Alpen, aufgewachsen. Als promovierter Chemiker war er Lehrer an einem Gymnasium in Luzern. Heute lebt er mit seiner Frau auf dem Beatenberg, hoch über dem Thunersee.

Dieses Buch ist ein Roman. Dennoch sind manche Personen nicht frei erfunden, sondern existierten wirklich. Ihre Handlungen basieren auf einem realen Hintergrund. Darüber hinausgehende Ähnlichkeiten mit lebenden oder toten Personen sind nicht gewollt und rein zufällig. Im Anhang befinden sich ein Personenverzeichnis, ein Glossar und eine Übersicht über die Schauplätze des Romans.

PETER BEUTLER

MONBIJOU

Kriminalroman

emons:

MIX
Papier | Fördert gute Waldnutzung
FSC® C177064

Cäcilienstraße 48, 50667 Köln
info@emons-verlag.de
www.emons-verlag.de

Umschlaggestaltung: Nina Schäfer, nach einem Konzept
von Leonardo Magrelli und Nina Schäfer
Umsetzung: Tobias Doetsch
Gestaltung Innenteil: DÜDE Satz und Grafik, Odenthal
Druck und Bindung: sourc-e GmbH
Printed in Europe 2025
ISBN 978-3-7408-2511-9
Originalausgabe

Lue mal wie d Hündeler hündele mit ihrne Hünd
Dere schöne, schöne grüene Aare naa
D Gynäkologe jogge mit ihrne Dogge der Aare naa
De träffe si d Hünd vom Grichtspresidänte
U zäme jagesi Änte,
Dere schöne, schöne, schöne grüene Aare naa
Dere Aare naa.

»Aare« von Stiller Has (1996)

Schau mal, wie die Hundehalter
mit ihren Hunden spazieren gehen
Der schönen, schönen grünen Aare entlang
Die Gynäkologen joggen mit ihren Doggen der Aare entlang
Dort treffen sie die Hunde des Gerichtspräsidenten
Und zusammen jagen sie die Enten
Der schönen, schönen, schönen grünen Aare entlang
Der Aare entlang.

Übersetzung ins Hochdeutsche

1

Am Dienstag, dem 14. Oktober 1980, um Viertel nach sechs abends, saß der neunjährige Melchior auf der obersten Stufe der vierstufigen Treppe vor einem gepflegten alten Haus in der Junkerngasse. Er verweilte oft dort und grüßte die vorbeigehenden Passanten freundlich. Diejenigen, die ihn kannten, erwiderten seinen Gruß herzlich.

Trotz seinem leichten Autismus konnte Melchior gut mit anderen Menschen kommunizieren. Er war bekannt für seine ausgeprägte Neugier, besonders wenn jemand das Haus betreten wollte. Dann fragte er stets: »Wen möchtest du besuchen? Ich kenne alle Bewohner hier.«

Die meisten reagierten höflich auf Melchiors Begrüßung. Da tauchte ein großer, stämmiger Mann in blauen Arbeitskleidern vor dem Eingang auf und sprach grob: »Geh mir aus dem Weg, du dummer Junge.«

Melchior hatte diesen Mann noch nie zuvor gesehen. Er erhob sich und trat auf den Vorplatz, blieb jedoch in der Nähe, sodass er den Eingang weiterhin im Auge behalten konnte.

Wenig später kam der nächste Besucher zum Haus. Melchior kannte ihn und hieß ihn freudig willkommen. »Guten Abend, Herr Doktor. Eben hat mich ein unhöflicher Herr vertrieben. Ich bekam es mit der Angst zu tun. Wollte er etwa in eine Wohnung einbrechen, vielleicht sogar in Ihre?«

»Vor einer halben Stunde habe ich einen Anruf erhalten, dass es ein Leck in einer Wasserleitung in meiner Wohnung gibt. Ich war gerade mitten in einer Operation, aber glücklicherweise konnte mein Kollege, der mir assistierte, übernehmen. Kannst du mir bitte sagen, wie der Mann gekleidet war?«

»Er sah aus wie ein Handwerker, mit einer blauen Jacke und weiten blauen Hosen.«

»Schon gut, er kam, um einen Wasserschaden in meiner Wohnung zu verhindern.«

Es dauerte eine Weile, bis der Mann in Blau mit einem großen, länglichen schwarzen Sack, den er über die linke Schulter geworfen hatte, das Haus wieder verließ.

Melchior ging nach Hause in das Gebäude auf der gegenüberliegenden Straßenseite und erzählte seiner Mutter, was er beobachtet hatte. Sie beruhigte Melchior und sah darin nichts Außergewöhnliches.

Am nächsten Tag hörte sie im Radio vor den Mittagsnachrichten die Meldung:

Die Stadtpolizei Bern teilt mit:
Seit gestern Abend, dem 14. Oktober 1980, wird Dr. Pedro Gyger vermisst. Er meldete sich gegen 18 Uhr in der Frauenabteilung des Inselspitals ab und gab an, wegen eines Wasserschadens umgehend in seine Wohnung an der Junkerngasse zu müssen.

Vor halb sieben wurde Gyger von einer Krankenschwester der Frauenklinik beobachtet, als er das Tram an der Haltestelle Zytglogge verließ und zu Fuß in Richtung Altstadt ging. Seitdem besteht kein Kontakt mehr zu ihm.

Die Ermittlungen haben ergeben, dass der Telefonanruf eine Falschmeldung war. Die Wasserleitung war nicht beschädigt und musste nicht repariert werden.

Pedro Gyger ist schlank, etwa einen Meter achtzig groß, hat schwarze Haare und trägt eine Brille. Er spricht Deutsch, Französisch, Englisch und Spanisch. Wenn Sie ihn sehen, bitten wir Sie, ihn behutsam anzuhalten und umgehend die nächste Polizeistation zu informieren.

Melchiors Mutter war wie elektrisiert.

»Melchior, zieh dich schnell um, wir müssen sofort zur Polizeiwache am Waisenhausplatz gehen.«

Melchior erkundigte sich, was er anziehen solle.

»Die rote Jacke und die Halbschuhe«, antwortete sie. Auch sie müsse sich noch fertig machen für diesen Besuch. »In einer Viertelstunde gehen wir los.«

»Mit dem Trolleybus?«, fragte Melchior.

»Nein, zu Fuß.«

»Warum müssen wir dorthin?«

Auf dem Weg bereitete Katharina Bratschi ihren Sohn auf das Treffen bei der Polizei vor. Es habe mit dem gestrigen Eindringen des Mannes in Handwerkerbekleidung in das Haus gegenüber zu tun. Ein oder mehrere Polizisten würden ihn fragen, was er genau gesehen habe. »Erinnerst du dich noch daran?«

Melchior versicherte, dass er sich noch genau an alles erinnere. Er würde die Wahrheit sagen und nichts erfinden.

Genau darum gehe es, erklärte die Mutter. Die Polizisten, die ihn befragen würden, wollten nicht wissen, was er darüber denke, sondern lediglich, was er gesehen habe.

Es war kurz nach ein Uhr mittags, als Melchior und seine Mutter bei der Polizeiwache Waisenhaus ankamen. Am Empfang trafen sie auf einen Polizisten, der überrascht war, als sie ihm den Grund ihres Besuchs erklärten.

»Interessant«, murmelte er und griff zum Telefon. Nach einem kurzen Gespräch sagte er: »Jemand wird Sie gleich abholen und zum Wachtmeister der Kriminalabteilung bringen.«

»Kriminalabteilung?«, fragte Melchior seine Mutter leise.

Sie überlegte einen Moment. »Diese Abteilung behandelt Verbrechen, das sind sehr ernste Angelegenheiten.«

Eine junge Frau in Zivil erschien, die sie zum Büro des Wachtmeisters führte. Die Tür war mit »Wachtmeister Theophil Leibundgut« beschriftet.

Leibundgut begrüßte die beiden. »Was habt ihr mir Wichtiges zu berichten?«

Melchior fing sofort an zu sprechen, doch die Mutter legte ihm die Hand auf den Mund. »Lass mich reden und beantworte anschließend die Fragen, die Herr Leibundgut dir stellen wird.«

Leibundgut lächelte und nickte. Frau Bratschi schilderte ihm, was Melchior ihr berichtet hatte.

Mit einem freundlichen Blick musterte Leibundgut Melchior. »War der Mann groß oder klein?«

»Er war sehr groß.«

»Wie groß etwa? Größer als ich?« Er stand auf und stellte sich neben das Pult.

Melchior überlegte. »Vor dem Haus, wo Dr. Gyger wohnt, hat es einen Laternenpfahl. Als der Mann dort vorbeilief, habe ich mir gemerkt, wie groß er ist.«

Leibundgut kniff die Augen zusammen. »Wie bitte? Das musst du mir erklären.«

Hilfesuchend sah Melchior zu seiner Mutter.

»An diesem Pfahl klebt ein roter Aufkleber mit der Abstimmungsparole ›Nein‹«, sagte sie.

»Ja«, rief Melchior aus. »Der Kopf ragte ein wenig über den roten Aufkleber hinaus.«

Leibundgut notierte etwas auf seinem Blatt. »Die nächste Frage, Melchior. War er dick oder dünn?«

»Der Mann war dick und hatte einen Bierbauch.«

»Trug der Mann einen Rucksack oder eine Tasche?«

»Er trug keinen Rucksack, aber eine Tasche, als er reinging.«

»Wie sah die Tasche aus? Welche Farbe hatte sie? Wie groß war sie?«

»Es war eine graue Tasche.« Melchior breitete dabei seine Arme aus, um die Größe zu verdeutlichen. »Etwa so breit und so hoch.«

»Ziemlich groß, oder? War etwas in der Tasche?«

»Das konnte ich nicht sehen.«

»Welche Farbe hatte der längliche Sack, den der Mann trug, als er das Haus verließ?«

Melchior dachte eine Weile nach. »Ganz dunkel oder schwarz.«

»Sehr gut«, sagte Leibundgut. »Ich werde euch jetzt nach Hause fahren, und wir werden uns diesen Laternenpfahl anschauen.«

»Mit dem Polizeiauto?«, fragte Melchior.

»Ja, mit einem Streifenwagen.«

Melchiors Augen leuchteten.

Angekommen an der Junkerngasse, untersuchten Leibundgut und Melchior die Laterne. Leibundgut maß den Abstand zwischen dem Boden und dem Aufkleber. Es waren ungefähr einen Meter achtzig.

»Wie viel ragte der obere Teil des Kopfes über den roten Kleber hinaus?«, fragte Leibundgut.

Melchior zeigte es mit Daumen und Zeigefinger.

»Etwa fünf bis zehn Zentimeter«, schätzte Leibundgut. »Der Mann ist ungefähr eins fünfundachtzig bis eins neunzig groß.«

Leibundgut bedankte sich bei Melchior liebenswürdig und verabschiedete sich.

Für Wachtmeister Leibundgut waren die Informationen wichtig genug, um sie dem Staatsanwalt und Untersuchungsrichter Johannes Felber vorzulegen. Er verfasste einen Bericht und übergab ihn Felber bereits am späten Nachmittag.

Felber erinnerte Leibundgut daran, dass die Ermittlungen zwar in den Zuständigkeitsbereich der Polizei fielen, er als Staatsanwalt jedoch entscheide, ob ermittelt werde und welche Ermittlungen an das Gericht weitergeleitet würden. Bisher liege lediglich eine Vermisstmeldung vor. Erst wenn die Angehörigen Gygers eine Klage einreichten, würde er Ermittlungen einleiten.

Leibundgut fand dieses Vorgehen zwiespältig. Er schlug Felber vor, sich aktiv in diesen Fall einzubringen. Es könne nicht ausgeschlossen werden, dass Gyger einem Verbrechen zum Opfer gefallen sei. Man müsse sich auf die Suche nach möglichen Verdächtigen machen. Leibundgut meinte, dass er bereits jetzt im Frauenspital vorstellig werden und dort nachfragen würde, ob Gyger Feinde habe.

Felber wehrte sich gegen den Vorschlag des Wachtmeisters. Solange keine Klage vorliege, wiederholte er, werde er diesen Fall nicht bearbeiten.

Leibundgut war über Felbers Haltung enttäuscht, doch er musste vorerst auf weitere Ermittlungen verzichten.

In der gynäkologischen Abteilung des Unispitals waren viele entsetzt, dass der junge Arzt plötzlich weg war. Einige hegten einen Verdacht, wer für Gygers Verschwinden verantwortlich sein könnte kurz nach seiner Ernennung zum Oberarzt. Ein anderer Arzt hatte sich ebenfalls für diese Stelle beworben, dessen Identität jedoch nicht öffentlich bekannt gegeben worden war. Die Angestellten der Gynäkologie, angefangen vom Oberarzt bis zur Putzfrau, kannten jedoch seinen Namen.

Es kam zu keiner Anklage. In der Gynäkologie machten Ärzte, Krankenschwestern und Pfleger die Faust im Sack. Dr. Pedro Gyger blieb verschollen, und kaum jemand glaubte, dass er freiwillig abgehauen war. Die Hoffnung blieb, dass die Wahrheit irgendwann ans Licht kommen würde.

2

Der Journalist Wolfgang Balzli veröffentlichte in der Tageszeitung »Berner Blatt« Anfang März 1982 einen Artikel.

Eine Patientin des angesehenen Gynäkologen Markus Walker in Bern war C. G. Die verheiratete Frau litt nach mehreren Unterleibsoperationen jahrelang unter Schmerzen und Depressionen. Der Gynäkologe war der Meinung, dass ihr Leiden psychischer Natur sei, und empfahl ihr wärmstens einen Freund von ihm, den Professor für Psychotherapie Dr. Albert Basler.

Die Behandlung des Professors brachte keine Linderung der Beschwerden von C. G., im Gegenteil. In einem Schreiben, das auf Umwegen an die Zeitung gelangte, beschwerte sich die Patientin über sexuelle Übergriffe seitens ihres Therapeuten.

C. G. schilderte, dass Professor Albert Basler sich regelmäßig halb sitzend, halb liegend auf großen Kissen auf den Boden hockte. Er habe sie immer wieder in die Arme genommen. Sie war so verzweifelt und deprimiert, dass sie jede Form von Trost annahm. Sie lag stundenlang auf ihrem Therapeuten, nur mit Unterwäsche bekleidet. Mehrmals drückte der Professor seinen erigierten Penis gegen ihren Bauch und Rücken. »Als es einmal zu einem Samenerguss kam, sagte er zu mir: ›Nun hast du eine neue Seite unserer Beziehung kennengelernt.‹«

Der Psychotherapeut ließ auch außerhalb seiner Konsultationen, wie C. G. berichtete, sie nicht in Ruhe. »Er telefonierte mir zeitweise mehrmals täglich und belästigte mich mit anzüglichen Anspielungen. Schließlich habe ich mich an Dr. Markus Walker gewandt und ihn gebeten, die Therapiesitzungen mit Albert Basler abzubrechen, was er dann auch tat.«

Dieser Artikel wurde veröffentlicht, um auf Missstände der psychiatrischen Betreuung staatlicher Kliniken aufmerksam zu machen.

Auf diesen Beitrag gab es außer einigen Leserbriefen kein Echo. Der Journalist beklagte sich Wochen später darüber. »Offenbar decken die Verantwortlichen des Berner Universitätsspitals die Verfehlungen einiger Psychotherapeuten, solange sie akademische Titel tragen.«

Die Geschichte mit Carolin Gantenbein war jedoch noch lange nicht abgeschlossen. Der Gynäkologe Dr. Markus Walker machte Carolin Gantenbein darauf aufmerksam, dass es ihm schwergefallen sei, die Therapie mit Professor Basler abzubrechen. Schließlich sei der Professor ein enger Freund von ihm, und er sei auf ein gutes Verhältnis zu ihm angewiesen. Er erwartete von ihr eine gewisse Dankbarkeit.

Carolin Gantenbein verstand das Anliegen von Markus Walker und war bereit, etwas Außergewöhnliches, wie er es selbst bezeichnete, zu tun, um sich bei ihm zu revanchieren.

Das »Außergewöhnliche« verstand sie in keiner Weise, was sie jedoch nicht störte.

An einem etwas verregneten Tag Ende März 1982 fuhr Markus Walker mit ihr in seinem Jeep in den Forst zwischen Laupen und Niederwangen. Es handelt sich dabei um den größten Wald im Berner Mittelland. Auf der Fahrt von Bern dorthin erklärte Walker ihr, warum er diesen ungewöhnlichen Ausflug unternehme. Er sei der Meinung, dass in jeder Arztpraxis ein menschlicher Schädel vorhanden sein sollte, ein echter, nicht einer aus Kunststoff. Ihm fehle jedoch noch einer. Er könnte ihn zwar in einem Beinhaus besorgen, aber das sei verboten. In diesem Forst gebe es eine Stelle, wo Schädel vergraben seien. Ein Geheimtipp für Medizinstudenten und Ärzte.

Es werde behauptet, dass diese Schädel heimlich von Medizinstudenten aus der Pathologie entnommen und dort deponiert würden. Wenn er einen davon ausgrabe, möchte er nicht auffallen. Es wäre am besten, einen Tag mit schlechtem Wetter dafür auszuwählen. Da man nicht ausschließen könne, dass sich Wanderer in der Nähe aufhielten, müsse etwas vorgetäuscht werden. Ein geeigneter Vorwand könnte ein Schäferstündchen sein.

Carolin Gantenbein war schockiert, als der Gynäkologe ihr

das schilderte. »Keine Sorge, es wird dabei nicht zu sexuellen Kontakten kommen. Sie sollten sich lediglich, bevor ich mit dem Graben beginne, bis auf die Unterwäsche ausziehen. Ich verspreche Ihnen, Sie dabei nicht zu berühren, Sie nicht einmal anzuschauen. Sobald ich den Schädel ausgegraben und fachgerecht verpackt habe, können Sie sich wieder ankleiden.« Carolin Gantenbein war beruhigt und stimmte zu, ihm diesen Gefallen zu tun.

Walker und Carolin Gantenbein fuhren weiter in den Forst hinein, bis sie eine abgelegene Stelle erreichten. Dort hielt er den Jeep an und stieg aus. Er öffnete den Kofferraum und holte eine kleine Schaufel hervor. Carolin Gantenbein blieb nicht im Wagen sitzen, sondern zog sich bis auf Büstenhalter und Unterhose aus und beobachtete die Umgebung, während Walker sich daranmachte, den Boden an einer bestimmten Stelle zu durchwühlen. Nach einiger Zeit stieß er tatsächlich auf etwas Hartes. Er grub weiter und förderte schließlich einen menschlichen Schädel zutage. Zufrieden mit seinem Fund, wickelte er den Schädel in ein Tuch und legte ihn vorsichtig in den Kofferraum. Dann zog sich Carolin Gantenbein wieder an. Beide stiegen in den Jeep und fuhren zurück nach Bern.

Etwas, was Dr. Markus Walker von ihr verlangte, hatte sie jedoch nicht beachtet. Sie dürfe über die Dienstleistung, um die er sie bat, »kein Sterbenswort gegenüber Dritten« verraten.

Sie informierte Wolfgang Balzli darüber, jedoch erfuhr Walker nichts davon. Der Journalist versprach ihr, über diese Angelegenheit weder zu schreiben noch sie jemand anderem zu verraten, es sei denn, sie möchte es selbst.

Balzli war jedoch verwirrt, als er die Nachricht von Carolin Gantenbein erhielt. Er hatte den Verdacht, dass Walker etwas im Schilde führte und dabei seine ahnungslose Patientin als Helferin missbraucht hatte.

»Diese Bedenken teile ich nicht«, sagte Carolin Gantenbein. Der Gynäkologe sei eine integre Person, zu der sie volles Vertrauen habe.

Weil Carolin Gantenbein Balzli den Namen des Gynäkologen preisgegeben hatte, ließ er sich nicht davon abhalten, Nachforschungen anzustellen, um herauszufinden, was über Walker noch so bekannt war. Balzli wusste, dass er ein Arzt war, der im Frauenspital der Insel arbeitete und noch keine eigene Praxis betrieb. Das Interesse eines Arztes an den sterblichen Überresten eines Menschen war verdächtig. Könnte es möglicherweise mit dem ungewollten oder gewaltsamen Tod eines seiner Patienten oder Kollegen zusammenhängen? Balzli vermied es jedoch, mit Carolin Gantenbein darüber zu sprechen. Er sicherte aber diesbezügliche Quellenangaben, Dokumente und Notizen in seinem Tresor.

Balzli erinnerte sich an den Fall des Gynäkologen in der Frauenklinik Dr. Pedro Gyger, der Mitte Oktober 1980 verschwunden und nie wieder aufgetaucht war. Durch Zufall kam Balzli in Kontakt mit dem Oberarzt der Klinik, Bert Farner.

Balzli war sich bewusst, dass er als Journalist in dieser Angelegenheit äußerst vorsichtig vorgehen musste, insbesondere im Umgang mit Dr. Farner. Er tastete sich behutsam an dieses Ereignis heran und bemerkte, dass Farner nicht abweisend reagierte.

Ja, er habe den Fall Gyger hautnah miterlebt, erklärte Farner. Wenn das im Oktober 1980 nicht passiert wäre, wäre Gyger jetzt an seiner Stelle.

Balzli erkundigte sich, ob über den Vorfall in der Klinik diskutiert worden sei. »Darüber wurde ausführlich gesprochen. Es gab zwei Lager. Die deutliche Mehrheit war der Meinung, dass Gyger von einem Kollegen ermordet worden war, während eine Minderheit davon ausging, dass er geflohen sei.«

»Geflohen?«

»Ein paar wenige behaupteten, er habe dies aus Angst vor der Verantwortung getan, die als neuer Oberarzt auf ihn zukommen würde.«

»Wurde ein Name eines mutmaßlichen Täters angegeben ?«

»Es wurde eine bestimmte Person genannt.«

»Welche?«

»Sie müssen verstehen, dass ich in dieser Angelegenheit keinen Namen erwähnen darf.«

Balzli nickte verständnisvoll und stellte die nächste Frage: »Haben die Ermittler im Frauenspital etwas unternommen? Haben sie mit den Ärzten und dem Pflegepersonal gesprochen?«

»Mir ist nichts darüber bekannt. Ich sollte darüber informiert sein.«

Balzli fand das unglaublich und erkundigte sich, ob man dieses Verhalten in der Klinik einfach so akzeptiert habe.

»Was blieb uns anderes übrig? Wir sind ein Staatsbetrieb wie die Justiz und Polizei. Da mischt man sich nicht in die Angelegenheiten der anderen ein.«

Er würde gerne in seiner Zeitung einen Bericht über dieses Gespräch veröffentlichen. »Wäre das möglich?«, fragte Balzli.

Farner hatte nichts dagegen. Er würde jedoch gerne den Artikel gegenlesen, was Balzli ihm zusicherte.

Der Artikel von Balzli über das Verhalten der Staatsanwaltschaft und der Polizei im Fall Gyger wurde veröffentlicht. Darin kritisierte er ihre Vorgehensweise. Balzli musste jedoch feststellen, dass kaum jemand Interesse daran zeigte. Es gab keine einzige Leserzuschrift als Reaktion darauf. Auch die Ermittlungsbehörden reagierten nicht auf die Angriffe im »Berner Blatt«.

***

Es vergingen einige Wochen, und Carolin Gantenbein hatte die ganze Angelegenheit bereits vergessen. Doch im Juni erhielt sie überraschend einen Brief.

Bern, Dienstag, 1. Juni 1982

Sehr geehrte Frau Gantenbein
Wir haben Sie am Dienstag, den 30. März 1982, zusammen mit Ihrem Arzt Markus Walker im Forstwald beobachtet. Sie standen neben ihm, nur mit Ihrer Unterwäsche bekleidet.

Eine Kopie dieses Briefes wurde auch an seine Privatadresse geschickt.

Ihr Ehepartner dürfte wenig Freude daran haben. Übergeben Sie uns bitte tausend Franken in einem Briefumschlag. Der Zeitpunkt dafür ist: Mittwoch, der 9. Juni 1982, 10:00 Uhr, im Café Merkur an der Spitalgasse. Dort erwartet Sie eine Frau mit einem blauen Hut und einem blauen Pullover.

Wenn alles wie geplant verläuft, wird die Angelegenheit erledigt sein.

Im Brief fehlte eine Unterschrift.

Nachdem Markus Walker die Kopie des Briefes erhalten hatte, setzte er sich sofort telefonisch mit Carolin Gantenbein in Verbindung. Er nahm Bezug auf das Schreiben und erklärte ihr, dass er ihr gerne die tausend Franken geben würde und bei der Übergabe im Hintergrund dabei sein möchte. Er hoffe, dass die Sache dann vorbei sei.

Carolin Gantenbein war erstaunt über diese Reaktion. »Ich habe doch nichts Unrechtes getan. Ich lebe schon seit Monaten von meinem Mann getrennt. Er hat bereits vor dem Brief die Scheidung eingereicht. Ich schlage vor, die Angelegenheit der Polizei zu melden.«

Walker war damit nicht einverstanden. Er bat die Frau, sein Angebot anzunehmen. Ihr Noch-Ehemann würde diese Situation sonst ausnutzen. Im Eherecht des Kantons Bern spiele Untreue immer noch eine Rolle. Im Prozess würde ihr der Richter dann die alleinige Schuld am Scheitern der Ehe zusprechen, was für sie enorme finanzielle Konsequenzen zur Folge haben dürfte.

Carolin Gantenbein gab schweren Herzens nach.

Das Treffen fand statt. Sie entdeckte die Dame mit dem Hut und dem blauen Pullover sofort. Sie überreichte ihr das Couvert, ohne sie bewusst anzuschauen. Carolin Gantenbein suchte nach Walker, konnte ihn jedoch nicht ausfindig machen. Dennoch setzte sie sich im Café hin und bestellte einen Schwarztee.

Als Carolin Gantenbein wieder zu Hause das Mittagessen zubereitete, erhielt sie einen Anruf von Walker. Er entschuldigte sich dafür, dass er bei der Übergabe nicht persönlich zugegen sein konnte. Er habe jedoch eine Person beauftragt, die das Geschehen beobachtet und heimlich fotografiert habe. Mit Hilfe dieser Aufnahmen konnte er die Verfasserin der Briefe identifizieren. Es stellte sich heraus, dass es eine Prostituierte war, die ihr »Revier« im Forstwald hatte.

Wieder verging eine Woche. Beim Frühstück vertiefte Carolin Gantenbein sich in die Zeitung. Auf der zweiten Seite fand sie einen Artikel mit dem Bild der Frau, der sie am letzten Mittwoch in einem Couvert tausend Franken zugesteckt hatte. Darunter stand:

Gestern Nachmittag wurde eine Spaziergängerin tot im Forstwald zwischen Laupen und Niederwangen entdeckt. Sie wies Kopfverletzungen auf, die zu ihrem Tod führten. Die Polizei geht von einem Gewaltverbrechen aus und bittet alle Personen, die gestern und vorgestern in der Nähe des Wanderweges diese Frau beobachtet haben, sich bei der nächsten Polizeistation zu melden.

Carolin Gantenbein erstarrte beim Lesen der Zeilen. Das Bild der Frau, die ihr noch vor wenigen Tagen gegenüberstanden hatte, lächelnd und voller Leben, war nun das Zentrum einer tragischen Nachricht. Sie konnte nicht glauben, dass diese Frau jetzt tot war, und noch dazu unter solch gewaltsamen Umständen.

Das Bedürfnis, der Polizei ihre Begegnung mit der Frau zu melden, wuchs mit jeder Sekunde. Sie wusste, dass jede noch so kleine Information helfen könnte, dieses grausame Verbrechen aufzuklären. Nach einem tiefen Atemzug griff sie zum Telefon, bereit, ihre Gefühle zu teilen und vielleicht einen Beitrag zur Gerechtigkeit zu leisten.

Im letzten Moment entschied sie sich, zuerst Markus Walker

anzurufen. Sie wies ihn auf das Bild im »Berner Blatt« hin und suchte seinen Rat. Walker war bereits mit dem Artikel vertraut und beruhigte sie, indem er sagte, dass Prostituierte einem gewissen Risiko ausgesetzt seien und sie sich keine Sorgen machen solle.

Vor den Sommerferien versendete die Kantonspolizei Bern ein Communiqué.

Die am Dienstag, den 15. Juni 1982, im Forstwald bei Neuenegg tot aufgefundene Prostituierte wurde eingeäschert und beerdigt. Die Suche nach dem Täter oder der Täterin dieses Verbrechens blieb bisher ergebnislos. Die Ermittlungen zu diesem Kriminalfall wurden zwar heruntergefahren, aber noch nicht eingestellt. Trotz der reduzierten Intensität der Untersuchungen bleibt der Fall offiziell offen, und die zuständigen Behörden halten weiterhin Ausschau nach neuen Hinweisen oder Beweisen, die zur Aufklärung des Verbrechens führen könnten. Die Hoffnung, den oder die Verantwortliche(n) zur Rechenschaft ziehen zu können, besteht weiterhin, auch wenn die Zeit seit dem Vorfall bereits erheblich fortgeschritten ist.

Wolfgang Balzli ließ es sich nicht nehmen, auf das Communiqué mit einem ausführlichen Kommentar im »Berner Blatt« zu reagieren. Er betonte nachdrücklich die Menschlichkeit aller Individuen, einschließlich Prostituierter, und forderte, dass bei Verbrechen gegen sie die Polizei und Justiz aktiv werden müssten, um Gerechtigkeit zu gewährleisten. Balzli kritisierte scharf, dass im vorliegenden Fall anscheinend keine ausreichenden Ermittlungen stattgefunden hätten, was einen schwerwiegenden Verstoß gegen die Prinzipien des Schweizer Rechtssystems darstelle.

Eine veröffentlichte Lesermeinung besagte, dass sich Justiz und Polizei vorrangig um die Anliegen gesetzestreuer Bürger kümmern sollten. Personen, die am Rande der Gesellschaft ständen oder dem Rotlichtmilieu zugehörig seien, sollten nicht in deren Zuständigkeitsbereich fallen.

Balzi ging auf die Stellungnahme mit einem weiteren Kommentar ein.

Dieser Leser vertritt eine sehr spezifische und kontroverse Ansicht über die Aufgaben von Justiz und Polizei. Es ist wichtig, zu betonen, dass die Rechtsstaatlichkeit darauf basiert, dass alle Bürger, unabhängig von ihrem sozialen Status oder ihrer Lebensweise, gleich vor dem Gesetz sind und Anspruch auf Schutz und Gerechtigkeit durch staatliche Institutionen haben. Die Ausgrenzung bestimmter Gruppen aus dem Zuständigkeitsbereich von Justiz und Polizei würde dem Grundprinzip der Gleichheit vor dem Gesetz widersprechen und könnte zu einer weiteren Marginalisierung dieser Personen führen.

Im September 1985 veröffentlichte Wolfgang Balzli einen weiteren Artikel im »Berner Blatt«. Dabei bezog er sich auf seine früheren Ausführungen über den Psychotherapieprofessor Albert Basler und enthüllte neue Details auch über Dr. Markus Walker. Balzli berichtete, dass Walker unter seinen Berufskollegen umstritten sei. Insbesondere sei ihm die Mitgliedschaft im Facharztverband der Gynäkologen verwehrt worden. Zudem seien der Redaktion Beschwerden über angebliche Kunstfehler von Dr. Walker zugetragen worden.

Einige Monate zuvor hatte Walker die Gelegenheit genutzt, seine eigene Praxis in der Monbijoustraße in Bern zu eröffnen, und zwar auf dem Gelände der großen Versicherungsgesellschaft Immobilia. Obwohl er seine feste Anstellung als Oberarzt in der Frauenklinik des Inselspitals aufgegeben hatte, entschied er sich, weiterhin als Belegarzt in dieser Einrichtung tätig zu sein. Dies ermöglichte ihm, seine berufliche Unabhängigkeit zu wahren, während er gleichzeitig seine Verbindungen zum Spital aufrechterhielt.

Der Artikel endete:

… Walker überlässt seine Praxisräume auch seinem indirekten Berufskollegen, dem Psychotherapieprofessor Albert Basler, für

dessen Behandlungen. Baslers Methoden sind höchst ungewöhnlich und stoßen in Fachkreisen auf Kontroversen. Er behandelt Frauen, die an Vaginismus leiden, einer Erkrankung, die durch Krämpfe in der Vaginalmuskulatur gekennzeichnet ist und betroffenen Frauen das schmerzfreie Empfangen eines Penis erschwert. Die Zusammenarbeit zwischen Basler und Walker gestaltet sich reibungslos, und die Überweisung von Patientinnen an den Sexualtherapeuten erfolgt ohne Schwierigkeiten.

3

Aline Wegmüller war eine schöne Frau. Sie war sich dessen bewusst und hatte schon mit siebzehn Jahren den Entschluss gefasst, mit ihren körperlichen Reizen Geld zu verdienen. Diese Entscheidung zahlte sich aus. An ihrem zwanzigsten Geburtstag hatte sie bereits hunderttausend Franken auf ihrem Bankkonto.

Zwei Jahre später kaufte sie sich eine Penthouse-Wohnung im Kirchenfeldquartier. Das erwies sich als eine gute Investition. Die Männer, die sie besuchten, gaben sich von nun an die Türklinke in die Hand. Alle waren zwar schon in die Jahre gekommen, aber durchwegs gut betucht, und sie waren sehr vertraut mit dem Finanzwesen. Aline machte geheime Verträge mit den Großbanken und baute sich ein Netzwerk auf, das ihr Zugang zu exklusiven Informationen und lukrativen Geschäftsmöglichkeiten verschaffte.

Es war Mittwoch, der 23. März 1988, als Aline so richtig auffiel, dass sich ihr Bauch immer mehr wölbte.

»So ein Mist, das sieht ganz danach aus, dass ich schwanger bin«, klagte sie zu sich. »Meine letzten Kunden haben sich auch schon beschwert, wenn mein Ranzen noch größer würde, kämen sie mich nicht weiter besuchen.«

Verzweifelt setzte sie sich auf das Sofa und begann, über ihre nächsten Schritte nachzudenken. Sollte sie die Schwangerschaft austragen und ihr Leben komplett umkrempeln, oder gab es andere Möglichkeiten, die sie in Betracht ziehen sollte? Die Gedanken kreisten in ihrem Kopf, während sie versuchte, eine Entscheidung zu treffen, die für sie die beste wäre.

Aline kam rasch zu einem Schluss: Sie wollte kein Kind, es kam nur eine Abtreibung in Frage. Doch welcher Arzt würde diese durchführen? Eine Abtreibung war nach wie vor illegal. Sie beschloss, ihren Gynäkologen, Dr. Markus Walker, aufzusuchen, da er in solchen Fällen stets eine Lösung wusste.

Walker war sofort bereit, Aline zu helfen. Am nächsten Tag war sie bereits in seinem Sprechzimmer. Die Untersuchung dauerte lediglich wenige Minuten.

»Frau Wegmüller, Sie sind im siebenten Monat schwanger.«

»Ich habe es nicht bemerkt.«

»Nicht bemerkt?« Walker begann zu lachen.

»Ich hatte in den letzten Monaten einen sonderbaren Heißhunger und glaubte, ich hätte mir ein Bäuchlein angefressen.«

»Ich verstehe. Es wäre besser gewesen, wenn Sie früher zu mir gekommen wären. Was wollen Sie jetzt machen?«

»Ich will dieses Kind nicht.«

»Abtreiben geht nicht. Das wäre illegal. Haben Sie schon darüber nachgedacht, ob es andere Möglichkeiten gäbe? Vielleicht finden wir gemeinsam eine Lösung, die für Sie und das Kind am besten ist.«

»Noch einmal, Herr Doktor, mein Entschluss ist klar. Ihnen eilt ja in unseren Kreisen der Ruf voraus, dass Sie unseren Gesetzen trotzen.«

Walker zog die Augenbrauen hoch. »Einen Weg finde ich oft. Aber im siebten Monat geht ein Schwangerschaftsunterbruch einfach nicht mehr, das wäre zu gefährlich für die Mutter. Und es wäre nicht klug für mich. Ihre ›Bekannten‹ dürften bemerkt haben, dass Sie ein Kind tragen. Und sie könnten das weitersagen, und gegen mich würde ein Strafverfahren eröffnet. Nein, eine Abtreibung ist definitiv keine Option.«

Aline war am Boden zerstört. »Herr Doktor, ich bitte Sie inständig. Es muss doch irgendeine Möglichkeit geben. Ich bin bereit, alles Erforderliche zu tun. Geld ist kein Hindernis. Ich kann es mir nicht erlauben, dass dieses Kind zur Welt kommt. Es würde mein Leben zerstören.«

Walker seufzte tief und lehnte sich in seinem Stuhl zurück. »Ich verstehe Ihre schwierige Situation, aber ich kann und werde nichts unternehmen, was das Leben der Mutter und des Kindes gefährdet.« Er blinzelte. »Verlieren Sie nicht den Mut, Frau Wegmüller. Ich habe doch noch ein alternatives Vorgehen in petto.«

Aline sank vor Walker auf die Knie, faltete die Hände und blickte ihn verführerisch an.

»Bitte stehen Sie wieder auf, ich bin schließlich kein Gott«, flüsterte er. »Hören Sie zu, dies ist mein letztes Angebot. Was ich Ihnen jetzt mitteile, muss unter uns bleiben.«

Walker hielt einen Moment inne. Dann schrieb er etwas auf einen Zettel und bat Aline, dies mit ihrer Unterschrift zu bestätigen.

Ich, Aline Wegmüller, bitte Sie, Herrn Dr. Markus Walker, die Geburt meines Kindes einzuleiten. Eine fortsetzende Schwangerschaft halte ich nicht mehr aus. Sie bereitet mir unbändige Schmerzen. Ich bin zutiefst verzweifelt und überlege mir, mir das Leben zu nehmen.

Ich, Dr. Markus Walker, könnte es nicht verantworten, dass Sie, Aline Wegmüller, Suizid begehen. Schweren Herzens entschließe ich mich, Ihrem Wunsch nachzukommen.

Aline machte große Augen, als sie Walkers Notiz las. »Wie das alles ablaufen soll, müssen Sie mir aber erklären.«

Walker nickte und begann, ihr sein Vorhaben im Detail zu erläutern. Er sprach über die einzelnen Schritte und die zu erwartenden Herausforderungen, die sie gemeinsam bewältigen müssten.

»Sie möchten das Kind nicht behalten. Dafür hat der Gesetzgeber heutzutage eine Lösung parat. Sie können das Kind zur Adoption freigeben. Dies müssen Sie unmittelbar nach der Geburt dem Arzt mitteilen, der Ihnen als Geburtshelfer zugeteilt ist. Er wird in Ihrem Einvernehmen ein Formular ausfüllen, das Sie anschließend unterzeichnen müssen. Damit geben Sie Ihr Kind in die Obhut der öffentlichen Hand und verzichten auf alle Rechte und Pflichten, die Ihnen zustehen würden, wenn Sie das Kind als Ihr eigenes anerkennen.«

Walker sah Aline fragend an.

»Genau das ist mein Wunsch. Herzlichen Dank, Herr Doktor«, sagte sie mit einem leichten Nicken, während Walker einige Papiere aus einer Schublade zog und diese sorgfältig auf den Schreibtisch legte.

»Könnten Sie mir bitte das Vorgehen langsam und für mich verständlich erläutern?«, fragte Aline.

»Nur keine Eile. Ich werde jetzt Schritt für Schritt alles erklären.«

Walker sah auf die Uhr. »Heute ist Donnerstag, der 24. März, halb elf vormittags. Die Geburt werde ich erst am Freitagabend auslösen. Am Samstagmorgen werden dann die Wehen eintreten. Wann das sein wird, kann ich nicht genau voraussagen. Wenn es so weit ist, müssen Sie ein Taxi anfordern, das Sie in die Frauenklinik fährt.«

»Also bekomme ich für Freitagabend einen Termin bei Ihnen?«

»Genau.« Er notierte Zeit und Datum auf ein Papier in Visitenkartengröße und überreichte es Aline. »Ich erwarte, dass Sie pünktlich kommen. Ich habe anschließend ein privates Treffen, zu dem ich rechtzeitig erscheinen möchte.«

Walker gab Aline nun mehrere Dokumente über die Medikamente und ihre Nebenwirkungen, die er ihr am Freitagabend verabreichen werde. Sie sollte das in aller Ruhe durchlesen. »Einiges steht darin, was Ihnen möglicherweise unangenehm vorkommt. Zum Beispiel, dass Wehen sehr schmerzhaft sind. Darum herum kommen Sie nicht.«

Um fünf Uhr abends am nächsten Tag läutete Aline bei Walkers Praxis. Er öffnete die Tür und begrüßte sie höflich, er war allein. Er führte sie in das Behandlungszimmer und überreichte ihr die Medikamente. Es waren Tabletten.

Walker gab seiner Patientin nun detaillierte Instruktionen. Er betonte, dass sie ab sofort keinen Alkohol konsumieren und keinen Geschlechtsverkehr haben solle. Aline, die diese Gewohnheiten als selbstverständlich für ihre Abendgestaltung ansah, wollte wissen, welche Auswirkungen dies in Kombination mit den Medikamenten haben könnte.

Walker erklärte, dass er dies nicht mit absoluter Sicherheit sagen könne, da die Reaktionen individuell unterschiedlich seien. Jedoch sei bekannt, dass Rauschmittel und sexuelle Aktivitäten die Nebenwirkungen solcher Medikamente verstärken könnten. Diese Vorsichtsmaßnahme sei daher von großer Bedeutung, und er bat sie eindringlich, sich daran zu halten. »Wenn die ersten Wehen einsetzen – das kann schon sechs Stunden nach der Einnahme oder erst zehn Stunden später passieren –, müssen Sie sich sofort ins Frauenspital begeben, sich dort anmelden und auf die Wehen hinweisen. Die wissen dann schon, was zu tun ist.«

»Soll ich angeben, dass Sie mir Medikamente ausgehändigt haben? Oder soll ich das lieber verschweigen?«

Walker unterbrach sie. »Nein, wirklich nicht, da haben Sie etwas nicht begriffen. Die dort sollen das gar nicht wissen. Es kommt immer wieder vor, dass Frauen ein, zwei oder drei Monate vor der normal erwarteten Geburt plötzlich Wehen bekommen. Darauf ist man in der Frauenklinik vorbereitet. Sie müssen lediglich angeben, dass die Wehen begonnen haben und dass Sie dringend ärztliche Hilfe benötigen. Alles Weitere wird das medizinische Personal vor Ort in die Wege leiten. Ich wünsche Ihnen viel Glück.«

Am Samstagmorgen, den 26. März, begab sich die dreißigjährige Aline in die Notaufnahme der Frauenklinik des Inselspitals in Bern.

»Guten Tag, ich bin schwanger und habe Wehen«, sagte sie zur Frau an der Rezeption.

Diese musterte Aline und sagte: »Ja, man sieht es, warten Sie einen Moment, ich rufe rasch die Stationsschwester.«

Wenig später kam die Schwester, sah Aline von oben bis unten an und fragte: »In welchem Monat sind Sie?«

»So etwa im siebten Monat.«

»Ich bringe Sie zu Frau Dr. Helene Balsiger. Ist das Ihr Koffer?«, fragte die Schwester und deutete auf das Gepäckstück, das neben Aline stand.

»Ja, das ist mein Koffer.«

»Gut, dann folgen Sie mir bitte.« Die Schwester führte Aline durch die Gänge.

Während sie gingen, fragte die Schwester weiter: »Haben Sie schon einmal Wehen gehabt, oder ist dies das erste Mal?«

»Das ist das erste Mal.«

»Keine Sorge, Frau Dr. Balsiger wird sich gleich um Sie kümmern. Sie sind bei ihr in guten Händen. Sie haben übrigens Glück, Dr. Balsiger ist die Oberärztin der Geburtsabteilung und kennt sich in Belangen von Frühgeburten besonders gut aus. Sie hat bereits zahlreiche komplizierte Fälle erfolgreich betreut. Ihre Expertise und Erfahrung werden Ihnen und Ihrem Kind sicherlich zugutekommen.«

Aline antwortete mit einem höhnischen Gelächter. Die Schwester sah die Patientin erstaunt an. »Ich verstehe Ihre Reaktion auf meine Aussagen wirklich nicht. Wo ist denn der Kindsvater?«

»Das geht Sie nichts an«, erwiderte Aline scharf und verschränkte die Arme vor der Brust.

Die Schwester schüttelte indigniert den Kopf und seufzte tief. »Frau Wegmüller, ich versuche nur, Ihnen zu helfen. Es wäre wirklich wichtig, zu wissen, ob der Vater des Kindes erreichbar ist, falls es Komplikationen gibt.«

Aline funkelte die Schwester an und sagte mit eisiger Stimme: »Ich habe Ihnen bereits gesagt, dass das nicht Ihre Aufgabe ist. Konzentrieren Sie sich bitte auf Ihre Arbeit und lassen Sie meine privaten Angelegenheiten aus dem Spiel.«

Die Schwester nickte und machte sich daran, die notwendigen Vorbereitungen für die Untersuchung zu treffen.

Das Gespräch mit der Oberärztin begann.

»Guten Morgen, Frau Wegmüller. Ich habe einige Fragen an Sie. Zunächst einmal, wer hat Sie zu uns überwiesen?«

»Ich bin aus eigenem Antrieb in die Frauenklinik gekommen.«

»Wer ist Ihr Hausarzt oder Ihr Gynäkologe?«

»Ich habe weder einen Hausarzt noch einen Gynäkologen.«

Dr. Balsiger verzog den Mund. Dann nahm sie das oberste

Dokument vom großen Papierstapel auf ihrem Schreibtisch. »Ihre Wohnadresse befindet sich in einem noblen Viertel. Sind Sie dort Untermieterin?«

Ein Anflug von Spott huschte über Alines Gesicht.

»Oder haben Sie das Glück, dort eine eigene Wohnung zu besitzen?«

Aline erhob leicht das Kinn und entgegnete mit einem Hauch von Trotz: »Ich bin die Besitzerin. Es handelt sich um ein Penthouse.«

Dr. Balsiger nickte, als hätte sie eine derartige Antwort erwartet. »Verstehe. Nun, Frau Wegmüller, könnten Sie mir bitte genauer erläutern, was Sie zu uns geführt hat? Welche Beschwerden haben Sie?«

Aline zögerte einen Moment, bevor sie antwortete: »Ich habe seit einigen Wochen starke Schmerzen im Unterleib und ungewöhnliche Blutungen. Meine Freundin hat mir geraten, mich hier untersuchen zu lassen.«

Dr. Balsiger machte sich einige Notizen und sah dann wieder auf. »Haben Sie in letzter Zeit Medikamente eingenommen oder sich einer besonderen Behandlung unterzogen?«

»Nein, weder noch.«

Dr. Balsiger legte den Stift beiseite und sah Aline direkt an. »Gut, wir werden einige Untersuchungen durchführen müssen, um die Ursache Ihrer Beschwerden zu finden. – Ich muss jetzt Ihren Bauch abtasten, machen Sie bitte den Oberkörper frei.«

Nach einer Minute war für die Ärztin die Sache klar. »Frau Wegmüller, Sie sind im fortgeschrittenen Stadium schwanger. Kommen Sie bitte mit mir.«

Dr. Balsiger führte Aline in einen Raum mit vielen Apparaten. »Wir werden jetzt feststellen, seit wann Sie ein Kind unter Ihrem Herzen tragen.«

Plötzlich setzte wieder ein Schub von Wehen ein.

»Die Krankenschwester wird Ihnen eine Injektion verabreichen, wodurch die Wehen für eine gewisse Zeit unterbrochen werden«, erklärte Dr. Balsiger.

»Lassen Sie mich doch jetzt gebären«, bat Aline.

»Jetzt ist das Kind noch nicht reif genug, dass es überlebensfähig ist.«

Aline wurde in ein Zimmer gebracht, wo drei junge Frauen auf ihre Entbindung warteten.

Nach etwa einer Viertelstunde sagte Dr. Balsiger Aline Wegmüller, dass sie ungefähr im siebten Monat sei, plus eine oder zwei Wochen.

Zwei Tage nach Abschluss der Untersuchungen wurde Aline erneut in das Büro von Dr. Balsiger geführt.

In der Zwischenzeit hatte sie mehrere Injektionen, von denen sie annahm, dass es sich um schmerzlindernde Medikamente handelte, erhalten.

»Frau Wegmüller, ich muss ein ernstes Wort mit Ihnen sprechen.«

»Nur zu«, erwiderte Aline in einem arroganten Ton.

»Ihre erste Angabe am Empfang, dass Sie Wehen hätten und schwanger seien, war korrekt. Die Aussagen, die Sie mir gegenüber gemacht haben, waren jedoch eindeutig falsch. Erstens stimmt es nicht, dass Sie vorher keine ärztliche Hilfe in Anspruch genommen haben. Sie waren bei einer Ärztin oder einem Arzt.«

Aline kniff die Augen zusammen. »Wie haben Sie das herausgefunden?«

»Wir haben in Ihrem Körper eine hohe Dosis eines geburtsauslösenden Medikaments festgestellt. Dieses Medikament ist rezeptpflichtig. Sie müssen also in den letzten Stunden ärztliche Hilfe in Anspruch genommen haben. Wer war die Ärztin oder der Arzt, der Ihnen dieses Medikament verschrieben hat?«

»Ich möchte Ihnen das nicht verraten.«

»Das müssen Sie aber. Wir rechnen mit ernsthaften Komplikationen, was die bevorstehende Geburt Ihres Kindes betrifft. Es geht um Ihre Gesundheit, wenn nicht gar um Ihr Leben. Bitte verstehen Sie, dass wir nur dann die bestmögliche medizinische Versorgung gewährleisten können, wenn wir alle relevanten

Informationen haben. Ihre Kooperation ist daher von größter Bedeutung.«

Aline zögerte einen Augenblick. Dann griff sie mit der rechten Hand in die Seitentasche ihrer Hose, zog einen Zettel hervor und überreichte ihn der Ärztin.

»Dies ist eine Kopie, die mir Dr. Walker ausgehändigt hat.«

Dr. Balsiger las den Zettel stirnrunzelnd. Dann schüttelte sie den Kopf. »Dass es so etwas gibt. Was Ihr Arzt, Frau Wegmüller, da getan hat, ist ohne Wenn und Aber kriminell.«

»Ich finde das nicht kriminell. Dr. Walker ist ein empathischer Mensch. Bei ihm stehen die Patientinnen im Mittelpunkt, nicht unsere überholten Gesetze.«

»Darüber diskutiere ich mit Ihnen nicht weiter. Doch eine Frage habe ich noch. Es betrifft Ihre Bildung: Was üben Sie für einen Beruf aus?«

»Muss ich Ihnen das verraten?«

Dr. Balsiger hob eine Augenbraue und sah Aline eindringlich an. »Es wäre in Ihrem eigenen Interesse, mir diese Information mitzuteilen. Es könnte entscheidend für die weitere Behandlung sein.«

»Meinetwegen. Eigentlich habe ich nichts zu verstecken. Zu meiner Bildung: Ich habe das Gymnasium mit der Matura A abgeschlossen.«

»Alle Achtung, dann kennen Sie sich in den alten Sprachen Griechisch und Latein aus. Und was haben Sie danach studiert?«

»Nichts. Ich habe beschlossen, mein Leben zu genießen. Nun betreibe ich ein sehr lukratives Unternehmen.«

»Ohne Ausbildung?«

»Ja, ohne formale Ausbildung. Ich habe mir alles selbst beigebracht, in dieser Sparte ist kaum etwas anderes möglich.«

»Das ist beeindruckend«, sagte Dr. Balsiger nachdenklich. »In welcher Branche sind Sie tätig, wenn ich fragen darf?«

»Ich führe als Einzelunternehmerin einen Escortservice.«

Der Gesichtsausdruck der Ärztin sprach Bände. Nach einer kurzen Pause fand sie ihre Sprache wieder. »Nun wird mir einiges klar. Aber noch nicht alles. Haben Sie bereits darüber nachgedacht, was mit Ihrem bald zur Welt kommenden Kind geschehen soll?«

»Ja, das habe ich. Ich möchte es nicht behalten. Ich wollte nie ein Kind bekommen. Meine Schwangerschaft ist ein unerwünschter Zwischenfall.«

»Verstehe ich Sie richtig, dass Sie das Kind zur Adoption freigeben möchten?«

»Genau so ist es.«

Dr. Balsiger informierte nun Aline, was als Nächstes anstehen würde. »Ultraschallmäßig konnte eine Schwangerschaftsdauer von achtundzwanzig bis neunundzwanzig Wochen festgestellt werden. Nach den üblichen rasch durchgeführten Vorabklärungen wurde versucht, die Wehen zu bremsen, um die Lungen des Kindes reifen zu lassen. Als weiteres Risiko für die drohende Frühgeburt wurde eine Beckenendlage diagnostiziert. Wenn sich das Baby für die Geburt nicht mit dem Köpfchen nach unten in die Schädellage dreht, wird das als Beckenend- oder Steißlage bezeichnet. Etwa fünf Prozent der Babys liegen am Ende der Schwangerschaft mit dem Kopf nach oben in der Gebärmutter. Glücklicherweise beruhigte sich die Wehentätigkeit langsam. Nun müssen wir jedoch weitere Maßnahmen ergreifen, um sowohl die Gesundheit der Mutter als auch die des Kindes zu gewährleisten. Es wird notwendig sein, regelmäßige Kontrollen durchzuführen und gegebenenfalls medikamentöse Unterstützung zu bieten, um eine möglichst lange Schwangerschaftsdauer zu erreichen. Zudem sollten wir über die Möglichkeit eines Kaiserschnitts sprechen, falls die Beckenendlage bestehen bleibt.«

Aline hob den Finger. »Eine möglichst lange Schwangerschaftsdauer? Das möchte ich nicht. Ich habe die Absicht, bald wieder zu arbeiten. Die ganze Angelegenheit hat mir jetzt schon einen happigen Verdienstausfall beschert.«

»Frau Wegmüller, Ihren Verdienstausfall nehmen wir allenfalls zur Kenntnis, aber für uns spielt das keine Rolle. Sie sind krankenversichert und erhalten in unserem Spital Kost und

Logis. Während dieser Zeit ist Ihre Existenz nicht bedroht«, erinnerte Dr. Balsiger in scharfem Ton. »Es geht um das Leben Ihres Kindes. Aus diesem Grund müssen die Lungen des Kindes so weit funktionsfähig sein, dass es im Brutkasten weiter wachsen kann, bis es den Zustand erreicht, den es bei einer normalen Geburt hat.«

»Ich hänge nicht am Leben meines Kindes. Sein Schicksal ist für mich belanglos.«

Dr. Balsiger zog die Augenbrauen zusammen und atmete tief durch. »Frau Wegmüller, ich verstehe, dass Sie sich in einer schwierigen Situation befinden und dass der Verdienstausfall eine erhebliche Belastung darstellt. Dennoch möchte ich Sie eindringlich bitten, die Tragweite Ihrer Entscheidung zu überdenken. Das Leben Ihres Kindes steht auf dem Spiel, und es ist unsere Pflicht, alles in unserer Macht Stehende zu tun, um ihm die bestmöglichen Chancen zu geben. Bitte bedenken Sie, dass es sich hierbei um ein unschuldiges Wesen handelt, das auf Ihre Fürsorge angewiesen ist.«

Aline blickte stur zur Seite. »Ich habe meine Entscheidung getroffen. Ich möchte, dass diese Schwangerschaft so schnell wie möglich beendet wird.«

Dr. Balsiger seufzte und nickte langsam. »Ich versuche Ihre Wünsche zu verstehen, Frau Wegmüller, aber ich muss Sie darauf hinweisen, dass wir als medizinisches Personal eine ethische Verantwortung haben. Ich werde den Fall mit meinen Kolleginnen und Kollegen besprechen, und wir werden gemeinsam eine Entscheidung treffen, die vor allem das Wohl des Kindes berücksichtigt.«

Fünf Tage danach war die Lungenreifung des Kindes abgeschlossen. Eine Verlängerung der Schwangerschaft wäre wünschenswert gewesen, doch die Geburt ließ sich nicht mehr zurückhalten.

Da sich das Kind gedreht und so für die Geburt in die Schädellage mit dem Kopf nach unten gebracht hatte, war ein Kaiserschnitt nicht erforderlich.

Das Kind war ein Junge und wurde gleich in den Brutkasten

gelegt. Ihm wurde der Name Konstantin gegeben. Konstantin stammt aus dem Lateinischen und bedeutet »der Beständige«, »der Standhafte«.

Achtundvierzig Stunden später konnte Aline Wegmüller die Frauenklinik verlassen. Es war Ostermontag, der 4. April 1988.

***

Mit der Entlassung von Aline Wegmüller aus der Frauenklinik war für Frau Dr. Balsiger der Fall Wegmüller/Walker – wie sie die erzwungene Frühgeburt bezeichnete – noch nicht erledigt. Sie erkämpfte mehrere Gespräche mit der Klinikleitung, das letzte davon fand Ende Juni, zwei Wochen nachdem Konstantin aus dem Brutkasten genommen werden konnte, statt.

Dr. Balsiger war besorgt über die Umstände, die zur Frühgeburt geführt hatten, und wollte sicherstellen, dass alle notwendigen Maßnahmen ergriffen wurden, um ähnliche Fälle in Zukunft zu verhindern. Sie bestand darauf, dass eine gründliche Untersuchung durchgeführt wurde, um die Ursachen der Frühgeburt zu klären. Die Klinikleitung stimmte schließlich zu, eine interne Überprüfung einzuleiten und die Ergebnisse mit Dr. Balsiger zu besprechen.

Dr. Balsiger hoffte auch, dass dies zu einer Anklage gegen Dr. Markus Walker führen würde. Es wurde durch die Klinikleitung eine Untersuchungskommission aufgestellt, die bis Anfang Juni einen Bericht vorzulegen hatte. Der Bericht war in der ersten Juniwoche fertig und wurde der Klinikleitung sowie den zuständigen Behörden übergeben. Nun lag es an der Staatsanwaltschaft, die vorgelegten Beweise zu prüfen und gegebenenfalls Anklage zu erheben.

Doch das dauerte und dauerte. Anfang September erhielt der zuständige Staatsanwalt Felber eine Kopie des Berichtes. Da sei etwas schiefgelaufen, las er auf einer handschriftlichen Notiz auf dem Briefcouvert. Der Bericht sei von der spitalinternen Untersuchungskommission an die falsche Adresse geschickt worden.

Verärgert öffnete Felber den Brief. Er fand einen eigenartigen, ja rätselhaften Text vor. Unterschrieben war er von zwei Ärzten, darunter dem Leiter der Klinik, einem Adjunkten, einer Krankenschwester und einem Pfleger.

Felber runzelte die Stirn, als er die ersten Zeilen las. Der Bericht war voller medizinischer Fachbegriffe und Abkürzungen, die ihm nicht verständlich waren. Er fragte sich, ob dies absichtlich so verfasst worden war, um die wahren Umstände zu verschleiern.

Felber fiel am Ende des Schreibens ein mit Schreibmaschine getippter Kommentar des Leiters der Frauenklinik auf.

Ich sehe keine Notwendigkeit, in dieser Angelegenheit eine Anzeige zu erstatten. Man müsste Dr. Walker erst einmal beweisen, dass er an Aline Wegmüller böswillig eine vorzeitige Einleitung der Geburt herbeigeführt hatte. Ganz abgesehen davon, dass das der Wille der Patientin war.

Dem Bericht beigelegt war auch eine von beiden Betroffenen unterschriebene Kopie der Bitte der jungen Frau, der Arzt solle doch frühzeitig die Schwangerschaft beenden.

Felber dachte nach, was er mit dieser Ankündigung anfangen sollte. Seiner Ansicht nach war das eine spitalinterne Angelegenheit, die nicht einfach so mit einem diffusen Text an die Justiz weitergeleitet werden sollte. Dann erinnerte er sich an Wachtmeister Leibundgut. Dieser Kriminalspezialist hatte schon einmal einen Fall untersucht, in dem Dr. Walker betroffen war. Es betraf die Vermisstmeldung des damals neu gewählten Oberarztes der Frauenklinik.

Felber steckte den Bericht mit seiner Notiz in ein Couvert.

Werter Wachtmeister Leibundgut
Ich sende Ihnen einen Wisch des Frauenspitals der Insel. Gehen Sie dieser Sache nach und melden Sie mir zurück, was dran ist. Ich denke, es eilt nicht. Ob eine gründliche Untersuchung angebracht wäre, kann ich derzeit nicht beantworten. Es scheint

mir, dass hier einige Unklarheiten bestehen, die aufgeklärt werden sollten.

Mit freundlichen Grüßen
Felber

Anders als Felber nahm Leibundgut das Schreiben der Untersuchungskommission der Frauenklinik sehr ernst. Vor allem wegen des betroffenen Dr. Markus Walker. Er brachte eine Randbemerkung, eingerahmt mit Rotstift, an: »von einem zwiespältigen Arzt mit einer großen kriminellen Energie«.

Leibundgut war der Ansicht, dass die Vorwürfe gegen Walker gründlich und ohne Vorurteile untersucht werden müssten. Er betonte, dass die Integrität der medizinischen Institutionen auf dem Spiel stehe und dass es unerlässlich sei, die Wahrheit ans Licht zu bringen, unabhängig von den möglichen Konsequenzen für die beteiligten Personen.

Leibundgut begann mit den Ermittlungen – auf seine Art, die insbesondere bei der Justiz umstritten war. Erst einmal begab er sich in die Gebärabteilung des Frauenspitals und fragte herum. Bereits nach einem halben Tag konnte er sich ein Bild des Falls Wegmüller/Walker machen, das – aus seiner Sicht – weit aussagekräftiger war als der dreißigseitige Bericht der Untersuchungskommission. Leibundgut war nicht verwundert, dass es innerhalb der Frauenklinik zwei Lager gab, das eine Walker eher wohlgesinnt, das andere beinahe feindselig ihm gegenüber. Wobei das letztere eindeutig überwog. Für ihn waren die persönlichen Meinungen innerhalb des Spitalpersonals nicht von Belang, Leibundgut interessierte das, was wirklich geschehen war.

Er setzte sich in sein Büro und begann, die gesammelten Informationen zu ordnen. Dabei fiel ihm auf, dass einige Aussagen der Krankenschwestern und Ärzte widersprüchlich waren. Er beschloss, diese Personen erneut zu befragen, um die Unstimmigkeiten zu klären. Leibundgut war bekannt für seine akribische Arbeitsweise und seine Fähigkeit, auch die kleinsten Details zu erkennen, die anderen entgangen waren.

Während er die Unterlagen durchging, bemerkte er, dass Antworten zu bestimmten Fragen fehlten. Er vermutete, dass diese absichtlich zurückgehalten wurden, um bestimmte Personen zu schützen. Dies bestärkte ihn in seinem Vorhaben, die Wahrheit ans Licht zu bringen, egal, welche Hindernisse sich ihm in den Weg stellten.

Leibundgut wusste, dass er sich auf dünnem Eis bewegte, doch seine Entschlossenheit und sein Gerechtigkeitssinn ließen ihn nicht ruhen. Er war fest entschlossen, den Fall vollständig aufzuklären und die Verantwortlichen zur Rechenschaft zu ziehen.

Bald wurde für Leibundgut klar, dass Walker auf gröbste Weise das Gesetz übertreten hatte. Pech war für Leibundgut, dass ausgerechnet zu dieser Zeit, es war Mitte September, sein neuer Vorgesetzter, Hauptmann Robert Aebersold, für einen Monat ausfiel, da er als höherer Stabsoffizier Militärdienst zu leisten hatte. Nun musste Leibundgut eigenmächtig entscheiden und verfasste zu Händen von Staatsanwalt Felber einen Bericht, in dem er eindringlich eine Anklage gegen Walker verlangte.

Felber war gerade daran, Leibundgut schriftlich zu antworten, als er einen Anruf des Leiters der Frauenklinik des Inselspitals erhielt. Es kam zu einem längeren Gespräch, an dessen Ende Staatsanwalt Felber zur Einsicht kam, dass dieser Fall nicht von der Justiz behandelt werden sollte. Felber hätte vor diesem Anruf Leibundgut wohlmeinend daran erinnert, dass nicht ein Kriminalwachtmeister über die Schuld oder Unschuld eines Delinquenten zu urteilen habe, sondern das Gericht. Doch er wollte für seine, Leibundguts, Arbeit danken und hatte ihm versprochen, seinen Rapport genau durchzulesen.

Nun machte er es kürzer.

Guten Tag, Wachtmeister Leibundgut
Vielen Dank für Ihren interessanten Bericht. Nach einem ausgiebigen Gespräch mit dem Leiter der Frauenklinik des Inselspitals bin ich zum Entschluss gekommen, dass der Fall Walker/

Wegmüller von der Staatsanwaltschaft nicht weiter untersucht wird. Ich schätze Ihre Bemühungen und Ihr Engagement in dieser Angelegenheit sehr, doch nach sorgfältiger Abwägung aller Umstände sehe ich keine Grundlage für eine strafrechtliche Verfolgung. Sollten Sie weitere relevante Informationen erhalten, bitte ich Sie, mich umgehend zu benachrichtigen.

Mit freundlichen Grüßen

Felber

4

Am 27. Dezember 1989, einem außerordentlich kalten Mittwoch, hatte Markus Walker seine Altjahresferien in seiner Villa am Romontberg bei Vauffelin begonnen. Gegen drei Uhr nachmittags erreichte ihn ein Anruf von der Arztgehilfin seiner Praxis an der Monbijoustraße. Sie informierte ihn darüber, dass eine kürzlich von ihm operierte Patientin unvermittelt in Ohnmacht gefallen sei. Obwohl sie gelegentlich das Bewusstsein wiedererlangte, war ihr Zustand instabil, und ihr Ehemann äußerte ernsthafte Besorgnis um ihr Leben. Die Arztgehilfin befand sich noch in der Praxis, um administrative Aufgaben und Arbeiten im Labor zu verrichten sowie Telefonate zu führen.

Walker fühlte sich trotz seiner Ferien und der beträchtlichen Entfernung zu seiner Praxis in die Pflicht genommen. Er entschied, dass es das Beste sei, unverzüglich zurückzukehren, um sich persönlich um die Angelegenheit zu kümmern.

Er sagte zu seiner Frau Klara, dass er noch nicht wisse, ob er am Abend rechtzeitig fertig werde, um zum Romontberg zurückzufahren. Er werde sie noch anrufen. Gerade war er damit beschäftigt, die Fensterläden im ganzen Haus zu schließen, um das Innere des Hauses vor der Kälte zu schützen. Es fehlten noch die in der Mansarde. Er bat Klara, dies zu übernehmen.

Er packte seine Sachen und machte sich auf den Weg durch die winterliche Landschaft zurück nach Bern. Die Fahrt gestaltete sich schwierig, da der Schnee ununterbrochen fiel und die Straßenverhältnisse weit entfernt von ideal waren. Doch das Wohl seiner Patientinnen stand für ihn stets an erster Stelle, wie er immer wieder vorgab. Vorsichtig navigierte er durch das Unwetter und hoffte, Bern ohne Unfall zu erreichen.

Walker wies per Autotelefon an, dass die Patientin unverzüglich zu ihm in die Monbijoustraße gebracht werden sollte. Er rechnete damit, sich innerhalb einer Stunde um sie kümmern zu können. Für den Fall, dass sich der Zustand der Patientin verschlechtern sollte, gab er die Anweisung, sie umgehend per Ambulanz in die Klinik »Paradis de Berne« einzuliefern, an der er seit mehreren Jahren als Belegarzt tätig war.

Walker erreichte etwas nach vier Uhr die Tiefgarage seiner Praxis. Im Behandlungszimmer wartete die Patientin bereits. Nach einer gründlichen Untersuchung entschied er, einen Krankenwagen zu rufen. Sie musste in die Klinik »Paradis de Berne« eingewiesen werden. Er begleitete sie im Krankenwagen mit der Absicht, die Operation im Krankenhaus selbst durchzuführen.

Als Dr. Walker den Operationssaal betrat, spürte er die gewohnte Anspannung, die solch kritische Momente mit sich brachten. Das Team nickte ihm zu, ein stilles Zeichen gegenseitigen Respekts und der Bereitschaft, Leben zu retten. Die Patientin lag bereits unter Vollnarkose, ihre Vitalzeichen waren stabil, doch jeder wusste, dass keine Zeit zu verlieren war. Mit ruhiger Hand und fokussiertem Blick schnitt Walker die Bauchhöhle auf, um die Nachblutung zu stillen. Die Operation verlief ohne unerwartete Komplikationen, und nach knapp einer Stunde intensiver Arbeit konnte er den Erfolg verkünden. Die Frau würde überleben dank der schnellen und präzisen Reaktion des gesamten Teams.

Walker verabschiedete sich höflich und bat beim Verlassen des Spitals einen Pfleger darum, ihm eine Flasche Äther mitzugeben, da sein Vorrat in der Praxis erschöpft sei.

Walker ließ sich anschließend per Taxi zurück zu seiner Praxis fahren. Danach fuhr er mit seinem Jeep Cherokee zu seinem Haus an der Lerberstraße. Er parkte das Fahrzeug in der Tiefgarage der Terrassensiedlung.

Das Abendessen nahm er mit einem Kollegen, dem Gerichtspräsidenten Felix Tschabold, den er kurzerhand dazu eingeladen hatte, ein. Den Weg von der Gaststätte Kriminaltango an der Gerechtigkeitsgasse zu seiner Wohnadresse in der Lerberstraße hatte er danach zu Fuß zurückgelegt.

Walker ließ versehentlich ein Buch, das er zuvor in einem nahe gelegenen Laden erworben hatte, in der Gaststätte liegen. Tschabold bemerkte den Verlust, nachdem Walker das Lokal bereits verlassen hatte, und nahm das Buch mit nach Hause. Eine Stunde später, als Walker vermutlich bereits zu Hause war, versuchte Tschabold, ihn telefonisch zu erreichen, jedoch ohne Erfolg. Zwischen halb neun abends und Mitternacht unternahmen auch andere Personen erfolglose Versuche, Walker telefonisch zu kontaktieren.

In der Annahme, dass Walker möglicherweise bereits schlief oder anderweitig beschäftigt war, hinterließ Tschabold eine Nachricht auf Walkers Anrufbeantworter, in der er ihn über den Fund des Buches informierte. Tschabold beschloss daher, es am nächsten Tag erneut zu versuchen.

***

Gegen zehn Uhr abends meldeten Anwohner von Vauffelin, dass ein Haus in ihrer Nähe in Flammen stand. Zwanzig Minuten nach der Alarmierung kam das erste Löschfahrzeug aus Biel am Einsatzort an. Bei Bränden wurde zwar zuerst die Feuerwehr in Vauffelin alarmiert, aber die schaffte es meistens nicht, ein brennendes Haus rechtzeitig zu löschen. Der Kommandant der dortigen Feuerwehr rief dann die Bieler zur Hilfe, weil die besser ausgerüstet waren.

Die Feuerwehrleute begannen sofort mit den Löscharbeiten, um eine weitere Ausbreitung des Feuers zu verhindern. Sie konzentrierten sich als Erstes auf den hangseitigen Teil der Villa, der noch nicht vom Feuer erfasst war. Mit Hochdruck setzten sie Wasserwerfer ein, während weitere Einsatzkräfte aus benachbarten Gemeinden zur Unterstützung herbeigerufen wurden. Die Dunkelheit und die abgelegene Lage des Hauses erschwerten die Löscharbeiten erheblich. Trotz der schwierigen Bedingungen gelang es der Feuerwehr, das Feuer nach einer Stunde unter Kontrolle zu bringen. Die Ursache des Brandes war zunächst unklar und Gegenstand weiterer Untersuchungen.

Die Rettungssanitäter, die zusammen mit den Feuerwehrleuten im Einsatz waren, entdeckten in einem unbeschädigten Teil des Hauses eine verstorbene Frau, die einen toten Hund im Arm hielt und in einem Bett lag. Zur Klärung der Todesursache wurde ihr Körper in das Institut für Rechtsmedizin in Bern überführt.

Des Weiteren sicherte die Polizei eine Flasche Äther im unversehrten Zimmer, in dem die verstorbene Frau aufgefunden wurde.

Bereits nach dem Löschen stellten die Spurensicherer der Kantonspolizei, deren Hauptwache in Courtelary für den Romontberg zuständig war, fest, dass das Haus vorsätzlich in Brand gesetzt worden war. Daraufhin leiteten sie die Suche nach dem Brandstifter ein.

Es wurde versucht, den Eigentümer der Villa, Markus Walker, telefonisch über die Berner Stadtpolizei zu kontaktieren. Der Versuch blieb erfolglos. Infolgedessen begaben sich zwei Polizeibeamte zu seinem Wohnsitz und läuteten mehrmals an der Eingangstür, jedoch ohne Erfolg. Da die erforderliche Zustimmung von Hauptmann und Kriminalkommissär Robert Aebersold, dem zuständigen Offizier der Hauptwache, zur gewaltsamen Öffnung der Tür nicht vorlag, waren die Beamten gezwungen, ohne weitere Maßnahmen zurückzukehren.

Erst um zwei Uhr morgens erteilte Aebersold schließlich die Genehmigung, gewaltsam in Walkers Haus einzudringen. Doch erwies es sich als unnötig, da Walker die Tür in seinem Pyjama öffnete, als es klingelte. Walker wurde aufgefordert, sich anzuziehen und zur Polizeiwache Waisenhaus mitzukommen. Dort wurde er von Wachtmeister Leibundgut verhört.

Das Verhörprotokoll

Anwesend: Theophil Leibundgut, Wachtmeister Kriminalabteilung der Stadtpolizei in Bern und Verhörender (L); Korporal Wenger, Protokollführer; Dr. med. Markus Walker (MW), zu befragende Person.

Dem Ersuchen Walkers, einen Anwalt seiner Wahl hinzuzuziehen, wird nicht stattgegeben, da dies bei polizeilichen Verhören nicht gesetzlich vorgeschrieben ist.

L: Ich begrüße Sie, Herr Dr. Walker, zu einer Vernehmung bezüglich des Brandes Ihres Hauses in der Gemeinde Vauffelin, Romontberg. Es ist wichtig, zu erwähnen, dass in diesem Fall zwei Polizeiorganisationen involviert sind: die Kantonspolizei und die Stadtpolizei Bern. Die Kantonspolizei ist für die Gemeinde Vauffelin zuständig, während die Stadtpolizei für die Stadt Bern verantwortlich ist. Der Besitzer der Villa und seine Ehefrau haben ihren Wohnsitz in der Stadt Bern. Die Kantonspolizei leitet die Ermittlungen und kümmert sich um die Spurensicherung. Sie leitet die Ergebnisse an die Stadtpolizei weiter. Beide Polizeikräfte arbeiten zusammen.

MW: Bedeutet das, dass ich nur von der Stadtpolizei verhört werde?

L: Das steht noch nicht fest. Sind Sie über diesen Brand informiert und wenn ja, seit wann?

MW: Ich habe erst davon erfahren, als mich die beiden Stadtpolizisten abgeführt haben.

L: Das Hauptereignis ist nicht der Brand selbst, sondern dass dabei ein Hund und eine Person ums Leben gekommen sind. Nach unseren Ermittlungen handelt es sich bei dieser Person um Klara Walker, Ihre Ehegattin. Da bereits feststeht, dass der Brand vorsätzlich gelegt wurde, liegt ein Delikt gegen Leib und Leben vor. In diesem Fall sprechen wir von einem Kapitalverbrechen.

MW: (beginnt zu schluchzen) *Meine Frau soll dabei umgekommen sein? Ich kann es nicht glauben.*

L: Es tut mir leid für Ihren Verlust. Ich spreche Ihnen mein herzliches Beileid aus.

MW: Danke.

L: Uns ist es wichtig, den Täter oder die Täterin ausfindig zu machen.

MW: Das wäre sehr hilfreich.

L: Wir ermitteln in alle Richtungen. Es besteht auch die Möglichkeit, dass nächste Angehörige des Opfers die Tat begangen haben könnten.

MW: Das fällt mir schwer zu glauben.

L: Für einen Ermittler ist es irrelevant, was ein Verdächtiger glaubt.

***MW:** Nach Ihren Worten könnte man meinen, dass Sie auch mich verdächtigen.*

***L:** Richtig, ich muss Sie auch in die Liste der Verdächtigen aufnehmen.*

***MW:** Dann müssten Sie Beweise gegen mich haben.*

***L:** Um einen Verdacht zu überprüfen, sind Hinweise erforderlich. Und diese gibt es. Ihr Alibi weist eine Lücke auf.*

***MW:** Bitte erklären Sie mir das genauer.*

***L:** Ein Alibi ist der Beweis dafür, dass eine verdächtige Person sich zum Zeitpunkt der Tat nicht am Tatort befunden hat und daher nicht als Täter in Frage kommt. Leider haben wir keine Informationen darüber, wo Sie sich gestern Abend, 27. Dezember 1989, zwischen halb neun am Abend und Mitternacht aufgehalten haben. In diesem Zeitraum wurde der Brand gelegt.*

***MW:** Das mit der Lücke im Alibi scheint mir weit hergeholt. Immerhin steht fest, dass der Cherokee-Jeep in der Tiefgarage meines Hauses geparkt war.*

***L:** Sie machen es sich zu einfach, Herr Dr. Walker. Das ist kein Beweis dafür, dass Sie sich während dieser Zeit ebenfalls im Haus aufgehalten haben. Nach unseren Ermittlungen könnte das Gegenteil der Fall sein. Uns ist bewusst, dass ein fehlendes Alibi nicht als Beweis für die Tat gelten kann. Aber es reicht aus, um die Tat zu hinterfragen.*

***MW:** Ich müsste mich während dieser Zeit zu meinem Haus am Romontberg begeben und es angezündet haben …*

***L:** Und Ihre Frau umgebracht haben …*

***MW:** Und wie hätte ich das tun sollen?*

***L:** Ich bitte Sie, Herr Dr. Walker. Diese Frage können Sie selbst beantworten. Sie hätten sich ein Fahrzeug besorgen können. Nichts ist einfacher als das.*

***MW:** Da bin ich aber gespannt, wie Sie mir das beweisen können.*

***L:** Um dies zu erreichen, haben wir verschiedene Szenarien. Einen Moment bitte …*

(Theophil Leibundgut zieht Handschuhe an und entnimmt einer Tasche, die er neben sich abgelegt hatte, eine Flasche. Sie ist nicht beschriftet und nur etwa halb gefüllt. Er öffnet sie, tritt auf Markus Walker zu und hält sie ihm unter die Nase.)

L: *Was ist drin?*

MW: *Äther. Warum diese Inszenierung?*

L: *»Inszenierung« ist der passende Begriff. Warum tue ich das? Manchmal ist eine Inszenierung einfach erforderlich. Die Ermittler der Kantonspolizei haben zwei Flaschen im Zimmer entdeckt, in dem Klara Walker tot aufgefunden wurde. Sie haben beide zu uns in die Hauptwache Waisenhaus gebracht.*

MW: *Ich verstehe immer noch nicht, was das mit mir zu tun haben sollte.*

L: *Woher stammt der Äther?*

MW: *Wie soll ich das wissen?*

L: *Herr Walker, Sie haben Zugang zu Äther. Es ist eine reine Chemikalie, die nur von Arztpraxen, Apotheken und wissenschaftlichen Laboren bezogen werden kann. Ich gehe davon aus, dass Sie den Äther beschafft haben.*

MW: *Beweisen Sie mir das!*

(Leibundgut schüttelt den Kopf.)

L: *Noch etwas ließ mich nachdenken: An den Flaschen sind keine Fingerabdrücke zu sehen. Warum wurden diese Flaschen nach Gebrauch außen gereinigt? Niemand soll herausfinden, wer damit hantiert hat. Der einzige Grund, warum es Äther in diesem Haus gab, ist, dass er als Narkotikum verwendet wurde.*

MW: *Wie könnte das alles abgelaufen sein?*

L: *Dafür braucht es nicht viel Vorstellungskraft. Klara Walker war bereits im Bett, vielleicht schon eingeschlafen. Der Hund kannte Sie und hat nicht angeschlagen, als Sie ins Zimmer kamen. Sie brauchten lediglich ein mit Äther getränktes Handtuch. Dieses drückten Sie Klara ins Gesicht, bis sie das Bewusstsein verlor. Danach war es ein Kinderspiel. Der Hund blieb im Bett der Herrin, wahrscheinlich ebenfalls betäubt. Die Feuerstelle hatten Sie in der Küche vorbereitet. Holzwolle in einem großen Weidenkorb, getränkt mit Benzin. Das Benzin konnten*

Sie sich leicht an einer Tankstelle besorgen, Sie brauchten nur einen Kanister dafür. Den Korb trugen Sie ins Wohnzimmer und schütteten Benzin über den Teppich und die Vorhänge. Dann fehlte nur noch ein Streichholz. Da die Fensterläden geschlossen waren, war das Feuer von außen nicht sofort sichtbar. So konnten Sie in aller Ruhe wegfahren.

MW: *Es könnte so gewesen sein, aber wer außer dem Täter hat diesen Ablauf beobachtet? Ich denke nicht, dass Sie mit dieser Geschichte durchkommen.*

L: *Es gibt noch weitere Hinweise.*

(Leibundgut greift erneut in die Tasche und zieht eine fast leere Weinflasche heraus. Auch diese zweite Flasche hält er Walker unter die Nase.)

MW: *Es riecht nach Alkohol, was soll daran denn Besonderes sein?*

L: *Mir fällt auf, dass Sie die Gesichtsfarbe gewechselt haben. Sie scheinen plötzlich nervös zu werden. Schon dieses Verhalten verrät mir, dass Sie sehr wohl wissen, was außer dem Wein in dieser Flasche noch drin ist.*

MW: *Ein Schlafmittel?*

L: *Ach was! Es wurde zusätzlich noch Kirsch hineingegeben. Wir haben den Inhalt dieser Flasche in unserem Labor untersucht. Das ist für unseren Laboranten kein Problem und dauert nur wenige Minuten. Statt vierzehn Prozent beträgt der Alkoholgehalt dreißig Prozent.*

MW: *Das hätte Klara doch bemerkt.*

L: *Offensichtlich hat sie es auch genossen, denn sie gab noch einige Löffel Zucker hinzu. Sie hatte wohl nicht erwartet, dass Sie am Abend nach Hause kommen würden. Ein kleiner Rausch schien ihr gerade recht zu sein. Es ist offensichtlich, dass Sie diesen Mord sorgfältig geplant haben. Aber ich gebe zu, es wird nicht einfach sein, Ihnen das nachzuweisen. Wir werden weiter ermitteln. Ich hoffe, dass es uns gelingt, herauszufinden, mit welchem Fahrzeug Sie zum Ferienhaus gefahren sind.*

MW: *Ist das alles, was Sie zu bieten haben?*

L: *Das Wesentliche, ja. Es ist jedoch erwähnenswert, dass* *eine Luftprobe aus dem Raum, in dem die Frau gestorben ist, eine Kohlenmonoxidkonzentration aufwies, die mehr als doppelt so hoch war wie die tödliche Dosis für einen Menschen. Diese Untersuchung wurde im gerichtsmedizinischen Institut der Universität durchgeführt. Wie Sie sehen, arbeiten wir effizient. – Ich wäre daran interessiert, zu erfahren, welches Motiv diesem Vorfall zugrunde liegt. Bisher habe ich dazu keine Informationen erhalten. Dennoch habe ich bereits eine Meinung zu den Beweggründen dieses Tötungsdelikts. – Die Befragung ist damit beendet, Herr Dr. Walker. Ich verabschiede mich von Ihnen.*

Wachtmeister Theophil Leibundgut machte sich keine Illusionen. Der Kriminalbeamte der Stadtpolizei Bern war überzeugt, dass der Arzt Markus Walker höchst verdächtig war. Allerdings fehlten ihm die Beweise, um ihn des Mordes an seiner Frau zu überführen. Solange es ihm nicht gelang, nachzuweisen, dass Walker ein Fahrzeug besorgt hatte, um nach Vauffelin zu gelangen, konnte er dem Staatsanwalt nicht genug belastendes Material liefern, um einen Haftbefehl zu erwirken.

Leibundgut bildete ein Team aus fünf Kriminalbeamten, die mit der Suche nach dem Fahrzeug beauftragt wurden. Er vermutete, dass hinter dem Vorfall dubiose Autovermieter standen, vornehmlich aus dem Balkanraum. Allerdings stießen die Ermittlungen bei diesen auf wenig Gegenliebe. Das Fahrzeug konnte nicht identifiziert werden, obwohl die Polizei beinahe erfolgreich gewesen wäre. Die Radaranlage bei der Taubenlochschlucht war fehlerhaft eingestellt, was dazu führte, dass sie jedes vorbeifahrende Fahrzeug erfasste. Dadurch wurden alle Autos registriert, die zwischen abends halb neun Uhr und Mitternacht diesen Abschnitt der Nationalstraße passierten. Ein blauer Fiat fuhr um einundzwanzig Uhr bergwärts und kehrte vierzig Minuten später zurück. Er war mit einem gefälschten Kennzeichen unterwegs. Das führte zur Annahme, dass der Fahrer möglicherweise ein Verdächtiger sein könnte.

Leibundgut und sein Team analysierten die Daten der Radaranlage sorgfältig, und sie entschieden sich, die Überwachungsvideos der umliegenden Gebiete zu überprüfen. Sie hofften, auf diesen Aufnahmen weitere Hinweise zu finden, die sie dem Fahrer des Fiats näher bringen würden.

Trotz der intensiven Suche konnte das verdächtige Fahrzeug nicht aufgefunden werden. Offenbar hatten mehrere Händler derartige Fiat-Fahrzeuge im Angebot. Jedoch bestätigten die befragten Vermieter, dass zum fraglichen Zeitpunkt keines dieser Autos vermietet worden war. Zudem gab es keine Zeugen, die einen solchen Fiat am Tatort gesehen hatten.

Dennoch übermittelte Leibundgut das Verhörprotokoll an den erst kürzlich ernannten Staatsanwalt Paul Zimmermann. Zimmermann, der sich in dieser Angelegenheit überfordert fühlte, suchte den Rat seines Mentors, des Gerichtspräsidenten Felix Tschabold. Tschabold empfahl ihm, sich von dem Fall zurückzuziehen, da die Verdachtsmomente gegen Dr. Markus Walker unzureichend seien.

Trotz der Bedenken von Staatsanwalt Zimmermann und der Empfehlung des Gerichtspräsidenten Tschabold, das Verfahren nicht weiterzuverfolgen, blieb für Zimmermann die Frage offen, wie mit den Vorwürfen gegen Markus Walker umgegangen werden sollte. Die Situation stellte eine erhebliche Herausforderung dar, insbesondere weil Walker in der Gesellschaft hoch angesehen und die Beweislage gegen ihn schwach war. Staatsanwalt Zimmermann stand vor der schwierigen Entscheidung, entweder den Rat seines Mentors zu befolgen und das Risiko zu meiden, oder den Fall weiter zu untersuchen, um sicherzustellen, dass Gerechtigkeit geübt werde, unabhängig vom sozialen Status des Beschuldigten.

Den Takt gab Tschabold an. Zimmermann vermutete, Tschabolds wahre Absichten könnten darauf ausgerichtet sein, eine Anklage gegen Walker zu verhindern. Möglicherweise versuchte Tschabold damit, einen Prozess zu umgehen, um Walker vor rechtlichen Konsequenzen zu schützen. Ob persönliche oder politische Gründe ihn dazu bewogen, in dieser Weise zu handeln, wusste Zimmermann nicht.

Das Thema wurde wochenlang hin und her diskutiert, weil auch die Zuständigkeiten unklar waren. Die Justiz und Polizei in Courtelary, dem Bezirk, in dem Vauffelin liegt, schienen entweder unfähig oder unwillig, den Hausbrand und den Tod von Klara Walker gründlich zu untersuchen. Obwohl die Behörden in Bern die nötigen Ressourcen hatten, hielt sich die dortige Justiz zurück und wollte sich nicht in die Angelegenheiten der Beamten im Schloss Courtelary einmischen.

Dies veranlasste schließlich Zimmermann dazu, das Verfahren gegen Walker als undurchführbar zu bezeichnen und vorläufig davon Abstand zu nehmen. Man werde jedoch weiterhin die Berichte der Ermittler aus Courtelary abwarten, die ja die ungeklärte Brandstiftung und deren Folgen untersuchen und auf mögliche weitere Verdachtsmomente einer Straftat achten müssten.

Plötzlich gab Felix Tschabold eine Erklärung ab, in der er den Verlauf der Ermittlungen als gescheitert bezeichnete, was Zimmermann als bedauerlich und eine Blamage für den Rechtsstaat einstufte.

Theophil Leibundgut und Robert Aebersold hingegen ballten heimlich die Faust in der Hosentasche und waren die einzigen Personen im Ermittlungsteam, die sich gerne aktiv um die Aufklärung dieses Verbrechens bemüht hätten.

Monate vergingen, und es tat sich nichts in Bezug auf den Brand von Ende Dezember 1989 in Vauffelin. Mitte 1990 gab die Gebäudeversicherung bekannt, dass bisher keine Hinweise auf die Person vorlägen, die das Haus von Dr. Markus Walker angezündet hatte. Die Versicherung habe keine andere Wahl, als den Wiederaufbau des Hauses zu finanzieren.

Im Sommer 1991 wurde die Villa von Vauffelin neu errichtet. Im Herbst desselben Jahres heiratete Markus Walker seine zweite Frau Renate Wälchli, eine Fürsprecherin.

5

Es war Anfang Oktober 1991, als Dr. med. Darius Brigger einen anonymen Brief erhielt.

Sie haben einen Berufskollegen bei den Behörden denunziert, eine Maßnahme, die die ärztlichen Standesregeln gravierend verletzt. Ihr Vorgehen wird nicht ohne Konsequenzen bleiben.

Brigger wusste genau, worum es ging. Eine Patientin hatte von einem Kollegen zu ihm gewechselt, weil sie unter starken Unterleibsschmerzen litt. Ihr früherer Gynäkologe, Dr. Markus Walker, hatte ihr Medikamente verschrieben und gemeint, dass die Beschwerden nach einigen Wochen abklingen würden. Doch die Schmerzen blieben bestehen, und Walker sah vorerst keine Notwendigkeit, einen neuen Termin mit der Patientin zu vereinbaren. Schließlich brach sie die Behandlung bei Walker ab und suchte einen anderen Arzt, den sie in Dr. Brigger fand.

Bei einer gründlichen Untersuchung entdeckte Dr. Brigger eine Infektion. Die Patientin litt an einer Wundinfektion, die auf eine durch eine Operation verursachte Darmverletzung zurückzuführen war. Dass ein Arzt postoperative Beschwerden einfach ignoriert, wie das Walker getan hatte, ist äußerst schwerwiegend. Dies war der Grund, weshalb Brigger eine Meldung an seine Anwältin erstattete und sie bat, bei der zuständigen Stelle zu intervenieren.

Die Anwältin informierte vertraulich die Kontrollbehörde. Dort blieb die Beschwerde offenbar liegen. Die Anwältin fragte nach, erhielt aber keine Rückmeldung. Dr. Brigger hatte erwartet, er werde von der Behörde vorgeladen. Was aber nicht geschah.

Anfang Dezember öffnete Brigger den nächsten Brief.

Letzte Warnung
Sollten Sie die Beschwerde innerhalb von sieben Tagen nicht zurückziehen, werden wir Gegenmaßnahmen ergreifen.
Anonymus

Brigger setzte sich telefonisch mit der Meldestelle in Verbindung. Er sei entsetzt und überlege sich, eine Strafanzeige einzureichen.

Der Empfänger des Anrufs winkte ab. Er schlug vor, erst einmal abzuwarten, was wirklich geschehe. Für den nächsten Vormittag stehe eine Teamsitzung an, bei der man sich mit der Indiskretion befassen werde. Bevor er auflegte, sagte er: »Wir bleiben in Kontakt.«

Am Samstagnachmittag, dem 14. Dezember, saß Brigger zu Hause in seinem Arbeitszimmer am Schreibtisch, als ihn ein Schuss aufschreckte. Danach war an einer Fensterscheibe ein Einschussloch sichtbar. Eine Kugel steckte in der gegenüberliegenden Wand.

Das reichte Brigger. Er eilte zum Telefon und rief die Polizei an. Eine Streife raste von der Hauptwache Waisenhaus ins Kirchenfeldquartier, wo Brigger mit seiner Familie in einem Reihenhaus lebte.

Vier Kriminalpolizisten stürmten ins Haus. Sie untersuchten die Einschlagstelle und das Loch, wo sich das Geschoss in die Mauer gebohrt hatte. Es musste vom Garten aus abgefeuert worden sein. Dort hatten Schuhsohlenabdrücke Spuren hinterlassen, die die Polizisten ausmaßen und fotografierten.

Die Kugel wurde mit Hilfe eines speziellen Werkzeugs aus der in Zement gegossenen Zimmerwand entnommen. Der Gruppenleiter der Patrouille, ein Korporal, erklärte, dass man anhand ihrer Beschaffenheit den Waffentyp feststellen könne, von dem sie abgefeuert wurde. »Es ist auch möglich, herauszufinden, um welche Waffe es sich genau handelt, sollte man sie finden. Jede einzelne Waffe hat ihre eigenen Merkmale.«

Da Brigger einen Verdacht hatte, wer der Täter sein könnte,

teilte er dessen Namen den Polizisten mit. Die Streife fuhr schnurstracks an die Lerberstraße. Die Polizisten hatten Glück, Markus Walker war zu Hause.

»Interessant, was Sie da vorhaben, Korporal. Zeigen Sie mir bitte den Durchsuchungsbefehl des Staatsanwalts«, sagte er zum Gruppenleiter.

»Den werden wir Ihnen nachreichen.«

»Den werden Sie mir persönlich aushändigen.«

»Einen Moment.«

Der Polizist ging zum Streifenwagen und ließ sich via Funk mit dem Staatsanwalt verbinden.

Mit einem Lächeln kehrte er zum Hauseingang zurück. »Der Staatsanwalt wird in etwa einer Viertelstunde hier eintreffen und den Durchsuchungsbefehl mitbringen. Sollte es danach nötig sein, hat er auch einen Haftbefehl dabei.«

Walker machte zwar ein langes Gesicht, akzeptierte jedoch widerstandslos die neue Situation.

Sie warteten, bis der Staatsanwalt eintraf. Das war gegen Viertel vor vier. Der Staatsanwalt stellte sich als Paul Zimmermann vor.

Er reichte Markus Walker ein Papier, das dieser mit grimmiger Miene las. »Nun ja, dann durchsuchen Sie halt mein Heim. Danach räumen Sie alles wieder ein.«

»Herr Dr. Walker, da irren Sie sich. Laut unserem Reglement ist es der Hausbesitzer, der die Wohnung wieder in Ordnung bringen muss. Aber warten wir noch einen Augenblick. Ich werde zuerst prüfen, ob eine Hausdurchsuchung überhaupt notwendig ist.«

»Und was gedenkt die Polizei zu finden? Weshalb wollen Sie das Haus durchsuchen?«, fragte Walker nach.

»Die Polizei möchte nach Beweisen suchen. Wir nehmen an, dass Sie, Herr Dr. Walker, in einen Vorfall verwickelt sind. Aber wir können das nur auf Antrag des Staatsanwalts.«

»Herr Walker, haben Sie eine Schusswaffe?«, fragte Zimmermann.

»Mehrere. Ein Sturmgewehr und eine Pistole«, antwortete Walker.

»Nur die Pistole interessiert mich. Dann holen Sie bitte die Pistole und überreichen Sie sie mir. Bringen Sie auch Munition für einige Schüsse mit. Haben Sie einen Waffenschein?«

»Einen Waffenschein? Was für eine seltsame Frage. Ich bin Major bei den Sanitätstruppen. In dieser Funktion habe ich Anspruch auf eine Dienstpistole im Kaliber 9 mal 19 Millimeter, die als ›Pist 75‹ bezeichnet wird.«

Walker betrat das Haus und kehrte mit der Pistole und der Munition zurück zur Tür.

Staatsanwalt Zimmermann nahm die Pistole und strich mit der Hand über den Lauf, während er an dessen Ende roch. »Ich kann nicht feststellen, ob sie kürzlich abgefeuert wurde. Es scheint, als ob die Waffe in der Zwischenzeit gereinigt wurde. Wir fahren jetzt zu Dr. Briggers Haus. Dort begeben wir uns in den Garten und führen ein Experiment durch.«

Walker und Zimmermann positionierten sich etwa an der Stelle, an der der Unbekannte um fünfzehn Uhr den Schuss in Briggers Arbeitszimmer abgefeuert hatte. Die vier begleitenden Polizisten beobachteten das Geschehen aus sicherer Entfernung.

Zimmermann blickte Walker an. »Möchten Sie schießen oder soll ich?«

Walker bot an, dies zu übernehmen. Er lud die Waffe, zielte einige Sekunden lang und drückte ab. In der Scheibe klaffte ein weiteres Loch, nur wenige Zentimeter von dem entfernt, das am frühen Nachmittag entstanden war.

»Das ist nicht schlecht«, stellte Zimmermann anerkennend fest.

Nun traten die sechs Männer ins Haus, wo sie Brigger schmunzelnd willkommen hieß. »Gut, dass ich diesmal vorbereitet war und außerhalb des Raumes wartete, bis es geknallt hatte.«

Ein auf Spuren spezialisierter Polizist nahm nun die Kugel aus der Wand und übergab sie Zimmermann. Dieser bat Brigger, den Lichtschalter für die Lampe über dem Schreibtisch zu betätigen und ein weißes Papier darauf auszubreiten.

Zimmermann legte beide Kugeln, die gerade abgefeuerte und

die vom frühen Nachmittag, nebeneinander. Aus seiner Jackentasche zog er eine Lupe und untersuchte die Kugeln damit.

Seine Miene verdüsterte sich leicht. »Herr Walker, die Kugeln sind nicht von derselben Waffe abgefeuert worden. Haben Sie in Ihrem Haus noch eine weitere Pistole?«

Ein triumphierender, zynischer Ausdruck war in Walkers Augen deutlich erkennbar. »Vor ungefähr einem Monat hatte ich nach einer Schießübung meine Pistole im Schützenhaus liegen lassen. Offensichtlich hatte sie jemand anderes mitgenommen. Da sich derjenige nicht bei mir gemeldet hatte, stellte ich einen Antrag für eine neue Pistole 75, die ich umgehend erhielt.«

Zimmermann nickte scheinbar gedankenverloren, während er angestrengt nachdachte. Kurz darauf meldete er sich zu Wort. »Es würde uns nicht weiterbringen, Ihnen, Herrn Walker, jetzt vorzuwerfen, dass Sie mir einen Bären aufbinden. Belassen wir es dabei.«

»Wollen Sie damit sagen, dass diese Angelegenheit erledigt ist?«, fragte Walker grinsend nach.

»Ich werde in dieser Angelegenheit nicht weiter gegen Sie ermitteln.«

Walker bedankte sich bei Zimmermann und ging seines Weges.

Danach bat Zimmermann Brigger, der alles mitbekommen hatte, um eine Unterredung.

Brigger war ziemlich aufgebracht. »Ich glaube meinem Berufskollegen Markus Walker kein Wort.«

Zimmermann deutete an, dass er glaube, Walker wisse, wer den Schuss heute am frühen Nachmittag abgegeben habe. »Das muss jedoch nicht unbedingt Walker selbst gewesen sein. Walker hat sicherlich Mitverschwörer, die er für illegale Aktionen anheuern kann. Dass er nicht alleine handelt, geht aus den Briefen von Anonymus hervor.«

Zimmermann riet Brigger, vorsichtig zu sein. Falls er vermute, dass Walker weitere Anschläge gegen ihn plane oder in

Auftrag gebe, solle er ihn, Zimmermann, umgehend informieren, notfalls zu jeder Tages- und Nachtzeit.

Zimmermann überreichte Brigger seine Visitenkarte.

Dem Staatsanwalt war unwohl bei dem Gedanken an seine Rolle in diesem Vorfall. Nach langem Zögern entschied er sich, seinen Mentor Tschabold um Rat zu fragen. Zimmermann wusste, dass der Gerichtspräsident äußerst gewieft vorging, um seine eigenen Ziele zu erreichen. Tschabold war damit meistens erfolgreich, und das zählte.

Ein Ankläger und Untersuchungsrichter konnte nicht umhin, auf Raffinessen, Tricks und Kniffe zurückzugreifen, um Geständnisse zu erlangen, dachte sich Zimmermann. Von Tschabold konnte er noch einiges lernen.

Tschabold klopfte Zimmermann wohlwollend auf die Schulter, als er ihm den Fall Brigger schilderte. »Die Leiden des jungen Staatsanwalts«, sagte er mit einem Lächeln. »Paul, du hast in diesem Fall alles richtig gemacht. Du hast genau so weit ermittelt, wie du durftest, und du hast genau dann aufgehört, als es nicht mehr weiterging. Und sei dir bewusst, es ist irrelevant, ob du denkst, der mutmaßliche Täter sei schuldig oder nicht. Es zählt allein, ob du ihn überführen kannst.«

6

Eberhard und Johanna Schläpfer waren ein älteres Ehepaar, das in Eriz lebte, einer Gemeinde im nordöstlichen Amt Thun.

Im Herbst 1991 lernte das Ehepaar zufällig Markus Walker kennen, als sie an einer Hochzeitsfeier im Gasthof Bären im benachbarten Dorf Schwarzenegg teilnahmen. Die Braut war mit Walker entfernt verwandt, und der Bräutigam kam aus der Sippe der Schläpfers.

Während des Mittagessens brach Johanna Schläpfer plötzlich zusammen, und da war der einzige Arzt in der Festgemeinschaft gefragt. Walker untersuchte Frau Schläpfer in einem separaten Raum, nachdem er seinen Notfallkoffer aus seinem Auto geholt hatte. Er gab ihr eine Spritze gegen die starken Unterleibsschmerzen, und das wirkte Wunder. Plötzlich hatte sie wieder Appetit. Allerdings war dies nur vorübergehend, denn anderthalb Stunden später kamen die Schmerzen zurück. Walker schlug Frau Schläpfer eine Behandlung im Spital vor. Die Klinik »Paradis de Berne« wäre geeignet, da er dort als Belegarzt arbeite und nebenbei an der Monbijoustraße auch eine Praxis als Frauenarzt betreibe. Sie und ihr Mann waren damit einverstanden.

Walker organisierte in aller Eile ein Ambulanzfahrzeug. Um halb fünf nachmittags wurde Johanna Schläpfer in die Klinik eingeliefert. Zwei Stunden später nahm Walker einen Eingriff vor. Er entfernte einen Tumor in der Bauchhöhle.

Am nächsten Tag führte er in der Klinik ein Gespräch mit dem Ehepaar, um es über den Zustand von Johanna aufzuklären und um zu besprechen, wie es weitergehen sollte. Die Patientin litt an einem bösartigen Krebs, der bereits Metastasen im ganzen Körper gebildet hatte. Die Heilungschance war die Frage, die Johanna und Eberhard Schläpfer auf der Zunge lag.

»Es ist immer schwierig für einen Arzt, in einer solchen Situation eine Prognose abzugeben, selbst für jemanden wie mich«, sagte Dr. Walker. Nach menschlichem Ermessen könne die Entfernung des Tumors zu einer Linderung führen, aber es sei zu erwarten, dass sich an derselben oder einer anderen Stelle im Körper erneut ein oder mehrere Tumore bilden würden. Auch diese könnten zunächst operativ entfernt werden, aber wenn sie zu zahlreich würden und schnell wüchsen, gäbe es einen Punkt, an dem ein Eingriff das Leben nicht mehr retten könnte. »Zusammengefasst heißt das, Sie werden noch einige Zeit, im besten Fall ein paar Jahre, am Leben bleiben. Doch die tödliche Krankheit kann nicht mehr aufgehalten werden.«

Die Schläpfers hatten eine Krankenversicherung, die für die Behandlungskosten aufkam. Eberhard Schläpfer, Sohn eines vermögenden Großbauers und Absolvent einer höheren technischen Lehranstalt und langjähriger Angestellter in einem Betrieb der Schweizer Armee, genoss eine gute Rente, besaß ein Eigenheim mit großem Garten und hatte mehrere Millionen Franken auf der Bank. Ihnen war es nicht vergönnt gewesen, eigene Kinder zu haben. Ihr Entschluss stand schon lange fest: Nach ihrem Ableben sollte ihr Vermögen einem guten Zweck zugutekommen.

Markus Walker war nach der Hochzeitsfeier im Bären von Schwarzenegg das Ergehen der Schläpfers ein großes Anliegen. Er begann sich um die beiden zu kümmern. Johanna Schläpfer machte er zu günstigen Bedingungen einen Rehabilitationsaufenthalt in Heiligenschwendi, der sonnigsten und beliebten Erholungsklinik im Berner Oberland, möglich.

Die gegenseitigen Besuche und Gefälligkeiten nahmen zu. Als entfernter Verwandter und aus den Gesprächen war Walker über die finanziellen Verhältnisse der Schläpfers einigermaßen informiert. Außerdem hatte Walker Pläne: Er hatte ein Auge auf ein Traumhaus im Tessin geworfen. Das verheimlichte er den Schläpfers nicht. Ihnen erzählte er, dass er beabsichtige, dieses Gebäude in einem Park bei Brissago Bedürftigen für Ferienaufenthalte zur Verfügung zu stellen. Diese Großzügigkeit beeindruckte die Schläpfers, die von großer Frömmigkeit erfüllt waren und einer evangelikalen Freikirche angehörten, enorm.

Walker dachte, dass er dem Ehepaar Schläpfer eine große Freude bereiten könnte, indem er gelegentlich Hausgottesdienste in ihrem Zuhause in Eriz besuchte. Seine frisch angetraute zweite Frau Renate war jedoch nicht besonders begeistert davon. Jedenfalls weigerte sie sich, ihren Mann dabei zu begleiten.

Walker verschwieg den Schläpfers Renates negative Einstellung gegenüber den Gottesdiensten. Stattdessen machte er ihnen sogar Hoffnung, dass er seine Frau bald davon überzeugen würde, mit ihm nach Eriz zu reisen.

Es war kurz vor Weihnachten 1992 an einer Feier zum dritten Advent im Hause Schläpfer, die Walker unter Mitbringen von einigen Geschenken besuchte. Man sang und betete inbrünstig, und Walker machte alles mit.

Am Schluss der Andacht verkündete Johanna ihrem lieben Markus – er war nicht mehr der Herr Doktor, man war per Du –, dass sie mit Eberhard zusammen ein Testament aufgesetzt habe. Kurz nachdem die Verstorbene an die Tür von Petrus angeklopft habe, stehe ihm, Markus, ihr Erbe zur Verfügung. Rechne man alles zusammen, liege es bei über sechs Millionen Franken.

Walker war gerührt. Ihm kamen die Tränen. »Ihr dürft noch nicht sterben. Das wäre ein unhaltbarer Schmerz für mich.«

Johanna schüttelte wehmütig ihr weiß behaartes Haupt. »Ich spüre, dass mein Ende naht. Und Eberhard? Er wird mich voraussichtlich überleben, aber nicht lange. Seine Herzrhythmusstörungen häufen sich. Er rechnet nicht damit, die Jahrtausendwende zu erleben.«

»Keine Sorge. Herzrhythmusstörungen sind als Todesursache eher selten. Man sollte sich jedoch vor elektrischen Schlägen hüten«, beruhigte Walker das Ehepaar.

Das werde er beherzigen, versprach Eberhard. Er sei sich dieses Risikos bewusst, seitdem er vor einem Monat versehentlich mit einem Viehhütedraht in Kontakt gekommen sei. Er habe gedacht, nun habe sein letztes Stündchen geschlagen.

Auf der Fahrt nach Hause in die Lerberstraße legte Walker

eine CD in sein Autoradio ein und drehte die Lautstärke voll auf.

***

Renate erwartete ihren Mann Markus. Sie hatte ihm ein schmackhaftes Essen zubereitet. Markus war ein Genießer. Er mochte üppige Mahlzeiten, dessen war sich Renate bewusst. Sie richtete sich danach, obwohl sie als kleine, schlanke Frau eine ganz andere Esskultur als ihr Gatte pflegte. Sie war fünfzehn Jahre jünger als er.

Renate war überrascht, wie aufgeräumt Markus wirkte.

»Hast du erfreuliche Neuigkeiten, die du mir mitteilen möchtest?«, fragte sie.

Markus erzählte ihr von der bevorstehenden Erbschaft. Renate freute sich, doch sie kommentierte die unerwartete Nachricht skeptisch.

»Dir muss klar sein, dass es Grenzen gibt, die du nicht überschreiten darfst. Du bist der Arzt der Schläpfers. Du hast ihr Leben in deinen Händen. Natürlich würde es uns helfen, wenn es verkürzt würde. Aber du musst wissen, wie weit du gehen kannst. Ich kenne dich. Du bist ein pfiffiger Kerl. Aber irgendwie mag ich das an dir. Also sei vorsichtig«, flüsterte sie und schmiegte sich an ihn.

Nach dem Essen machten die beiden Pläne, wie sie von dem erwarteten Geldsegen profitieren könnten. Die Traumvilla am Lago Maggiore stand ganz oben auf der Liste. Nun ging es darum, die potenziellen Verkäufer eine Weile hinzuhalten. Als Anwältin war Renate in dieser Angelegenheit gewiefter als Markus.

Markus Walker wurde sich bewusst, dass die ganze Angelegenheit nicht so schnell voranschreiten konnte, wie er es sich erhofft hatte. Er begann darüber nachzudenken, wie der Erbschaftsprozess beschleunigt werden könnte.

Während Walkers Überlegungen schrillte das Telefon. Am anderen Ende der Leitung war Eberhard Schläpfer. »Johanna ist gerade zusammengebrochen. Sie hat unglaubliche Schmerzen.«

Walker organisierte eine Ambulanz, und kurz vor Mitternacht wurde sie in die Klinik »Paradis de Berne« eingeliefert. Walker erwartete sie bereits, und nach einer kurzen Untersuchung wurde eine Operation vorbereitet. Eine Stunde später begann Walker mit Unterstützung eines fünfköpfigen Teams den Eingriff.

Um vier Uhr morgens rief Walker Eberhard Schläpfer an. »Johanna ist gerade aus der Narkose aufgewacht. Die Operation hat lange gedauert, aber nach meiner derzeitigen Einschätzung war der Eingriff erfolgreich. Wir müssen noch einige Stunden abwarten, um sicher zu sein, dass alles gut verlaufen ist.«

Vier Stunden später erhielt Schläpfer den nächsten Anruf. »Lieber Eberhard, ich habe eine traurige Nachricht für dich. Johanna ist gerade verstorben.«

Eberhard Schläpfer antwortete schluchzend: »Ich werde mich damit abfinden müssen.«

Markus und Renate Walker bereiteten die Trauerfeier für Johanna Schläpfer vor. Sie fand eine Woche später, vor Jahresende, in der Kirche Schwarzenegg statt. Das war kein Problem für Eberhard Schläpfer, dessen Freikirche der evangelisch-reformierten Glaubensgemeinschaft nahestand.

Nach dem Tod von Johanna kümmerten sich die Walkers intensiv um Eberhard Schläpfer. Sie luden ihn für mindestens ein Wochenende im Monat in ihr Ferienhaus am Romontberg bei Vauffelin ein. Eberhard Schläpfer war ihnen sehr dankbar, denn nach dem Ableben seiner Frau fühlte er sich zunehmend einsam.

In der Folge erlitt Eberhard Schläpfer mehrere Herzanfälle. Sein Kardiologe, der seine Praxis in Thun hatte, verschrieb ihm Medikamente und bot ihm regelmäßige Konsultationen an.

Nach jedem Arztbesuch in Thun informierte Schläpfer seinen Freund Markus Walker. Dieser ließ durchblicken, dass der Kardiologe ihn, Schläpfer, nicht ernst genug nehme. Walker meinte, dass es nicht notwendig sei, einen Kardiologen aufzusuchen, um Herzrhythmusstörungen zu behandeln. Er war der Meinung, dass er selbst in der Lage sei, Schläpfer zu behandeln. Ein Vorteil dabei wäre, dass er nicht wochenlang auf einen Termin warten müsste.

Walker verschrieb Schläpfer dieselben Medikamente wie der Kardiologe, jedoch in einer deutlich höheren Dosierung. Dies führte zu Nebenwirkungen wie Schweißausbrüchen und Schüttelfrost. Doch Walker beruhigte Schläpfer. »Eberhard, das habe ich unter Kontrolle. Ich biete dir zusätzlich ein Wundermittel an. Meine Wunderpillen.«

»Wirklich?«, fragte Schläpfer skeptisch.

»Es ist etwas kompliziert. Ich muss dich darauf vorbereiten. Dieses Medikament ist äußerst effektiv, aber es muss mit Vorsicht angewendet werden.«

Eberhard Schläpfer sah Markus Walker ungläubig an. »Bisher habe ich von dir ein Rezept erhalten und konnte das Heilmittel mit meiner Krankenkassenkarte in einer Apotheke beziehen.«

»In Bezug darauf gibt es noch ein kleines Problem, das sich in nächster Zeit lösen lässt«, gestand Walker ein. »Das Medikament befindet sich noch in einem Prüfungsverfahren bei der interkantonalen Heilmittelkontrolle. Leider ist das ein langwieriger Prozess und kann Jahre dauern.«

»Ich verstehe. Das bedeutet, dass ich dafür selbst bezahlen muss.«

Walker hob beide Hände. »Ich gebe dir die erste Packung kostenlos. Sie würde normalerweise zweihundertfünfzig Franken kosten.«

»Sehr großzügig. Aber sind diese Tabletten gefährlich?«

Allzu große Vorsicht sei nicht nötig, versicherte Walker ihm. Die Pillen seien »völlig ungefährlich« und bestünden ausschließlich aus natürlichen Substanzen. Aber auch Naturstoffe dürften nicht unbedenklich konsumiert werden. Das gelte sogar für reines Wasser, das in Regionen mit sauberer Luft, wie beispielsweise den Bergen, als Regen oder Schnee herunterfalle. Würde man auf dem Jungfraujoch drei Kilogramm Schnee schmelzen und das daraus entstehende Wasser innerhalb einer halben Stunde trinken, könnte man daran zugrunde gehen. »Du musst dich auf dieses Medikament vorbereiten.«

Schläpfer verstand und fragte weiter: »Was meinst du mit ›vorbereiten‹?«

»Du wirst lachen. Bevor du dieses Mittel einnimmst, musst du dir ein Bäuchlein anfressen.«

Das gefiel Schläpfer nicht. »Markus, bitte höre mir zu. Ich habe jahrzehntelang auf meine Linie geachtet und mich beim Essen zurückgehalten. Soll ich das jetzt aufgeben?«

»Du lebst nur einmal, also genieße deine kommenden Tage. Du kannst so viel essen, wie du möchtest, und trotzdem schlank bleiben, wenn du die Wunderpillen einnimmst. Allerdings solltest du vorsichtig sein, denn wenn du sie erstmals ohne überschüssiges Fett im Körper konsumierst, könntest du gesundheitliche Probleme bekommen und in Gefahr geraten, magersüchtig zu werden.«

»Ich muss mir das alles nochmals überlegen und benötige Bedenkzeit.«

Walker nickte. »Das akzeptiere ich. Du kennst mich ja, ich dränge dich nie zu etwas, das dir Schaden zufügen könnte. Selbstverständlich darfst du darüber nachdenken. Ich mache dir einen Vorschlag. Meine ›Wunderpillen‹ gebe ich nicht nur an meine Patienten ab. Jeweils ab vier Uhr nachmittags – normalerweise nur einmal pro Woche – habe ich meine Sprechstunde für männliche Klienten reserviert, den Sechzehn-Uhr-Klub.«

»Sechzehn-Uhr-Klub?«, buchstabierte Schläpfer bedächtig. »Noch nie davon gehört.«

»Ich lade dich herzlich dazu ein. Komm doch nächste Woche einmal vorbei. Am besten am Montag, da du ja übers Wochenende mit uns in Vauffelin verweilst.«

Schläpfer bemerkte, dass er sich gerne überraschen lasse. »Du wirst es nicht bereuen, Eberhard«, kommentierte Walker mit einem überlegenen Lächeln.

7

Es war eine gelungene Inszenierung von Markus Walker, als Eberhard Schläpfer in der ersten Februarwoche 1993 um sechzehn Uhr in der Praxis Walker an der Monbijoustraße erschien. Diese Praxis hatte ohnehin etwas Besonderes an sich. Sie wirkte zwar leicht verloren auf dem großen Immobilia-Versicherungsgelände, war aber die einzige dort und größer sowie nobler eingerichtet als die übrigen Arztpraxen in der Stadt.

Der Sechzehn-Uhr-Klub traf sich in einem geräumigen Besprechungsraum der Immobilia, direkt neben Walkers Praxis. Dr. Walker schritt bedächtig zum Rednerpult. Mit seiner weißen Weste und den dunkelblauen Hosen war er eine imposante Erscheinung.

»Meine Herren«, begann er. »Wenn ich meinen Blick über die Menge schweifen lasse, erfüllt mich das mit Stolz. Ein halbes Hundert Männer der besten Berner Gesellschaft haben sich heute hier eingefunden. Und das alles wegen meines Wundermittels. Ich eröffne damit die Generalversammlung des Sechzehn-Uhr-Klubs.«

Dann winkte Walker Eberhard Schläpfer zu sich. »Komm zu mir, zum Rednerpult herauf. Ich möchte euch das neueste Mitglied unseres Klubs vorstellen.«

Eberhard Schläpfer wurde mit tosendem Applaus willkommen geheißen.

»Es ist nicht meine Art, mich selbst zu loben und mich mit Lorbeeren zu schmücken. Das überlasse ich dem Vorsitzenden unseres Vereins. Keinem Geringeren als dem alt Großratspräsidenten Waldemar Wüthrich, derzeit Generaldirektor der Immobilia.«

Lautes, fröhliches Gelächter erfüllte den Raum, als Wüthrich mit seiner Begrüßung begann.

»Sehr geehrte Herren National- und Großräte, Stadtpräsidenten, Gemeinderäte, Gerichtspräsidenten, Staatsanwälte,

Professoren, Offiziere, Direktoren und Doktoren aller Fachrichtungen, ich begrüße euch herzlich.«

Wüthrich klatschte in die Hände. »Habt ihr mich noch vor einem Jahr gesehen? Ich war stark übergewichtig. Die Waage zeigte einen Wert von einhundertzwanzig Kilogramm an, als ich mich daraufstellte. Jetzt wiege ich nur noch neunzig Kilogramm und bin eins neunzig groß. Das ist beinahe schlank. Trotzdem esse ich nach Herzenslust, dank der Wunderpillen von unserem Dr. Markus Walker.«

Wüthrich erhielt stehende Ovationen.

Anschließend trat der stellvertretende Vorsitzende ans Rednerpult, beschrieb seine Qualitäten und lobte Markus Walker in den höchsten Tönen. Danach folgten die Vorstandsmitglieder, die ihre Statements auf ähnliche Weise abgaben.

Nach diesen Vorstellungen wusste Eberhard Schläpfer mehr. Ehemals überaus fettleibige, schlaff und kraftlos wirkende Männer machten nun einen ranken, gesunden und dynamischen Eindruck. Sie waren neue Menschen und geradezu wandelnde Reklamesäulen für die wundersamen Abnehmpillen des Frauenarztes Dr. Markus Walker aus Bern.

Eberhard Schläpfer knüpfte viele neue Bekanntschaften, darunter auch die des Gerichtspräsidenten und sogar die des Staatsanwalts. Das überraschte Schläpfer wirklich, da Letzterer schlank war und sicherlich nie übergewichtig gewesen sein konnte. Vielleicht gehörte es jedoch zum guten Ton in der gehobenen Gesellschaft Berns, Mitglied in Walkers Klub zu sein. Von all diesen Herren gab es nur Gutes zu berichten. Einige hatten sogar die Idee, Markus Walker für den Nobelpreis in Medizin vorzuschlagen.

Wollte Eberhard Schläpfer noch etwas anderes als diese Pillen, insbesondere da die erste Packung für ihn kostenlos war?

Nach der Versammlung umarmte Eberhard seinen Freund Markus und sagte: »Jetzt bin ich absolut davon überzeugt, dass du ein Wunderdoktor bist.«

Walker übergab Schläpfer die Pillen und erinnerte ihn daran, sich zuerst »einen Monat lang vollzufressen«, bevor er die erste Pille schluckte.

Eberhard folgte Walkers Vorschlag und schaffte es tatsächlich, innerhalb von vier Wochen sich ein Bäuchlein anzufuttern.

Als er Anfang März zu den Pillen griff, lief jedoch nicht alles wie erwartet. Zwar verlor er schnell an Gewicht, aber zu welchem Preis? In seinem Unterleib rumorte es, und eine Kolik folgte der anderen.

Daraufhin rief er Walker an und beklagte sich über seine Schmerzen. Walker entschuldigte sich aufrichtig und erklärte, dass es leider einige Fälle gebe, in denen sein Medikament zu Beginn nicht den Erwartungen entspreche. Dies sei jedoch, wie er bei der Generalversammlung des Sechzehn-Uhr-Klubs Anfang Februar selbst habe feststellen können, eine Seltenheit. »Mach einfach weiter, nimm jedoch täglich nur zwei statt vier Tabletten ein. Sollten die Beschwerden anhalten, ruf mich an, und ich biete dir eine Konsultation an. Kopf hoch, Eberhard, es wird schon alles gut werden.«

Eberhard Schläpfer versuchte es nochmals. Die Koliken wurden weniger, aber verschwanden nicht vollständig.

Es mochte ein Zufall sein, dass ihm ein Leserbrief im »Berner Blatt« ins Auge fiel. Ein gewisser H. K., Dr. phil., Historiker, beschwerte sich über Walkers Wundermedikament. Dieses würde nicht halten, was Walker verspreche, sondern sei sogar gesundheitsgefährdend. Das bewog Schläpfer schließlich dazu, die Pillen von Walker abzusetzen.

Zwei Tage später erschien in derselben Zeitung ein Inserat, unterzeichnet von Dr. med. Markus Walker, in dem er die heilende Wirkung seiner Pillen anpries. Darin wurden ein Dutzend Namen von Berner Prominenten genannt, die dieses Medikament einnahmen und davon begeistert waren.

Mitte Februar 1993 war in der Rubrik »Gerichtsfälle« des »Berner Blattes« ein kurzer Artikel über Walkers Wunderpillen veröffentlicht worden. Ein Anwalt aus der Vorortsgemeinde Ittigen hatte eine Strafanzeige gegen Dr. Walker wegen des

Vertriebs seines Medikaments eingereicht. Das Gericht wies die Anzeige mit folgender Begründung ab: »Vorläufig wird es zu keinem Prozess kommen, da die Angaben der anzeigenden Person keine stichhaltigen Beweise für die Gefährlichkeit dieses Medikaments enthalten. Das Gericht kann erst gegen den beschuldigten Arzt ermitteln, wenn die interkantonale Heilmittelkontrolle, der Kantonschemiker oder der Kantonsapotheker ein Verfahren gegen ihn einleiten.«

***

Ende März 1993 klingelten kurz nach acht Uhr morgens zwei Männer in Zivil bei der Arztpraxis von Dr. Walker an der Monbijoustraße. Sie gaben vor, Fahnder der Stadtpolizei Bern zu sein, und wurden von Barbara Stalder empfangen.

Der ältere der beiden zog die Augenbrauen hoch, als er den Namen Stalder hörte. »Sind Sie die Arztgehilfin?«, fragte er.

»Richtig, ich bin die Arztgehilfin, aber auch medizinische Laborantin und arbeite hier nur vier Tage in der Woche.«

Die Männer präsentierten ihr einen Durchsuchungsbefehl, der von Robert Aebersold, Kriminalkommissär der Stadtpolizei Bern, unterzeichnet war.

»Dürfen Sie das überhaupt? Braucht es dafür nicht eine Anordnung der Staatsanwaltschaft?«, erkundigte sich Barbara Stalder.

»Wenn Gefahr im Verzug ist, kann die Polizei auch ohne Anordnung der Staatsanwaltschaft eine Hausdurchsuchung durchführen, das steht in Art. 241 Abs. 3 der Strafprozessordnung. Zunächst überprüft die Polizei alle Räume auf anwesende Personen.«

Barbara Stalder erklärte, dass sie dies zunächst mit ihrem Chef, Dr. Markus Walker, besprechen müsse.

»Es tut mir leid, aber die Anwesenheit Ihres Chefs ist dafür nicht notwendig«, klärte der ältere Fahnder, der sich als Korporal Mäder vorstellte, die Frau auf. »Ich bitte Sie nun, mir die Schlüssel für alle Räume der Praxis auszuhändigen.«

»Bevor Sie mit der Durchsuchung beginnen, möchte ich jedoch Herrn Dr. Walker anrufen«, sagte Stalder.

»Sehr geehrte Frau Stalder, Sie begehen eine Straftat, wenn Sie sich unserem Befehl widersetzen.«

»Dann werde ich eben die Buße zahlen.«

»Buße? So einfach kommen Sie nicht davon. In diesem Fall könnte auch eine Untersuchungshaft möglich sein.«

Barbara Stalder übergab dem Fahnder ihren Schlüsselbund. Er fragte sie, wo sich Dr. Walker derzeit aufhalte. Das wisse sie nicht, antwortete sie. Der Doktor habe ein Mobiltelefon, auf dem sie ihn anrufen und fragen könne, wo er sei. Die beiden Polizisten blickten sich an. »Lassen Sie das lieber sein«, sagte Mäder und fuhr dann gleich weiter: »Bitte, Frau Stalder, begleiten Sie uns, wenn wir die Zimmer der Praxis auskundschaften.«

Die Durchsuchung begann. Zuerst wurde das Büro durchstöbert. Die Fahnder zogen die Schubladen des Schreibtisches heraus und warfen einen Blick in die Dokumente. Anschließend blätterten sie in den Ordnern auf den Regalen an den Wänden. Einige Papiere sortierten sie aus und verstauten sie in einem mitgebrachten großen schwarzen Koffer.

Mäder zeigte auf einen silberfarbenen metallenen Kasten. »Wo ist der Schlüssel oder der Code dafür?«, fragte er.

»Das ist der Tresor. Nur Dr. Walker kennt den Code.«

»Dann nehmen wir ihn mit«, sagte der Fahnder.

Sie lachte laut. »Na gut, probieren Sie es doch.«

Die beiden Polizisten versuchten vergeblich, den Tresor wegzuziehen. Sie brachten ihn jedoch keinen Zentimeter vom Fleck. Er war an der Unterlage festgeschraubt.

»Ich gehe jetzt zum Streifenwagen im Parkhaus und werde mich dort über Funk mit dem Kriminalkommissär in Verbindung setzen, um ihn über den aktuellen Stand der Durchsuchung zu informieren«, bemerkte Mäder.

Der junge Polizist bemühte sich, mit Barbara Stalder ins Gespräch zu kommen. Dabei versuchte er, einiges aus ihr herauszulocken, doch sein Verhalten war eher ungeschickt. Er fragte sie, ob sie etwas über die berüchtigten Pillen wisse.

Sie schmunzelte. Das gehe sie nichts an. Diese Wunderheilmittel seien reine Männersache.

Er habe gehört, mutmaßte der Polizist, dass man mit diesem Mittel innerhalb weniger Monate bis zu dreißig Kilogramm Körpergewicht verliere.

Das habe sie auch mitbekommen, doch könne sie das kaum glauben. »Als Arzthelferin und medizinische Laborantin kann ich Ihnen nur raten, die Finger davon zu lassen.« Sie fixierte den Polizisten kritisch. »Ich komme nicht umhin, den Eindruck zu haben, dass Sie zu Übergewicht neigen. Wie wäre es, wenn Sie jeden Morgen vor Arbeitsbeginn joggen gehen? Das tut gut.«

»Tun Sie das denn auch?«

Sie lächelte den Polizisten verführerisch an. »Aber sicher doch ...«

In der Zwischenzeit tauchte Mäder wieder auf. Er sah seinen jungen Kollegen mit einem Stirnrunzeln an. »Der Chef meint, wir sollten den Tresor dort lassen, wo er festgeschraubt ist. Wenn eine Tür verriegelt ist und der Schlüssel fehlt, sollen wir sie keinesfalls aufbrechen. Gewaltsames Eindringen in eine Lokalität könnte dem Staatsanwalt, dem Untersuchungsrichter oder sogar dem Gerichtspräsidenten sauer aufstoßen. Die Justiz beobachte ohnehin die Kripo der Stadt, insbesondere ihn, Aebersold, mit Argusaugen.«

Die beiden Fahnder durchsuchten weiter. Nach zwei Stunden verabschiedeten sie sich. Man konnte Mäder bereits von Weitem ansehen, dass er mit der Ausbeute dieses Einsatzes unzufrieden war.

Als die beiden bei Aebersold auftauchten und ihm den Koffer mit den beschlagnahmten Unterlagen übergaben, wollten sie so schnell wie möglich kehrtmachen. Doch Aebersold hielt sie zurück. »Ich möchte jetzt gleich sehen, was ihr bei diesem Schurken sichergestellt habt. Bitte nehmt auf dem Sofa Platz, es könnte sein, dass ich noch Fragen habe.«

Aebersold nahm sich Zeit, um die Dokumente gründlich zu überprüfen. Mit seinem roten Stift machte er zahlreiche Randbemerkungen. Dann warf er Mäder einen skeptischen Blick zu. »Alex … dürftig, dürftig, was ihr mir da geliefert habt. Habt ihr wirklich alles durchsucht?«

»Leider nein, es gab noch eine Metalltür, die sich nicht öffnen ließ. Barbara Stalder, die Arztgehilfin, hat uns verraten, dass sie diesen Raum nur unter der Aufsicht ihres Chefs betreten dürfe. Sie glaubt, dass dort die Unterlagen des Sechzehn-Uhr-Klubs lagern«, erklärte Mäder.

»Aha, und euch ist nicht zufällig eine Dose mit den Wunderpillen in die Hände gefallen?«, fragte Aebersold.

»Nein«, antwortete Mäder kleinlaut.

»Kein Problem.« Aebersold öffnete die Schreibtischschublade und nahm eine Dose heraus. Er hielt sie Mäder unter die Nase. »Ich habe mir diese Beweisstücke anderweitig besorgt. Drei Packungen mit insgesamt dreihundert Pillen wurden nun sichergestellt. Der Kantonsapotheker und der Kantonschemiker haben ausreichende Proben erhalten. Dort werden Walkers Wundermedikamente untersucht.«

»Das bedeutet wahrscheinlich, dass der Verkauf von Walkers Pillen danach eingestellt werden muss. Wie lange wird das noch dauern?«, fragte Mäder.

Aebersold hob beide Hände vor sein Gesicht. »Ich hoffe es. Aber selbst in diesem Fall wird es wahrscheinlich noch viele Monate, wenn nicht Jahre dauern, bis es so weit ist.«

»Glaubst du, Robert, Walker hat einflussreiche Freunde, die versuchen könnten, ein mögliches Verfahren gegen ihn zu vereiteln?«

Aebersold seufzte. »Leider ist das zu befürchten. Und diese Leute haben sich auch in unserer Justiz festgesetzt. Der Kantonschemiker oder der Kantonsapotheker können den Behörden lediglich empfehlen, Heilmittel vom Markt zu nehmen, aber nur Regierungsstellen können ein Verbot aussprechen. Und dann gibt es noch die Gerichte, die ein solches Verbot aufheben könnten.«

»Hat es dann überhaupt einen Sinn, Hausdurchsuchungen anzuordnen und Medikamente zu beschlagnahmen, wenn diese letztendlich legalisiert werden?«

Mäder traf ein tadelnder Blick von Aebersold. »Alex, was du gerade gesagt hast, ist eines Polizisten unwürdig. Wenn wir auf etwas stoßen, bei dem der Verdacht aufkommt, dass es sich um ein strafbares Vergehen handelt, haben wir verdammt noch mal die Pflicht einzugreifen.«

Nachdem die Fahnder die Praxis von Dr. Walker verlassen hatten, rief Barbara Stalder ihren Chef in seinem Ferienhaus am Romontberg an. Sie schilderte ihm die Durchsuchung, die vom Chef der Kriminalpolizei der Stadt Bern angeordnet worden war.

Walker war sprachlos. Es dauerte eine Weile, bis er Worte fand. »Und haben Sie diese Schergen einfach reingelassen?«

»Was hätte ich denn tun sollen? Sie haben mir die Hölle heißgemacht.«

Walker stöhnte. »Geschehen ist geschehen. Im Nachhinein können wir nichts mehr ändern. Aber eine Frage habe ich noch: Haben Sie die Metalltür aufgebrochen?«

»Nein, dazu ist es nicht gekommen. Der Fahnder Mäder hätte es wahrscheinlich gerne getan, aber er hatte offenbar nicht den Mut dazu.«

Nun begann Walker zu lachen. »Ausgezeichnet. Wenn das so ist, mussten die beiden Polizeiclowns unverrichteter Dinge von dannen ziehen. Sie haben sicher nicht das gefunden, wonach sie gesucht haben.«

***

Vor dem Mittag rief Walker den Gerichtspräsidenten Tschabold an. Dieser nahm ab und leitete somit keine Prozessverhandlung. Walker berichtete Tschabold von der Durchsuchung seiner Praxis.

Tschabold bat Walker, am selben Abend um sechs Uhr entlang der Aare spazieren zu gehen. Treffpunkt: das Restaurant Tierpark. »Ich schlage vor, du bringst die Dogge deiner Nachbarin mit. Ich werde den Lieblingshund meiner Frau dabeihaben, die beiden verstehen sich gut.«

Das Treffen fand statt. Im Garten des Restaurants, der fast bis auf den letzten Platz besetzt war, und bei wunderbarem Wetter bestellten sie sich ein Bier, dann ein üppiges Nachtessen. »Es ist gut, dass ich einen Tisch reserviert habe, aber über diese Angelegenheit sollten wir lieber an der Aare sprechen. Hier haben wir zu viele Zuhörer«, bemerkte Tschabold.

Als die beiden schließlich am Strandweg des Flusses ankamen, begleitet von den Hunden, war bereits eine gute Stunde vergangen. Tschabold äußerte seinen Ärger über die Aktion des Kriminalkommissärs. »Dieser verfluchte Aebersold. Er sieht in jedem erfolgreichen Arzt einen Verbrecher. Aber ich kann nichts dagegen tun, Aebersold darf auch unter zweifelhaften Vorwänden Durchsuchungen anordnen.«

»Was geschieht nun?«, erkundigte sich Walker.

»Zuerst müsste ich wissen, was Aebersold gesucht hat. Du hattest ja früher schon mal mit ihm zu tun.«

»Das war nach dem Hausbrand in Vauffelin im Dezember 1989. Sein Untergebener, Wachtmeister Theophil Leibundgut, beschuldigte mich damals, ich hätte meine Frau umgebracht.«

Tschabold lachte und fragte: »Hast du es eigentlich getan?«

Walker schüttelte den Kopf. »Was soll die Frage?«

»Schon gut, Markus. Diese Frage wird dir immer wieder gestellt werden, wenn das Gespräch auf dieses mysteriöse Ereignis kommt. Ich möchte keineswegs andeuten, dass du damals deine bessere Hälfte um die Ecke gebracht hast. Ich will dir lediglich helfen. Es ist wichtig, dass du darauf vorbereitet bist und angemessen reagierst.«

Walker fragte unsicher: »Was soll ich dazu sagen?«

Tschabold antwortete: »Deine Reaktion mit ›Was soll diese Frage?‹ ist zwar richtig, aber nicht vollständig. Du musst betonen, dass man dir nicht nachweisen konnte, diese Tat begangen zu haben. Es obliegt der Anklage, dies zu beweisen, nicht dem Beschuldigten. Auf die Frage, ob du es getan hast, musst du nicht mit Nein antworten. Schließlich würde man nichts anderes von dir erwarten.«

»Richtig. Der Hausbrand von 1989 ist kein Thema mehr.

Das muss wohl auch Aebersold einsehen. Wie gerufen kommen nun meine Wunderpillen. Sie sind sehr beliebt und füllen meine Kasse, was Aebersold mit Sicherheit ärgert. Nein, Aebersold hat nicht den Hausbrand im Auge. Er versucht mich wegen der Pillen zu denunzieren.«

»Glaubst du, die Durchsuchung deiner Praxis hat ihn weitergebracht?«

»Ich kann mir das kaum vorstellen. Das Zimmer, in dem alle Unterlagen und Materialien zu den Pillen gelagert sind, haben seine Fahnder nicht aufbrechen können.«

Tschabold bewegte den Kopf hin und her. »Nicht alle sind zufrieden mit den Pillen. Es dürften mehrere auf einem Polizeiposten abgegeben worden sein, was darauf hindeutet, dass Aebersold einige Dosen erhalten hat. Aber er möchte wohl mehr darüber wissen. Zum Beispiel, wie viele verkauft worden sind. Wenn es nur wenige wären, würde die Polizei kaum intervenieren.«

»Dann darf ich zufrieden in die Zukunft blicken. Wie viele Dosen an den Mann gebracht wurden, kann nur jemand wissen, der das Zimmer mit der Metalltür durchsucht hat, und das ist bislang nicht geschehen. Nur ich weiß es, ich bin die einzige Person, die einen Schlüssel zu diesem Raum hat.«

Tschabold blickte Walker schräg an. »Sollten sich diese Unterlagen im Raum mit der Metalltür befinden, wird Aebersold Mittel und Wege finden, um sie sich zu beschaffen. Du hast keine andere Wahl, als die Dokumente mit den Verkaufszahlen zu schreddern.«

Walker zuckte mit den Schultern. »Wenn du meinst. Ja, vielleicht sollte ich das tun. Dann wäre die ganze Angelegenheit erledigt.«

»Könnte sein, aber nur vorläufig. Es bräuchte nur die Anzeige eines Betroffenen, dann könnte es zu Maßnahmen des Kantonsapothekers kommen.«

»Eines Betroffenen?«, hakte Walker nach.

»Die gibt es mit Sicherheit. Du weißt selbst, dass es Einzelne gibt, die Probleme mit den Pillen hatten und sie danach absetzten.«

»Das passiert sozusagen mit allen Medikamenten. Es gibt diesbezüglich immer Unverträglichkeiten. Als Arzt kann ich davon ein Liedchen singen.«

»Leider vergisst du dabei, dass diese anderen Medikamente ein Verfahren der interkantonalen Heilmittelkontrolle erfolgreich hinter sich haben. Das trifft auf deine Pillen nicht zu.«

»Das darfst du nicht einfach so behaupten. Jede Substanz, die in meinen Pillen enthalten ist, besteht aus Medikamenten, die von der interkantonalen Heilmittelkontrolle akzeptiert sind«, rechtfertigte sich Walker.

Dieses Argument ließ Tschabold nicht gelten. »Es geht um deren Kombination. Nicht alle sollten zusammen eingenommen werden. Die Wirkung ist plötzlich anders, als wenn lediglich das eine oder andere Mittel eingenommen wird. Eigentlich erstaunlich, dass ich das einem Arzt sagen muss.«

»Aber es gibt viele, die auf meine Abmagerungspillen schwören. Sie haben bei ihnen die erwartete Wirkung gezeigt.«

»Das ist es eben. Sie sind unter Umständen ausgesprochen wirkungsvoll. Ich habe sie ja selber ausprobiert und mehrere Kilo abgenommen. Ich wünschte mir auch nicht, dass sie verboten würden. Aber du solltest mehr auf deine Patienten hören und sofort intervenieren, wenn sie damit nicht zurechtkommen. Dann wäre es nicht zu dieser Durchsuchung gekommen.«

»Was rätst du mir, jetzt zu tun?«

»Lade alle Kunden ein, die Pillen bei dir bezogen haben, und sprich mit ihnen. Danach werden zahlreiche von ihnen sie absetzen. Und diejenigen, die sie weiter einnehmen, tun das aus eigener Verantwortung. Aber es könnte sein, dass es jetzt schon zu spät ist, nämlich wenn der Kantonsapotheker reagiert und den Antrag stellt, sie zu verbieten.«

»Dann verliere ich eine wichtige Einnahmequelle. Es handelt sich jährlich um einen sechsstelligen Betrag.«

»So weit könnte es tatsächlich kommen, wenn ein Verfahren gegen dich läuft. Es müsste bewiesen werden, dass deine Pillen ein Gesundheitsrisiko darstellen. Ein solcher Beweis beansprucht viel Zeit und, wie ich es einschätze, wäre er nicht eindeutig. Aber ehrlich, ich wage nicht vorauszusagen, wie ein Prozess gegen dich ausgehen würde. Im schlimmsten Fall dürftest du die Zulassung als Arzt verlieren.«

»Als Gerichtspräsident hättest du die Befugnis, ein solches Urteil zu verhindern.«

»Käme ich zur Überzeugung, dass deine Pillen wirklich harmlos wären, würde ich das tun. Aber ein Urteil von meinem Gericht kann weitergezogen werden. Und wehe mir, wenn die höhere Instanz, das Obergericht, dieses annulliert.«

»Ich könnte ja bis vors Bundesgericht gehen«, erwiderte Walker trotzig.

»Umso schlimmer, wenn du dabei verlierst.«

Walker verzog das Gesicht. »Ich werde deinen Rat befolgen und mit meinen Patienten sprechen. Das wird jedoch nicht von heute auf morgen geschehen.«

Tschabold klopfte Walker auf die Schulter. »Ich wusste, dass du ein vernünftiger Mensch bist. Sollte es dennoch zu einer Anklage kommen, bestehen gute Chancen, dass du straffrei bleibst. Du könntest dann weiterhin diskret mit deinen Pillen handeln, wenn auch nicht in demselben Umfang wie zuvor.«

Die Abenddämmerung setzte langsam ein, beide verabschiedeten sich und gingen erleichtert nach Hause.

***

Am Samstag, den 3. April 1993, erhielten die Mitglieder des Sechzehn-Uhr-Klubs ein Schreiben von Markus Walker.

Liebe Freunde des Sechzehn-Uhr-Klubs
Bereits Hunderte Packungen meiner »Wunderpillen« wurden verkauft. Die Produktion dieser Kapseln stößt langsam an ihre Grenzen, die Wartezeiten betragen schon drei Monate. Leider gibt es auch Neider, insbesondere der Kantonsapotheker und der -chemiker sind über meinen Erfolg verärgert. Sie versuchen, meine äußerst effizienten Medikamente gerichtlich verbieten zu lassen. Ich glaube jedoch nicht, dass ihnen das gelingen wird.

Nach dem bernischen Gesundheitsgesetz ist dies schlicht nicht möglich. Aber die Interkantonale Kontrollstelle für Heilmittel, die eng mit der Pharmaindustrie verbunden ist, wird vermutlich die Position der beiden Spitzenbeamten des Kantons teilen. Ich lasse mich von diesen Kreisen nicht in meiner Arbeit behindern und werde weiter produzieren.

Sollte es zu einem Verfahren gegen mich kommen, werde ich auf eure Hilfe angewiesen sein. Ich möchte mit allen Mitgliedern des Sechzehn-Uhr-Klubs persönlich sprechen. Gibt es Nebenwirkungen meiner Pillen? Wie bei allen sehr wirksamen Medikamenten können auch meine Produkte Nebenwirkungen haben. Es gibt Möglichkeiten, meine Mittel noch verträglicher zu machen, dafür ist jedoch eine persönliche Beratung unumgänglich.

Ich freue mich auf euer Feedback.

Herzliche Grüße

Markus Walker

***

Hauptmann und Kriminalkommissär Aebersold war oft bereits um sieben Uhr morgens in seinem Büro.

Am Montag, dem 5. April 1993, stellte er den Wochenplan für seine dreißig Untergebenen zusammen, die größtenteils ausgebildete Kriminalpolizisten waren. Wie üblich kam um halb acht der interne Postbote und brachte Aebersold gut ein Dutzend Briefe. Aebersold sah sich die Absender an und sortierte die Umschläge nach ihrer Wichtigkeit. Ganz oben lag ein Schreiben von Herbert Schweizer, einem ehemaligen hohen Beamten des Eidgenössischen Justizdepartements und langjährigen Freund von Aebersold. Er erkundigte sich nach der Analyse des Kantonschemikers.

Durch Schweizer hatte Aebersold vom Sechzehn-Uhr-Klub gehört. Bereits im letzten Sommer hatte er sich wegen Walkers »Wunderpillen« an den Kripochef der Berner Stadtpolizei gewandt. Auf den Sechzehn-Uhr-Klub wurde er wie alle, die im

Kanton Bern Rang und Namen hatten, von Walker in einem persönlichen Schreiben aufmerksam gemacht. Schweizer trat diesem Klub bei, weil eine ganze Reihe von ehemaligen Kollegen aus seinem Umfeld dies ebenfalls taten.

Schon nach der ersten Veranstaltung, die er besuchte, kamen bei Schweizer, einem promovierten Juristen mit Spezialgebiet Strafrecht, Bedenken auf. Da waren einmal diese Pillen. Mit ihnen stimmte etwas nicht. Dass es Walker in dieser Sache vor allem um Geld ging, realisierte Schweizer sofort. Aber es war nicht nur das. Wenn ein Arzt, dann noch ein Gynäkologe, Abmagerungsmittel für männliche Personen in selbst angefertigten Verpackungen anbot, fand der pensionierte Kriminalist das verdächtig. Er kaufte eine Packung mit hundert Tabletten. Damals kostete diese noch zweihundertfünfzig Franken. Der reißende Umsatz bewog Walker später, den Preis auf die Hälfte zu senken.

Schweizer, der seit Jahren mit Aebersold befreundet war, reichte ihm die Dose der »Wunderpillen« weiter, nicht, damit er sie ausprobierte, sondern um zu überprüfen, ob dieses Medikament überhaupt vertrieben werden durfte. Aebersold übergab sie dem Kantonsapotheker, der versprach, dieser Angelegenheit nachzugehen.

Aebersold fragte sich, warum er erst jetzt auf Schweizers Bedenken reagierte. Er rief ihn an, um sich zu entschuldigen. Die ganze Angelegenheit war ihm unangenehm, deshalb hatte er sie verdrängt.

Es dauerte einige Monate, bis der Kantonschemiker Zeit fand, die Pillen zu untersuchen. Der Kantonsapotheker schickte Aebersold eine Zusammenfassung der Analyse.

»Sie bewirken Wunder«, preist Dr. Markus Walker seine Pillen an. »Innerhalb weniger Monate verliert ein stark übergewichtiger Mann dreißig Kilogramm. Früher extrem fettleibig, schlaff und kraftlos wirkend, erscheint er nun schlank, gesund und energiegeladen. Er hat sich komplett verändert.«

Die Kapseln von Walker enthalten eine Vielzahl bedenklicher Wirkstoffe in hoher Dosierung: Zwei Appetitzügler (Amphetaminderivate) dienen als Abmagerungsmittel, während Schilddrüsenhormone die Kalorienaufnahme steigern. Um die durch die Aufputschmittel verursachte Nervosität und Schlafstörungen zu mildern, wurde das Beruhigungsmittel Valium hinzugefügt. Dadurch erzielen die Pillen auch eine euphorisierende Wirkung, wodurch sich Walkers Klienten trotz der strengen Kur in Topform fühlen.

Ein äußerst bedenkliches Präparat. Die einzelnen Wirkstoffe in Walkers Pillen werden derzeit nur in Ausnahmefällen, zeitlich begrenzt und unter ärztlicher Aufsicht verabreicht. Kombinationen solcher Medikamente sind in Fachkreisen verpönt. Es sind gefährliche Nebenwirkungen zu erwarten, deren Ursache schwer zu ermitteln ist. Es kann zu Pulsbeschleunigung, Durchblutungsstörungen, Herzrhythmusstörungen, Angina Pectoris, Schilddrüsenüberfunktion, Magersucht, Halluzinationen, Persönlichkeitsveränderungen und paranoiden Angstzuständen kommen.

Darüber hinaus weist Walkers Medikamentenmischung aus Beruhigungsmitteln und Amphetaminen ein hohes Suchtpotenzial auf. Solche Mixturen sind gelegentlich auf dem Markt für Heilmittel aufgetaucht, wurden jedoch bisher von der Interkantonalen Heilmittelkontrolle nicht zugelassen. Angesichts der Risiken hat diese Kontrollstelle die Ärzte vor einigen Jahren aufgefordert, auf den Einsatz solcher »wilden Mischungen« zu verzichten.

Ein Problem besteht leider nach wie vor: Es ist Ärzten nicht untersagt, gleichzeitig Rezepte für mehrere Medikamente auszustellen. Es liegt dann in ihrer Verantwortung, herauszufinden, ob diese zusammen eingenommen werden können.

Aebersold bat nach der Lektüre des Berichts des Kantonschemikers seinen Freund Schweizer um einen Besprechungstermin.

»Gar keine Frage, dieser Gynäkologe Walker ist ein Arzt mit hoher krimineller Energie«, klagte Aebersold. »Ich bin überzeugt, dass er 1980 seinen Rivalen und 1989 seine erste Frau umgebracht hat. Leider konnte ich ihm das nie beweisen, auch weil einflussreiche Leute in der Justiz meine Ermittlungen 1989 behinderten, seit 1980 bin ich Kriminalkommissär.«

»An wen denkst du dabei?«, fragte Herbert Schweizer.

Aebersold pfiff leise. »Das darf ich nicht laut sagen, denn mit der Justiz darf sich ein Kripochef nicht anlegen. Es handelt sich um mehrere Persönlichkeiten in den Gerichten und dem Justizdepartement des Kantons und der Stadt Bern. Einige sind befreundet mit Walker wie zum Beispiel der Gerichtspräsident Tschabold und der Untersuchungsrichter Zimmermann, beide aus der Stadt Bern.«

Schweizer gab zu bedenken, dass es im Rechtswesen tatsächlich einen Filz gebe, der durch Gesetze begünstigt werde. Walker mit seinen Pillen sei dafür ein gutes Beispiel. Was Walker mit seinem Sechzehn-Uhr-Klub treibe, sei rechtlich problematisch. »Dass Ärzten nicht untersagt ist, gleichzeitig Rezepte für mehrere Medikamente auszustellen, nutzt Walker kaltblütig aus, auch wenn er dabei möglicherweise eine rote Linie überschreitet. Möglicherweise.«

»Diese Pillen sind jetzt mein Hauptanliegen«, sagte Aebersold. »Ich hoffe, dass dies ein Ansatzpunkt ist, um Markus Walker endlich zur Rechenschaft zu ziehen. Doch selbst für diesen anscheinend klaren Fall ist es nicht eindeutig, wenn ich den Bericht des Kantonsapothekers lese. Walker gefährdet mit seinem ›Wundermittel‹ das Leben und die Gesundheit von Menschen. Es könnte jedoch durchaus sein, dass er dafür nicht belangt werden kann.«

Schweizer nickte zustimmend. »Das ist wohl wahr. Doch ich habe kein Mitleid mit den Opfern von Walkers Pillen. Wer große Geldbeträge für Medikamente ausgibt, die nicht von der Krankenversicherung gedeckt sind, und dabei schwerwiegende gesundheitliche Schäden in Kauf nimmt, handelt unklug. Die meisten dieser Personen sind sogar akademisch gebildet. Ich verstehe es nicht. Aber gegen Dummheit kämpfen selbst Götter vergebens, wie Friedrich von Schiller bereits festgestellt hat.«

»Herbert, du magst ja recht haben. Aber verstehe mich bitte, ich würde alles tun, damit Walker von seinem Sockel fällt, selbst wenn es bedeutet, dass ich mich an einem Strohhalm festklammern müsste. Er ist nicht nur ein Betrüger, sondern auch ein Mörder.«

Schweizer seufzte. »Auch das konnte man ihm bislang noch nicht beweisen.«

»Ich werde nicht lockerlassen und nun doch ein Verfahren gegen Walker wegen des Vertriebs von unerlaubten Medikamenten einleiten. Die Berner Staatsanwaltschaft könnte zur Klärung beitragen, doch das ist momentan ungewiss. Fast schon demonstrativ signalisiert sie Desinteresse an Hinweisen. ›Ich bin froh, dass der Skandal um Walkers Pillen nicht in den Medien angekommen ist‹, meinte der zuständige Untersuchungsrichter Paul Zimmermann letzthin zu mir.«

»Vielen Dank, Robert, für dein Engagement«, erwiderte Schweizer, »auch wenn ich befürchte, dass wenn nicht Zimmermann, dann Gerichtspräsident Tschabold dir einen Strich durch die Rechnung machen wird.«

Die Prophezeiung Schweizers erfüllte sich, als die Anzeige von Aebersold eingereicht wurde. Der Gemeinderat und Direktor des städtischen Justizdepartements zitierte diesen daraufhin zu sich. Aebersold erhielt eine Rüge wegen Behinderung der Justiz.

8

Die Hebamme Christa Graber lebte als alleinerziehende Mutter mit ihren zwei Kindern im Alter von fünf und drei Jahren zusammen. Zwei Jahre zuvor war ihr Ehemann einer evangelikalen Sekte beigetreten. Er verlangte von Christa, die Gottesdienste dieser Glaubensgemeinschaft zu besuchen und die Kinder entsprechend zu erziehen. Christa konnte dem nicht zustimmen, was letztlich zur Scheidung führte. Um finanziell über die Runden zu kommen, erhöhte sie ihr Teilzeitpensum in der Frauenklinik des Inselspitals auf das Doppelte. Sie war der Meinung, dass sie zusammen mit den Alimenten, die ihr der Ex-Mann gemäß Scheidungsurteil zahlen musste, ihre finanziellen Verpflichtungen erfüllen könnte. Die Betreuung ihrer beiden Kinder war gesichert, da ihre Eltern und einige Freundinnen aushalfen, wenn Christa aufgrund ihrer Arbeit abwesend war, was jedoch an den Abenden und Wochenenden nie zutraf. Der Vater heiratete eine Frau aus seiner Sekte und zeigte kein Interesse mehr an seinen Kindern.

Zwei Jahre später, 1993, erkannte Christa, dass die Alimente ihres Ex-Mannes und ihre Einnahmen kaum mehr ausreichten, um die Kosten für die Kinderbetreuung, den Haushalt, die Miete und andere notwendige Ausgaben wie Versicherungen und Lebenshaltungskosten zu decken. Daher sah sie sich gezwungen, nach einer zusätzlichen Einnahmequelle zu suchen. Schneller als erwartet fand sie eine Möglichkeit bei dem Gynäkologen Markus Walker. Er bot ihr einen attraktiven Arbeitsvertrag an: ein Pensum von achtzig Prozent, zehn Wochen Ferien, jährliche Gehaltserhöhungen und sogar ein »Goldvreneli«.

Christa stimmte zu und trat die Stelle am 1. Dezember 1993 an. Sie wurde als Arztgehilfin eingestellt. Die Arbeit gefiel ihr. Sie zeigte sich kontaktfreudig, was von den Patientinnen geschätzt wurde. An drei Tagen in der Woche endete ihr Arbeitstag bereits um sechzehn Uhr.

»Bei mir profitieren Sie, Frau Graber, vom Vorteil, dass Sie ab diesen Tageszeiten nicht mehr gebraucht werden. Ich bin zwar ein Frauenarzt, doch auch die Herren der Schöpfung sind mir wichtig. Ich habe Wege und Mittel gefunden, auch sie zu behandeln«, erklärte ihr Walker beim Einstellungsgespräch.

Das Wartezimmer füllte sich dann an einem Nachmittag mit älteren Herren, von denen die meisten übergewichtig waren und als bekannte, geachtete Persönlichkeiten der oberen Berner Gesellschaft angehörten. An den zwei übrigen Wochentagen behielt Walker sich vor, Sprechstunden für Herren abzuhalten.

Einer der wenigen Männer, die Walkers Praxis außerhalb der für Herren reservierten Kundschaft des Sechzehn-Uhr-Klubs besuchten, war der Witwer Eberhard Schläpfer. Der über sechzig Jahre alte Mann erschien gelegentlich am Vormittag oder am Nachmittag an der Rezeption. Man wies ihn in einen kleinen Raum, das zweite Besprechungszimmer, wo Walker ihn jeweils abholte und in sein Büro führte, sobald er mit der Behandlung einer Patientin fertig war.

Als Christa Schläpfer das erste Mal sah, war er ihr sofort sympathisch, und sie tauschte gerne ein paar Worte mit ihm. Sie erfuhr, dass er ein enger Freund von Dr. Markus Walker war und ihn sehr schätzte.

Schläpfer war gut gekleidet, und trotz seines derben Berner Oberländer Dialekts sprach er mit der Eloquenz eines Gebildeten. Christa hätte gerne mehr über ihn erfahren, doch über persönliche Angelegenheiten schwieg er beharrlich. Sie vermutete, dass er aus gutem Hause stammte und wohlhabend war.

Vor Weihnachten 1993 telefonierte Walker mit Eberhard Schläpfer von seiner Praxis aus. »Ich habe gerade deine Krankenberichte durchgesehen. Hattest du in letzter Zeit Herzbeschwerden?«

»Um ehrlich zu sein, ja. Allerdings bin ich zuversichtlich, dass ich die Situation unter Kontrolle habe.«

»Da wäre ich mir nicht so sicher. Lass uns einen Termin in den nächsten Tagen vereinbaren, um uns zu treffen.«

Die Konsultation fand am Mittwoch, den 5. Januar 1994, um vierzehn Uhr statt.

Walker führte einige Routineuntersuchungen durch, wie zum Beispiel die Messung des Pulses, des Blutdrucks und der Reflexe. Dabei stellte er fest, dass der Blutdruck leicht erhöht und der Puls zu schnell war. Walker beruhigte Schläpfer jedoch, dass dies nicht besorgniserregend sei. Diese Beschwerden könnten problemlos mit Medikamenten behandelt werden.

Walker musterte Schläpfer mit zusammengekniffenen Augen. »Jetzt kommt etwas auf dich zu, das unangenehm sein wird. Es wird schmerzhaft sein und deinen Puls etwas durcheinanderbringen. Aber es ist notwendig.«

Walker holte ein Gerät aus einem Schrank, der nur durch Eingabe eines Zahlencodes geöffnet werden konnte. »Das ist ein gefährliches und teures Gerät. Es darf keinesfalls in inkompetente Hände geraten«, sagte er. Er verschwieg jedoch Schläpfer, um was für ein Gerät es sich handelte.

Schläpfer verzog das Gesicht. Er merkte, dass da etwas nicht stimmte. Schließlich war er Elektroingenieur und kannte solche Apparate.

Walker befestigte zwei Manschetten am Körper von Schläpfer – eine am rechten Unterschenkel und eine am linken Handgelenk. Beide waren mit dem Gerät verbunden. Anschließend gab Walker einen kurzen Stromstoß durch Schläpfers Körper. Dieser schrie auf und legte instinktiv die linke Hand über die Herzgegend.

»Alles ist vorbei. Jetzt muss ich nachprüfen, ob du diese Therapie folgenlos überstanden hast.«

Walker maß nun erneut Puls, Blutdruck und Reflexe, dann verschrieb er ihm einige Medikamente, die er in einer Apotheke beziehen konnte.

Eberhard Schläpfer machte sich zufrieden auf den Heimweg.

Für Walker begann nun die Auswertung des Experimentes. Er beschaffte sich dazu aus seinem Archiv und mehreren Büchern Daten. Er kam zum Ergebnis, dass auch geringe Stromstöße Schläpfer umbringen könnten.

Walker rief Schläpfer am nächsten Morgen um acht Uhr an. »Ich möchte dir keine Angst einjagen, aber ich möchte dich auf etwas hinweisen. Auch kleinere Stromschläge könnten für dich lebensgefährlich sein. Repariere niemals ein Elektrogerät und versuche nicht, eine Steckdose zu öffnen.«

»Markus, du amüsierst mich. Ich habe Elektrotechnik am Technikum Burgdorf studiert und einen Abschluss als Elektroingenieur HTL.«

»Es tut mir leid, aber ich muss dich auf das Risiko von Stromschlägen hinweisen. Ich werde dich erneut zur Kontrolle einladen. Ginge es am Montag, den 24. Januar, um fünf Uhr nachmittags?«

»Das kann ich einrichten.« Aber von Eriz aus sei es eine weite Strecke nach Bern, er werde rechtzeitig mit seinem grünen Subaru losfahren. »Wahrscheinlich bin ich etwas zu früh bei dir.«

Als Walker nach der Mittagspause an diesem Montag die Praxis betrat, rief er laut: »Frau Graber, kommen Sie schnell zu mir. Herr Schläpfer wird heute gegen siebzehn Uhr, also kurz vor Ende der Sprechstunde, eintreffen. Er wurde von Jugoslawen angegriffen und ist völlig durcheinander. Ich werde mich um ihn kümmern. Wenn er da ist, führen Sie ihn bitte in das zweite Besprechungszimmer.«

Dieses Zimmer war mit Tisch und Stühlen, Regalen und Schränken möbliert, zudem wurden dort die Harassen mit Mineralwasser und Kisten mit Champagner gelagert.

»Frau Graber, sobald Herr Schläpfer da ist, dürfen Sie gehen. Ich muss mich eventuell mit ihm längere Zeit unterhalten. Sie sind dabei nicht gefordert.« Walker lachte und sagte: »Hebammen braucht es nicht für hartgesottene Männer.«

Schläpfer traf bereits um Viertel vor fünf Uhr ein, während Walker noch mit der letzten Patientin beschäftigt war.

Christa staunte. Trotz Walkers Behauptung, dass Schläpfer von Schlägern misshandelt worden sei, wies sein Erscheinungsbild keinerlei Anzeichen davon auf. Er sah gepflegt aus und zeigte keine sichtbaren Verletzungen.

Walker kam aus dem Besprechungszimmer eins, verabschiedete die Patientin und fragte Christa, ob Herr Schläpfer schon da sei. Da sie bejahte, wies er sie an, Feierabend zu machen. Als er zum Besprechungszimmer zwei ging und die Tür öffnete, konnte sie noch hören: »Um Himmels willen, Eberhard, was treibst du denn da?«

Christa entschied, trotz der Aufforderung von Walker, die Praxis zu verlassen und nach Hause zu gehen, um die Neugierde zu stillen, noch zu bleiben. Sie trödelte beim Pultaufräumen, legte im Labor das eine und andere an einen anderen Platz, suchte eine bestimmte Akte, während sie Geräusche hörte, die sie nicht zuordnen konnte, und umso mehr ihr Interesse geweckt wurde, herauszufinden, was im Besprechungsraum zwei vor sich ging.

Ein Tisch wurde heftig über den Boden geschoben, sie hörte Glasklirren und Herrn Schläpfer rufen: »Nein, nein, nein, Markus, was tust du mir an? Hilfe, Hilfe, Hilfe …«

Sie eilte zum Besprechungszimmer zwei und öffnete die Türe. Als sie den Raum betrat, sah sie Walker, wie er gerade eine Flasche erfasste, offenbar wollte er sie gegen den bereits verletzten Schläpfer werfen. Schläpfer stand in der Ecke, sichtlich verängstigt und mit erhobenen Händen. Ohne zu zögern, griff Christa ein und versuchte, die Situation zu deeskalieren, indem sie laut und bestimmt auf Walker einredete, die Flasche niederzulegen und sich zu beruhigen.

Stattdessen schrie Walker sie an: »Verlassen Sie augenblicklich diesen Raum. Das, was hier abläuft, geht Sie nichts an!«

Christa rannte aus dem Raum, Walker hinter ihr her, der ihr bis zur Tür folgte und diese dann mit einem lauten Knall zuschmetterte. Von Panik ergriffen, doch erleichtert, dass Walker im Zimmer zurückgeblieben war, hastete sie zum Empfang. Sie nahm das Telefon und kontaktierte den Sicherheitsdienst der Immobilia. Sie berichtete, dass im Sprechzimmer des Arztes ein wüster Streit im Gange sei und sie sich nicht traue, das Zimmer erneut zu betreten.

Der Sicherheitsdienst antwortete umgehend auf den Anruf von Christa. Ein Mitarbeiter versicherte ihr, dass unverzüglich

Unterstützung entsandt werde. In der Zwischenzeit bemühte sich Christa, ihre Aufregung zu beherrschen, und verharrte angespannt im Empfangsbereich. Kurze Zeit später kamen zwei Wachmänner, ausgestattet und bereit, die Situation zu klären. Sie näherten sich behutsam dem Sprechzimmer. Aus sicherer Entfernung beobachtete Christa das Geschehen, noch immer verängstigt, jedoch erleichtert, dass der Wachdienst der Immobilia da war.

Einer der Wachmänner klopfte an die Tür, die daraufhin von Walker geöffnet wurde. Sein weißer Arztkittel war blutbefleckt.

»Was ist vorgefallen, Herr Dr. Walker? Ich hörte Herrn Schläpfer um Hilfe rufen«, erkundigte sich Christa besorgt, die sich nun ebenfalls an der Tür befand.

»Frau Graber, es ist alles in Ordnung. Schläpfer war außer sich, ich konnte ihn nur mit einem gezielten Boxschlag zur Ruhe bringen. Jetzt hat er eine Risswunde über der Augenbraue, und Sie wissen ja, wie stark solche Verletzungen am Kopf bluten. Ich werde sie nun nähen, alles wird in Ordnung kommen. Gehen Sie jetzt bitte nach Hause, danke vielmals«, sagte Walker.

Weder die Wachmänner noch Christa konnten Herrn Schläpfer erblicken. Walker, dessen stattliche Statur den gesamten Türrahmen ausfüllte, verhinderte jegliche Sicht nach innen. Die Sicherheitsleute und Christa verharrten einen Moment im Gang.

Einer der Wachmänner äußerte: »Der Herr Doktor hat uns die Lage erläutert, wir sollten nun die Praxis verlassen.«

Christa nickte, obwohl sie immer noch irritiert war. »Wenn das die Anweisungen sind, sollten wir ihnen folgen.« Sie warf einen misstrauischen Blick auf den massiven Rücken von Walker, der immer noch den Eingang des Besprechungszimmers versperrte.

Die Wachmänner stimmten zu, und gemeinsam gingen sie Richtung Eingangstür, ihre Schritte hallten leise in den leeren Fluren der Praxis wider.

Im Treppenhaus angekommen, atmete Christa tief durch und sah die Wachmänner an. »Ich hoffe, das klärt sich bald auf. Ich fühle mich unwohl. Ich hatte keine Anzeichen körperlicher Misshandlung bei Herrn Schläpfer bemerkt, als er vor wenigen Minuten die Praxis betreten hatte. Hier stimmt etwas nicht. Doktor Walker sagte mir, Herr Schläpfer sei geschlagen worden, deshalb käme er heute in die Praxis. Bitte bleiben Sie noch eine Weile hier vor der Praxis. Ich werde noch einmal zum Besprechungszimmer gehen.« Sie klopfte erneut an.

Herr Walker kam heraus und sagte: »Verdammt, sind Sie immer noch hier? Bitte verlassen Sie jetzt die Praxis, es ist alles in Ordnung.«

»Herr Dr. Walker, falls Sie Unterstützung beim Nähen der Wunde benötigen, stehe ich Ihnen gerne zur Verfügung«, sagte Christa.

Walker lehnte ab und ging zurück in das Zimmer.

Christa begab sich wieder zu den Wachmännern. »Ich danke Ihnen für Ihr Kommen. Ich sehe keinen weiteren Grund, hier zu verweilen. Dieser Ort ist mir unheimlich, ich empfinde tatsächlich Angst.« Sie holte ihre Handtasche, verließ die Praxis und wollte nach Hause gehen.

Dem einen Wachmann war die Angelegenheit plötzlich ebenfalls nicht geheuer. Auf dem Weg zu ihrem Büro im Parterre erörterte er mit dem Kollegen den Vorfall. Der eine Wachmann äußerte den Verdacht, dass an der Sache etwas faul sei. Dr. Walker traue er alles zu. Er habe einiges über diesen Gynäkologen gehört, nichts davon sei gut gewesen.

»Geh doch noch einmal hin«, schlug der andere Wachmann vor. »Beobachte aus einiger Entfernung, was sich am Eingang der Praxis ereignet.«

Das tat er dann auch. Als er zum Kollegen zurückkam, berichtete er ihm von seinen Beobachtungen. »Ich habe ungefähr eine Dreiviertelstunde gewartet. Das Licht in der Praxis war noch an, also musste sich der Arzt noch dort befinden.«

»Logisch, er nähte die Kopfwunde des Patienten«, sagte der zweite Wachmann.

»Dann ging die Tür der Praxis auf, und Dr. Walker stützte einen älteren Herrn am Arm. Der Mann hatte einen Verband, der sich von seiner Stirn bis zum Hinterkopf erstreckte, und schien nur mit der Hilfe des Arztes stehen zu können. Dr. Walker half dem hinkenden Mann zum Aufzug. Der Aufzug fuhr bis in das zweite Untergeschoss, direkt ins Parkhaus. Ich fuhr mit dem zweiten Lift etwas verzögert ebenfalls hinunter. Walker geleitete den hinkenden Verletzten durch die Tiefgarage. Vor einem grünen Subaru hielten sie an. ›Steig ein und fahre nach Hause, du schaffst das‹, sagte darauf Walker, während er den Mann ziemlich unsanft auf den Fahrersitz drängte. Dem alten Herrn gelang es, das Fahrzeug zu starten und unsicher wegzufahren. Ich entschied mich, Walker anzusprechen. Ich fragte ihn, ob das angemessen sei. Walker drehte sich zu mir um, sein Gesichtsausdruck war undurchdringlich. Er sagte: ›Er musste nach Hause. Es war das Beste unter den gegebenen Umständen.‹ Und dann lief er einfach davon und verschwand in der Dunkelheit der Garage.«

Die beiden Wachmänner beobachteten weiterhin den Bildschirm, der aufleuchtete, sobald sich etwas bewegte. Plötzlich erschien Walker erneut im Blickfeld der Kamera. Er ging zielstrebig zu seinem weißen Jeep Cherokee, der etwa dreißig Meter entfernt von der Stelle, an der vorhin der Subaru geparkt war, stand. Ohne zu zögern, stieg er ein und fuhr davon.

»Was denkst du über diese eigenartige Geschichte?«, fragte der zweite Wachmann.

»Eigenartig? Nein, diese Machenschaft ist eindeutig kriminell. Ich hätte Lust, jetzt gleich die Polizei zu benachrichtigen.«

»Bitte unterlasse das. Unsere Vorgesetzten würden das kaum begrüßen. Sollte sich eine solche Situation wiederholen, werden wir davon rechtzeitig in Kenntnis gesetzt. Ich stimme dir jedoch zu, es handelt sich hier um eine Angelegenheit, die nach kriminellen Aktivitäten riecht.«

»Meinst du, die Polizei wird morgen mit uns Kontakt aufnehmen?«

»Warten wir mal ab. Ich denke, wir haben alles richtig gemacht.«

9

Kurz nach sieben Uhr abends erreichte ein grüner Subaru den Vorhof der Klinik »Permanence« beim Bahnhof Bümpliz-Nord. Ein älterer Herr, dessen Kopf und Arme verbunden waren, öffnete mühevoll die Fahrertür. Beim Versuch auszusteigen, stürzte er und blieb regungslos am Boden liegen.

Eine Krankenschwester, die in der Nähe eine Zigarette rauchte, eilte besorgt herbei und rief: »Oh Gott, was ist denn Ihnen zugestoßen?«

Der ältere Herr reagierte nicht, er hatte offensichtlich das Bewusstsein verloren. Die Krankenschwester hastete zum Empfang, um Unterstützung zu holen. Kurze Zeit später erschienen zwei Pfleger mit einer Trage, luden den Mann darauf und transportierten ihn in die Notaufnahme. Während ihn ein Arzt untersuchte, erlangte der Mann langsam sein Bewusstsein wieder.

Der Arzt fragte den Mann sanft: »Können Sie mich hören? Können Sie mir sagen, was passiert ist?«

Der ältere Mann blinzelte mühsam und versuchte, sich zu orientieren. Nach ein paar Momenten der Stille begann er schwach zu sprechen: »Ich … ich bin gestolpert und habe wohl meinen Kopf auf dem Trottoir aufgeschlagen.«

Der Arzt nickte verständnisvoll und sagte, er werde bald wieder zurück sein. Währenddessen blieb die Krankenschwester, die zuerst am Unfallort war, bei dem Mann, hielt seine Hand und versuchte, ihn zu beruhigen, bis die Untersuchungen abgeschlossen werden konnten.

Einige Zeit verging, bevor der Arzt erneut erschien. Er erkundigte sich noch einmal bei dem Verletzten nach dem Geschehenen sowie nach dessen Namen und Adresse. Mit Mühe und unter Schmerzen gab Schläpfer seine Personalien preis. Danach verstummte er wieder für eine Weile. Der Arzt nahm Schläpfers rechtes Handgelenk, um den Puls zu prüfen, und blickte auf seine Uhr.

»Ihr Puls ist schwach und langsam, jedoch regelmäßig. Es wird sich bessern.«

Daraufhin begann Schläpfer unvermittelt zu erzählen, wie er hierhergefahren war.

Der Arzt verfolgte die Aussage aufmerksam.

»Wenn ich Ihnen zuhöre, erkenne ich, dass Sie offensichtlich keine inneren Verletzungen im Gehirn aufweisen. Das ist durchaus beruhigend.«

Schläpfer lächelte.

»Wir müssen einige Röntgenaufnahmen machen und möglicherweise eine Operation durchführen. Sind Sie damit einverstanden, dass wir diese Maßnahmen ergreifen?«, erkundigte sich der Arzt.

Schläpfer antwortete klar mit einem Ja und drückte seinen Dank aus, dass man sich um seine Gesundheit sorge.

»Vielen Dank für Ihre Zustimmung, Herr Schläpfer. Wir werden nun mit den notwendigen Vorbereitungen beginnen. Ihr Wohlbefinden hat bei uns höchste Priorität. Ihre Darstellung der Umstände, die zu Ihren Verletzungen führten, war deutlich und widerspruchsfrei. Ich bin beeindruckt, obwohl die Geschichte, die Sie uns erzählt haben, durchaus ungewöhnlich ist.«

Schläpfer wurde daraufhin in die Radiologieabteilung gebracht, wo mehrere Röntgenaufnahmen gemacht wurden, eine Prozedur, die etwa eine halbe Stunde dauerte. Anschließend wurde er zurück in den Behandlungsraum verlegt.

Eine Krankenschwester nahm seine Verbände ab und ärgerte sich dabei. Sie seien offenbar in aller Eile und unsorgfältig angebracht worden, beklagte sie sich beim Arzt, der kurz darauf hinzukam.

»Ich habe eine gute Nachricht für Sie. Ihre Verletzungen sind zwar schwerwiegend, jedoch nicht lebensbedrohlich. Sie haben verschiedene Knochenverletzungen im Gesicht. Es betrifft die Knochen um das Auge, die Orbita, die Augenhöhle. Die knöcherne Orbita besteht aus sieben einzelnen Knochen, darunter das Jochbein, das Stirnbein und das Tränenbein. Die drei Knochen weisen rechtsseitig Risse und Quetschungen auf. Wir müssen diese Stellen freilegen und Eingriffe vornehmen. Die Operation kann ohne größeres Risiko durchgeführt werden und dauert von Beginn bis zum Ende der Narkose etwa neunzig Minuten. Wenn wir um zehn Uhr damit beginnen, sollten wir auf jeden Fall vor Mitternacht fertig sein.«

Schläpfer wurde in einem speziell dafür eingerichteten Raum auf die Operation vorbereitet. Der Eingriff verlief ohne Komplikationen.

Als Schläpfer aus der Narkose erwachte, war er sofort ansprechbar, was als positives Zeichen gewertet wurde.

Während der Operation hatte ein Austausch zwischen dem Klinikleiter und dem Notfallarzt stattgefunden, beide waren nicht Teil des Operationsteams. Der Notfallarzt äußerte seine Bedenken. »Es fällt mir schwer, zu glauben, was mit Eberhard Schläpfer passiert ist. Eigentlich sollten wir die Polizei informieren, doch das erscheint erst sinnvoll, wenn Schläpfers Zustand eine Kommunikation mit den Ermittlungsbehörden zulässt.«

Der Klinikleiter, nachdenklich nickend, antwortete: »Ich verstehe Ihre Bedenken, doch wir müssen vorsichtig sein. Lassen Sie uns Schläpfers Zustand weiterhin genau überwachen, und eventuell kann er dann auch klar erzählen, was vorher passiert ist.«

Christa Graber rief gegen neun Uhr abends bei Walker zu Hause an. Sie wollte nachfragen, wie es Eberhard Schläpfer gehe. Zuerst meldete sich Walkers Frau am Telefon und sagte: »Das ist ja nicht zu fassen, Frau Graber, mein Mann hat mir alles bereits erzählt. Einen Moment, er kommt gerade zur Tür herein. Sie können gleich mit ihm sprechen.«

Walker kam ans Telefon, erzählte Christa erneut seine Variante der Geschichte. Er wies darauf hin, dass er Tschabold angerufen habe, der sich jetzt um den Vorfall zwischen Schläpfer und den Jugoslawen kümmere.

»Frau Graber, bitte kommen Sie morgen eine halbe Stunde

früher in die Praxis. Ich benötige Ihre Hilfe bei der Reinigung von Besprechungszimmer zwei. Es gibt Blut am Boden und an den Wänden. Außerdem liegen überall Scherben von den Flaschen herum, mit denen Schläpfer wie ein Berserker auf mich eingedroschen hat.«

»Herr Dr. Walker, ich habe Schwierigkeiten mit dem Vorfall zwischen Herrn Schläpfer und den Jugoslawen, wie Sie ihn mir geschildert haben. Als Schläpfer in die Praxis kam, sah er wirklich nicht danach aus. Und weshalb schrie er um Hilfe?«

»Frau Graber, wie kommen Sie dazu, mich als Lügner hinzustellen? Erstens können Sie das nicht beurteilen, zweitens sind Sie bei mir angestellt und haben meine Anordnungen zu befolgen. Ist Ihnen das klar?«

Christa antwortete nicht.

Markus Walker legte den Hörer auf.

Dann rief Walker tatsächlich Felix Tschabold an und erzählte ihm seine Sicht der Ereignisse in der Praxis. Er berichtete, dass Schläpfer ausgerastet sei, eine Flasche aus einem Regal gerissen und auf ihn eingeschlagen habe. Schläpfer sei bekannt dafür, leicht erregbar zu sein. Es gebe Anzeichen dafür, dass bei ihm eine Demenz eingesetzt habe.

»Nun ja, Markus, du weißt dich ja zu wehren. Du bist um einiges kräftiger als Schläpfer«, meinte Tschabold.

»Zum Glück. Ich habe ihn überwältigt, bevor er mich verletzen konnte. Ich musste ihn mit einem K.-o.-Schlag ruhigstellen, was dann über dem rechten Auge eine Wunde zur Folge hatte, die ich anschließend genäht habe. Ich injizierte ihm ein Beruhigungsmittel. Er kam wieder zur Vernunft. Ich führte den Kerl in die Tiefgarage zu seinem Wagen und empfahl ihm, zielstrebig nach Hause zu fahren.«

»Was war der Grund für Schläpfers Erregung?«

»Du wirst es nicht glauben. Schläpfer hatte vor zwei Wochen versehentlich zwanzigtausend Franken auf mein Konto überwiesen. Ich habe ihm diese Summe am nächsten Tag zurückgezahlt. Heute kam er zu mir und behauptete, das Geld sei immer noch nicht bei ihm eingetroffen. Ich wies ihn darauf hin, dass ich den Betrag sofort wieder eingezahlt hatte. Das bestritt er energisch und ging auf mich los.«

»Vergiss es. Solche Vorkommnisse sind typisch für ältere Menschen, die an Demenz leiden. Ich kann mir vorstellen, dass Schläpfer, wenn er zu Hause angekommen ist, nichts mehr von der ganzen Sache weiß.«

***

Nach dem Gespräch mit Walker versuchte Christa Graber mehrmals, Eberhard Schläpfer anzurufen, aber er war nicht erreichbar. Selbst spät in der Nacht kam er nicht ans Telefon, was darauf hindeutete, dass Schläpfer möglicherweise nicht zu Hause in Eriz war.

Am nächsten Morgen war Christa bereits um sieben Uhr mit einem mulmigen Gefühl in der Praxis. Als sie das Besprechungszimmer zwei betrat, bot sich ihr ein chaotisches Bild: Mehrere Stühle waren umgekippt, Scherben von zerschlagenen Mineralwasserflaschen lagen überall herum. Außerdem gab es mehrere Wasserpfützen. Zudem entdeckte sie eine große eingetrocknete Blutlache auf dem Boden sowie Blutspritzer an den Wänden und an der Decke. Die zerbrochene Brille und die Krawatte von Schläpfer lagen neben dem umgekippten Tisch. Nein, das konnte und wollte sie nicht alleine in Ordnung bringen, entschied Christa für sich.

Da läutete bereits das Telefon. Walker war am Apparat: »Haben Sie das Zimmer gereinigt?«

»Herr Walker, das sieht ja schlimm aus, was ist hier passiert?«

»Ich habe es Ihnen doch gesagt. Reinigen Sie jetzt bitte das Zimmer, ich komme nach den Operationen, dann haben wir Sprechstunde.«

Am Dienstag musste Walker wie üblich Operationen in der Klinik »Paradis de Berne« durchführen. Für den Nachmittag waren noch drei Patientinnen für eine Sprechstunde in der Praxis eingeplant. Anschließend wollte er sofort mit seiner Frau in den Süden Frankreichs in den Urlaub aufbrechen.

Als Walker dies ankündigte, überkam Christa Graber plötzlich die Angst. Seine aufgeregte und äußerst gestresste Stimme beunruhigte sie. Sie traute sich nicht, aus der Praxis anzurufen. Stattdessen ging sie zur Telefonzelle gegenüber dem Hirschengraben und wählte die Nummer ihres Scheidungsanwalts Reto Balmer, erzählte ihm alles und hoffte, er würde ihr helfen können.

Zuerst wollte Balmer ihr die Geschichte nicht glauben, aber ihre verzweifelte Stimme stimmte ihn um. Er sagte: »Sie rühren nichts an, solange Ihnen dieser Arzt keine hundertprozentige Erklärung für das geben kann, was am Abend zuvor in der Praxis passiert ist. Ich muss erst überlegen, wie wir damit umgehen sollen, das alles klingt so unglaublich.«

***

»Herr Schläpfer, wie geht es Ihnen?«, fragte die Krankenschwester in der »Permanence« freundlich und deutlich, mehrmals.

Schläpfer erwachte. »Ich kann mich nicht beklagen. Mir geht es gut.«

»Sie wurden letzte Nacht operiert, und der Eingriff verlief ohne Komplikationen. Wie geht es mit den Schmerzen?«

»Ich spüre sie schon ein wenig, aber ich kann sie aushalten.«

»Können Sie sich daran erinnern, was gestern Nachmittag passiert ist und wie Sie in unserem Krankenhaus gelandet sind?«

Schläpfer versuchte nachzudenken. »Es ist noch ein bisschen verschwommen. Immerhin weiß ich, wie alles begann. Es war mein Freund, der Arzt Markus Walker, der mir einen Elektroschock versetzen wollte. Dann … ich brauche noch etwas Zeit … wie ich hierhergelangte? … das ist derzeit noch im Dunkeln … aber ich denke, es wird mir schon noch einfallen.«

»Das klingt gut«, sagte die Krankenschwester. »Wir werden Sie nun in die Abteilung für ältere Menschen bringen. Dort erwartet Sie ein Zimmer mit vier Betten. Nicht alle Patienten sind ansprechbar, manche reden wirres Zeug. Falls es Sie sehr stören sollte, könnten wir Ihnen Ohropax anbieten.«

Schläpfer lachte und winkte ab.

Nachdem Schläpfer in einem Bett in der Geriatrie-Abteilung lag, bekam er Besuch vom Arzt Dr. Walter Haussener, der ihn operiert hatte. Haussener sprach ein wenig mit ihm, fragte nach seinem Namen und welcher Tag heute sei. Schläpfer konnte beides beantworten. Dann reichte der Arzt ihm eine Zeitung und wollte wissen, ob er daraus lesen könne. Das könne er schon, allerdings müsste er dazu seine Brille aufsetzen, doch wo die sei, wisse er nicht. Wahrscheinlich sei sie beim Überfall auf ihn von gestern verloren gegangen.

»Machen Sie sich keine Sorgen, Herr Schläpfer. Als Sie bei uns ankamen, trugen Sie eine Brille.«

»Jetzt kommt es mir in den Sinn, ich hatte ja eine Ersatzbrille im Handschuhfach ...«

Dr. Haussener reichte ihm die Brille.

»Der Überfall?«, erkundigte sich der Arzt, »darüber werden wir morgen reden. Ruhen Sie sich erst aus.«

***

Es war kurz nach zwölf am Mittag. Walker erschien sehr eilig und unüblich direkt nach den Operationen in der Praxis. Er stürmte zur Tür herein und fragte laut: »Ist das Zimmer geputzt?«

»Nein, Herr Walker, es sieht schlimm aus. Ich ...« Christa konnte nicht zu Ende sprechen. Walker schnappte sich Kehrichtsäcke und Putzmaterial, eilte in das Besprechungszimmer zwei und knallte die Tür hinter sich zu. Aus dem verschlossenen Raum drangen laute Geräusche. Offensichtlich reinigte er Boden und Wände und sammelte den herumliegenden Müll in den Abfallsäcken auf.

Nach einer Stunde verließ er das Zimmer und zog sich in seinem Büro um. Anschließend begab sich Walker ins Wartezimmer, wo bereits zwei seiner drei Patientinnen es sich bequem gemacht hatten und die Zeit mit dem Lesen der Schweizer Illustrierten vertrieben.

Die Neugierde packte Christa, und sie ging in das Besprechungszimmer zwei. Walker hatte ganze Arbeit geleistet. Der Raum war sauber, das Chaos beseitigt. Regale, Tisch und Stühle waren wieder an ihrem angestammten Platz.

Doch etwas fiel ihr sofort auf. Der Totenschädel, der normalerweise oben auf dem Regal rechts von der Tür stand, war verschwunden. Seit sie in Walkers Praxis arbeitete, war er immer an dieser Stelle gewesen. Seine Position war so gewählt, dass er jedem Eintretenden direkt ins Auge sprang.

Christa hörte ein Läuten. Das war das Zeichen, dass der Arzt sie im Sprechzimmer benötigte. Sie ging dorthin.

Als die Behandlung der drei Patientinnen zu Ende war, sah Walker gestresst auf die Uhr und warf Christa einen bösen Blick zu. »Wegen Ihnen bin ich jetzt in Verzug geraten. Wenn ich aus den Ferien zurück bin, werde ich Sie dafür zur Verantwortung ziehen.«

»Tun Sie das, Herr Doktor. Doch zuvor habe ich noch eine Frage. Wie geht es Herrn Schläpfer?«

»Machen Sie sich keine Sorgen. Alles ist in Ordnung. Er ist wieder zu Hause und hat sich telefonisch bei mir für sein Verhalten entschuldigt.« Danach kehrte sich Walker abrupt um und verließ die Praxis, ohne sich zu verabschieden.

Christa fand die Atmosphäre unheimlich. Schnell machte sie sich auf den Weg nach Hause.

Eine Stunde später tätigte sie ihren nächsten Anruf bei Eberhard Schläpfer. Es meldete sich niemand. Sie versuchte nun rund um die Uhr, ihn zu erreichen, bis zum Mittwochmorgen, dem 26. Januar. Doch er ging nie ans Telefon. Christa war jetzt davon überzeugt, dass Schläpfer nicht zu Hause war.

Am Mittwochmorgen musste Christa noch in der Praxis aufräumen. Sie fühlte sich weniger ängstlich, da sie wusste, dass Walker nun mit seiner Frau in Südfrankreich war. Daher wagte sie es, von der Praxis aus in jedem Spital von Bern anzurufen.

»Guten Tag, hier spricht Christa Graber. Könnten Sie mich bitte mit Eberhard Schläpfer verbinden?«

Niemand wusste von einem Eberhard Schläpfer, bis zum letzten Anruf an der Klinik Permanence. Dort hieß es plötzlich: »Ja, einen Moment bitte ...«

Schnell legte sie auf. Nun wusste sie, dass etwas ganz und gar nicht stimmte. Walker hatte sie angelogen. Eberhard Schläpfer war keineswegs in seinem Haus in Eriz, sondern lag verletzt in einem Berner Spital.

Jetzt war es für Christa klar, dass sie in der Praxis von Dr. Walker nichts mehr zu suchen hatte. Sie ließ alles liegen, was sie noch nicht erledigt hatte. Die verbliebenen Zimmer, die noch nicht gereinigt waren.

Sie nahm sich vor, am Nachmittag die Polizei anzurufen.

***

Am Mittwoch kurz nach acht machte Dr. Haussener wiederum Visite bei Schläpfer.

»Herr Schläpfer, Ihr Gesundheitszustand scheint sich stabilisiert zu haben. Blutdruck und Herzfrequenz sind Ihrem Alter entsprechend gut. Auch die Blutwerte sind zufriedenstellend. Sind Sie in der Lage, mir zu erzählen, was Ihnen am späteren Nachmittag des vergangenen Montags widerfahren ist, bevor Sie losgefahren sind aus der Tiefgarage?«

»An diesem Tag hatte ich einen Termin in der Praxis von Dr. Markus Walker.«

Haussener war verwirrt. »Echt? Soweit ich weiß, ist Walker Gynäkologe. Warum sind Sie bei einem Frauenarzt in Behandlung?«

»Dr. Walker war der Arzt meiner verstorbenen Frau, die an Bauchspeicheldrüsenkrebs litt. Ich fragte ihn, ob er auch Männer behandeln könne, und er versicherte mir, dass er dazu befugt sei. Er habe vor seiner Facharztausbildung als Arzt auch in einer Notaufnahme gearbeitet. Jeder Mediziner mit Schweizer Ausbildung dürfe als Allgemeinmediziner praktizieren.«

Haussener stimmte Schläpfer zu, wies jedoch darauf hin, dass ein solcher Arzt wissen sollte, wann er einen Spezialisten hinzuziehen müsse.

»Walker behandelte mich aufgrund von Herzproblemen und verschrieb wirksame Medikamente. Diese halfen mir einige Monate lang ein wenig, bis es vorgestern zu einem tragischen Vorfall kam.«

»Und wie ist das abgelaufen? Das wäre für uns wichtig zu erfahren«, sagte Haussener.

»Schon zu Beginn bemerkte ich, dass auf dem Behandlungstisch von Dr. Walker ein Gerät lag, das ich als Elektroschocker für Stiere erkannte. Aufgrund meiner ländlichen Herkunft und meiner Erfahrung in der Landwirtschaft wusste ich, wie solche Schocker funktionieren. Sie werden eingesetzt, um aggressive Stiere zu beruhigen oder kurzzeitig zu betäuben. Es war aber nicht dasselbe Gerät, das er rund zwei Wochen zuvor bei mir schon angewendet hatte. Plötzlich überkam mich eine ungute Empfindung. Irgendetwas schien mit Markus, den ich sonst sehr schätze, nicht zu stimmen. Seine Art und sein Blick wirkten auf mich befremdlich. Könnte es sein, dass er unter Drogeneinfluss stand, fragte ich mich.«

»War es das erste Mal, dass Ihnen dieses Verhalten an Walker auffiel?«

»Dieses Mal war das Gefühl besonders ausgeprägt. Ich gestehe, dass ich eine gewisse Voreingenommenheit gegenüber Dr. Walker habe. Er hat sich intensiv um meine verstorbene Frau gekümmert und unterstützte mich auch nach ihrem Tod mit viel Verständnis.«

Haussener runzelte die Stirn. Er räusperte sich leicht, bevor er fortfuhr. »Als Sie zu uns gebracht wurden, haben wir Ihre Unterlagen in der Mappe in Ihrem Auto überprüft, da Sie uns zu diesem Zeitpunkt keine Informationen geben konnten. Anhand der gefundenen Papiere konnten wir uns ein Bild von Ihnen machen, einschließlich Ihrer Adresse, Bildung und Besitzstand, die den Eindruck vermitteln, dass Sie in guten Verhältnissen leben. Meine Frage ist nun: Gibt es auch finanzielle

Aspekte zwischen Ihnen und Walker, die wir berücksichtigen sollten?«

Schläpfer blickte Haussener anerkennend an. »Ihre Erwähnung der Finanzen zeigt Ihr Gespür. Tatsächlich habe ich Walker bereits mehrmals finanziell unterstützt und ihm auch eine Erbschaft in Aussicht gestellt. – Als Arzt haben Sie selbstverständlich das Recht, alle Fragen zu stellen, das ist nachvollziehbar. Aufgrund der Informationen, die Sie nun erhalten haben, könnte Walker Ihnen als eine zwielichtige Person erscheinen, der man alles zutrauen könnte.«

Haussener nickte verständnisvoll.

Schläpfer begann vom Montag zu berichten. Walker habe ihn angewiesen, seinen Oberkörper frei zu machen und die Augen zu schließen. »Die Sache mit dem ›Augen schließen‹ kam mir verdächtig vor. Ich ließ meine Augenlider einen Spalt offen. Plötzlich sah ich, wie Walker den Elektroschocker in Richtung meines Rückens bewegte. Blitzschnell erfasste ich die Situation und handelte, indem ich ihm das Gerät aus den Händen riss und es wegschleuderte. Der Elektroschocker prallte an die Wand und fiel zu Boden, wobei er offensichtlich beschädigt wurde. In diesem Moment der Konfrontation wurde mir klar, dass meine Vorsicht gerechtfertigt war. Walker hatte offenbar vor, mich zu überwältigen, doch durch mein schnelles Eingreifen konnte ich die Oberhand gewinnen. Die Atmosphäre war nun von einer spürbaren Spannung erfüllt, da unklar war, wie Walker auf diesen unerwarteten Widerstand reagieren würde. Anschließend versetzte Walker mir einen kräftigen Faustschlag ins rechte Auge. Mir wurde dabei schwindlig, ich stürzte zu Boden und verlor meine Brille. Die Situation eskalierte weiter, als Walker, nachdem er bereits einen Faustschlag ausgeteilt hatte, zu einer Harasse mit Mineralwasserflaschen ging. Er griff nach zwei Flaschen und schlug damit auf mich ein, obwohl ich bereits auf dem Boden lag. Die Wucht der Schläge war so stark, dass die Flaschen zerbrachen. Dieser gewalttätige Übergriff fügte mir weitere Verletzungen zu. Ich befand mich in einer äußerst verwundbaren und schutzlosen Lage.«

»Bemerkenswert und beängstigend«, sagte Haussener. »Es ähnelt fast einem Mordanschlag. Und Sie? Haben Sie nicht um Hilfe gerufen?«

»Selbstverständlich tat ich das, es war das Einzige, was ich in dieser Lage noch machen konnte. Was sich anschließend ereignete? Daran erinnere ich mich nicht genau. Ich muss wohl kurzzeitig das Bewusstsein verloren haben. Nur so viel ist mir klar: Die Tür wurde von außen geöffnet. Walker sprach mit jemandem. Ich konnte nicht erkennen, wer es war, da Walker den gesamten Türrahmen verdeckte.«

Er verstehe durchaus, dass Eberhard Schläpfer unter diesen stressigen Umständen und angesichts der starken Schmerzen nicht alles habe wahrnehmen können, was um ihn herum geschah, sagte Haussener. Zudem sei ihm zu Ohren gekommen, dass Walker ihn ins Parkhaus zu seinem Subaru geschleppt habe.

Schläpfer zeigte sich überrascht. »Interessant, wie sind Sie darauf gekommen?«

Haussener dachte kurz nach. »Eigentlich sollte ich darüber nicht informiert sein. Doch nachdem wir Sie auf dem Parkplatz vor der Klinik gefunden und Ihre Identität anhand der Dokumente in Ihrem Fahrzeug festgestellt hatten, nahmen wir Kontakt zur Polizeiwache Waisenhaus auf. Am Telefon sprach ich mit einem Polizisten namens Leibundgut, der uns die Vorkommnisse erläuterte. Angestellte des Sicherheitsdienstes der Immobilia, zu der das Gelände gehört, hatten sich nun doch – entgegen der ursprünglichen Absicht – bei der Stadtpolizei gemeldet und einen Vorfall in der Praxis von Dr. Walker zur Anzeige gebracht. Ein älterer Herr sei von Dr. Walker verletzt in die Tiefgarage gezerrt und aufgefordert worden, nach Hause zu fahren. Der Wächter hat der Polizei das Kennzeichen des Fahrzeugs übermittelt, daher ist der Polizei nun bekannt, um wen es sich handelt.«

»Vielen Dank, Dr. Haussener«, sagte Schläpfer mit einem anerkennenden Nicken. »Ihre Professionalität in dieser Angelegenheit ist äußerst wertvoll.«

»Sehr gerne, Herr Schläpfer. Ich werde Sie auf dem Laufenden halten.«

Bereits zwei Stunden später erschien Wachtmeister Leibundgut von der Stadtpolizei bei Schläpfer. »Ich habe ein Fax von Dr. Haussener mit einem Bericht über den Vorfall vom Montag, den 24. Januar 1994, zwischen Ihnen und Dr. Markus Walker erhalten. Ich gehe von einem schwerwiegenden Gewaltakt gegen Leib und Leben aus. Das bedeutet, dass wir, die Kripo der Stadtpolizei, die Staatsanwaltschaft einschalten werden. Wir schlagen vor, dass ein Haftbefehl gegen Dr. Markus Walker ausgestellt wird.«

Leibundgut wollte noch einige zusätzliche Details wissen, insbesondere wie die Fahrt zwischen der Tiefgarage der Immobilia und dem Parkplatz der Klinik Permanence verlaufen sei.

Schläpfer seufzte tief. »Das war tatsächlich ein Problem. Walker hat mich unsanft auf den Fahrersitz geschoben, die Tür zugeknallt und ist davongeeilt. Was ich noch schildern muss: Er hat mir zuvor immerhin die Wunde über dem rechten Auge genäht und Verbände angelegt. Ich hatte mehrere Blutungen an der Stirn oben und hinten am Kopf.«

Leibundgut unterbrach Schläpfer kurz. »Was sich Walker erlaubt hat, ist unfassbar, besonders für einen Arzt. Hat er Ihnen wenigstens eine Spritze gegen die Schmerzen gegeben?«

»Nein, das hat er nicht. Und lassen Sie sich versichern, die Schmerzen, die ich aushalten musste, waren fast unerträglich.«

Schläpfer fuhr fort, den weiteren Verlauf der Fahrt zu beschreiben. »Es war wahrlich eine Tortur. Mir war bewusst, dass ich Walkers Anweisung, unverzüglich nach Hause zu fahren, unmöglich befolgen konnte. Der Heimweg hätte mindestens eine Stunde gedauert. Ich entschied mich für die Klinik Permanence, da ich dort bereits früher behandelt worden war und einen positiven Eindruck hatte. Ich zweifelte jedoch, ob ich die Klinik erreichen würde, da ich befürchtete, unterwegs in Ohnmacht zu fallen. Ich fuhr sehr langsam und unsicher, teilweise in der Hoffnung, von der Polizei angehalten zu werden. In der

Klinik angekommen, wurde ich sofort von den medizinischen Fachkräften in Empfang genommen. Die Ärzte informierten mich, dass ich einige Tage zur Beobachtung bleiben müsste, um meine Genesung sicherzustellen.«

Leibundgut bedankte sich bei Schläpfer und erklärte ihm, was ihm noch bevorstand. Nachdem er diese Informationen mitgeteilt hatte, verabschiedete sich Leibundgut.

10

Um elf Uhr platzierte Christa Graber die Schlüssel der Praxis auf dem Tisch neben der Rezeption in einem Umschlag, an dem ein Zettel befestigt war. Darauf war vermerkt: »Sehr geehrter Herr Dr. Walker, heute, am 26. Januar 1994, nehme ich Abschied von Ihrer Praxis. Die weiteren Details werde ich Ihnen per Einschreiben zukommen lassen.«

Christa verließ die Praxis, ihre Schritte hallten im leeren Flur nach. Draußen zog sie ihren Mantel fester um sich, als sie in die kalte Januarluft trat. Die Straßen waren still, nur das leise Rauschen des Windes war zu hören. Sie wusste, dass dieser Gang notwendig war, auch wenn er ihr schwerfiel. In den letzten Wochen hatte sich viel angestaut, und sie fühlte, dass es keine andere Möglichkeit gab, als diesen Schlussstrich zu ziehen. Der eingeschriebene Brief, den sie später absenden würde, würde alle notwendigen Informationen und die Gründe für ihre Entscheidung enthalten. Sie hoffte, dass Walker Verständnis für ihre Lage aufbringen würde, obwohl sie sich eigentlich entschlossen hatte, die Stelle in der Praxis aufzugeben. Christa blickte noch einmal zurück auf das Gebäude der Praxis, bevor sie sich abwandte und ihren Weg in eine ungewisse Zukunft fortsetzte.

Plötzlich erinnerte sie sich daran, dass sie ihren Schlüsselbund auf dem Tisch der Rezeption liegen gelassen hatte. Sie kehrte um und stellte erleichtert fest, dass die Eingangstür der Praxis noch nicht verschlossen war. Hätte ein Wachmann bemerkt, dass kein Licht in der Praxis brannte, hätte er möglicherweise die Türklinke betätigt, und wenn die Tür aufgesprungen wäre, hätte er sie mit dem Passepartout geschlossen. Glücklicherweise war dies nicht der Fall, sonst hätte sie nun vor einer verschlossenen Praxis gestanden.

Als sie die Praxis betrat, begann das Telefon zu läuten. Christa ließ es zunächst einige Male klingeln, entschied sich dann jedoch um und nahm den Hörer ab.

»Guten Tag, Christa Graber, Praxis Dr. Walker, womit kann ich Ihnen dienen?«

»Theophil Leibundgut, Wachtmeister, Stadtpolizei Bern. Guten Morgen. Könnten Sie mich mit Dr. Walker verbinden?«

»Dr. Walker hat gestern gegen drei Uhr nachmittags die Praxis verlassen und ist in den Urlaub nach Südfrankreich gereist.«

Leibundgut legte eine Pause ein, bevor er sagte: »Ich möchte wissen, wo er sich dort genau aufhält. Südfrankreich ist nicht gerade klein.«

Sie habe keine Ahnung, wohin Herr Walker mit seiner Frau gereist sei.

»So weit, so gut. Ich möchte Ihnen mitteilen, dass wir morgen um sechs Uhr mit einer Durchsuchung der Praxis von Dr. Walker beginnen werden. Wir wären dankbar, wenn Sie uns dabei behilflich sein könnten oder zumindest die Tür der Praxis aufschließen würden. Andernfalls wären wir gezwungen, uns gewaltsam Zugang zu verschaffen.«

»Diese Nachricht kommt für mich unerwartet. Bitte gestatten Sie mir zehn Minuten Bedenkzeit, danach werde ich Sie, Herr Leibundgut, zurückrufen. Ihre Telefonnummer sehe ich auf dem Display.«

»Natürlich, Frau Graber, ich verstehe Ihre Situation und respektiere Ihren Wunsch nach Bedenkzeit. Sie können sich gerne die Zeit nehmen, die Sie brauchen, um eine Entscheidung zu treffen. Ich werde Ihnen sofort das vertrauliche Schreiben per Fax zusenden. Bitte stellen Sie sicher, dass es nach dem Lesen umgehend vernichtet wird, um die Vertraulichkeit zu wahren. Ich erwarte Ihren Rückruf innerhalb der nächsten dreißig Minuten. Sollten Sie weitere Fragen haben oder zusätzliche Informationen benötigen, stehe ich Ihnen selbstverständlich zur Verfügung. Vielen Dank für Ihre Kooperation.«

Hausdurchsuchungsbeschluss

In der Strafuntersuchung gegen: Walker Markus, geb. 10.4.1945, ist gemäß der Strafprozessordnung eine förmliche Hausdurchsuchung durchzuführen.

Die Hausdurchsuchung veranlassende Gründe: dringender Tatverdacht gegen Walker Markus auf schwere Körperverletzung.

Personen, bei welchen die Hausdurchsuchung durchzuführen ist:

1. Praxis Dr. med. Markus Walker, Monbijoustraße, Bern
Zeitpunkt: 06.00 Uhr

2. Privatwohnung Dr. med. Markus Walker, Lerberstraße, Bern
Zeitpunkt: 06.00 Uhr

3. Spital Paradis de Berne, Schänzlihalde, Bern: Büro, Behältnisse, Garderobe etc. des Dr. Markus Walker
Zeitpunkt: 08.00 Uhr

Zu durchsuchende Räumlichkeiten oder Fahrzeuge: sämtliche Räume, Behältnisse, Fahrzeuge, Fahrnisse, zu denen Markus Walker Zutritt hat.

Zweck der Hausdurchsuchung: Sicherstellung von Beweismitteln

Die Untersuchungsrichterin:
lic. jur. und Fürsprecherin Paula Wandfluh

Christa Graber erreichte telefonisch erfolgreich ihren Anwalt. Sie informierte ihn über die Anweisungen und Informationen der Stadtpolizei.

»Frau Graber, verlassen Sie nach dem Rückruf die Praxis sofort und erscheinen Sie dort morgen um ein Viertel vor sechs. Ich werde ebenfalls anwesend sein. Bitte informieren Sie Wachtmeister Leibundgut darüber.«

Christa rief nun Leibundgut an, wie sie es mit ihm abgesprochen hatte, nahm das Couvert, das sie an ihren Chef adressiert hatte, wieder an sich, schloss die Praxis ab und ging nach Hause.

Kaum war sie dort angekommen, läutete die Wohnungsglocke. Es war der Briefträger mit einer Einschreibsendung.

Sie unterschrieb und öffnete das Couvert.

Donnerstag, 27. Januar 1994
Vorladung
Sehr geehrte Frau Christa Graber
Sie werden gebeten, sich am Freitag, den 28. Januar 1994, um 08:00 Uhr am Empfang der Hauptwache Waisenhaus zu melden.
Mit freundlichen Grüßen
Aebersold Robert
Hauptmann und Kriminalkommissär der Stadtpolizei Bern

***

Am Mittwochabend rief Markus Walker aus der Ferienanlage »Fontenelle« in der Nähe von Arles den Gerichtspräsidenten Tschabold an. Er wollte sich erkundigen, was in der Sache Schläpfer seit seiner Abreise gestern nach Südfrankreich passiert war.

Tschabold meinte nachdenklich: »Hmm … ich habe gehört, dass da etwas im Gange ist. Genaueres ist mir nicht bekannt. Die Angelegenheit liegt jetzt bei der Polizei. Lass uns abwarten. Aber sei darauf vorbereitet, dass dich Aebersold deswegen vorladen und befragen wird.«

»Kannst du das nicht verhindern?«

»Die Polizei hat zunächst umfangreiche Befugnisse, einschließlich des Rechts, dich ohne die Zustimmung des Staatsanwalts, eines Untersuchungsrichters oder mir festzunehmen. Allerdings ist sie verpflichtet, Beweise vorzulegen. Sollte sie dazu nicht in der Lage sein, werden wir angemessen reagieren. Mach dir bitte nicht allzu große Sorgen.«

Walker war beruhigt. Seine Frau, die neugierige Renate, hatte das Gespräch mitgehört und fragte nach: »Glaubst du, Eberhard könnte dir Schwierigkeiten machen?«

»Da ist etwas schiefgelaufen«, räumte Walker ein. »Mit Hilfe von Tschabold glaube ich, die Sache wieder in Ordnung bringen zu können.«

Renate sah ihren Gatten besorgt an. »Bist du dir bewusst, dass in diesem Fall Millionen auf dem Spiel stehen? Erzähle mir nicht, wie du am Montag mit Eberhard verfahren bist. Du musst doch wissen, was erlaubt oder eben nicht erlaubt ist. Aber behalte im Hinterkopf, auch ich erwarte meinen Anteil an Schläpfers Erbschaft.«

»Natürlich bin ich mir der Tragweite bewusst. Ich versichere dir, dass ich alle notwendigen Maßnahmen ergreife, um unsere Interessen zu schützen. Tschabold ist ein erfahrener Berater, und ich vertraue darauf, dass er uns durch diese schwierige Situation führen wird.«

Renate nickte langsam, ihre Sorgenfalten glätteten sich ein wenig. »Ich hoffe nur, dass du recht hast. Wir können es uns nicht leisten, jetzt einen Fehler zu machen.«

Walker überlegte kurz und entschied sich dann, Schläpfer in Eriz anzurufen. Er ging nicht ans Telefon. Walker versuchte es später noch zweimal, wieder ohne Erfolg.

»Was soll ich jetzt tun?«, fragte er seine Frau.

»Versuche es doch bei Frau Graber, auch wenn sie manchmal etwas unzuverlässig sein kann.«

»Nun gut, es scheint, als hätte ich keine andere Wahl«, erwiderte Walker und wählte Christa Grabers Nummer.

Christa meldete sich am Telefon. »Herr Walker, es überrascht mich, dass Sie es sind, der mich kontaktiert.«

»Bitte entschuldigen Sie, Frau Graber. Gestern stand ich unter erheblichem Zeitdruck und musste die Praxis unverzüglich verlassen, um noch spät am Abend unser Ferienappartement in Südfrankreich zu erreichen.«

Walker dachte einen Moment nach, bevor er fortfuhr. »Die Sache mit Herrn Schläpfer lässt mir keine Ruhe, daher habe ich noch einige Fragen dazu. Was hat sich seitdem in diesem Fall ereignet?«

»An Ihrer Stelle würden mir die Vorkommnisse mit Herrn Schläpfer ebenfalls keine Ruhe lassen. Was Sie sich da vorgestern erlaubt haben, war eines Arztes unwürdig.«

Walker unterbrach Christa und sagte: »Wie können Sie es wagen, mich in solch einer respektlosen Art und Weise anzusprechen? Mein Verhalten war durchweg korrekt. Nur weil einige

Personen den Lügen von Schläpfer Glauben schenken, heißt das noch lange nicht, dass diese der Wahrheit entsprechen.«

»Herr Walker, bitte vergessen Sie nicht, dass ich am Montagabend noch in der Praxis war und einiges von dem mitbekommen habe, was sich in Besprechungszimmer zwei zugetragen hat. Nun frage ich mich, was Ihre Erklärungen dazu sind. Einige Details scheinen offensichtlich nicht zu stimmen, beispielsweise die Behauptung, dass Eberhard Schläpfer zu Hause in Eriz sei.«

Walker begann heftig zu atmen, was Christa sogar durch das Telefon hören konnte. »Von wem haben Sie diese Informationen, Frau Graber?«

»Um es kurz zu machen, ich werde Ihnen keine weiteren Auskünfte zu diesem Thema geben. Bitte wenden Sie sich an die Kriminalabteilung der Stadtpolizei.«

»Das reicht mir jetzt.« Walker legte ohne weitere Verabschiedung auf.

Christa blieb einen Moment lang still, als sie das abrupte Ende des Gesprächs verarbeitete. Sie war sich der Brisanz ihrer Aussagen bewusst, doch die Reaktion von Markus Walker hatte sie nicht erwartet. Ihre Gedanken kreisten um die Vorkommnisse im Besprechungszimmer zwei. Was hatte sie wirklich gehört? Warum war Herr Walker so aufgebracht? Die Ungereimtheiten in seinen Geschichten ließen ihr keine Ruhe.

Christa setzte sich an ihren Schreibtisch, zog ihr Notizbuch zu sich heran und begann, alles aufzuschreiben, an was sie sich von Montagabend erinnern konnte. Jedes Detail könnte wichtig sein. Sie war fest entschlossen, alles herauszufinden, egal, wie tief sie dafür graben musste.

Markus Walker beriet sich noch längere Zeit mit seiner Frau Renate. Letztlich waren sie sich einig: Eine Kontaktaufnahme mit der Stadtpolizei wäre nicht sinnvoll. Man dürfte dort erfahren, wo sie sich in Frankreich aufhielten. Es bestünde die Gefahr, dass sie verhaftet und einem langwierigen Auslieferungsverfahren in die Schweiz unterzogen würden.

Schließlich fragte Renate: »Was wirst du jetzt gegen Christa Graber unternehmen?«

»Diese treulose Person. Ich könnte ihr den Hals umdrehen … Aber ehrlich gesagt, ich habe noch keine Ahnung, was ich tun soll.«

Walker rieb sich nachdenklich das Kinn. »Ich muss überlegt handeln. Vielleicht sollte ich zunächst mehr Informationen sammeln und dann rechtliche Schritte gegen Christa Graber in Erwägung ziehen. Es ist wichtig, dass wir das alles sorgfältig planen.«

Renate nickte. »Ja, das klingt vernünftig. Lass uns nichts überstürzen. Es ist besser, wenn wir alles genau abwägen und dann entscheiden, wie wir vorgehen.«

Walker sah seine Frau dankbar an. »Deine Unterstützung bedeutet mir wirklich viel. Gemeinsam werden wir das durchstehen.«

***

Am frühen Donnerstagmorgen, um halb fünf Uhr, wurde Christa Graber durch ihren Wecker aus dem Schlaf geholt, eine für sie unübliche Zeit. Sie verrichtete ihre morgendliche Routine und kleidete sich in ihre feinste Garderobe, entsprechend der Empfehlung ihres Scheidungsanwalts, Reto Balmer.

Das frühe Aufstehen stellte für sie als alleinerziehende Mutter von zwei Kindern eine Herausforderung dar. Doch sie fand eine Lösung. Am Vorabend konnte sie ihre Kinder zu den Großeltern bringen.

Gemäß ihrer Verabredung traf sie sich mit Reto Balmer um Viertel vor sechs im Café Enzian, welches sich in der Halle des Hauptbahnhofs befand und zu dieser frühen Stunde bereits geöffnet war. Der Zweck des Treffens war die Besprechung des weiteren Vorgehens bezüglich der Durchsuchung der Praxis.

Balmer erklärte, dass er nicht garantieren könne, dass er bei der Durchsuchung zugegen sein dürfe. Sollte er nicht teilnehmen können, empfahl er, dass die Polizisten ein Protokoll anfertigen sollten, in dem alle gestellten Fragen sowie die Antworten von Christa Graber detailliert festgehalten würden.

Christa nickte verständnisvoll, während sie ihren Kaffee umrührte. Sie war nervös, aber die ruhige Art ihres Anwalts gab ihr ein gewisses Maß an Sicherheit. »Ich verstehe«, sagte sie, »es ist wichtig, dass alles genau dokumentiert wird, um Missverständnisse zu vermeiden.«

Reto Balmer stimmte zu und fügte bei, dass es auch ratsam sei, keine Fragen zu beantworten oder Erklärungen abzugeben, ohne dass ein Anwalt anwesend sei. »Es ist Ihr Recht, auf meine Anwesenheit zu bestehen, und ich empfehle Ihnen dringend, von diesem Recht Gebrauch zu machen.«

Sie besprachen weiter die möglichen Szenarien, die während der Durchsuchung auftreten könnten, und Balmer erklärte die rechtlichen Grundlagen, die ihre Rechte in einem solchen Fall schützten. Christa fühlte sich nach dem Gespräch besser vorbereitet und etwas weniger besorgt. Sie verließ das Café mit dem Gefühl, dass sie alles in ihrer Macht Stehende getan hatte, um sich auf die bevorstehenden Herausforderungen einzulassen.

Christa Graber und Balmer trafen pünktlich in der Praxis ein, jedoch war von der Polizei noch nichts zu sehen. Nach einer halben Stunde erschienen sechs uniformierte Fahnder der Stadtpolizei zusammen mit Wachtmeister Leibundgut. Ein Fahnder fragte, ob Balmer der Ehemann von Christa Graber sei. Balmer verneinte dies und erklärte, dass sie geschieden sei und keinen Ehemann habe, er jedoch ihr Freund sei. Dies akzeptierte der Polizist.

Einige Minuten später betrat eine Frau die Praxis, die sich als Paula Wandfluh, Untersuchungsrichterin, vorstellte. Ihr Blick fiel sofort auf Reto Balmer. »Was ist mit diesem Mann hier?«, fragte sie.

Leibundgut erklärte ihr, dass er entschieden habe, dass dieser Mann dabei sein dürfe.

Das missfiel der Richterin. »Sie haben nicht das Recht, dies zu entscheiden. Ich habe die Durchsuchung angeordnet.«

»Bla, bla, bla …«, entgegnete Leibundgut. »Ich folge nur

den Anweisungen meines Kommandanten, Hauptmann und Kriminalkommissär Aebersold.«

Graber, Balmer und die Fahnder beobachteten mit einem Anflug von Amüsement das ausgedehnte Wortgefecht zwischen Leibundgut und der Untersuchungsrichterin. Dieser Disput erstreckte sich über mehrere Minuten, in denen Leibundgut beschloss, den Streifenwagen aufzusuchen, um per Funk Kontakt mit Aebersold aufzunehmen. Nach einer Zeitspanne von zehn Minuten kehrte er zurück und wies die Anwesenden an, mit der Durchsuchung innezuhalten, bis Aebersold, der in etwa einer Viertelstunde erwartet wurde, eintreffen würde.

Diese Mitteilung erzürnte Paula Wandfluh zutiefst. Sie hastete zum Telefon an der Rezeption der Praxis und versuchte erfolglos, jemanden zu erreichen.

Kriminalkommissär Aebersold klopfte bereits nach zehn Minuten an die Tür der Praxis.

Leibundgut öffnete die Tür, und kaum hatte er dies getan, wandte sich Aebersold direkt an die Richterin. »Frau Wandfluh, ich muss Sie bitten, die Räumlichkeiten zu verlassen. Die Anordnung zur Durchsuchung liegt nicht in Ihrem Zuständigkeitsbereich. Sie wurden lediglich darüber in Kenntnis gesetzt. Die Vorgänge, die sich hier in den nächsten Stunden abspielen werden, unterliegen ausschließlich der Verantwortung der Kriminalabteilung der Stadtpolizei Bern. Über die Anwesenheit bei dieser Durchsuchung entscheide ich und nicht Sie.«

Wandfluh zeigte drohend mit dem Finger auf Aebersold. »Ich werde jetzt hier verschwinden und mich an den Gerichtspräsidenten wenden. Er wird gegen Sie eine Beschwerde einreichen.«

Aebersold lachte. Das wäre nicht das erste Mal, dass sich Gerichtspräsident Tschabold über ihn beschwere.

Die Durchsuchung konnte endlich beginnen, wobei zunächst das Büro von Dr. Walker ins Visier genommen wurde. Eine beträchtliche Menge an Dokumenten wurde sorgfältig aussortiert. Aebersold bestand darauf, dass alle beschlagnahmten Gegenstände akribisch im Durchsuchungsprotokoll verzeichnet wurden.

Das Durchsuchen der anderen Räume nahm viel weniger Zeit in Anspruch. Schließlich standen die Ermittler vor dem Besprechungszimmer zwei. Aebersold blickte Christa Graber an. »Das ist doch das Zimmer, in dem Eberhard Schläpfer von Markus Walker zusammengeschlagen wurde, oder?«

»Exakt«, sagte Christa Graber.

»Dort müssen wir äußerst gründlich vorgehen«, bemerkte Aebersold. »Sollen wir eintreten?«

Christa Graber nickte, öffnete die Tür, und sie betraten den Raum. Aebersold suchte nach Anzeichen eines Kampfes, doch er sah nichts, auch kein Chaos. »Es scheint, als wäre alles wieder in Ordnung gebracht worden.«

»Ja, Herr Walker hat gründlich sauber gemacht«, erklärte Christa Graber.

Aebersold nickte langsam, während er den Raum inspizierte. Er sah, dass die physischen Spuren beseitigt waren, doch die Ereignisse hallten noch nach, das spürte er.

»Wie Sie uns berichteten, hat Dr. Walker in diesem Raum geputzt, insbesondere um die Blutspuren zu beseitigen. Es ist jedoch kaum möglich, alle diese Spuren restlos zu entfernen. Wir verfügen über Methoden, um herauszufinden, wo sich die Blutspritzer befanden.«

Aebersold schickte einen Fahnder zum Streifenwagen, um den Koffer mit den Spurensicherungswerkzeugen zu holen. Schließlich wandte er sich an Graber und Balmer.

»Möchten Sie wirklich dabei sein? Es handelt sich um sehr präzise Arbeit, die gut und gerne zwei Stunden dauern kann.«

Beide nickten spontan.

Die entdeckten Spuren wurden mit einem roten Filzstift markiert. Zwei Stunden später waren sie wieder an den Wänden und sogar an der Decke zu sehen.

Aebersold warf Christa Graber einen Blick zu.

»Erkennen Sie diese Spritzer wieder?«, fragte er.

»Und wie«, erwiderte sie. »Ich bin verblüfft. Ja, so sah es am Dienstagmorgen etwa aus.«

»Wir fotografieren nun alles. Diese Bilder sind für den kommenden Prozess von eminenter Bedeutung und widerlegen Walkers Geschichte, dass Schläpfer es gewesen sei, der zugeschlagen habe. Ich habe nur durch eine Indiskretion von der Darstellung Walkers erfahren. Die Spuren, die wir gefunden haben, stammen von Schläpfers Blut. Das haben wir bereits festgestellt«, kommentierte Aebersold.

»Wie bitte? Geht das so schnell?«, fragte Balmer.

»Ja, wir haben mit der Durchsuchung dieses Raumes vor Kurzem begonnen. Die ersten Spuren wurden schon in die Gerichtsmedizin gebracht. Sie sind eben analysiert worden.«

Balmer und Christa Graber bedankten sich bei Aebersold. Anschließend fragte Balmer, wie es nun weitergehe.

Aebersold erklärte: »Die Beweise gegen Herrn Markus Walker sind überwältigend, selbst vor den Durchsuchungen im Spital ›Paradis de Berne‹ und in Walkers Privatwohnung. Diese sollten für eine Untersuchungshaft bis zum Prozessbeginn ausreichen. Doch das Justizsystem könnte einem Arzt mehr Glauben schenken als einem Opfer ohne akademischen Grad, was zu erheblichen Verzögerungen führen könnte. Eine solche Verzögerung würde eine längere Untersuchungshaft ausschließen.«

Auch am Freitag musste Christa Graber früh aufstehen, da sie zur Vernehmung bei Kriminalkommissär Robert Aebersold vorgeladen war. Eine Viertelstunde vor dem Termin stand sie am Empfang der Hauptwache Waisenhaus. Sie wurde in einen Warteraum gebeten, wo Aebersold pünktlich um acht Uhr erschien. Balmer hatte sie gesagt, dass sie Aebersold vertraue, sie könne das Gespräch alleine führen.

»Guten Morgen, Frau Graber. Bitte folgen Sie mir ins Vernehmungszimmer.«

Dort traf sie einen weiteren Polizisten, den sie vom gestrigen Durchsuchungseinsatz kannte. Er war für das Protokoll zuständig.

Es waren drei weitere Personen anwesend: ein Arzt, eine Fürsprecherin und ein bewaffneter Fahnder in Uniform.

»Frau Graber, lassen Sie sich durch dieses Aufgebot nicht aus der Ruhe bringen«, sagte Aebersold einfühlsam. »Ich werde die Fragen stellen. Andere Anwesende könnten sich gelegentlich melden, aber das ist die Ausnahme. Diese Personen sind hauptsächlich hier, um mitzuhören. Nach der Vernehmung werden wir das Gesagte auswerten. Sie wurden als Zeugin geladen und sind verpflichtet, alles wahrheitsgemäß auszusagen, was Sie beobachtet und gehört haben.«

Christa Graber nickte zaghaft und verarbeitete die Worte von Herrn Aebersold. Erleichtert durch seine ruhige Art, sagte sie: »Vielen Dank, Herr Aebersold, für Ihre Erklärung. Ich verstehe meine Pflichten als Zeugin und werde mein Bestes tun, um zur Aufklärung dieser Angelegenheit beizutragen.«

»Sehr gut, Frau Graber. Bitte erzählen Sie uns, was am Montag geschehen ist.«

Christa Graber atmete tief durch und begann zu schildern, während alle im Raum aufmerksam zuhörten.

»Seit wann kennen Sie Eberhard Schläpfer?«, fragte Aebersold.

»Seit Mitte Dezember, vierzehn Tage nachdem ich meine Tätigkeit bei Dr. Markus Walker aufgenommen hatte, besuchte Schläpfer die Praxis gegen fünf Uhr abends, und ich sah ihn das erste Mal. Er war nicht als Patient registriert, sondern kam, um eine Einladung zum Abendessen bei den Walkers anzunehmen.«

»Was war Ihr Eindruck von Schläpfer?«

»Er wirkte zurückhaltend und vielleicht etwas schüchtern. Seine Kleidung war elegant: weißes Hemd, rote Krawatte, glänzende schwarze Schuhe.«

»Haben Sie oft mit Eberhard Schläpfer gesprochen?«

»Wie hätte ich das tun sollen? Ich hatte nur drei Gelegenheiten: Mitte Dezember, Anfang Januar und am letzten Montag, kurz vor fünf Uhr nachmittags.«

»Verstehe.« Aebersold notierte die Daten. »Erinnern Sie sich an die Inhalte dieser Gespräche? Gab es Anzeichen für eine Bedrohung oder ein Motiv für den Anschlag?«

»Er stellte sich sympathisch vor, erwähnte, dass er Witwer sei und keine Partnerin suche, da er seine Frau sehr geliebt habe. Nein, er sprach nicht von Bedrohungen.«

»Wie beurteilen Sie das Verhältnis zwischen Schläpfer und Walker?«

»Schläpfer bewunderte Walker sehr und verehrte ihn. Es ist unklar, was Walker empfand, aber bemerkenswert ist, dass sie sich duzten, obwohl Walker seine Patientinnen sonst siezte.«

Christa Graber berichtete ausführlich über die Geschehnisse von Montag. Aebersold unterbrach sie mehrmals und fragte nach, insbesondere als sie die Stimmen und Geräusche während der Kampfszene im Besprechungszimmer schilderte.

»Während ich am Empfang das Pult aufräumte und Unterlagen für den nächsten Tag zurechtlegte, hörte ich plötzlich, wie ein Tisch heftig über den Boden geschoben wurde. Glas klirrte, und ich hörte Herrn Schläpfer um Hilfe rufen.«

»Frau Graber, haben Sie sich Gedanken darüber gemacht, was sich in diesem Raum abgespielt hat? Können Sie es mir beschreiben?«

»Natürlich. Das Elektroschockgerät fiel mir bereits am Nachmittag auf. Ich begab mich oft in das Besprechungszimmer zwei, da Walker dort einen Vorrat an Mineralwasser hatte. In einer Arztpraxis ist ein Elektroschockgerät ungewöhnlich. Ich wuchs auf einem Bauernhof auf, wo solche Geräte verwendet werden, um wild gewordene Stiere kampfunfähig zu machen. Es wirft Fragen auf, warum ein solches Gerät in einer medizinischen Einrichtung vorhanden ist.«

»Ihre Beobachtungen im Besprechungszimmer zwei könnten von besonderer Bedeutung sein. Es scheint, dass Sie auf etwas Interessantes gestoßen sind.«

»Ich gehe von folgendem Szenario aus«, sagte Christa Graber: »Walker stand hinter Schläpfer, der sich umdrehte und das Schockgerät sah. Daraufhin schlug Schläpfer Walker das Gerät aus der Hand. Walker geriet außer sich, griff nach einer Wasserflasche und ging auf Schläpfer los.«

»Nicht schlecht«, ließ Aebersold verlauten. »Meines Wissens nach soll Schläpfer die Situation ähnlich geschildert haben.«

Christa Graber lächelte. »Danke, Herr Aebersold. Walker hatte die Elektroschock-Geschichte klug und perfide geplant: Er erwähnte bereits am Mittag, Schläpfer sei aufgeregt und außer sich, da ihn Jugoslawen attackiert hätten, um mich als Alibi-Zeugin zu gewinnen. Hätte er den Elektroschock durchgeführt, hätte Schläpfer wahrscheinlich einen Herzstillstand erlitten. Er war angeblich herzkrank. Walker hätte dann eine Pseudo-Reanimation durchgeführt, ohne Schläpfer ins Leben zurückzubringen.«

Aebersold nickte anerkennend. »Haben Sie im Besprechungszimmer zwei neben dem Elektroschockgerät noch etwas Auffälliges bemerkt?«

Christa Graber überlegte kurz. »Ja, den Totenschädel.«

»Ach, Frau Graber, jetzt übertreiben Sie. In vielen Arztpraxen sind Totenschädel als Dekoration zu finden.«

»Ja, das weiß ich. Aber am Montag war er noch dort, am Dienstag nicht mehr.«

»Wie erklären Sie sich das Verschwinden?«

»Das ist eine längere Geschichte und nur eine Vermutung von mir, die ich nicht beweisen kann. Ich kenne Dr. Walker schon seit Jahren. Er war bereits Ende der 1970er im Frauenspital der Inselgruppe tätig genauso wie ich. 1980 verließ der Oberarzt die Klinik. Für die vakante Stelle bewarben sich zwei Gynäkologen: Pedro Gyger und Markus Walker. Walker unterlag, und Gyger wurde eingestellt. Dann verschwand Gyger unter mysteriösen Umständen spurlos. Es wurde gemunkelt, dass Walker möglicherweise etwas damit zu tun haben könnte. Ob diesem Verdacht nachgegangen wurde, entzieht sich meiner Kenntnis. Jedenfalls wurde gegen Walker nicht ermittelt. Der Vorfall ließ mir keine Ruhe, denn Gyger war ein feiner Typ, dem nur Phantasten oder nicht Informierte grundloses Verschwinden zugetraut hätten.«

»Und was hat dies jetzt mit dem Totenkopf zu tun? Auf was wollen Sie hinaus?«

»Ich kannte Gyger gut. Sein Gesicht, besonders seine Vorderzähne, hinterließ einen bleibenden Eindruck. Immer wenn ich den Schädel im Besprechungszimmer zwei betrachtete, musste ich an Gyger denken.«

»Und Sie denken …«

»Es könnte ja sein, dass …«

Aebersold stand auf, schüttelte Christa Graber die Hand und sagte: »Ihre Aussagen waren glaubwürdig. Doch wie geht es weiter mit Ihrer Stelle bei Dr. Walker?«

Christa Graber wischte sich Tränen weg. »Ich wollte, aber ich kann es mir derzeit nicht leisten, die Stelle bei Walker zu kündigen. Ich bin eine geschiedene alleinerziehende Mutter mit zwei Kindern und angewiesen auf das Einkommen, mein Ex-Mann zahlt nur das Minimum an Alimenten.«

»Vielleicht sollten Sie Ihren Anwalt konsultieren.«

»Das habe ich bereits getan, und er unterstützt mich. Es war der Mann, der mich bei der Durchsuchung begleitet hat.«

Aebersold schlug sich mit der flachen Hand vor die Stirn. »Ja, jetzt erinnere ich mich wieder. Reto Balmer. Ich kenne ihn auch als Anwalt in Fällen, in denen ich ermittelt habe. Es freut mich, dass wir dieses Mal quasi zusammenarbeiten. Doch nun geht es um Ihre Weiterbeschäftigung bei Walker. Davon möchte ich Ihnen dringend abraten.«

»Das hat mir auch mein Anwalt geraten.«

»Suchen Sie umgehend Ihren Hausarzt auf, um ein ärztliches Attest für die kommenden Wochen zu erhalten. Ihr Arzt kann sich gerne mit mir in Verbindung setzen, um die Angelegenheit zügig voranzutreiben.«

Christa Graber nickte und betonte, dass sie die Situation ernst nehme und alle notwendigen Schritte zum Schutz ihrer Gesundheit und ihres Wohlbefindens in Betracht ziehe.

Reto Balmer sicherte ihr seine Unterstützung zu und empfahl ihr, keine Zeit zu verlieren. Am Montag konnte sie den Arzttermin wahrnehmen und erhielt das Attest, das sie per Einschreiben an Walker weiterleitete.

In dem Arztzeugnis stand, dass dieses lediglich für drei Wochen gültig sei, dann werde man weitersehen.

11

Am Freitagmorgen, dem 25. Februar 1994, verließen Markus und Renate Walker ihr Feriendomizil nahe Arles. Sie planten, am späten Nachmittag die Grenze zur Schweiz bei Carouge zu überqueren, in der Hoffnung, dass das hohe Verkehrsaufkommen dann einen langen Stau verursachen würde.

Markus Walker überprüfte die Papiere auf dem Beifahrersitz neben Renate, während sie die letzten Kilometer bis zur Grenze zurücklegten. Er wusste, dass korrekte Dokumente und eine unauffällige Haltung entscheidend wären, um die Grenzkontrollen zu passieren. Renate, die die angespannte Stimmung spürte, sprach über die Landschaft, um die Nervosität zu mildern. Als sie Carouge erreichten, sahen sie, dass die Fahrzeuge sich langsam vorwärtsbewegten. Markus atmete tief durch, und Renate steuerte das Auto geduldig durch den Verkehr, darauf bedacht, keine Aufmerksamkeit zu erregen.

Nachdem Walker seine Papiere den Grenzwärtern vorgezeigt hatte, wurde er angewiesen, nach rechts zu fahren.

»Dr. Markus Walker?«, fragte der Gendarm.

Walker nickte.

»Bitte steigen Sie aus.«

Walker stieg aus und war sofort umringt von vier Uniformierten.

»Herr Walker, Sie sind verhaftet«, sagte der Gendarm und legte ihm Handschellen an.

Renate Walker schrie hysterisch: »Das kann doch nicht wahr sein. Zeigen Sie uns den Haftbefehl.«

»Der Haftbefehl betrifft nur Ihren Gatten. Sie dürfen weiterfahren«, antwortete der Gendarm.

Sie bleibe, solange man sie nicht informiere, wohin ihr Mann gebracht werde, sagte Renate Walker.

»Er wird nach Champ-Dollon verlegt. Weitere Informationen erhalten Sie telefonisch.«

»Mein Ehemann muss seinen Koffer mitnehmen. Er enthält seine Medikamente und Hygieneartikel.«

Der Gendarm antwortete: »Ihr Mann wird im Gefängnis versorgt. Persönliche Gegenstände sind nicht erlaubt. Bitte verlassen Sie das Gelände. Vielen Dank für Ihr Verständnis.«

Eine Stunde später kontaktierte Renate Walker aus Nyon das Untersuchungsgefängnis Champ-Dollon, um mit ihrem Ehemann zu sprechen. Ihr wurde mitgeteilt, dass Untersuchungsgefangene keine Telefonanrufe entgegennehmen könnten. Auf Nachfrage bezüglich des Haftbefehls erklärte man ihr, dass aus Datenschutzgründen keine Informationen herausgegeben werden dürften. Frau Walker wurde geraten, die Besuchszeiten zwischen zehn und elf Uhr vormittags oder zwischen fünfzehn und sechzehn Uhr nachmittags zu nutzen.

Am Samstagmorgen reiste Renate Walker nach Champ-Dollon, um ihren inhaftierten Ehemann Markus zu besuchen. Sie war überpünktlich, denn ihre Sorge um Markus war groß, und sie hoffte, mehr über seine Situation und die Gründe seiner Inhaftierung zu erfahren.

Renate Walker fuhr zum Eingang von Champ-Dollon, wies sich aus und wurde zum Besucherparkplatz geleitet. Ein Gefängniswärter durchsuchte ihre Handtasche und erklärte: »Keine Süßigkeiten, Medikamente oder Geld. Nur Autoschlüssel sind erlaubt. Lassen Sie die Handtasche im Wagen oder übergeben Sie sie mir.«

Renate legte die Handtasche in den Wagen und verschloss ihn.

Sie wurde von einem Gefängniswärter in einen kleinen Raum geführt, der kaum zehn Quadratmeter maß. Dort standen zwei Stühle und ein kleiner Tisch.

»Bitte nehmen Sie Platz, wir bringen Ihren Mann.«

Sie nickte und setzte sich. Die Tür schloss sich hinter dem Wärter, und sie war allein im Raum.

Zehn Minuten später wurde Walker hereingeführt.

»Bitte unterlassen Sie jegliche intimen Handlungen«, wies

der Wärter sie an. »In zwanzig Minuten holen wir den Häftling wieder ab.«

Ihr Herz schlug schneller; es schien eine Ewigkeit her, seit sie ihn gesehen hatte. Er sah müde aus, aber sein Lächeln war wie immer. Er setzte sich ihr gegenüber, seine Hände zitterten leicht. Der Wärter wiederholte seine Anweisung und verließ den Raum.

Sie griff über den Tisch und nahm seine Hände. »Wie geht es dir?«, fragte sie leise, voller Sorge.

»Es geht, so gut es eben geht«, antwortete er schwach lächelnd. »Ich habe dich vermisst.«

Walker erläuterte Renate den Haftbefehl, der von Untersuchungsrichterin Paula Wandfluh wegen des Verdachts des versuchten Mordes an Eberhard Schläpfer ausgestellt worden war. »Bitte hilf mir, hier herauszukommen, Renate. Du bist doch Fürsprecherin.«

»Ich werde das sofort in die Wege leiten. Allerdings wird sich dein Aufenthalt in Champ-Dollon über das Wochenende hinaus erstrecken. Am Montag wirst du ins Bezirksgefängnis Bern überführt. Mit etwas Glück wirst du bereits nach deiner Ankunft verhört, andernfalls am Dienstag. Nach Abschluss des Verhörs wird die Untersuchungsrichterin wahrscheinlich gezwungen sein, dich freizulassen.«

»Bist du dir da sicher?«

»Ganz sicher bin ich nicht, aber ich halte es für wahrscheinlich.«

»Was ist wohl in die Untersuchungsrichterin Wandfluh gefahren, einen Haftbefehl gegen mich auszustellen?«

Das frage sie sich auch, bemerkte Renate.

Walker bat Renate, sich noch heute an Felix Tschabold zu wenden.

Das habe sie sich ohnehin nach dem Besuch in Champ-Dollon vorgenommen, sagte sie. »Ich bin fest davon überzeugt: Felix wird es schon richten.«

Als die zwanzig Minuten fast vorüber waren, stand er auf. »Ich liebe dich«, flüsterte er ihr ins Ohr. »Egal, was passiert, vergiss das nie.«

»Ich liebe dich auch«, erwiderte sie mit erstickter Stimme. Sie hielt ihn fest, bis der Wärter zurückkehrte, um ihn abzuholen. Mit schwerem Herzen ließ sie ihn los, und er wurde zurück in seine Zelle geführt, während sie allein in der drückenden Stille der Kammer zurückblieb.

Renate Walker wollte ihrem Ehemann Markus schnell helfen und kontaktierte Felix Tschabold von Nyon aus, trotz des Samstags. Ihre Freundschaft war eng, auch die beiden Ehefrauen kannten sich gut. Renate Walker und Kirsten Tschabold arbeiteten seit Jahren zusammen und teilten eine Leidenschaft für Hunde. Renate leitete eine Hundeschule, Kirsten war Expertin im Hundetanz. Felix Tschabold und Markus Walker waren enge Freunde und genossen gemeinsam gutes Essen und erlesene Weine.

Am Telefon war Kirsten, was Renate sehr gelegen kam. Renate schilderte ihr ihre missliche Lage, verursacht durch die Demenz eines alten Mannes, wie sie es nannte. Darüber sei sie im Detail informiert, wies Kirsten Renate darauf hin. Felix habe mit ihr darüber gesprochen. »Felix kann euch beide beruhigen. Sobald Markus in Bern ist, kann er nach dem ersten Verhör freigelassen werden.«

Kirsten verschwieg aber nicht, dass Felix ihr anvertraut habe, er sei nur indirekt über Markus' Festnahme informiert worden. Leider sei er die letzten Tage nicht in Bern gewesen und komme heute erst gegen Abend zurück, dann könne er sie anrufen. Das werde sie ihm ausrichten.

Felix Tschabold erreichte Renate Walker um sieben Uhr abends, als sie wieder in Bern war.

»Guten Abend, Renate. Es freut mich, deine Stimme zu hören«, sagte Tschabold förmlich.

Renates rauchige Stimme antwortete ebenso förmlich.

Tschabold hatte von Untersuchungsrichterin Paula Wandfluh erfahren, dass bei der Untersuchung Fehler passiert waren. Er sah die Schuld eher bei den Ermittlern. Wandfluh hatte seit

Mittwoch versucht, ihn zu erreichen, doch Tschabold war auf Vortragstour und konnte keine Anrufe entgegennehmen.

»Wandfluh blieb keine andere Wahl, als so zu reagieren, wie sie es getan hatte. Das entspricht unserem Rechtssystem. Sie stand unter dem Druck der Polizei. Aebersold machte ihr offensichtlich die Hölle heiß. Immerhin hat sie ihm ausgeredet, selbst eine Fahndung nach Markus in Umlauf zu setzen. Dafür muss man ihr dankbar sein.«

Das könne sie nachvollziehen, meinte Renate Walker. Doch lästig sei die Festnahme ihres Mannes trotzdem.

Tschabold bestritt dies nicht und betonte, dass es nicht seine Schuld sei, dass Leute wie Aebersold ihr Unwesen trieben. Aebersold sei lediglich ein Polizist, der es als Erfolg ansehe, einen geachteten Bürger hinter Gitter zu bringen. »Renate, du weißt genau, dass ein guter Fürsprecher niemals bei der Stadtpolizei arbeiten würde, wo er nur einen Bruchteil dessen verdient, was er in einer Anwaltskanzlei bekäme. Schau dir die Polizeioffiziere an – alles Versager.«

»Markus und ich sind gespannt, wie es weitergeht. Hast du vor, in diesem Fall einzugreifen?«, fragte Renate.

»Natürlich.« Er könne es nicht akzeptieren, dass ein unbedarfter Rentner, ein verwirrter alter Mann, Phantasiegeschichten verbreite und diese sogar von der Polizei geglaubt würden. »Was ist das Wort eines angesehenen Arztes und hochrangigen Offiziers unserer Armee im Vergleich zum Wort eines Hinterwäldlers aus dem abgelegenen Eriz wert? Es ist ein Skandal, dass man Letzterem glaubt und Ersteren als Lügner abstempelt. Nach Abschluss des Verhörs durch die Untersuchungsrichterin wird er auf freien Fuß gesetzt. Das dürfte am nächsten Dienstag der Fall sein.«

»Vielen Dank, Felix. Wir schätzen deine Hilfe sehr. Wenn diese schreckliche Geschichte der Vergangenheit angehört, laden wir euch beide gerne in unser Ferienhaus nach Vauffelin ein.«

Kirsten und er würden diese Einladung gerne annehmen, bedankte sich Tschabold.

Markus Walker wurde am Montag von einer Genfer Polizeistreife ins Untersuchungsgefängnis nach Bern gebracht.

Das Verhör fand am Dienstagvormittag in einem Raum des Statthalteramts der Stadt Bern statt.

Dass Renate Walker zum Verhör vorgeladen wurde, hatte sie zunächst verunsichert. War das überhaupt notwendig, fragte sie sich. Ihr war aber klar: In solchen Fällen entschied die Justiz, die Untersuchungsrichterin oder die Staatsanwältin …

Untersuchungsrichterin Paula Wandfluh leitete das Verhör. Anwesend waren neben Eberhard Schläpfer, Markus Walker, und seiner Frau Renate auch Kriminalkommissär Robert Aebersold, zwei Polizisten und Christa Graber.

Zu Beginn stellte die auffallend nervöse Paula Wandfluh klar, dass der anwesende Offizier der Kriminalpolizei, Robert Aebersold, lediglich als Beobachter geladen sei und somit kein Mitspracherecht habe.

Als Wandfluh diese Einschränkung bekannt gab, schüttelte Aebersold unwillig den Kopf.

Zunächst gab Wandfluh Markus Walker das Wort. Sie forderte ihn auf, zu berichten, was bei dem Besuch von Eberhard Schläpfer am späten Montagnachmittag des 24. Januar 1994 geschehen sei.

Walker schilderte detailliert seine Interpretation der Ereignisse im Besprechungszimmer zwei. Aebersold unterbrach ihn wiederholt mit Zwischenrufen wie »Das ist nicht wahr« oder »Sie erzählen Unsinn«. Wandfluh mahnte ihn zur Einhaltung der Verhaltensregeln und drohte, ihn des Raumes zu verweisen.

Wandfluh blätterte in den Unterlagen, bis sie fand, was sie suchte. »Es gibt eine ungeklärte Angelegenheit vom 24. Januar im Besprechungszimmer zwei. Der Streit zwischen Dr. Markus Walker und Eberhard Schläpfer soll wegen zwanzigtausend Franken entstanden sein. Dieses Geld hatte Schläpfer versehentlich an Dr. Walker geschickt. Walker behauptete, er habe daraufhin Christa Graber beauftragt, den Betrag wieder an den Absender zu überweisen. Laut Schläpfer sei jedoch kein Check dieser Höhe bei ihm eingegangen. In den Unterlagen habe ich zwar die Quittung, unterzeichnet von Christa Graber für den Erhalt der Zwanzigtausend an die Arztpraxis, gefunden, aber ein Beleg für die Rückzahlung fehlt. Da stellt sich die Frage, ob Christa Graber den Betrag an Schläpfer überwiesen und ob Markus Walker sie überhaupt damit beauftragt hat.«

Die Untersuchungsrichterin musterte Walker. »Haben Sie Frau Graber ermächtigt, den Check an Eberhard Schläpfer zurückzugeben?«

Walker ballte seine Fäuste und warf Christa Graber einen wütenden Blick zu. »Sie haben die zwanzigtausend Franken an sich genommen.«

Christa Graber richtete den gestreckten Zeigefinger auf Walker. »Sie sind ein Lügner. Ich habe Ihnen den Check in Ihre Postablage gelegt mit dem Hinweis, dass er von Schläpfer stammt. Sie haben ihn mir nicht wieder zurückgegeben.«

Die Untersuchungsrichterin blickte zu Christa Graber. »Frau Graber, haben Sie den Empfang des Checks mit Ihrer Unterschrift bestätigt?«

»Ja«, antwortete Christa Graber.

»Haben Sie den Check behalten?«

»Nein, ich habe ihn in einem Couvert ins Postfach von Dr. Walker gelegt.«

Nun richtete sich der Blick der Untersuchungsrichterin an Markus Walker. »Herr Dr. Walker, was sagen Sie zur Darstellung von Frau Graber.«

»Sie sagt nicht die Wahrheit. Sie hat offensichtlich den Check an sich genommen«, sagte Walker.

»Wenn Sie bei dieser Behauptung bleiben, Herr Walker, müssen Sie gegen Frau Graber eine Strafanzeige wegen Unterschlagung einreichen.«

»Das werde ich selbstverständlich tun.«

Die Untersuchungsrichterin fragte Walker, ob er den verletzten Schläpfer zu seinem Wagen in der Tiefgarage gebracht und angewiesen habe, nach Hause zu fahren.

Walker betonte, Schläpfer sei nicht schwer verletzt gewesen, da er sonst nicht hätte wegfahren können.

Wandfluh wies darauf hin, dass hier Aussage gegen Aussage stehe. Die Schwere der Verletzung sei in dieser Situation nicht entscheidend. »Die Spitalärzte haben sie jedoch als erheblich eingestuft«, zitierte sie. Ob er, Walker, Schläpfer aufgefordert habe, nach Hause zu fahren oder einfach wegzufahren, sei unwichtig.

»Herr Walker, es wurde festgestellt, dass Sie, als Schläpfer die Tiefgarage in seinem Zustand verließ, eine Straftat begangen haben, die eine Gefährdung von Leib und Leben bedeutet. Sie haben dies übrigens nicht bestritten, was wiederum für Sie spricht. In meiner Funktion als Untersuchungsrichterin und Staatsanwältin werde ich daher einen Strafbefehl gegen Sie erlassen. Sie werden wegen fahrlässiger Gefährdung von Eberhard Schläpfer zu einer Geldstrafe in Höhe von zweitausend Franken verurteilt. Dieses Urteil wird Ihnen schriftlich zugestellt. Sie haben dann dreißig Tage Zeit, um dagegen zu rekurrieren. Nach allfälliger Zahlung des Betrags wäre die Angelegenheit bezüglich des Verlassens von Herrn Schläpfer in einem verletzungsbedingten Zustand für uns erledigt.«

Robert Aebersold schoss auf. »Ich bestreite die Rechtmäßigkeit dieses Urteils. Das ist doch eine abgesprochene Machenschaft zwischen Ihnen und Gerichtspräsident Tschabold –«

»Herr Aebersold, bitte verlassen Sie diesen Raum«, unterbrach ihn Wandfluh.

Aebersold blieb sitzen.

»Ich befehle den hier anwesenden zwei Polizisten, Herrn Aebersold gewaltsam aus diesem Zimmer zu entfernen.«

Die beiden Polizisten schüttelten den Kopf. »Nein, das tun wir nicht.«

Aebersold stand auf und sprach weiter: »Was sich Frau Wandfluh hier leistet, ist unserer Justiz nicht würdig. Herr Walker hat ein Verbrechen begangen, das ich in der Funktion eines Ermittlers als Mordversuch bezeichne. Es geht nicht, eine Episode dieses Delikts auszusortieren und unabhängig vom anderen Vergehen zu beurteilen.«

Wandfluh verließ die Sitzung. Danach zog einer der beiden

Polizisten einen Schlüssel aus seiner rechten Gesäßtasche und schloss die Handschellen, in denen Walker für die Vernehmung vorgeführt wurde, auf. Er sagte: »Herr Dr. Walker, Sie dürfen jetzt nach Hause gehen.«

Da diese Freilassung später von der Untersuchungsrichterin nicht widerrufen wurde, blieb Walker auf freiem Fuß.

Die Festnahme von Walker und seine Freilassung wurden von den Medien verschwiegen. Ebenso wurden die Vorgänge vom 24. Januar 1994 in der Praxis von Dr. Walker weder in den Zeitungen noch im Fernsehen oder im Radio erwähnt.

Aebersold kündigte rechtliche Schritte gegen die Justiz an.

Die Praxis Dr. Walker blieb wie angekündigt nach dem Zwischenfall mit Eberhard Schläpfer bis Montag, den 14. März, geschlossen.

Am Samstagabend, dem 5. März 1994, fand in der großen Villa der Walkers in Vauffelin eine ausgelassene Party statt. Die Tschabolds und Untersuchungsrichterin Wandfluh waren eingeladen. Die einzige Bedingung für die Teilnahme: kein Wort über den Fall Schläpfer.

Es blieb noch unklar, wie es mit dem Anstellungsverhältnis von Christa Graber bei Dr. Markus Walker weitergehen würde. Im Raum stand das ärztliche Attest, das Walker am 1. Februar per Post erhalten hatte und aus dem hervorging, dass Frau Graber für mindestens drei Wochen krankgeschrieben war. Darin war auch vermerkt, dass die Arbeitsunfähigkeit weiter andauern könnte. Am 20. Februar war das nächste Attest mit dem Hinweis gekommen, dass Frau Graber bis zum 14. März noch nicht arbeiten könne.

Am Montag nach der Party kümmerte sich Walker um die Sache. Zur Wiedereröffnung brauchte er dringend eine Arzthelferin. Er musste damit rechnen, dass Christa Graber auch an diesem Tag nicht in der Monbijoustraße auftauchen würde. Seine Schwägerin, Bettina Stettler, bot an, bis Ende Mai auszuhelfen. Walker bat Bettina, bei Christa Graber vorbeizugehen, um den Schlüsselbund für alle Praxisräume zu bekommen.

Am Dienstag, den 8. März, suchte Bettina Stettler Christa Graber auf und machte ihr Vorwürfe wegen ihres unkooperativen Verhaltens nach dem Zwischenfall mit Schläpfer.

»Liebe Bettina, ich möchte dir ehrlich berichten, was sich am 24. Januar in der Praxis von Markus Walker zugetragen hat. Dein Schwager hatte die Absicht, Eberhard Schläpfer zu töten.«

Bettina Stettler schrie hysterisch auf. »Christa, was du da sagst, ist eine Ungeheuerlichkeit. Ich überlege ernsthaft, ob ich dich wegen Verleumdung verklagen werde.«

»Mach es ruhig. Ich werde dich nicht aufhalten.«

»Ich bin schockiert. Gib mir die Schlüssel. Ich werde Markus unterrichten, dass wir eine andere Lösung finden müssen, da deine Mitarbeit nicht mehr möglich ist.«

»Verständlich. Ich habe nicht vor, die Praxis von Dr. Walker erneut zu betreten. Bitte richte ihm das aus.«

Bettina übergab Markus Walker die Schlüssel.

»Behalte sie vorläufig, du wirst sie bald brauchen«, sagte er, nachdem Bettina ihn über Christa Grabers Aussagen informiert hatte.

Gelassen meinte er: »Ihre Anschuldigungen sollte man nicht überbewerten. Solange ihr Arztzeugnis gültig ist, erachte ich es als sinnlos, etwas zu unternehmen. Bisher habe ich noch keine Kündigung von ihr erhalten.«

Christa Graber informierte ihren Anwalt über Bettina Stettlers Besuch. Dies werde zu einem Rechtsstreit führen, meinte Reto Balmer. Er müsse tätig werden und wisse zufällig, dass Gian Bezzola, ein zielstrebiger und entschlossener Mann, Walkers Anwalt sei.

Am Mittwoch, den 9. März, erhielt Reto Balmer um halb acht morgens einen Anruf von Robert Aebersold. »Herr Balmer, könnten Sie mich in meinem Büro besuchen? Wir haben bei den Beschlagnahmen vom 27. Januar etwas Interessantes gefunden.«

»Gerne, ich könnte heute um zehn Uhr vorbeikommen.«

Der Besuch fand statt. Aebersold klopfte Balmer auf die

Schulter. »Ich denke, Sie machen einen guten Job. Setzen Sie sich und schließen Sie kurz die Augen, ich lege Ihnen ein Briefcouvert auf die Hand.«

Als Balmer die Augen öffnete, rief er aus: »Das kann doch nicht wahr sein. Ich halte das leere Couvert, in dem sich der Check befand, den Frau Graber unterschlagen haben soll, in den Händen.«

»Erraten Sie, Herr Balmer, wo meine Ermittler es gefunden haben?«

Balmer lachte. »Da gibt es verschiedene Möglichkeiten.«

»Jede Wohnung in der Terrassensiedlung an der Lerberstraße verfügt über einen Abfallcontainer, der alle zwei bis drei Wochen von der Müllabfuhr entleert wird«, erwiderte Aebersold. »Unser Fahnder-Wachtmeister Theophil Leibundgut hat auch den Müll von Walker durchsucht.«

»Vielen Dank, Herr Aebersold, Christa Graber wird sich darüber freuen.«

Aebersold legte den Finger auf die Lippen. »Sie können Frau Graber über diesen Fund benachrichtigen, aber die Information muss vertraulich bleiben. Ich möchte die Anzeige gegen Walker abwarten und das Couvert während des Prozesses vorlegen.«

»Natürlich, Herr Aebersold, ich verstehe die Notwendigkeit der Diskretion. Ich werde sicherstellen, dass keine Informationen nach außen dringen, bis Sie das Signal geben.«

12

Christa Graber sollte am Montag, den 14. März, ihre Arbeit bei Dr. Walker wieder aufnehmen, erschien jedoch nicht.

Christa musste ein neues ärztliches Attest besorgen, sie hatte aber versäumt, ihren Hausarzt Dr. Martin Plüss aufzusuchen.

Der Arztbesuch fand am Mittwoch, den 16. März, statt, und das Attest wurde direkt an Dr. Walker geschickt.

Dr. med. Martin Plüss
Spezialarzt Innere Medizin FMH
Brünnenstraße 119
3018 Bern
Bern, 16. März 1994

Ärztliches Zeugnis
Patientin: Graber, Christa (Jahrgang: 1959)
Die Patientin konsultierte mich am 31. Januar und am 18. Februar 1994. Vorfälle am Arbeitsplatz haben bei Frau Graber Herzrhythmusstörungen und Schocksymptome ausgelöst. Bis jetzt hat sich ihr Gesundheitszustand nicht gebessert, weshalb ich sie weiterhin zu hundert Prozent arbeitsunfähig schreiben muss.

Eine Rückkehr an ihren bisherigen Arbeitsplatz halte ich für wenig wahrscheinlich. Das hat mir gegenüber Christa Graber unmissverständlich kundgetan.

Für weitere Auskünfte stehe ich gerne zur Verfügung.

Dr. med. M. Plüss

Nach Erhalt des Arztzeugnisses von Dr. M. Plüss engagierte Markus Walker seinen Anwalt Gian Bezzola.

Bezzola antwortete auf das Arztzeugnis von Dr. Plüss.

Bern, 18. März 1994

Advokatur und Notariat
3011 Bern
Spitalgasse 16
GIAN BEZZOLA
Fürsprecher und Notar
Mitglied des Bernischen Anwaltsverbandes und des Verbandes Bernischer Notare

eine Kopie an Christa Graber

Sehr geehrter Herr Dr. Plüss
Im Namen meines Mandanten, Herrn Markus Walker, nehme ich Bezug auf Ihr ärztliches Zeugnis vom 16. März 1994. Mein Mandant hat die beschriebenen Symptome zur Kenntnis genommen, weist jedoch darauf hin, dass diese nicht zwangsläufig auf den Arbeitsplatz von Frau Christa Graber zurückzuführen sind. Weitere Untersuchungen zur genauen Ursache der Gesundheitsprobleme sowie eine Analyse der Arbeitsbedingungen wären wichtig. Mein Mandant legt großen Wert auf die Gesundheit seiner Mitarbeiter und die rechtzeitige Behebung eventueller Probleme am Arbeitsplatz. Für weitere Informationen oder eine persönliche Besprechung stehe ich Ihnen gerne zur Verfügung.
Mit freundlichen Grüßen
Gian Bezzola, Fürsprecher und Notar

Die Reaktion des Anwalts von Christa Graber ließ nicht auf sich warten.

Bern, 21. März 1994

Sehr geehrter Herr Dr. Plüss
Im Namen meiner Mandantin, Frau Christa Graber, möchte ich Sie über den Fall Eberhard Schläpfer informieren, der mit den Vorfällen in der Praxis von Dr. Markus Walker zusammen-

hängt. Frau Graber ist überzeugt, dass ihre gesundheitlichen Probleme damit in Verbindung stehen. Ich bitte um ein persönliches Treffen am Donnerstag, den 24. März, um Ihnen weitere Informationen zu übermitteln.

Als Anwalt von Frau Christa Graber ist es meine Aufgabe, sie bestmöglich zu schützen. Ich möchte sie so weit wie nur möglich aus diesem Verfahren heraushalten. Deshalb hat sie mir eine Vollmacht erteilt, damit ich mich auch ohne ihre Anwesenheit mit Personen treffen kann, die mit ihrem Fall in Verbindung stehen könnten.

Bitte teilen Sie mir mit, ob Ihnen dieser Termin zusagt und wo das Treffen stattfinden soll.

Mit freundlichen Grüßen
Reto Balmer
Fürsprecher von Frau Christa Graber

Dr. Plüss akzeptierte den Termin von Balmer.

Balmer berichtete Plüss über den gewalttätigen Überfall des Arztes Walker auf Eberhard Schläpfer. Plüss hatte bereits erfahren, dass Walker Anfang März in Untersuchungshaft genommen, jedoch kurz darauf wieder freigelassen worden war, was er als Zeichen für dessen Unschuld las. Das »Berner Blatt« hatte inzwischen Walkers Darstellung des Vorfalles publiziert.

Balmer fühlte sich verpflichtet, Plüss über den tatsächlichen Verlauf des Überfalls zu unterrichten, da die Medienberichterstattung den Vorfall verzerrt dargestellt hatte. Er erklärte, dass der Vorfall komplexer war als dargestellt, und hoffte, er könnte Plüss ein realistischeres Bild vermitteln.

Balmer gelang es, Plüss davon zu überzeugen, dass Schläpfer das Opfer von Walker war und nicht umgekehrt.

Plüss fragte Balmer, ob er Tschabold umstimmen könne, da dieser Walkers Version mehr Glauben schenken könnte. »Wir können es versuchen – gemeinsam wäre besser. Weißt du, wie Tschabold tickt?«

Plüss sagte Nein.

Balmer schmunzelte. »Man sagt, Tschabold bevorzugt die

Version, die ihm opportuner erscheint. Wir müssen ihm die Wahrheitsversion anbieten.«

Am Montag, den 28. März, saßen Balmer und Plüss im Büro von Tschabold am Bezirksgericht in der Effingerstraße. Auf dem Besuchertisch standen eine Kaffeekanne, ein Korb mit Gipfeli und eine kleine Kanne mit Rahm.

»Macht es euch gemütlich, Martin und Reto. Es freut mich sehr, dass ihr mich besucht. Was ist euer Anliegen?«

»Es handelt sich um die Geschichte zwischen Markus Walker und Eberhard Schläpfer. Meine Mandantin, Christa Graber, hat dadurch Schwierigkeiten bekommen«, sagte Balmer.

Tschabold runzelte die Stirn. »Eberhard Schläpfer? Christa Graber? Diese Namen sagen mir nichts. Was ist mit ihnen?«

Plüss und Balmer warfen sich einen Blick zu.

»Dass du Christa Graber nicht kennst, kann ich ja verstehen, aber wenn du den Namen Schläpfer hörst, sollten bei dir die Alarmglocken läuten«, bemerkte Balmer.

Tschabold schüttelte ungläubig den Kopf. »Reto, mein Beziehungsnetz ist enorm groß. Ich kann mich doch nicht an alle Personen erinnern, denen ich je einmal die Hand gegeben habe.«

»Erinnerst du dich an die Verhaftung von Walker am Grenzübergang bei Carouge Ende Februar?«

Tschabold schlug sich mit der flachen Hand an die Stirn. »Ach ja, jetzt erinnere ich mich. Das war eine kurze Untersuchungshaft nach einer Denunziation.«

Balmer reagierte empört. »Dieser Markus Walker ist ein übler Kerl. Er hätte beinahe Eberhard Schläpfer totgeschlagen.«

Tschabold winkte ab. »Reto, du gehst zu weit. Markus Walker ist ein angesehener Gynäkologe und oft Ziel von Verleumdungen.«

Balmer widersprach: »Mit Walkers Entlassung ist die Angelegenheit nicht erledigt. Ein Prozess ist zu erwarten.«

Tschabold nickte amüsiert. »Wir leben in einem Rechtsstaat. Jeder Bürger kann eine Strafanzeige erstatten, die von der Polizei überprüft wird. Sollte etwas Substanzielles vorliegen, wird die Justiz eingeschaltet. Verdächtige können in Haft genommen werden. Markus Walker wurde festgenommen, jedoch schnell wieder freigelassen. Ich interpretiere dies als Zeichen, dass Walker nicht als gefährlich eingestuft wird.«

»Felix, ich bin auch Jurist und kenne die Abläufe bei einer Strafanzeige –«

Tschabold unterbrach ihn. »Ich bezweifle nicht dein Wissen, aber Martin Plüss ist kein Rechtsgelehrter und soll unserer Diskussion folgen können.«

»Meinetwegen. Fast hätte ich vergessen, dass du Politiker bist. Aber es geht mir nicht um die Abläufe einer Strafanzeige. Eine kurze Untersuchungshaft ist kein Beweis für eine Unschuld.«

Tschabold wehrte sich. »Das habe ich nie behauptet. Eine kurze Untersuchungshaft bedeutet, dass kein Verbrechen gegen Leib und Leben vorliegt.«

»Genau darum geht es mir. Ich widerspreche dir, zumindest in diesem Fall. Ich kenne die Daten der polizeilichen Ermittlungen, soweit diese für einen Anwalt, der eine Mandantin verteidigt, einsehbar sind.«

Tschabold bestritt nicht, dass Balmer den Fall besser kenne, aber es sei nicht sein Fall.

»Nicht dein Fall? Das ist mir bewusst, aber ich weiß nicht, wie groß dein Einfluss ist«, sagte Balmer.

»Mein Einfluss? In der Voruntersuchung hat der Richter keine Kompetenz über den Entscheid, ob es zu einem Prozess kommt. Sollte er prozessreif sein, entscheide nicht ich, welcher Richterin oder welchem Richter er zugewiesen wird.«

»Fast scheint es mir, Felix, als hättest du nicht verstanden, was ich unter Einfluss meine. Schließlich sprichst du auch mit deinen Kolleginnen im Gericht und in der Staatsanwaltschaft.«

»Gespräche mit den Richterinnen und Richtern stehen mir als Präsident dieses Gremiums zu. Dass ich dabei Fragen stelle und Ratschläge gebe, liegt auf der Hand. Zum Beispiel darf ich darauf hinweisen, dass ich einen Verdächtigen aus diesem und jenem Grund als nicht schuldig betrachte. Das bedeutet jedoch nicht, dass ich einer Kollegin oder einem Kollegen verbieten darf, ihn nach einem Strafprozess schuldig zu sprechen und zu verurteilen.«

Diese Betrachtungsweise könne er als Anwalt durchaus nachvollziehen, bemerkte Balmer. Ihm gehe es jedoch darum, ihn, Tschabold, zu überzeugen, dass Eberhard Schläpfer Opfer eines Verbrechens geworden sei.

Tschabold schüttelte entschieden den Kopf. »Es tut mir leid, Reto, aber ich lasse mich auch von einem Anwalt nicht belehren, was ich zu denken habe. Selbstverständlich werde ich mich gründlich über den Fall Schläpfer informieren und die Dokumente der Voruntersuchung, der Polizei, der Untersuchungsrichterin und des Staatsanwalts sorgfältig prüfen. Anschließend werde ich mir ein Urteil bilden.«

»Leitest du den Prozess und fällst ein Urteil für oder gegen Walker?«, erkundigte sich Balmer.

»Das würde ich mir sehr genau überlegen. Sollte meine Bekanntschaft mit Walker als Befangenheit ausgelegt werden, müsste ein anderer Richter diesen Fall übernehmen. Letztlich entscheide nicht ich darüber, sondern das Richterkollegium.«

Balmer sagte, er könne mit dieser Antwort leben, werde jedoch aufmerksam verfolgen, wie sich der Fall entwickle.

Tschabold erinnerte daran, dass es eine weitere Variante des Prozesses gebe: Walker behaupte, Schläpfer sei der Täter und habe das Recht, eine Strafklage zu beantragen. In diesem Fall würde sich der Prozess gegen Schläpfer richten.

Balmer lachte und sagte: »Das meinst du doch nicht im Ernst. Die Verletzungen trug Schläpfer und nicht Walker davon.«

»Das beenden wir lieber hier, Reto«, sagte Tschabold und schlug Balmer freundschaftlich auf die Schulter.

Balmer verabschiedete sich freundlich, während Plüss reserviert wirkte.

Vor dem Gerichtsgebäude blieb Plüss stehen. »Reto, hast du Tschabold wirklich von Schläpfers Unschuld überzeugt?«

»Das musste ich nicht, er wusste es aufgrund seiner Recherchen. Doch er hofft, dass Walker mit seiner Lügengeschichte durchkommt. Trotzdem war unser Besuch ein Erfolg.«

»Erkläre mir das bitte.«

»Tschabold weiß, dass Widerstand besteht, wenn der Angriff auf Schläpfer folgenlos bleibt. Ein Hindernis könnte entstehen, wenn Schläpfer sich weigert, Walker anzuzeigen. Doch Walkers Tat ist ein Offizialdelikt, die Staatsanwaltschaft müsste von sich aus ermitteln.«

»Wird sie das tun?«

»Das kann ich nicht mit Sicherheit sagen. Falls nicht, werde ich eine Strafanzeige gegen Walker einreichen. Eberhard Schläpfer und Christa Graber sind Opfer. Wenn Walker straffrei bleibt, hätten sie keinen Anspruch auf Entschädigung. Sie konnte nach dem Vorfall nicht arbeiten und erlitt finanzielle Einbußen.«

***

Christa Graber spürte die finanziellen Einbußen bereits schmerzlich. Als alleinstehende Mutter war sie besonders betroffen. Ihr Lohn wurde nur bis zum 16. März ausgezahlt. Sie hatte ja nur Bettina Stettler mitgeteilt, dass sie nicht mehr für Walker arbeiten wollte. Aber offiziell gekündigt hatte sie auch nicht.

In einem Brief teilte ihr der Anwalt von Walker, Fürsprecher Gian Bezzola, mit, dass sie nach diesem Datum keinen Anspruch mehr auf ein Gehalt habe. Diese Mitteilung ließ Balmer jedoch nicht einfach so stehen und forderte die Lohnzahlung für Christa Graber bis Ende März. Dabei half ihm eine unerwartete vertrauliche Information von der Kripo.

Aebersold und Leibundgut hatten die Ermittlungsergebnisse nicht weitergegeben. Doch während der Mittagspause im Besprechungszimmer hatte Aebersold seine Unterlagen auf dem Tisch liegen gelassen, und ein Kollege – er wurde nicht identifiziert – musste Aebersolds Notizen heimlich kopiert haben. Anschließend schickte er diese in einem Brief ohne Absender an Reto Balmer.

Da in einer Anwaltskanzlei immer wieder anonyme Postsendungen eintrafen, überraschte dies Balmer nicht. Ihm war klar, dass er solche Dokumente nicht einfach weiterleiten durfte. Er machte dazu eine Randbemerkung: »Wieder mal etwas von der Kripo. Auch dort gibt es Leute, die Walkers Verhalten unerträglich finden. Anwälte, die mit diesem Fall zu tun haben, sollten auch von der Polizei informiert werden …«

Christa Graber wurde am 24. Januar 1994 Zeugin eines Vorfalls, bei dem Dr. Markus Walker Herrn Schläpfer lebensgefährlich verletzte. Sie hörte Herrn Schläpfer um Hilfe rufen. Nach dem Vorfall wurde sie von Dr. Walker ohne Erklärung aus der Praxis verwiesen. Obwohl sie nicht Augenzeugin war, befand sie sich in einem Schockzustand, was durch Verhöre und ein ärztliches Attest bestätigt wurde. Am Abend erkundigte sie sich telefonisch bei Dr. Walker nach Schläpfers Zustand, der nur grob auf das Chaos in der Praxis hinwies und keine weiteren Erklärungen gab. Der Anruf konnte nachträglich bestätigt werden, ein Mitschnitt liegt jedoch nicht vor.

Am nächsten Morgen begab sich Christa Graber mit gemischten Gefühlen zur Arbeit. »Was ich in der Arztpraxis vorfand, war kaum zu beschreiben: eine große Blutlache, das Zimmer bis zur Decke mit Blut bespritzt, Glasscherben und zerbrochene Flaschen. Dr. Walker wies mich energisch an, endlich mit der Reinigung zu beginnen, wie er es mir bereits am Vorabend befohlen habe.« Christa Graber fühlte sich unwohl und zögerte, suchte das Gespräch. »Doch Dr. Walker forderte mich ohne Erklärung nochmals auf, seiner Anweisung zu folgen.«

Zu diesen Abschnitten gab es eine handschriftliche Randbemerkung von Aebersold: »Wusste Renate Walker damals schon, was passiert war? Als Anwältin hätte sie an der Version ihres Ehemannes zweifeln müssen. Bemerkenswert deshalb die Entschlossenheit, die Polizei nicht zu rufen. Ich glaube, dass Frau Graber die Wahrheit gesagt hat. Leider hat Frau Graber uns nicht darüber berichtet, was sie mit Renate Walker am Telefon besprochen hat. Renate Walker muss gewusst haben, dass eine Untersuchung durch die Polizei enthüllt hätte, wer das Opfer und wer der Angreifer war. – Für das polizeiliche Ermittlungsteam besteht kein Zweifel daran, dass Walker aufgrund des Vorfalls vom 24. Januar 1994 mehrfach straffällig geworden ist. Eine Strafanzeige in dieser Angelegenheit ist unumgänglich. Es wird erwartet, dass die Staatsanwaltschaft unverzüglich damit beginnt, eine Anklageschrift zu verfassen.«

Kopien dieses Schreibens erhielten auch Gerichtspräsident Tschabold, Untersuchungsrichterin Wandfluh und Staatsanwalt Zimmermann, wie in einem Nachtrag vermerkt wurde.

Am 4. Mai 1994 nahm Christa Graber wieder eine Stelle an. Allerdings mit einem geringeren Beschäftigungsgrad, was eine Lohneinbuße gegenüber der Stelle bei Dr. Walker um tausend Franken pro Monat betrug.

13

Irma Schwegler besuchte seit 1986 die Praxis von Dr. Markus Walker an der Monbijoustraße. Bis im Sommer 1994 war sie gesund und kam nur zu Routineuntersuchungen. Am Donnerstag, den 2. Juni, wachte sie mit heftigen Unterleibsschmerzen auf. Ihr Ehemann, Pirmin Schwegler, schlug vor, sofort Dr. Walker zu kontaktieren.

»Das geht doch nicht, heute ist Feiertag«, entgegnete die gebürtige Innerschweizerin.

»Nein«, erklärte ihr Ehemann, »im Kanton Bern ist Fronleichnam ein normaler Arbeitstag. Auch ich muss heute arbeiten, um neun Uhr beginnt mein Unterricht.«

Pirmin Schwegler brachte seine Ehefrau in die Praxis von Dr. Walker. Vor dem Eintritt sagte er noch: »Bestelle nach der Konsultation ein Taxi und lass dich nach Hause fahren.«

Während des Unterrichts wurde Pirmin Schwegler ans Telefon gerufen. Dr. Walker teilte ihm mit: »Ihre Frau wurde in die Paradis-de-Berne-Klinik gebracht und muss sofort notoperiert werden.«

Schwegler fragte nach dem Grund. »Ein Darmverschluss«, antwortete Walker. Auf die Frage, wer den Eingriff vornehme, sagte er: »Ich werde sie operieren.« Er habe die Patientinnen im Wartezimmer auf nächste Woche vertröstet.

Am Mittag wurde Schwegler erneut ans Telefon gerufen. Es war wieder Walker, der ihm mitteilte, dass die Operation erfolgreich verlaufen sei.

Am Nachmittag, kurz nach vier Uhr, besuchte Schwegler seine Frau in der Klinik »Paradis de Berne«. Das Wiedersehen war herzlich, doch Irma litt unter Schmerzen.

Pirmin Schwegler war immer noch am Krankenbett, als Walker das Zimmer betrat und sich lautstark erkundigte: »Wie geht es unserer Patientin?«

»Ich habe starke Schmerzen, ich halte es kaum aus«, sagte sie.

»Machen Sie sich keine Sorgen, das ist normal nach einer solchen Operation. Ich werde Ihnen eine Spritze geben, dann wird es Ihnen sofort besser gehen.«

Eine halbe Stunde später trat Walker erneut ans Krankenbett von Irma Schwegler. Ihr Ehemann war immer noch da. Die Schmerzen hätten nachgelassen, doch sie seien immer noch vorhanden, informierte sie den Arzt.

Walker lächelte und sagte: »Das wird bis zum späteren Abend vorübergehen. Ich muss mich jetzt verabschieden. Morgen bin ich nicht in Bern, daher wird mich ein Kollege vertreten.« Er schüttelte Irma und Pirmin Schwegler die Hand und verließ das Zimmer.

Entgegen Walkers Vorhersage nahmen die Schmerzen jedoch wieder zu. Pirmin Schwegler hatte die Klinik bereits eine Stunde zuvor verlassen, als Irma das Abendessen am Bett serviert wurde. Sie konnte keinen Bissen herunterbekommen. Die Krankenschwester gab ihr eine Spritze gegen die Schmerzen, doch diesmal war die Wirkung kaum spürbar.

Um Mitternacht drückte Irma Schwegler den Knopf der Glocke am Bett.

Die Nachtschwester erschien, erschrocken rief sie: »Frau Schwegler, Sie sind ja schneeweiß. Ich muss den Arzt in der Notfallstation holen.«

Nach wenigen Minuten kam der Arzt, Dr. Howald, und untersuchte ihren Unterleib. »Da stimmt etwas nicht. Die Patientin scheint starke Schmerzen zu haben, die sich bei Druck ins Unermessliche steigern, zudem hat sie hohes Fieber. Alles deutet auf eine Infektion hin. Wir müssen unverzüglich operieren.« Er wandte sich an die Schwester. »Bereiten Sie sofort alles für eine Operation vor. Ich muss meinen Stellvertreter, der sich auf Pikett bereithält, anrufen und ihn bitten, meine Aufgaben in der Notfallabteilung zu übernehmen.«

Der Eingriff begann um ein Uhr früh. Zuvor mussten noch die Narkoseschwester und zwei Operationsassistentinnen, die sich in der Umgebung von Bern aufhielten, herbeigerufen werden.

Die Befürchtungen Howalds bestätigen sich. Nach dem Öffnen der Bauchhöhle stellte er ein Leck in der Darmnaht fest, aus der Blut und Darmflüssigkeit sickerten. Dr. Walker hatte einen Tumor entfernt, der aus der Gebärmutter in ein Stück des Darmes hineingewachsen war, und musste deshalb mehrere Zentimeter des Darmes herausschneiden. Walker hatte es versäumt, nach dem Zunähen der Wunde zu überprüfen, ob die Naht wirklich dicht war. Howald musste nun den Darm erneut trennen und ihn sorgfältig wieder zusammennähen. Anschließend stand die nächste, noch heiklere Aufgabe an: Die in die Bauchhöhle geflossene Darmflüssigkeit musste entfernt werden.

Dr. Howald stellte jedoch fest, dass die Patientin außergewöhnlich viel Blut verloren hatte. Es sei notwendig, unmittelbar nach dem Eingriff eine Transfusion durchzuführen. Zu allem Unglück hatte Irma Schwegler eine seltene Blutgruppe. Dennoch fand man eine Lösung, die ihr Leben hätte retten können. Doch nun diagnostizierte der Arzt auch ein Multiorganversagen. Niere und Leber versagten ihren Dienst.

Um Viertel vor fünf hörte das Herz der Patientin auf zu schlagen. Trotz einer Reanimation blieb der Erfolg aus. Die Wunde wurde wieder zugenäht. Danach stellte der Arzt den Totenschein aus.

Um halb sieben stand eine Delegation vor dem kleinen Wohnhaus der Schweglers in Kehrsatz. Der Arzt, der die Operation von Irma Schwegler abbrechen musste, drückte die Klingel am Eingang. Pirmin Schwegler, völlig verwirrt, empfing die Gruppe.

Howald begann: »Lieber Herr Schwegler, wir müssen Ihnen eine traurige Nachricht überbringen. Ihre Ehefrau ist heute Morgen um fünf Uhr verstorben …«

Da brach Pirmin Schwegler in lautes Schluchzen aus. »Meine Irma, mein Ein und Alles, soll uns für immer verlassen haben … Das ist der schlimmste Moment meines Lebens …«

Pirmin Schwegler stellte keine Fragen. Das hinderte den Arzt jedoch nicht daran, alles zu erzählen, was seit dem Weggang von

Schwegler in der Klinik geschehen war. »Es sind schwere Fehler unsererseits passiert, und wir müssen dafür Verantwortung übernehmen. Deshalb berichte ich Ihnen davon.«

Kurz nach der Rückkehr der Delegation aus Kehrsatz, gegen acht Uhr dreißig, fand eine Sitzung der Klinikleitung mit dem Operationsteam der vergangenen Nacht statt.

Der leitende Arzt in der Klinik »Paradis de Berne« wurde gebeten, den Ablauf und das tragische Ende der Operation zu schildern. Der Direktor des Spitals stellte anschließend Fragen, die Dr. Howald beantwortete. Danach fragte der Direktor, ob das Operationsteam noch Fragen habe.

Howald bejahte und wollte wissen, warum bei dieser Besprechung der Hauptverantwortliche, Dr. Walker, nicht anwesend sei.

Der Klinikleiter verzog das Gesicht. »Was soll diese Frage? Wer ist denn der Hauptverantwortliche? Ich wehre mich dagegen, Herrn Dr. Walker im Voraus alles in die Schuhe zu schieben. Er hat sich übrigens für heute Nachmittag schon Wochen zuvor abgemeldet. Er ist zu einer Vortragsreihe aufgebrochen.«

»Während der Operation am Vormittag wurde ein Teil des Darms entfernt und anschließend unzureichend vernäht, was eine Infektion verursachte, die schließlich zu einem Multiorganversagen führte. Dies ist eine schwerwiegende Angelegenheit, die nicht verheimlicht werden darf.«

Der Klinikleiter reagierte verärgert und zeigte mit dem Finger auf Howald. »Weshalb diese unbegründete Anschuldigung? Gestern Vormittag waren fünf Personen im Operationsteam tätig. Jede von ihnen hätte erkennen müssen, dass die Naht nicht optimal war.«

»Meiner Ansicht nach trägt jedoch der durchführende Arzt die Hauptverantwortung.«

»Kollege, das reicht jetzt. Sie sind erst seit einem Jahr als Chirurg tätig, Ihnen fehlt es an Erfahrung und auch an Anstand. Ich bin es nicht gewohnt, dass meine Anweisungen hinterfragt werden. Behalten Sie das im Gedächtnis.«

Howald zuckte nur mit den Schultern.

Der Klinikleiter fragte: »Herr Howald, was haben Sie dem Ehemann der verstorbenen Irma Schwegler berichtet, und wie hat er reagiert?«

Howald lächelte selbstbewusst. »Herr Direktor, ich habe Pirmin Schwegler alles genau geschildert, was nach der Operation durch Dr. Walker geschah. Ich hielt es für meine Pflicht, nichts zu verheimlichen.«

Die Gesichtsfarbe des Direktors wechselte. »Herr Dr. Howald, haben Sie das wirklich getan? Das ist inakzeptabel. Sie haben damit gegen unsere Satzungen verstoßen. Dort ist festgelegt, dass bei Todesfällen die Angehörigen mit Sensibilität benachrichtigt werden sollen. Dabei dürfen die Interessen unserer Klinik nicht beeinträchtigt werden.«

Howald widersprach. »So nicht, Herr Direktor. Die Ärzte und Pflegepersonen unseres Spitals haben unverzeihliche Fehler begangen. Es wäre unsensibel, diese unter den Tisch zu wischen.«

»Es wäre unklug, sich im Voraus zu den Fehlern zu bekennen. Zunächst sollten wir abwarten, ob überhaupt eine Strafanzeige gegen unsere Mitarbeiter erstattet wird. Sollte es dazu kommen, könnte die Spitalleitung einen großzügigen Vergleich vorschlagen. Ein Gerichtsprozess wird Herrn Schwegler seine Frau nicht zurückbringen. Jedoch könnte eine hohe Geldsumme ihn wahrscheinlich dazu bewegen, auf eine Anzeige zu verzichten oder sie zurückzuziehen.«

»Was ändert das daran, dass ich bereits zugegeben habe, dass wir für den Tod von Pirmin Schweglers Frau verantwortlich sind?«

»Das bedeutet höhere Kosten für unsere Klinik.«

»Herr Direktor, Ihre Bemerkung bezüglich der Kosten zeigt mir, dass mein Vorgehen richtig war. Durch das fahrlässige Verhalten unseres Spitalpersonals ist eine Patientin gestorben, und wir versuchen nicht nur, einem Strafprozess zu entgehen, sondern wollen auch noch mögliche Kosten einsparen – zum Nachteil des Ehemannes des Opfers. Das ist höchst unethisch.«

»Herr Howald, nach sorgfältiger Abwägung können wir Ihnen leider keine Perspektive mehr in unserer Klinik bieten. Bitte reichen Sie bis heute Ihre Kündigung ein.«

»Das werde ich vielleicht tun, aber erst, wenn der Fall Irma Schwegler gerecht abgeschlossen ist. Natürlich können Sie mir kündigen, aber ich werde dagegen vorgehen. Das bedeutet, es wird zu einem Prozess kommen, bei dem die Öffentlichkeit informiert wird.«

Der Direktor geriet ins Schwitzen. »Das ist eine unerhörte Erpressung. Ich beende diese Sitzung, ich kann nicht mehr«, sagte er mit weinerlicher Stimme.

Am nächsten Tag fand ein Telefonanruf zwischen dem Direktor der Klinik »Paradis de Berne« und Dr. Markus Walker statt. Walker wurde dabei mit dem Tod seiner Patientin und den daraus resultierenden Konsequenzen konfrontiert.

»Warten wir doch ab, ob Schwegler eine Anzeige gegen mich erstattet«, bemerkte Walker.

»Wenn er das tut, könnte er einen Anwalt hinzuziehen. Dieser wird ihn darum bitten, nicht gegen dich, sondern gegen die Klinik vorzugehen. Ich werde versuchen, das zu verhindern, aber mit dem Schuldeingeständnis von Howald wird das schwieriger«, erklärte der Klinikleiter.

»Sprichst du damit mögliche Kosten an?«

»Markus, du musst auch meine Position verstehen. Das ›Paradis de Berne‹ ist ein Privatspital. Die Eigentümer erwarten von uns, Gewinne zu erwirtschaften. Jeder Todesfall, für den man uns verantwortlich macht, beeinträchtigt unsere Rendite.«

Walker schlug dem Klinikleiter vor, ein Treffen mit Schwegler, dem Ehemann des Opfers, zu vereinbaren, um ihm klarzumachen, dass es noch andere Wege als eine Strafanzeige gebe.

»Markus, möchtest du bei diesem Treffen dabei sein?«, fragte er.

»Lieber nicht. Ich denke, dass Schwegler vor allem mich für den Tod seiner Frau verantwortlich macht. Es liegt dann an dir, ihm zu erklären, dass nicht eine einzige Person schuld ist, sondern das gesamte Operationsteam. Dadurch dürfte für ihn die Hemmschwelle, sich in einen Prozess zu wagen, wesentlich höher sein«, antwortete Walker.

»Verstehe ich dich richtig, erwartest du, dass ich mit ihm über eine Abfindung verhandele?«

»Genau. Finanziell könnte es sich für ihn lohnen. Wenn er Klage einreicht und den Prozess gewinnt, muss er mit einer Berufung rechnen. Das bedeutet, dass der Fall vor die nächsthöhere Instanz kommt. Sollte es bis zum Bundesgericht gehen, könnte sich die ganze Angelegenheit über Jahre hinziehen«, erklärte Walker.

»Ich neige dazu, deinen Vorschlag anzunehmen. Allerdings kann ich das nicht eigenständig entscheiden, sondern muss mich mit der gesamten Klinikleitung abstimmen. Am kommenden Montag wird die nächste Sitzung unter meinem Vorsitz einberufen.«

»Danke«, erwiderte Walker. »Sollte die Besprechung mit Schwegler unbefriedigend verlaufen, habe ich noch eine andere Lösung dieses Problems im Hinterkopf. Allerdings möchte ich mich dazu noch nicht äußern.«

Erstaunt hob der Klinikleiter die Augenbrauen. »Was in dieser Angelegenheit noch weiter möglich sein könnte, steht für mich in den Sternen.«

Die Sitzung der Klinikleitung fand statt. Es wurde beschlossen, mit Pirmin Schwegler Verhandlungen bezüglich eines Sterbegeldes für Irma aufzunehmen. Pirmin Schwegler lehnte dieses Angebot ab. Es gebe nichts zu verhandeln, dieser Fall sei eindeutig. Ihm sei sehr daran gelegen, dass diejenigen, die den Tod seiner Frau verursacht hätten, zur Verantwortung gezogen würden.

***

Am 14. Juni 1994 wurde eine Vermisstenmeldung in den Medien veröffentlicht.

Die Kantonspolizei Bern teilt mit:
Seit gestern, Montag, dem 13. Juni 1994, wird Pirmin Schwegler aus Kehrsatz vermisst. Der 41-jährige Schwegler ist Lehrer an der Primarschule in seinem Wohnort.

Er ist 1,80 Meter groß, schlank, hat blonde Haare mit einer Stirnglatze. Schwegler spricht Deutsch und Französisch.

Wir bitten um schonendes Anhalten und Meldung an die nächste Polizeistation.

Kriminalkommissär Robert Aebersold von der Stadtpolizei Bern fand am Montagmorgen des 13. Juni 1994 diese Meldung in seinem Postfach. Da stimmt etwas nicht, dachte er. Aebersold informierte sich eingehend über die Umstände des Todes von Irma Schwegler, insbesondere weil er Markus Walker seit dem Vorfall um Eberhard Schläpfer im Auge behielt.

Auch Wachtmeister Valentin Horrisberger von der Kantonspolizei hatte Informationen über Pirmin Schwegler und den tragischen Tod seiner Ehefrau eingeholt. Obwohl Schwegler tief betroffen war, glaubte Horrisberger nicht an Suizid oder Flucht. Schwegler war als Berggänger bekannt, und Horrisberger vermutete eher einen Absturz bei einer Klettertour am Wochenende.

Aebersold meldete sich bei Horrisberger und wies ihn darauf hin, dass Schwegler möglicherweise einem Verbrechen zum Opfer gefallen sein könnte und er wisse, wer der Täter sein könnte. Bevor jedoch weitere Ermittlungen durchgeführt werden könnten, müsse Schwegler gefunden werden, egal, ob tot oder lebendig.

Zwei Wochen waren vergangen, seit die Vermisstenmeldung herausgegeben wurde, als ein Spaziergänger im Forstwald zwischen Laupen und Niederwangen einen grausigen Fund machte. Neben dem Wanderweg entdeckte er in einem nahen Gebüsch einen aufgerissenen Kehrichtsack, der durch den bestialischen Gestank auffiel, der von ihm und den daneben herumliegenden Fleischresten ausging. Er vermutete, dass sich ein Fuchs oder ein streunender Hund an dem illegal entsorgten Müll zu schaffen gemacht hatte. Erst als ihm eine abgerissene Hand ins Auge fiel, wurde ihm bewusst, dass es sich nicht um achtlos weggeworfene Fleischabfälle handelte, sondern um die sterblichen Überreste eines Menschen. Eilig lief er zurück zum Bahnhof Niederwangen, wo er von einer Telefonzelle aus die Polizei verständigte.

Am nächsten Tag beherrschte der Fund die Schlagzeilen der Medien. Dank seiner guten Vernetzung hatte Aebersold bereits am Vorabend erfahren, dass Leichenteile im Forstwald entdeckt worden waren. Kurz darauf nahm er Kontakt mit dem Chef der Kriminalpolizei des Kantons auf und überredete ihn, den Fall zu übernehmen – noch bevor man wusste, ob das Opfer Pirmin Schwegler war.

Vierundzwanzig Stunden später stand fest, dass die sterblichen Überresten von Pirmin Schwegler stammten.

Aebersold überzeugte den Untersuchungsrichter, eine Durchsuchung bei Markus Walker anzuordnen, jedoch von einer vorläufigen Festnahme abzusehen .

Zwei Tage später fanden die Durchsuchungen statt.

Aebersold protestierte beim Staatsanwalt, betonte jedoch später, dass die Durchsuchungen nicht die erhofften Ergebnisse brachten, möglicherweise hatte Walker die Praxis und seine Frau die Wohnung aufgeräumt und Beweise verschwinden lassen, eine Indiskretion konnte er aber nicht nachweisen.

Der plötzliche Anruf von Gerichtspräsident Tschabold überraschte Aebersold nicht völlig. Tschabold beklagte, dass die Polizei sich zu stark in die Ermittlungen verbeiße und der Justiz Hindernisse bereite wie bei den Haussuchungen.

Aebersold wehrte sich: »Herr Gerichtspräsident, geben Sie nicht vor, unwissend zu sein. Es mag schwierig sein, zu beweisen, dass Walker vor den Durchsuchungen gewarnt wurde, doch ich vermute, dass Sie zumindest davon wussten.«

Tschabold wies diese Vermutung entschieden zurück. Er warf Aebersold eine Ungeheuerlichkeit vor. Da es jedoch lediglich um ein Telefongespräch ging, konnte Tschabold rechtlich nicht gegen Aebersold vorgehen. Auf diesen Angriff reagierte Aebersold nicht.

Zum Erstaunen von Aebersold war es der Staatsanwalt, der die Öffentlichkeit über die Hausdurchsuchungen bei Walker informierte.

Mitteilung der Staatsanwaltschaft der Stadt Bern
Der gewaltsame Tod von Pirmin Schwegler hat uns dazu bewogen, im Zuge der Ermittlungen der Stadtpolizei Bern und auf deren Antrag hin erste Maßnahmen zu ergreifen.

Gegen den angesehenen Arzt Dr. med. M. W. wurde eine Durchsuchung seines Eigenheims und seiner Praxis angeordnet. Die Ermittler konnten den verdächtigten Gynäkologen vollständig entlasten. Es ergaben sich keine Hinweise auf eine Beteiligung des Arztes an diesem Verbrechen. Die Staatsanwaltschaft entschuldigt sich bei Dr. med. M. W. für die zu Unrecht erfolgte Maßnahme. Er wird hierfür angemessen entschädigt.

Fürsprecher und lic. iur. Paul Zimmermann
Staatsanwalt der Stadt Bern

Als Robert Aebersold und Theophil Leibundgut das Communiqué lasen, brodelten sie vor Wut. Dennoch unterließen sie eine Gegenäußerung und setzten ihre Ermittlungen gegen Markus Walker fort, indem sie die sichergestellten Dokumente und Gegenstände nochmals genau ansahen.

Es wurden verdreckte Schuhe gefunden, die gründlich untersucht werden sollten. Aebersold betrachtete die Aufnahmen der Spurensucher und erkannte Profile, vermutlich die des Täters.

Die Profile waren verschwommen, aber es handelte sich um Ausgangshalbschuhe des deutschen Labels HAIX, bekannt für ihre Robustheit und Strapazierfähigkeit.

HAIX produziert hauptsächlich Funktionsschuhe für Feuerwehr, Militär, Forstwirtschaft, Rettungsdienste, Jagd und Polizei. Der verdächtige Walker trug solche Schuhe, was zu seiner Persönlichkeit als höherer Stabsoffizier der Schweizer Miliz passte. Dies könnte auch auf den Täter zutreffen.

Aebersold machte sich jedoch keine Illusionen: Wenn die Profile nicht eindeutig identifiziert werden konnten, konnte der Staatsanwalt dies nicht als Beweis zulassen. Weitere Hinweise müssten den Verdacht gegen Walker erhärten. Aebersold war überzeugt, dass man diese finden könne.

Um mehr Informationen zu erhalten, mussten Aebersold und Leibundgut nach den wenig erfolgreichen Hausdurchsuchungen eine andere Strategie verfolgen. Sie erkannten, dass es wichtig war, mehr über das Verhalten von Walker und seinen Umgang mit anderen Menschen zu erfahren. Daher beschlossen sie, Informationen aus dem Umfeld von Walker einzuholen.

Eine Person, die mehr über Walker wusste als die meisten anderen, war Eberhard Schläpfer. Obwohl wichtige Protagonisten der Justiz ihn nicht ernst nahmen, sah der Chef der Kriminalabteilung der Stadtpolizei Bern das anders. Und nicht nur er, sondern auch eine ganze Reihe anderer im Korps der Polizeien von Stadt und Kanton.

***

Eberhard Schläpfer war etwas verwirrt, als er Anfang Juli einen Anruf von Aebersold bekam. Mit ihm direkt hatte er noch nie gesprochen, nur mit dessen Untergebenen. Und er hatte bereits negative Erfahrungen mit der Justiz gemacht, insbesondere mit der Untersuchungsrichterin Paula Wandfluh, der er nicht vertraute. Er hatte das Gefühl, dass sie im Grunde genommen auf der Seite von Walker stand.

Aebersold stellte klar, dass er nicht im Namen der Justiz spreche, sondern als Chef der Kriminalabteilung der Stadtpolizei. In dieser Funktion wollte er sich mit Schläpfer persönlich treffen. Er lud ihn in sein Büro in der Hauptwache Waisenhaus ein.

Schläpfer nahm die Einladung an.

Aebersold hatte sich auf das Gespräch mit Schläpfer gut vorbereitet, das merkte Schläpfer sofort, dennoch blieb er kritisch. Aebersold erklärte Schläpfer, dass Polizei und Justiz in der Stadt Bern getrennte Zuständigkeiten hätten. Die Polizei sei für die

Ermittlungen zuständig. Spuren würden von Polizisten gesichert, Polizisten durchsuchten Häuser und Wohnungen, und letztlich seien es Polizisten, die Personen festnähmen.

Schläpfer hakte nach und gab Aebersold zu verstehen, dass er das bereits wusste. In seinem Fall sei es die Untersuchungsrichterin gewesen, erklärte Aebersold, die den Haftbefehl gegen Markus Walker erlassen hatte. »Aber aufgrund der polizeilichen Ermittlungen. Und Frau Wandfluh konnte nicht mehr anders.«

Das könne er nachvollziehen, räumte Schläpfer ein.

»Danke. Und nehmen Sie eines zur Kenntnis: Die Justiz kann nicht nach Belieben schalten und walten. Die Gerichtsverhandlungen sind in der Regel öffentlich, was die Rechtsprechenden daran hindert, sich bedenkenlos über die Befunde der Ermittler hinwegzusetzen. Glücklicherweise gibt es verschiedene Instanzen. Nach dem Bezirksgericht kommt das Obergericht, und die letzte Instanz ist das Bundesgericht. Auch wenn es tatsächlich zutrifft, dass die Richterinnen und Richter das letzte Wort haben.«

»Manchmal überkommt mich ein ungutes Gefühl«, sagte Schläpfer, »wenn ich an meinen Fall denke. Etwas ist hier anders als bei anderen ähnlichen Gewalttaten. Dass Walker nun versucht, sich als Opfer darzustellen und mich als Täter zu beschuldigen, überrascht mich nicht. Was mich jedoch zutiefst erstaunt, ist, dass es Exponenten der Justiz gibt, die seine Sichtweise übernehmen. Wie kann es sein, dass ein Gerichtspräsident das tut?«

»Das ist ein Skandal«, stimmte Aebersold zu. »Aber ich versichere Ihnen, Herr Schläpfer, sobald alle Fakten auf dem Tisch liegen, wird niemand mehr an Walkers Opferrolle glauben. In diesem Fall gibt es handfeste Beweise. Walker ist so weit gegangen, dass er versucht hat, Sie zu töten. Und beinahe wäre ihm das auch gelungen.«

»Können Sie bitte den Irrtum von Tschabold richtigstellen?«

»Tut mir leid, das eingestehen zu müssen. Ich glaube nicht an einen Irrtum. Ich bin mir sogar sicher, dass Tschabold genau weiß, was geschehen ist. Tschabold strebt eine politische Laufbahn an. Er konzentriert sich ausschließlich auf seine Karriere, und der Gynäkologe könnte ihm dabei Unterstützung bieten. Sind es das Ansehen oder der Ruf des Gynäkologen, die ihm nützlich sein könnten? Doch falls alles ans Licht kommt, wie könnte sich ein Tschabold dann noch herausreden?« Aebersold lachte und gab sich selbst die Antwort. »Das wird für ihn überhaupt kein Problem sein. Sobald einer seiner Gefolgsleute strauchelt und nicht mehr auf die Beine kommt, lässt er ihn im Stich.«

»Herr Aebersold, glauben Sie wirklich, dass Walker für den Mordversuch an mir zur Verantwortung gezogen werden kann?«

»Ja. Ich kann Sie beruhigen. Ich werde auf jeden Fall mein Möglichstes tun, dass Walker angeklagt wird.«

Damit war das Eis gebrochen. Schläpfer erklärte sich bereit, mit Aebersold zusammenzuarbeiten.

Aebersold berichtete Schläpfer darüber, wie die Polizei in seinem Fall ermittelte. Dabei hielt er sich strikt an die erlaubten Informationen, indem er beispielsweise die Zeugen anonymisierte. Die Darstellung von Aebersold stimmte größtenteils mit Schläpfers Wahrnehmung überein, was für ihn von großer Bedeutung war. Dadurch erkannte Schläpfer, dass die Polizei unabhängig von der Justiz agierte. Obwohl er nicht alle Einzelheiten kannte, hatte er gehört, dass der Gerichtspräsident Tschabold eine freundschaftliche Beziehung zu Walker unterhielt.

Aebersold war weniger daran interessiert, Schläpfer aufzuklären, sondern wollte vielmehr Persönliches über Walker erfahren. Er ließ Schläpfer zunächst schildern, welche Erfahrungen er während der knapp drei Jahre seiner Bekanntschaft mit Walker gemacht hatte.

»Ich empfand Markus Walker bis zum Vorfall vom 24. Januar 1994 als engen Freund, nicht zuletzt, weil er sehr einfühlsam meine Frau in den Tod begleitet hatte. Im Dezember 1992 eröffneten meine Frau und ich Walker, ihn nach meinem Tod als Universalerben einzusetzen«, vertraute Schläpfer Aebersold an.

Die plötzlich weit aufgerissenen Augen verrieten Schläpfer, dass Aebersold von dieser Mitteilung sehr überrascht war.

»Haben Sie, Herr Schläpfer, Walker dieses Versprechen schriftlich gegeben?«

»Nein, doch im Testament war es bereits festgehalten. Markus Walker hatte fest damit gerechnet. Zweimal bat er mich um einen Überbrückungskredit, allerdings mit seiner Zusage, diesen wieder zurückzuzahlen. Bei meinem Besuch am denkwürdigen 24. Januar machte ich ihn darauf aufmerksam, dass er von mir per Einschreibsendung einen Check über zwanzigtausend Franken erhalten habe. Er wusste nichts von dieser Summe. Ich versicherte ihm, dass ich ihm diesen Check überwiesen hatte. Meine Antwort schien ihn sehr wütend zu machen. Ich kannte Markus bislang nicht von dieser Seite. In meiner Gegenwart war er vorher noch nie ausgerastet. Dann geschah das, was ich bis heute nicht verstehe. Er griff zum roten Kästchen auf dem Tisch, das ich als Elektroschockgerät zum Ruhigstellen von Stieren erkannte.«

Aebersold nickte. »Diese Aussage bezüglich des Elektroschocks hat Dr. Haussener von der Klinik Permanence einem Polizisten detailliert zu Protokoll gegeben. Ging es dabei, Ihrem Empfinden nach, wirklich um den von Ihnen erwähnten Check?«

»Der Check spielte für mich keine Rolle. Und ich denke, für Walker war es nur ein Vorwand, um gewalttätig gegen mich zu werden. Eine Gewalttätigkeit, die, wäre sie in seinem Sinne ausgegangen, mir wohl das Leben gekostet hätte.«

»Haben Sie seither Ihr Testament geändert?«

Schläpfer lachte. »Ja, Walker ist darin nicht mehr als Erbe eingesetzt.«

»Danke, Herr Schläpfer, für diese Erklärungen. Dies sind bedeutende Hinweise für den bevorstehenden Prozess in dieser Sache gegen Walker. Nun zu einem anderen Thema, das mit Ihrem Fall nichts zu tun hat.«

Aebersold zog die Kopie eines Zeitungsartikels aus dem Stapel auf seinem Schreibtisch heraus. Es handelte sich um ein Communiqué der Staatsanwaltschaft vom Mittwoch, den 6. Juli 1994.

Schläpfer las das Papier.

»Das kommt mir bekannt vor«, bemerkte Schläpfer. »Dieses Verbrechen wurde also mit Walker in Verbindung gebracht. An diesem Tag war ich in der Umgebung des Bahnhofs Niederwangen und nahm in einem Restaurant mein Mittagessen ein. Am Nebentisch saßen drei Leute der Klinik Permanence, die über den Fall Schwegler informiert waren, nämlich eine Krankenschwester, ein Pfleger und der Arzt Dr. Haussener. Zu meiner Verwunderung erkannten sie mich noch. Sie baten mich, doch an ihrem Tisch Platz zu nehmen. Ich gesellte mich zu ihnen. Sie erkundigten sich zuerst nach meinem Befinden, zeigten mir dann dieses Communiqué und fragten nach meiner Meinung.«

Schläpfer musste sich kurz schnäuzen, bevor er fortfuhr: »Für mich war neu, dass Walker in den Todesfall Schwegler verwickelt sein könnte. Haussener war informiert und erklärte mir, was Walker mit dem Fall Schwegler zu tun hatte. Dass Walker auch als Täter des Mordes an Schwegler in Frage kommen könnte, verwunderte mich allerdings nicht. Aber wie könnte man ihm das beweisen?«

»Genau, das ist die zentrale Frage. Wie können wir Walker überführen, dieses Verbrechen begangen zu haben?«, fragte Aebersold.

Schläpfer sprach weiter. »Haussener warf dem einen Pfleger einen Blick zu und sagte: ›Vielleicht könntest du Herrn Schläpfer einen Tipp geben. Erzähle ihm doch von deinem Erlebnis zum Zeitpunkt des Verschwindens von Schwegler.‹ Der Pfleger dachte einen Moment nach. ›Wenn ich mich richtig erinnere, war das am Sonntag, den 12. Juni. Ich hatte bis zum frühen Nachmittag Dienst. Danach entschloss ich mich zu einem Spaziergang im Forstwald. Ich fuhr mit dem Wagen Richtung Bahnhof Niederwangen. Dort bog ich auf die Wangentalstraße ab. Plötzlich fiel mir ein weißer Jeep Cherokee auf. Der Fahrer schien unschlüssig zu sein, sein Blick wanderte von einer Seite zur anderen. Ich nahm an, er suche einen Parkplatz, um dann zu Fuß in den Forstwald zu gehen. Dann bog er rechts in die Eichelstraße ab. Das war auch mein Weg. Vor dem Fahrverbot machte ich halt und parkierte meinen Wagen. Er fuhr einfach weiter. Ich spazierte Richtung Wanderweg Niederwangen–Laupen, den ich nach knapp einem Kilometer erreichte. Genau dort sah ich den Jeep stehen. Die Eichelstraße führt dort nicht mehr weiter.‹«

Aebersold klopfte nervös mit den Fingern auf den Tisch. »Erzählen Sie bitte weiter. Es ist sehr spannend«, bemerkte er ungeduldig.

»Auf dem Wanderweg sah sich der Pfleger um. Da fiel ihm ein großer, schwerer Mann ins Auge. Er hielt einen Kehrichtsack in der Rechten und eine Schaufel in der Linken. Es musste die Person gewesen sein, die zuvor im Jeep war, erklärte er.«

»Hat der Mann den Pfleger gesehen?«, fragte Aebersold.

Schläpfer glaubte das nicht. Er sei wohl zu sehr mit sich beschäftigt gewesen. »Der Pfleger versteckte sich hinter einem Gebüsch und beobachtete das Tun, weil er dachte, es sei einer, der Abfall illegal entsorge. Den Sack überdeckte der Mann mit der weggeschaufelten Erde. Dann begab er sich zum Cherokee und fuhr weg.«

»Was hat der Pfleger dann getan?«, fragte Aebersold.

»Er rief am Montag die Gemeindeverwaltung Köniz an, die für dieses Waldstück zuständig ist. Man werde das dem Werkhof weiterleiten. Bis von dort aus nachgeschaut werde, könnten einige Wochen vergehen. Der gelagerte Müll werde sich kaum von selbst entfernen.«

»Das war der Kehrichtsack, der am späten Nachmittag des 27. Juni aufgefunden wurde. Der Täter hatte wohl nicht damit gerechnet, dass die Füchse ein feines Riechorgan haben und Fleisch auch unter einem halben Meter lockerer Erde ausfindig machen können«, stellte Aebersold fest und fuhr gleich weiter. »Ich weiß, dass Walker einen weißen Jeep Cherokee fährt. Doch es könnte Dutzende davon im Kanton Bern geben. Ich werde veranlassen, dass Walkers Jeep genau untersucht wird. Es dürfte allerdings schwierig sein, dort noch Spuren von Erde zu entdecken. Inzwischen haben wir Mitte Juli. Dazwischen liegen mehr als drei Wochen. Während diesen Tagen hat es teils heftig geregnet.«

Schläpfer leuchteten Aebersolds Bedenken ein. »Doch vielleicht hat es noch Spuren in Walkers Jeep«, mutmaßte er.

»Das ist durchaus möglich«, stimmte Aebersold zu. »Wir sollten nichts unversucht lassen. Ich werde beauftragen, dass Walkers Jeep gründlich untersucht wird, um jegliche potenziellen Spuren zu finden. Doch die Chance, zu beweisen, dass es der Jeep des Mörders ist, ist leider immer noch gering. Dass sich Erde vom Fundort irgendwo im Auto befindet, ist sogar anzunehmen. Aber Walker dürfte behaupten, er sei seither oft in den Forstwald gefahren. Und das zu widerlegen, wäre nahezu ein Ding der Unmöglichkeit.«

Der Jeep Cherokee von Markus Walker wurde daraufhin am Montag, den 18. Juli, in der Tiefgarage des Immobilia-Areals von Fahndern der Stadtpolizei untersucht. Dabei wurden Erdreste sichergestellt, die dieselbe Zusammensetzung wie der Boden im Bereich der Einmündung der Eichelstraße in den Wanderweg aufwiesen.

Dieser Befund wurde von der Staatsanwaltschaft beziehungsweise dem Untersuchungsrichter nicht als Beweis gegen Dr. med. Markus Walker zugelassen. Trotzdem betrachtete die Polizei die Erkenntnisse als wichtige Hinweise auf eine mögliche Täterschaft von Walker. Für Aebersold war klar, dass er und sein Team weiterhin in dieser Angelegenheit ermitteln würden.

Eine Woche nach der Durchsuchung des Jeep Cherokee fand ein Treffen zwischen Robert Aebersold und Eberhard Schläpfer statt. Aebersold bedankte sich erneut bei Schläpfer für den Hinweis, den der Pfleger der Permanence-Klinik vermittelt hatte.

»Auch wenn der Fall noch nicht gelöst ist, sind doch neue, signifikante Hinweise dazugekommen. In Gerichtsverfahren spielen Hinweise eine bedeutende Rolle. Mehrere Hinweise könnten, selbst wenn der Täter nicht geständig ist, zu einer Verurteilung führen«, machte Aebersold Schläpfer klar.

Aebersold ermutigte Eberhard Schläpfer, weiterhin im Umfeld von Markus Walker zu recherchieren. »Versuchen Sie es doch mal mit dem Stammtisch von Bümpliz, dort könnten Sie noch Wesentliches erfahren«, schlug er vor.

»Der Stammtisch von Bümpliz?«, fragte Schläpfer. »Ja natürlich, dieses Diskussionsforum ist mir bestens bekannt.«

Schläpfer nahm sich Aebersolds Ratschlag zu Herzen und hoffte, dadurch einen Durchbruch zu erzielen. Jedoch stellte sich heraus, dass die Geschichten, die ihm am Stammtisch zugetragen wurden, mehr Aberglaube als nützliche Information enthielten. Über Walker wurden zwar furchteinflößende Geschichten verbreitet, aber wenn Schläpfer die Erzähler dazu aufforderte, ihre Behauptungen zu konkretisieren und sie an die Polizei weiterzuleiten, zogen sich alle zurück. Sie schienen nicht bereit zu sein, ihre Aussagen offiziell zu machen, was Schläpfer in seiner Suche nach der Wahrheit nicht weiterbrachte.

14

Am Montag, 15. August 1994, waren die Sommerferien vorüber. An diesem Tag erschien ein Artikel von Wolfgang Balzli im »Berner Blatt« auf der Titelseite.

Was passiert im Fall des Mordversuchs gegen Eberhard Schläpfer?

Mehr als ein halbes Jahr ist vergangen, seit Eberhard Schläpfer bei einer handfesten Auseinandersetzung mit Dr. Markus Walker in dessen Praxis im Immobilia-Areal lebensgefährlich verletzt wurde. Walker schleppte das Opfer zu seinem Wagen in die Tiefgarage und überließ es dort sich selbst …

In einem ausführlichen Beitrag schilderte Balzli, was sich in der Praxis des Gynäkologen Markus Walker und in den folgenden Wochen ereignet hatte. Dabei wurde auch erwähnt, dass Walker Ende Februar nach seiner Rückkehr aus dem Urlaub an einem Grenzübergang bei Genf festgenommen worden war, ins Bezirksgefängnis der Stadt Bern gebracht wurde und vier Tage später wieder freikam.

Balzli schmückte den Artikel mit mehreren Zitaten aus dem internen, vertraulichen Bericht des Ermittlungsteams der Stadtpolizei aus: »Für das polizeiliche Ermittlungsteam besteht kein Zweifel daran, dass Walker aufgrund des Vorfalls vom 24. Januar mehrfach straffällig geworden ist.«

Balzlis Beitrag schlug ein wie eine Bombe. Die Medien im ganzen Land berichteten darüber.

Den Verantwortlichen der Justiz und der Polizei wurden Fragen gestellt. In einem ersten Interview nahmen Untersuchungsrichterin Paula Wandfluh und der Chef der Kriminalabteilung der Stadt, Robert Aebersold, Stellung.

Berner Blatt: *Herr Aebersold, warum tolerieren Sie, dass die Justiz das Verfahren gegen Dr. Markus Walker blockiert?*

R. Aebersold: *Vorneweg möchte ich betonen, dass ich es sehr bedauere, dass ein vertraulicher Bericht der Polizei an die Öffentlichkeit gelangt ist. Der Inhalt allerdings entspricht der Wahrheit. Die Polizei hat ihre Arbeit gewissenhaft erledigt, und ich unterstütze das Ermittlungsteam der Stadtpolizei uneingeschränkt. Zu Ihrer Frage, auch im Kanton Bern herrscht Gewaltentrennung. Die Gerichte fällen die Urteile, die Polizei ermittelt. Wir von der Polizei akzeptieren auch nicht, wenn ein Richter, eine Richterin, eine Staatsanwältin oder ein Staatsanwalt uns vorschreibt, was wir zu tun haben.*

Berner Blatt: *Aber basierend auf den polizeilichen Ermittlungen müsste Dr. Markus Walker angeklagt und verurteilt werden. Und das geschieht nun nicht.*

R. Aebersold: *Dass er zur Rechenschaft gezogen werden muss, steht aus kriminalpolizeilicher Sicht außer Frage. Wir haben jedoch keinen Einfluss auf die Geschwindigkeit des Gerichtsverfahrens. Festzuhalten ist, dass der Prozess noch nicht begonnen hat. Man kann also nicht sagen, dass Walker nicht verurteilt worden ist.*

Berner Blatt: *Aber Herr Aebersold, aus den zahlreichen Zuschriften zu Balzlis Artikel geht hervor, dass von der Polizei erwartet wird, Druck auf die Justiz auszuüben, damit in dieser Angelegenheit Fortschritte erzielt werden.*

R. Aebersold: *Was bedeutet Druck? Natürlich gibt es interne Schreiben an die Richter, in denen die Ermittler ihre Ansichten mitteilen. Doch kein Polizist würde öffentlich das Gericht kritisieren.*

Berner Blatt: *Es sei denn, es gibt eine Undichtigkeit bei der Übermittlung … – Die nächste Frage geht an Frau Untersuchungsrichterin Wandfluh. Glauben Sie, dass der Gynäkologe Markus Walker die Wahrheit sagte, als er behauptete, Eberhard Schläpfer habe ihn mit Flaschen angegriffen?*

P. Wandfluh: *Ich beantworte diese Frage nicht. Als Richterin darf ich nicht einfach glauben. Ich muss mich auf die Unterlagen der Ermittlungen stützen.*

Berner Blatt: *Frau Wandfluh, aber aus den polizeilichen Er-*

mittlungen geht eindeutig hervor, dass Walker und nicht Eberhard Schläpfer der Schläger war.

P. Wandfluh: *Vorsicht. Sie haben lediglich ein nicht autorisiertes Dokument vor sich. Ein den Medien zugespieltes Dokument ist als Beweismittel nicht zugelassen. Ich habe alle notwendigen Unterlagen, um mir ein Urteil über diesen Vorfall zu bilden.*

Berner Blatt: *Und was ist Ihr Urteil, Frau Untersuchungsrichterin?*

P. Wandfluh: *Das verrate ich Ihnen ganz sicher nicht. Als Untersuchungsrichterin leite ich mein Urteil an den Richter weiter, der den Prozess leitet.*

Berner Blatt: *Warum dauert das denn so lange?*

P. Wandfluh: *Der Prozess durch die gerichtlichen Instanzen erfordert stets erhebliche Zeit. Die Dauer hängt nicht ausschließlich von der Untersuchungsrichterin ab. Es spielen auch die Komplexität des Falles und die Verfügbarkeit von Beweismaterial eine Rolle. Jeder Schritt im Prozess muss sorgfältig geprüft und ausgeführt werden, um die Rechtsstaatlichkeit zu wahren und ein faires Verfahren zu garantieren.*

Berner Blatt: *Frau Wandfluh, diese Antwort befriedigt nicht. Wie Sie den Reaktionen auf den Artikel von Wolfgang Balzli entnehmen können, ist die Öffentlichkeit über die Verzögerungen im Fall Walker-Schläpfer aufgebracht. Immerhin steht Dr. Markus Walker im Verdacht, einen Mordversuch begangen zu haben, und was unwiderlegbar ist: Er hat sich um das schwer verletzte Opfer nicht gekümmert.*

(Die Untersuchungsrichterin nahm zu dieser Bemerkung keine Stellung und brach das Interview ab.)

Das zweite Interview mit dem Gerichtspräsidenten Felix Tschabold wurde zwei Tage nach dem Erscheinen der Befragung von Aebersold und Wandfluh aufgezeichnet.

Berner Blatt: *Herr Tschabold, Sie haben sich viel Zeit genommen, um einen Termin für Ihr Interview festzulegen. Haben Sie* *zuerst die Stellungnahmen von Kriminalkommissär Aebersold und Untersuchungsrichterin Wandfluh abgewartet?*

F. Tschabold: *Diese Frage amüsiert mich. Ich brauche meine Antworten nicht mit meinen Kollegen abzustimmen.*

Berner Blatt: *Wie bewerten Sie die Aussagen der Untersuchungsrichterin Paula Wandfluh?*

F. Tschabold: *Sie hat klug geantwortet, ich hätte es nicht besser formulieren können.*

Berner Blatt: *Bedeutet das, dass Sie mit ihren Stellungnahmen einverstanden sind?*

F. Tschabold: *Absolut. Ich habe nichts mehr hinzuzufügen.*

Berner Blatt: *Die Reaktionen auf den Artikel von Wolfgang Balzli zeigen deutlich, dass die Öffentlichkeit über die Verzögerungen im Fall Walker-Schläpfer verärgert ist.*

F. Tschabold: *Ich nehme die öffentliche Meinung stets ernst, da ich neben meinem Richteramt auch politisch tätig bin. Dennoch ist es wichtig, zu betonen, dass es nicht angebracht ist, einfach nur dem Volk nach dem Mund zu reden – das wäre Populismus. Ich behaupte weder, dass Schläpfer gelogen hat, als er behauptete, Dr. Markus Walker habe ihn mit einer Flasche geschlagen, noch beschuldige ich Dr. Walker, Schläpfer tatsächlich angegriffen zu haben. Dr. Walker hat jedoch zugegeben, ihm einen kräftigen Schlag über der rechten Augenbraue versetzt zu haben, was zu einer starken Blutung führte. Ich möchte damit sagen, dass ich nicht anwesend war und daher nicht beurteilen kann, was tatsächlich passiert ist.*

Berner Blatt: *Herr Gerichtspräsident, wie bewerten Sie die Tatsache, dass Dr. Walker das Opfer, das durch schwere Verletzungen handlungsunfähig war, sich selbst überlassen hat?*

F. Tschabold: *Das ist richtig, diese Handlung ist nachgewiesen. Dr. Walker wird daher zur Verantwortung gezogen. Doch ich möchte hervorheben, dass unterlassene Hilfeleistung weit von einem Mordversuch entfernt ist.*

Berner Blatt: *Wird er deswegen eine Gefängnisstrafe erhalten?*

F. Tschabold: *Das Gesetz sieht in solchen Fällen eine Geld-*

strafe oder eine Gefängnisstrafe vor. In diesem Fall wäre eine bedingte Gefängnisstrafe wahrscheinlich. Über die genaue Strafe wird jedoch das Gericht nach dem Prozess entscheiden müssen.

***Berner Blatt:** Das Gericht? Das sind doch Sie?*

***F. Tschabold:** Bei Gott, nein. Ich leite bei Weitem nicht alle Gerichtsverhandlungen. Die Zuweisung dieses Falles erfolgt durch das Richtergremium. Es ist unwahrscheinlich, dass mir der Fall Walker-Schläpfer zugewiesen wird, da Befangenheit aufgrund meiner persönlichen Bekanntschaft mit Markus Walker behauptet werden könnte.*

***Berner Blatt:** Würden Sie den Prozess ablehnen, wenn er Ihnen zugewiesen würde?*

***F. Tschabold:** Diese Frage darf und kann ich nicht beantworten. Entscheidungen des Richtergremiums wurden, soweit ich mich erinnern kann, stets akzeptiert.*

***Berner Blatt:** Ist Dr. Markus Walker ein Freund von Ihnen?*

***F. Tschabold:** Das würde ich nicht sagen. Er ist ein Kollege von mir.*

Einen Tag nach dem Interview konnte sich Wolfgang Balzli nicht zurückhalten und veröffentlichte einen Kommentar im »Berner Blatt«.

Das Interview mit Gerichtspräsident Felix Tschabold zum Fall Walker-Schläpfer kann zweifellos als bemerkenswert betrachtet werden, was jedoch typisch für Tschabold zu sein scheint.

Er ist sich bewusst, dass Walker im bevorstehenden Prozess, der wohl noch in weiter Ferne liegt, keinesfalls ungeschoren davonkommen wird. Offensichtlich hofft er darauf, dass der Hauptvorwurf des Mordversuchs in einem möglichen Gerichtsurteil nicht berücksichtigt wird, da ein endgültiger Beweis dafür fehlt, im Gegensatz zur unbestreitbaren unterlassenen Hilfeleistung.

In der Tat, Gerichtspräsident Felix Tschabold zeigt sich in seinen Äußerungen zum Fall Walker-Schläpfer als eine Per-

sönlichkeit, die die juristischen Feinheiten genau versteht und strategisch überlegt handelt. Seine Antworten deuten darauf hin, dass er die Schwierigkeiten und möglichen Wendungen des bevorstehenden Prozesses vorwegnimmt. Indem er die Rolle eines Verteidigers annimmt, obwohl er als Gerichtspräsident fungiert, offenbart er eine ungewöhnliche, aber durchaus geschickte Herangehensweise an den Fall. Dies könnte darauf hindeuten, dass er eine tiefere strategische Ebene verfolgt, um das juristische Verfahren in eine bestimmte Richtung zu lenken.

15

Der Artikel von Wolfgang Balzli vom 15. August 1994 erzielte die erwünschte Wirkung. Die Tat des Gynäkologen Walker wurde dadurch wieder ins Bewusstsein der Bevölkerung gerückt.

Es bildeten sich zwei Lager: Das eine stand auf der Seite des Arztes, das andere war gegen ihn.

An vorderster Front kämpften für Walker seine Frau Renate, seine Schwägerin Bettina Stettler sowie seine Schwiegereltern Yolanda und Patrick Wälchli. Auch die mit Renate befreundete Kirsten Tschabold, die Gattin des Gerichtspräsidenten, engagierte sich, obwohl sie sich geschickt in Deckung hielt. In der zweiten Linie standen Dutzende von Walkers Patientinnen, die ihm nach einer erfolgreichen Behandlung ihr Leben verdankten.

Diejenigen, die von Walkers Schuld überzeugt waren, agierten unkoordiniert und ohne gegenseitige Absprache. Wie die erste Gruppe verfassten auch sie Leserbriefe für die Tageszeitungen, die jedoch keine Bedrohung für Walker darstellten. Sollte eine Person in ihrer Stellungnahme über das Ziel hinausschießen, intervenierte Renate Walker als seine Fürsprecherin. Auf höfliche Weise machte sie die ausschließlich weiblichen Briefschreiberinnen darauf aufmerksam, dass derartige Angriffe rechtliche Risiken bergen könnten. Damit erreichte sie regelmäßig, dass die Verfasserinnen sich öffentlich entschuldigten und anschließend zurückzogen.

Diejenigen, die Walker als Gegner fürchteten, agierten mit Ausnahme einiger Medienschaffender außerhalb der Öffentlichkeit. Dazu gehörten Walkers ehemalige Praxisangestellte Christa Graber und sämtliche Mitglieder des polizeilichen Ermittlungsteams.

Allerdings positionierten sich nicht alle Medienleute gegen Walker. Es gab mehrere Journalisten, die ihm die Stange hielten.

Sie schafften es, dass die öffentliche Meinung nicht eindeutig gegen den Gynäkologen war.

Nicht nur die Auseinandersetzung zwischen ihm und Eberhard Schläpfer stand in deren Fokus, sondern auch der Tod seiner ersten Frau Klara am späten Abend des 27. Dezember 1989. Seit dem 14. Oktober 1980 galt sein Rivale Dr. Pedro Gyger als vermisst und wurde nie wieder gesehen. Der ungeklärte Todesfall und das Verschwinden des Mitstreiters führten zu Spekulationen, dass Markus Walker möglicherweise für beide Ereignisse verantwortlich sein könnte.

Renate Walker und Kirsten Tschabold nahmen sich der beiden Fälle an und versuchten zu beweisen, dass Markus Walker Opfer einer Verleumdungskampagne geworden war. Kirsten Tschabold äußerte sich in einem Brief dazu, den sie an mehrere tausend Adressen verschickte.

Pedro Gyger wurde im Herbst 1980 als vermisst gemeldet. Bis heute liegt kein überzeugendes Indiz vor, dass er einem Verbrechen zum Opfer gefallen ist. Selbst wenn er umgebracht worden wäre, müsste es Hinweise auf Markus Walker als Täter gegeben haben. Die Tatsache, dass sowohl Gyger als auch Walker sich um die Position des Oberarztes der Frauenklinik beworben hatten und Gyger den Zuschlag erhielt, reicht nicht aus, um zu behaupten, dass Markus Walker ihn deshalb getötet haben könnte. Es ist auch darauf hinzuweisen, dass von Gygers Hinterbliebenen keine Strafanzeige eingereicht wurde.

Kirsten Tschabolds Schreiben wurde von den Medien aufgegriffen und als skandalös abgeurteilt, da sie als Lebenspartnerin des Gerichtspräsidenten nicht in dieser Weise Partei ergreifen dürfe. Keine Reaktion aber bezeichnete den Inhalt des Textes als falsch.

In einem internen Kommentar, der durch ein Datenleck an die Öffentlichkeit gelangte, äußerte sich Robert Aebersold wie folgt: »Es ist zwar korrekt, dass bisher keine Beweise gegen Markus Walker in diesem Fall vorliegen. Allerdings war die damalige Ermittlungsarbeit unzureichend und wenig professionell.«

Renate Walker verschickte an dieselben Adressen auch ein Schreiben, das sich auf den mysteriösen Tod von Markus Walkers erster Frau Klara bezog. Es war eindeutig schwieriger, Walker aus diesem Fall herauszuhalten. Denn Wachtmeister Leibundgut als ermittelnder Beamter hatte durchaus Hinweise gefunden, die Walkers Beteiligung an diesem Ereignis nahelegten.

Im Brief von Renate Walker stand unter anderem:

Der Vorwurf, aber auch schon der Verdacht, mein Gatte sei am Tod seiner ersten Ehefrau schuldig, ist nicht haltbar. Dieser Fall wurde von der Kriminalpolizei der Stadt Bern ausführlich untersucht. Mein Mann Markus musste mehrmals ein Verhör über sich ergehen lassen. Dabei stellte sich heraus, dass keine Belege vorlagen, die auch nur annähernd darauf hindeuteten, dass er der Brandstifter seines Hauses in Vauffelin war. Tatsache ist aber, dass es zu jener Zeit nicht der einzige Hausbrand am Romontberg war. Der Feuerteufel konnte nie gefasst werden. Es liegt nahe, zu vermuten, dass sein Anschlag auch den Tod von Frau Klara Walker verursacht hatte.

Als Leibundgut das Schreiben von Renate Walker zu Gesicht bekam, reagierte er umgehend.

Guten Tag Frau Walker
Zufällig lag eine Kopie Ihres Schreibens, das Sie an zahlreiche Frauen und Männer verschickt haben, in meinem Postfach.

Ihre Erklärungen in diesem Brief möchte ich nicht unwidersprochen zur Kenntnis nehmen. Es stimmt, dass die Ermittlungen gegen Ihren Ehemann Markus Walker im Brandfall von Vauffelin 1989 ergebnislos eingestellt wurden.

Der Hauptgrund dafür liegt jedoch nicht in der vermeintlichen Unschuld von Markus Walker. Es gab einige Pannen bei den polizeilichen Ermittlungen, die in diesem Fall auf einen noch nicht vollständig eingearbeiteten Staatsanwalt zurückzuführen waren, der sich allzu früh in diesen Kriminalfall einmischte und sich dann mehr aus Hilflosigkeit als in böser Absicht an den mit ihm befreundeten Gerichtspräsidenten wandte. Dessen Eingreifen führte anschließend zu einer vorzeitigen Einstellung des Verfahrens gegen Markus Walker. Erschwerend kam hinzu, dass zwei Polizeiteams an den Ermittlungen beteiligt waren: die für den Romontberg zuständige Kantonspolizei des Bezirks Courtelary und die Stadtpolizei Bern.

Es ist richtig, dass der Brandstifter noch nicht identifiziert werden konnte. Es besteht die Möglichkeit, dass auch Markus Walker als Verdächtiger in Betracht gezogen wird. Was wäre, wenn er die vorherigen Brände gelegt hätte, um eine falsche Fährte für das Verbrechen gegen Leib und Leben zu legen?

Alle Kopien der Ermittlungsunterlagen zum Tod von Klara Walker und dem Hausbrand in Vauffelin befinden sich in meinem Büro. Die laufenden Ermittlungen im Fall Schläpfer-Walker haben das Team der Kripo Bern veranlasst, weitere Nachforschungen anzustellen.

Die Reaktion von Wachtmeister Leibundgut brachte Renate Walker zur Weißglut. Sie diskutierte den Brief mit ihrem Mann. »Was bildet sich dieser kleine Wachtmeister ein? Dieser bedeutungslose Wicht hat doch nichts zu sagen.«

Walker schüttelte den Kopf. »Das mag zutreffen, aber hinter ihm steht Aebersold, und er ist immerhin der Chef der Kriminalpolizei.« Dann beruhigte Markus Walker Renate, aber sie sah ihm an, dass er die Nachricht des Wachtmeisters aus der Hauptwache Waisenhaus ernst nahm.

»Markus, was schlägst du vor, was wir jetzt tun sollen?«

»Ich werde sofort Kontakt mit Felix Tschabold aufnehmen.« Walker ging ans Telefon, Renate hörte mit.

»Felix am Apparat, grüß dich, Markus. Schön, dass du mich wieder mal anrufst. Ich kann fast erraten, worum es geht.«

»Kann ich mir denken. Es geht um die Briefe unserer Frauen.«

»Genau. Und was, Markus, denkst du dazu?«

»Man muss diese Damen reden und schreiben lassen. Schließlich leben wir in einer aufgeklärten Gesellschaft. Und wir müssen die Konsequenzen tragen.«

»Die Konsequenzen?«, fragte Tschabold. »Übertreibe nicht, Markus.«

»Bist du auf dem neuesten Stand? Renate hat einen Brief von diesem verfluchten Leibundgut erhalten. Er hat auf Umwegen mitbekommen, was sie an ihre Freundinnen geschickt hatte.«

»Da bin ich gespannt.«

Walker las Tschabold das Schreiben von Leibundgut vor.

Gut eine halbe Minute schwieg Tschabold, bis er mit deutlich schärferer Stimme antwortete: »Das verschlägt mir beinahe die Sprache.«

»Das ist die Stimme seines Meisters, die von Aebersold«, redete Walker dazwischen.

»Vielleicht, aber man darf Leibundgut nicht unterschätzen. Er ist lediglich ein Wachtmeister, aber ein äußerst gerissener Fahnder. Natürlich hat er mit Aebersold darüber gesprochen. Ich denke, die beiden sind ein Herz und eine Seele. Sie spornen einander zu Untaten an, vor allem, wenn es darum geht, meine Leute in die Bredouille zu bringen.«

»Müssen wir nicht darauf reagieren?«, fragte Walker.

»Ich denke schon«, erwiderte Tschabold, diesmal mit ruhigerer Stimme.

»Aber wie?«

»Lass mich einen Moment nachdenken.«

Es vergingen einige Augenblicke, bis sich Tschabold wieder meldete. »Ich werde mit Paul Zimmermann und Paula Wandfluh darüber reden. Aebersold kann dich, wenn es ihm beliebt, zu einer Vernehmung vorladen. Doch da nichts Neues gegen dich vorliegt, kann er dich nicht festnehmen. Erst Wandfluh oder Zimmermann könnten dich in Untersuchungshaft stecken, was sie mit Sicherheit nicht tun werden.«

»Und was ist, wenn mich Aebersold tatsächlich zu einer Vernehmung vorlädt?«

»Ich denke sogar, dass das passieren wird. Geh hin und sag

ihm höflich, dass du die Aussage verweigern wirst, solange du nicht einen Rechtsbeistand deiner Wahl mitnehmen darfst. Zunächst wird er dir sagen, dass das nicht möglich ist, und dir Fragen stellen. Bitte reagiere darauf mit keinem Wort. Aber informiere mich, sobald du die Vorladung erhältst.«

»Verstehe ich dich richtig? Sollen Renate und ich zunächst nichts unternehmen?«

»Danke, du hast verstanden, was ich meine.«

Bis Anfang September passierte nichts. Doch dann erhielt Walker eine Vorladung von Aebersold. Termin: Donnerstag, 8. September, zehn Uhr in der Hauptwache Waisenhaus. Walker informierte Tschabold telefonisch und fragte dabei, ob Aebersold berechtigt sei, ihm einen Termin ohne vorherige Absprache aufzuzwingen.

»In diesem Fall wohl eher nicht. Solltest du zu diesem Zeitpunkt wirklich unverzichtbar sein, rufe Aebersold an und bitte um eine alternative Zeit.«

Das sei nicht der Fall, erklärte Walker.

»Dann gehe einfach hin und verhalte dich genau so, wie ich es dir geraten habe.«

Walker zog seine Ausgangskleidung an: eine blendend weiße Weste, ein weißes Hemd, eine rote Krawatte und dunkelblaue Hosen. Am Empfang meldete er sich bei der dort anwesenden Polizistin auf seine gewohnte Art genau um zehn Uhr an.

»Hier steht Dr. med. Markus Walker zur Vernehmung mit Kriminalkommissär Robert Aebersold.«

»Herr Walker, in solchen Fällen ist es üblich, fünf Minuten vor dem Termin zu erscheinen.«

Aufgebracht reagierte Walker auf diese Zurechtweisung: »Frau Irgendwer, ich bestehe darauf, mit meinem Titel angeredet zu werden. Wo ist Ihr Anstand geblieben?«

Sie antwortete nicht, sondern hob stattdessen den Hörer neben sich ab und wählte die Nummer von Aebersold.

Als Aebersold kam, sprach er Walker freundlich mit »Herr Doktor« an und bat ihn, ihm zu folgen.

Das Verhör begann um zehn nach zehn. Aebersold stellte Walker den Protokollführer, einen Korporal, und Wachtmeister Leibundgut vor. Dann fragte er Walker nach seinen Personalien. Walker antwortete darauf, denn Tschabold hatte ihm geraten, nur Aussagen zu verweigern.

»Ich komme zur ersten Frage. Er geht um den Tod Ihrer ersten Ehefrau beim Brand Ihres Hauses in Vauffelin von 1989. Sie haben bei Ihrer ersten Vernehmung in der Altjahreswoche 1989 bestritten, während des Brandes am Romontberg gewesen zu sein. Bleiben Sie noch bei dieser Behauptung?«

»Herr Vorsitzender, ich verweigere die Aussage. Ich werde erst antworten, sobald mir ein Anwalt meiner Wahl zur Verfügung steht.«

Aebersold verzog das Gesicht. »Es überrascht mich, dass Sie dies erst jetzt einfordern und mir das nicht rechtzeitig vor dem Verhörtermin mitgeteilt haben. Dennoch beabsichtige ich, Ihnen Fragen zu stellen, die Sie beantworten müssen.« Aebersold wiederholte seine Frage.

Walker folgte genau dem Rat, den ihm Tschabold gegeben hatte.

Kurz nachdem Aebersold seine Frage zum zweiten Mal gestellt hatte, klopfte es an der Tür. Wachtmeister Leibundgut ging zur Tür und öffnete sie. Staatsanwalt Paul Zimmermann trat ein.

Aebersold entglitt eine Bemerkung, die er im Nachhinein wohl lieber für sich behalten hätte. »Das ist ja unglaublich.«

Zimmermann setzte ein maliziöses Grinsen auf. »Herr Kriminalkommissär, trotzdem kommen Sie nicht umhin, es zu glauben. Ich bin hier eingetreten, um mich zu vergewissern, dass alles mit rechten Dingen zugeht.«

Aebersold war einen kurzen Moment unschlüssig. Danach verkündete er mit ruhiger, lauter Stimme: »Das Verhör ist beendet. Herr Walker, verlassen Sie bitte den Raum.«

Dann musterte er den Protokollführer und Leibundgut. »Kommt mit mir, wir gehen in die Gaststätte Kriminaltango an der Gerechtigkeitsgasse und genehmigen uns einen Kaffee mit frischen, herrlich duftenden Gipfeli.«

Er verließ mit seinen Untergebenen das Zimmer, würdigte Zimmermann keines Blicks und ließ ihn einfach stehen.

Beim Kaffee fragte Leibundgut: »Warum hast du Zimmermann nicht einfach weggeschickt und das Verhör fortgesetzt?«

Aebersold antwortete, Zimmermann wäre wahrscheinlich nicht gegangen. Ihn einfach von Polizisten fesseln und aus dem Haus entfernen zu lassen, hätte zu einem Skandal geführt. Außerdem hätte Walker ohnehin die Aussage verweigert.

Leicht verunsichert sah der Protokollführer Aebersold an. »Was geschieht jetzt?«

»Nichts, sofern wir in dieser Angelegenheit nicht weitere Maßnahmen treffen.«

Der Protokollführer fuhr fort: »Wie konnte Staatsanwalt Zimmermann überhaupt wissen, ob, wann und wo dieses Verhör stattfand?«

Leibundgut prustete vor Lachen.

Aebersold warf Leibundgut einen amüsierten Blick zu. »Kläre doch den Korporal auf.«

Als ob Leibundgut diese Reaktion von Aebersold erwartet hätte, begann er zu reden. »Spätestens als Walker das Aufgebot von Aebersold erhielt, setzte er sich mit Tschabold in Verbindung und fragte ihn um Rat. Das Aufgebot verunsicherte ihn wohl, und er wusste nicht, ob er es überhaupt wahrnehmen sollte. Tschabold gab Walker die Regeln durch, wie er sich bei einem Verhör verhalten sollte. Andernfalls hätte Walker getobt und ganz sicher nicht geschwiegen. Es liegt auf der Hand, dass Tschabold deshalb unverzüglich Staatsanwalt Zimmermann informierte. Heute schickte er ihn ins Waisenhaus, um dem Verhör beizuwohnen. – Sind wir im Fall des Hausbrandes weitergekommen?«, fragte Leibundgut.

»Eine schwierige Frage«, antwortete Aebersold. »Auf jeden Fall haben wir uns in dieser Angelegenheit keine Nachteile eingehandelt. Wir wissen nun, dass Walker besorgt ist, aber auch, dass er sich bezüglich des Hausbrandes in Vauffelin mit Tschabold abgesprochen hat und dies wohl schon im Dezember 1989.«

Leibundgut blieb beharrlich. »Ich verstehe, dass Walker, Tschabold und ihre Gefolgsleute jetzt nichts weiter unternehmen. Aber der Artikel von Wolfgang Balzli von Mitte August hat ihnen einen Strich durch die Rechnung gemacht. Der Fall Elektroschock war plötzlich wieder in den Medien. Und jetzt droht ihnen dasselbe mit dem Hausbrand vom Dezember 1989. Wäre es nicht gut, wenn dieser Fall erneut an die Öffentlichkeit gelangen würde?«

»Ganz meine Meinung. Das ist auch meine Strategie«, stimmte Aebersold zu. »Doch wir müssen dabei behutsam vorgehen. Wir brauchen dazu auch die Medien, wir dürfen sie nicht vergraulen.«

»Warum sind die Medien so wichtig für uns?«, fragte Leibundgut nach.

»Eigentlich sollten sie es nicht sein. Doch das Fundament unserer Justiz ist brüchig. Es bedarf einer Instanz, die diese brüchige Justiz beobachtet. Und diese Instanz sind die Presse, das Radio und das Fernsehen.«

»Und wie möchtest du vorgehen?«, fragte Leibundgut.

Aebersold pfiff leise vor sich hin und legte den Zeigefinger über die Lippen. »Was ich jetzt sage, ist vertraulich. Ich habe genug von unserem Gerichtspräsidenten, seinen Staatsanwälten, Untersuchungsrichtern und den meisten seiner Richterkollegen. Die Verzögerungstaktik im Fall Walker-Schläpfer reicht mir endgültig. Es gab aber auch andere Verbrechen, wie den Hausbrand von Vauffelin am Hang des Romontbergs mit einem Todesopfer. Ich bin überzeugt, dass es sich um Mord handelte. Dass wir ihn nicht aufklären konnten, mag auch an Versäumnissen einzelner Personen in unserem Team liegen. Doch den Hauptgrund sehe ich bei der Justiz, die nicht zögert zu blockieren, wenn plötzlich gewisse ›berühmte‹ Persönlichkeiten in unseren Fokus geraten.«

»Wenn ich dich richtig verstehe, möchtest du wichtige Erkenntnisse unserer Ermittlungen, die von der Justiz unter den Teppich gekehrt worden sind, an die Öffentlichkeit bringen.«

»Letztlich schon«, sagte Aebersold mit leiser Stimme. »Aber das ist eine Gratwanderung. Nicht allen Journalistinnen und

Journalisten ist zu trauen. Die Informationen, die von uns nach außen gelangen, dürfen die Ermittlungen nicht beeinträchtigen. Sie sollten nur Maßnahmen betreffen, die dazu dienen, kriminelle Handlungen aufzudecken. Kurz gesagt: Es geht um die Aufklärung von Verbrechen, die leider von der Gerichtsbarkeit verhindert wird.«

Leibundgut lächelte schelmisch. »Danach wird Tschabold noch weniger Freude an dir haben.«

***

Anfang Oktober wurde im »Berner Blatt« ein Artikel von Wolfgang Balzli mit dem Titel »Wie die Stadtberner Justiz die Polizei bei ihren Ermittlungen behindert« veröffentlicht.

Balzli begann den Text: »Dies ist eine sensible Betrachtung. Unser Ziel ist es, einen Beitrag zur Bekämpfung von Verbrechen zu leisten. Wer sich mit Verbrechern anlegt, lebt gefährlich. Daher werden wir unsere Informanten nur unter Pseudonymen zitieren …«

Balzli berichtete über den Fall des Hausbrandes in Vauffelin am Romontberg und stellte das Alibi von Markus Walker in Frage. Er bezog sich dabei auf die Unterlagen der Kriminalpolizei der Stadt Bern, ohne jedoch die genaue Bezeichnung dieser Dokumente preiszugeben, sondern schrieb lediglich von »wichtigen Ermittlungspapieren«.

Des Weiteren erwähnte er die Brandstiftungen am Romontberg, die vor dem Hausbrand stattgefunden hatten und danach plötzlich aufhörten. »Dies wirft die Frage auf, ob diese Feuer gelegt wurden, um den Tod von Klara Walker als Unfall erscheinen zu lassen.«

Nicht nur diese Bemerkung, sondern schon der erste Satz von Balzlis Artikel stieß auf Kritik. In anderen Medien, die den Artikel besprachen, fragte man sich, was Balzli mit »Verbrechern« meinte. Waren damit nur die einer Tat Verdächtigten gemeint oder möglicherweise auch Mitglieder der Berner Justiz?

In einem Nachtrag reagierte Balzli auch auf die Beanstandungen seines Beitrags. »Was definiert einen Verbrecher oder eine Verbrecherin? Damit sind sicherlich diejenigen gemeint, die eine schwerwiegende Tat begehen. Ich zögere jedoch nicht zu sagen, dass auch Menschen mit Einfluss, die wegschauen, wenn es um die Ahndung von Maßnahmen gegen Leib und Leben geht, und somit ihre Möglichkeiten nicht nutzen, um solche Delikte zu verhindern, selbst ein Verbrechen begehen. Das könnten auch Staatsanwälte, Richter oder gar Gerichtspräsidenten sein.«

Auch auf das spurlose Verschwinden von Dr. Pedro Gyger im Oktober 1980 ging Balzli ein. Aus den ihm in die Hände gefallenen Dokumenten der polizeilichen Ermittlungen gehe hervor, dass sich auch bei diesem Ereignis die Justiz allzu früh in die Untersuchung eingebracht habe. Jedenfalls habe die Staatsanwaltschaft sich nie die Frage gestellt, ob hinter Gygers Verschwinden ein Verbrechen stecken könnte. Dabei hätte der Rivale von Pedro Gyger, Markus Walker, zumindest vorgeladen und verhört werden sollen, was jedoch nie geschah.

Nicht nur die anderen Medien, sondern auch Renate Walker ging nun gegen Wolfgang Balzli vor. Sie reichte eine Strafanzeige wegen Verleumdung von Markus Walker gegen Balzli ein, die prompt schon am nächsten Tag öffentlich gemacht wurde.

Aebersold saß mit Leibundgut zusammen im Restaurant Kriminaltango an der Gerechtigkeitsgasse, als er diese Neuigkeit im »Berner Blatt« zur Kenntnis nahm. Er äußerte seinen Kommentar gegenüber Leibundgut. »Das bringt mich zum Schmunzeln. Der Artikel von Balzli ist offensichtlich weitherum gelesen und kommentiert worden. Genau darum geht es in dieser Angelegenheit. Balzli ist ein gewiefter Journalist und weiß aus jahrelanger Erfahrung, wie weit man beim Berichten von heiklen Themen gehen darf. Jede nachträgliche Diskussion über Balzlis Artikel erfüllt den Zweck, den wir uns wünschen. Die Geschichte über den Tod von Klara Walker und den verschollenen Pedro Gyger ist wieder in aller Munde.«

***

Tschabold rief Markus Walker zu Hause an.

»Guten Abend, Markus. Wie geht es dir angesichts der Folgen des diffamierenden Artikels von Wolfgang Balzli?«

»Ein Drama! Ungeheuerlich. Aber wie können wir dagegen vorgehen? Renate hat gerade einen Versuch unternommen.«

»Ich bin informiert. Wir sollten möglichst bald darüber sprechen. Komm doch bitte morgen Abend mit Renate zu uns. Wir laden euch zum Abendessen ein.«

Walker nahm die Einladung an.

Die Walkers brachten zwei Flaschen Wein – die Lieblingsmarke von Tschabold – und das Dessert mit. Nach einer saftigen Geldstrafe und einem halbjährigen Führerscheinentzug hatte Walker sich entschieden, seinen geliebten Jeep Cherokee jeweils zu Hause zu lassen und für die Fahrt zu den Tschabolds ein Taxi zu rufen. Ein bisschen schmollte Walker schon gegen Tschabold, weil dieser ihm damals klipp und klar beschied, gegen Trunkenheit am Steuer werde er keine Strafe hintertreiben. Das würde seiner politischen Karriere unermesslichen Schaden zufügen.

Der Groll von Walker gegenüber Tschabold legte sich jedoch wieder und war inzwischen verraucht.

Beim Abendessen erkundigte sich Renate, was in Bezug auf die Kontroverse um Eberhard Schläpfer, den Hausbrand und Pedro Gyger als Nächstes geschehen würde. Tschabold meinte, dass vorerst keine spektakulären Entwicklungen zu erwarten seien. »Die Polizei behauptet, bereits viele Informationen gesammelt zu haben, die nun der Öffentlichkeit bekannt sind. Es scheint jedoch, dass die Justiz einige wichtige Aspekte anders bewertet. Glücklicherweise neigen die meisten Menschen dazu, eher auf der Seite der Justiz zu stehen.«

»Und wie sollen wir jetzt weiter vorgehen?«, fragte Renate.

»Genau aus diesem Grund habe ich euch heute zum Abendessen eingeladen«, bemerkte Tschabold. »Es ist wichtig, die Öffentlichkeit zu beeinflussen. Die Justiz muss immer ein wachsames Auge auf die Stimmung im Volk haben. Anders als die Polizei, die sich selbst erneuert, werden unsere Gerichte entweder direkt von den Bürgerinnen und Bürgern oder indirekt vom Kantonsparlament gewählt.«

Tschabold zog aus seiner Westentasche das zusammengefaltete Titelblatt einer Zeitung heraus, entfaltete es und hob es in die Höhe. »Das ist mit Abstand die auflagenstärkste Zeitung der Schweiz. Wir müssen das ›Bild der Schweiz‹ unter unsere Fittiche nehmen.«

»Wie stellst du dir das vor?«, fragte Markus Walker.

Dazu habe er konkrete Vorstellungen. Er möchte aber nicht alles preisgeben. »Nur so viel: Ich kenne einige sehr einflussreiche Personen in der Redaktion. Ich werde aber keine Namen nennen.« Was er nun benötige, und zwar recht schnell, sei der Entwurf eines Artikels über die Person Markus Walker.

Renate Walker und Kirsten Tschabold sahen einander an. Kirsten lächelte und nickte. »Ich werde diese Sache in Angriff nehmen. Es wird ein Entwurf sein, den ein Starjournalist ins Reine schreiben und unter seinem Namen veröffentlichen wird.«

Felix Tschabold warf Markus Walker einen Blick zu. »Nun bist du gefordert. Einen Moment.« Er stand auf, verließ das Esszimmer und sagte: »In einigen Minuten bin ich wieder zurück.«

Fünf Minuten später trat er zu Walker und übergab ihm zwei A4-Blätter und einen Kugelschreiber.

»Bitte schreibe so viele Stichworte wie möglich zu den Vorwürfen gegen dich, deinen Aktivitäten und den ergriffenen Maßnahmen auf. Beginne mit den wichtigsten Punkten.«

Markus Walker begab sich zum Nebentisch und notierte.

– *Das Verschwinden von Dr. Gyger*
– *Der Hausbrand in Vauffelin*
– *Der Sechzehn-Uhr-Klub*
– *Das Ehepaar Schläpfer und der Tod von Johanna*
– *Schläpfers Ausraster*
– *Die Praxis an der Monbijoustraße mit vorbildlichen Sozialleistungen*

– *Die lebensrettende Krebsoperation an Johanna Schläpfer in der Klinik »Paradis de Berne«*
– *Das soziale Engagement in Vereinen und Spenden an Bedürftige*

Danach übergab er Tschabold das Papier und sagte: »Mein Lebenslauf und das neueste Foto werden nachgereicht, du bekommst sie in zwei Tagen.«

Nachdem Felix Tschabold den Entwurf gelesen hatte, nickte er zufrieden und reichte ihn Kirsten weiter.

Sie bemerkte: »Renate und ich benötigen etwa eine Woche, um den Entwurf an den zuständigen Redaktor weiterzuleiten.«

Nach dem Erscheinen des Artikels im »Bild der Schweiz« werde Markus endlich aufatmen können, verkündete Felix Tschabold.

Am Mittwoch, dem 26. Oktober, wurde ein ganzseitiger Beitrag über den Wundergynäkologen Dr. med. Markus Walker vom Starjournalisten Emil P. Mächler veröffentlicht.

In dem Artikel wurde Walker in das hellste Licht gerückt, während seine Widersacher nicht gut wegkamen. Es wurde behauptet, dass es in Bern eine Kriminalpolizei gebe, die bei allen prominenten Persönlichkeiten eine verbrecherische Ader entdecke. Das komme in der Bevölkerung gut an. Die Kriminalisten versuchten die einfachen Menschen glauben zu machen, es sei nichts als gerecht, wenn auch diejenigen oben in der gesellschaftlichen Rangordnung zur Verantwortung gezogen würden. Glücklicherweise seien die Menschen nicht so leicht zu täuschen und durchschauten die fragwürdigen Machenschaften der Hardliner in Uniform.

In der Znüni-Pause vertieften sich Aebersold und Leibundgut in die neueste Ausgabe des »Bild der Schweiz«. Aebersold nahm den Beitrag von Mächler mit gemischten Gefühlen entgegen, und es entwich ihm viel zu laut die Bemerkung: »Wie bringt dieser Halunke das nach allem noch fertig?«

Leibundgut reagierte, wie immer, schlagfertig. »Dieser Schweinehund hat eben ein weitverzweigtes Beziehungsnetz.«

»Ich würde mich wundern, wenn ihm dabei nicht Tschabold beigestanden hätte.«

Leibundgut erkundigte sich bei Aebersold, ob er auf Mächlers Geschreibsel reagieren solle.

»Ganz sicher nicht«, antwortete Aebersold. »Wir müssen die ganze Angelegenheit nun für einige Zeit ruhen lassen.«

Der Artikel Mächlers sorgte für großes Aufsehen und zahlte sich für Markus Walker aus. Eine Woche später hatte er vierzig neue Patientinnen. Um diese zu bewältigen, musste er sich auf die Suche nach einem Assistenzarzt machen.

Viele andere Medien kommentierten den Artikel im »Bild der Schweiz«. Das »Berner Blatt« schrieb von einem bestellten Kommentar. Es sei unschwer zu erraten, wer dahinterstecke: Felix Tschabold. Schließlich habe der Gerichtspräsident und Nationalrat beste Beziehungen zum Herausgeber des »Bild der Schweiz«. Es sei nur zu hoffen, dass die Stadtberner Kriminalpolizei nicht klein beigebe. Jedenfalls müsse sie am Fall Walker-Schläpfer dranbleiben. Es gehe nicht an, dass eine große Boulevardzeitung sich daranmache, die Rechtsordnung auszuhebeln.

Als Aebersold und Leibundgut den Kommentar im »Berner Blatt« lasen, mussten sie schmunzeln, und Aebersold meinte: »Es sieht so aus, als ob alles gut vorangeht. Es ist ermutigend, zu sehen, dass die Diskussion über den Fall weitergeht.«

16

Mitte Dezember 1994 meldete sich Greti Aebi am Empfang der Hauptwache Waisenhaus. Sie gab an, eine Strafanzeige gegen Dr. Markus Walker, ihren Nachbarn in der Terrassensiedlung an der Lerberstraße, einreichen zu wollen.

Die Polizistin am Empfang verwies sie an Theophil Leibundgut und an Robert Aebersold, weil sie wusste, dass der Wachtmeister und auch der Leutnant sich hin und wieder mit diesem Gynäkologen befassten.

Leibundgut holte die Frau ab und geleitete sie in sein Arbeitszimmer. Von seiner Kollegin am Empfang hatte er erfahren, dass es um Walker ging. Er war deswegen besonders neugierig.

»Ich bin empört über Dr. Walkers Lebenswandel«, begann Greti Aebi, nachdem Leibundgut sie aufgefordert hatte zu erzählen. »Dieser Mann ist verheiratet und hat eine Freundin.«

Das brachte Leibundgut zum Lächeln. »Frau Aebi, verstehen Sie mich richtig. Ein solches Verhalten ist zwar moralisch verwerflich, aber es ist nicht strafbar.«

Greti Aebi sah Leibundgut verdutzt an. »Sie sind ein junger Mann, und ich bin eine alte Frau von bald neunzig Jahren. Sie sehen das vielleicht anders als ich. Meiner Meinung nach ist es immer noch strafbar, wenn zwei nicht miteinander verheiratete Menschen gemeinsam das Bett teilen. Als ich noch jung war, hat man dieses Zusammenleben als Konkubinat bezeichnet, und die Paare, die bei dieser Unsitte erwischt wurden, festgenommen und bestraft.«

»Frau Aebi, da muss ich Sie als Polizist korrigieren. In den 1950er Jahren war das Konkubinat tatsächlich noch ein Delikt. Doch das ist nun mehr als vierzig Jahre her. Seither wurde das Strafgesetz geändert. Das Leben im Konkubinat ist heute nicht mehr strafbar. Eine Anzeige aus diesem Grund können Sie gegen Dr. Markus Walker nicht einreichen.«

Leibundgut sagte ihr, er wolle sie jetzt aber nicht unverrichteter Dinge wegschicken. Vielleicht gebe es in dieser Sache wirklich etwas, das unrecht oder störend sei. Und er fragte: »Wie haben Sie denn von diesem Konkubinat erfahren?«

»Ich bin weit davon entfernt, mich in die Angelegenheiten meiner Nachbarn einzumischen.« Aber das junge Flittchen, das den Arzt jeweils in Abwesenheit seiner Ehefrau besuche, errege auch das Missfallen der anderen Bewohner der Terrassensiedlung.

»Das müssen Sie mir schon näher erklären.«

Greti Aebi überlegte. »Ich bin schon in die Jahre gekommen, daher fällt es mir nicht leicht, zu wissen, wo ich mit der Erzählung anfangen soll. Das Ganze begann auf meinem Parkfeld in der Tiefgarage.«

Leibundgut sah Frau Aebi erstaunt an. »Sie fahren tatsächlich noch Auto?«

»Nein, schon seit fast zehn Jahren nicht mehr. Aber ich besitze noch einen Parkplatz in der Tiefgarage, den ich zusammen mit meiner Immobilie erworben habe. Ab und zu werde ich von Leuten besucht, die mit ihrem Wagen kommen. Zum Beispiel auch von der mich aufsuchenden Pflegerin, die einmal die Woche kommt. Sie parkt dann auf meinem Abstellplatz. Das junge Mädchen, das seit einigen Monaten häufig bei Walker übernachtet, stellt dort auch ihren roten Subaru ab, und das sogar ohne mich zu fragen.«

»Das wäre wirklich ein Argument für ein rechtliches Verfahren«, gab Aebersold zu bedenken. »Doch eine Anzeige würde ich noch nicht einreichen. Es gibt andere, effizientere Möglichkeiten. Ich werde diese Angelegenheit weiterleiten. Ein Polizist wird mit Dr. Walker sprechen, ihm das Problem darlegen und versuchen, ihn zu überzeugen, dass es nicht statthaft ist, Ihren Parkplatz auf diese Art zu nutzen.«

Greti Aebi war mit diesem Vorschlag einverstanden.

»Bevor Sie sich verabschieden, habe ich noch zwei Fragen«, bemerkte Aebersold. »Kennen Sie den Namen dieser Frau?«

»Nur den Vornamen, Walker nennt sie Bettina.«

»Die zweite Frage betrifft den Wagen der Frau. Haben Sie die Nummer?«

Greti Aebi hatte sie auf einem Zettel aufgeschrieben und reichte diesen Aebersold. Er nahm ihn entgegen und begleitete Greti Aebi zum Ausgang. »Herzlichen Dank für Ihren Besuch. Ihre Angaben waren sehr interessant für uns. Als Dank wird Sie eine Streife von uns nach Hause fahren.«

Greti Aebi verzog ein wenig das Gesicht. »Ich soll mit einem Polizeifahrzeug nach Hause gebracht werden? Das ist mir ein wenig peinlich.«

Aebersold dachte einen Moment nach. »Kein Problem. Ich werde Sie mit meinem privaten Wagen nach Hause fahren.«

Nun lächelte Greti Aebi freudig.

Als er wieder zurück auf der Hauptwache war, ging er an seinen Computer, loggte sich in das Intranet der Verkehrspolizei ein und gab dort die Nummer des roten Subarus ein. Nun erschienen der Name und der Wohnort der Besitzerin: Bettina Stettler-Wälchli, Köniz.

Für Aebersold war sofort klar, es handelte sich um die Schwägerin von Markus Walker.

War sie tatsächlich auch die Geliebte von Walker?, fragte sich Aebersold. Eine Antwort darauf fiel ihm sofort ein. Das war kein Delikt, Walker stand es frei, eine Bettgespielin zu beherbergen, solange sie nicht blutsverwandt mit ihm war.

Eine andere Frage drängte sich jedoch auf: Nahm sie auch an den Dingen teil, die Walker drehte? Dabei war es unerheblich, ob sie eine intime Beziehung pflegten, es reichte, wenn sie oft zusammen waren.

Aebersold rief Wachtmeister Leibundgut zu sich.

»Du glaubst es nicht, aber durch Zufall habe ich etwas Interessantes erfahren. Es scheint, dass unser Klient, Dr. Markus Walker, eine Freundin hat, die zeitweise bei ihm übernachtet.«

Leibundgut war Feuer und Flamme. »Jetzt haben wir diesen Halunken am Wickel.«

Aebersold schüttelte ungläubig den Kopf. »Was meinst du damit? Wenn Walker das Bett mit einer anderen als seiner eigenen Frau teilt, ist das noch lange nicht strafbar, mein lieber Theophil.«

»Das ist mir auch bewusst«, entgegnete Leibundgut etwas gereizt. »Doch Liebschaften innerhalb der Verwandtschaft bergen stets ein Risiko. Da kommen Emotionen und ein Erpressungspotenzial ins Spiel. Ich möchte dieser Sache nachgehen.«

»Meinetwegen, aber tue das auf eigenes Risiko. Und merke dir, ich habe dich nicht darauf angesetzt.«

Leibundgut ließ sich nicht davon abhalten, Näheres zum Verhältnis zwischen Bettina Stettler und Markus Walker zu erfahren. Er hatte diesbezüglich eine kriminalistische Idee.

Leibundgut erinnerte sich daran, dass es neue Methoden gab, um Sexualdelikte aufzuklären. Er hatte einen Cousin, der sich als Assistenzarzt in der Frauenklinik des Inselspitals seine beruflichen Sporen verdiente und sich nebenbei für Kriminalfälle in diesem Bereich interessierte.

Das Stichwort war »genetische Forensik«. In den frühen achtziger Jahren schockierten kurz nacheinander Morde an zwei Schülerinnen nahe der Stadt Leicester in Mittelengland die Öffentlichkeit. Fahnder sicherten an den Tatorten zahlreiche Spuren und erkannten rasch: Es handelte sich um denselben Täter. Trotz aufwendiger Suche konnte dieser nicht gefasst werden.

Alec Jeffreys, ein Biochemiker, erforschte zu dieser Zeit an der Universität Leicester genetisch bedingte Krankheiten. Dabei gelang ihm 1984 eine bahnbrechende Entdeckung. Er erfand eine Methode, mit der sich das Erbmaterial verschiedener Menschen schnell vergleichen ließ. Dafür werden bestimmte Chemikalien zu den erfassten Proben, zum Beispiel Fingerabdrücke, Haare, winzige Partikel von Blut oder Haut, gegeben. Diese Chemikalien binden sich an für sie passende Stellen der DNA-Stränge und spalten sie auf. Die dabei entstehenden kleinen Bruchstücke sind für jeden Menschen – mit Ausnahme von eineiigen Zwillingen – völlig verschieden. Der erste Täter konnte so 1987 überführt werden: Er war ein siebenundzwanzig Jahre alter Bäcker aus der Gegend.

Seit 1992 führte das Spurensicherungslabor der Berner Polizei DNA-Analysen durch. Leibundgut, neugierig, wie er war, überwand seine Bedenken. Gemeinsam mit seinem noch wenig erfahrenen Cousin entwickelte er einen Plan, um Walker möglicherweise als Samenspender für Bettina Stettler zu entlarven. Zufällig kam ihm ein Umstand zu Hilfe.

Wenige Tage zuvor hatte sich Bettina Stettler einem kurzen operativen Eingriff im Frauenspital unterziehen müssen. Dabei wurden in ihrer Vagina Spermien gefunden, die zur späteren Untersuchung aufbewahrt wurden. Der Arzt, der die Operation durchführte, hatte einen gewissen Verdacht, den er aber nicht nannte.

Ende Februar 1994, während Walkers kurzer Untersuchungshaft, wurden ihm Haut- und Blutproben entnommen, um seinen genetischen Fingerabdruck zu erstellen.

Leibundgut lud die Ergebnisse der DNA-Analyse von Walkers Proben aus dem Intranet des Polizeiarchivs herunter, druckte sie aus und brachte sie zu seinem Cousin. In der Zwischenzeit hatte dieser die Spermien aus Bettina Stettlers Vagina untersucht. Der Vergleich der DNA-Fragmente ergab ein klares Resultat: Die Fragmente waren identisch.

Leibundgut rannte mit dieser Erkenntnis sofort zu Aebersold. Der schmunzelte zunächst, nahm dann aber einen ernsten Ausdruck an.

»Theophil, du und dein Cousin, der Arzt, seid unverbesserliche Lausbuben. Was ihr da ausgeheckt habt, ist meiner Meinung nach nicht legal. Aber gut, jetzt wissen wir, dass Bettina Stettler und Walker ein intimes Verhältnis haben. Diese Information behalten wir im Hinterkopf und notieren sie nicht schriftlich.«

»Und was ist mit dem Vaginalsekret von Bettina Stettler?«, erkundigte sich Leibundgut.

Aebersold zuckte mit den Schultern. »Das liegt nicht in meinem Bereich. Dein Cousin sollte es aufbewahren. Vielleicht können wir es später noch verwenden.«

Ein Polizist von der Hauptwache Waisenhaus begab sich zu Dr. Markus Walker, um über die Angelegenheit des Parkplatzes in der Terrassensiedlung an der Lerberstraße zu reden. Walker erklärte sich bereit, sich vor jeder Benutzung mit der Besitzerin abzusprechen, um sicherzustellen, dass dies möglich wäre. Zusätzlich wollte er Frau Aebi aus seinem eigenen Portemonnaie dreihundert Franken schenken als Entschuldigung.

Greti Aebi war darüber äußerst erfreut und lud sogar aus Dank Aebersold und Walker zum Essen ein.

Aebersold schrieb ihr einen freundlichen Brief. Er bedankte sich für diese Geste, aber als Beamter dürfe er leider keine Geschenke annehmen. Sie solle doch an seiner Stelle eine andere Person einladen. Walker nahm die Einladung an, aber bat Greti Aebi, damit noch bis Mitte des nächsten Jahres abzuwarten, vorher ließen seine vielen Termine eine solche Absenz nicht zu.

Die Stadtpolizei hatte Zugang zu den Parkhäusern, um unter bestimmten Bedingungen Besuchern das Abstellen ihrer Fahrzeuge zu erlauben, selbst wenn diese nicht in den darüberliegenden Gebäuden wohnten. Dies galt auch für die Tiefgarage unter den Terrassenhäusern an der Lerberstraße.

Ab sofort besuchte eine Polizeistreife in den frühen Nachtstunden und sporadisch am Tag die dortigen Parkplätze. Jedes Mal wenn die Polizisten zur Hauptwache zurückkehrten, hinterließen sie in Aebersolds Postfach einen Laufzettel, auf dem sie berichteten, ob Greti Aebis Parkplatz vom roten Subaru von Bettina Stettler besetzt war.

Aebersold war sich bewusst, dass es sich dabei um verdeckte Ermittlungen handelte. Solche Liebesaffären könnten mitunter gewaltsam enden, sagte sich der Kriminalkommissär. Aebersold hielt diese Maßnahme deshalb diskret unter Verschluss, und sie erschien denn auch in keinem Bericht.

Ab März 1995 wurden die Besuche seltener und hörten Anfang April gänzlich auf. Das alarmierte Aebersold, der Leibundgut über das offensichtliche Ende der Liebesbeziehung zwischen Markus Walker und Bettina Stettler informierte. Er ordnete an, dass Walker von nun an genauer beobachtet werden sollte, und übertrug Leibundgut diese Aufgabe.

Aebersold knüpfte Verbindungen zwischen der Kriminalpolizei und dem Sicherheitsdienst der Immobilia, dessen Niederlassung sich im Erdgeschoss genau unterhalb der Praxis von Walker im zweiten Stock befand.

Aebersold hielt stets geheim, ob die Zustimmung der Leitung der Immobilia zu diesen Beziehungen vorlag. Für ihn war ausschließlich von Bedeutung, dass die Beziehungen funktionierten. Zudem vermied er es bewusst, direkten Kontakt zu den Wachmännern des Sicherheitsdienstes aufzunehmen. Diese Aufgabe übertrug er Wachtmeister Leibundgut, der regelmäßig im Büro des Sicherheitsdienstes anzutreffen war. Gelegentlich nahm er den Aufzug in den zweiten Stock und ging vor Walkers Praxis hin und her, sonst ließ er sich von den Wachmännern über Besonderheiten berichten.

Ein Zwischenfall war am Donnerstag, den 23. März 1995, zu verzeichnen. Ein Wachmann, der sich unten im Büro aufhielt, vernahm das Geschrei einer Frauenstimme. Er rannte in den Korridor, holte den Lift herunter. Als er oben ankam und eilends den Lift verließ, war gut eine halbe Minute vergangen.

Walker stand im Korridor, und es schien dem Wachmann, dass er die Arztgehilfin Bettina Stettler gewaltsam am Wegrennen zu hindern versuchte. Als Walker den Wachmann erblickte, ließ er augenblicklich von ihr ab und eilte zur Tür der Praxis. Dorthin rettete er sich mit einem Sprung und schmetterte dann die Tür zu.

Der Wachmann sprach Bettina Stettler an: »Brauchen Sie Hilfe?«

»Ich möchte hier endgültig weg. Es wäre nett, wenn Sie mich zu meinem Auto bringen würden. Mehr erwarte ich nicht von Ihnen.«

Der Wachmann kam ihrem Wunsch nach und begleitete sie zu ihrem Wagen.

Der Wachmann berichtete Leibundgut von diesem Vorfall, worauf dieser Bettina Stettler einen Brief schrieb und sich erkundigte, ob sie sich nach dem Vorfall vom 23. März bedroht fühle. Er bot ihr Personenschutz an, falls sie es wünschte.

Doch Leibundgut wies sie auch darauf hin, dass er Walker bereits seit Wochen im Auge habe. Sobald etwas geschehe in seiner Praxis, werde er eingreifen und den Sicherheitsdienst benachrichtigen.

Sie antwortete ihm telefonisch und bedankte sich herzlich für das Angebot, lehnte es jedoch ab. Sie glaubte, dass sich das Zerwürfnis mit ihrem Chef wieder einrenken würde. Er sei zwar in letzter Zeit leicht erregbar, aber ansonsten ein guter Mensch. Dann brach sie das Gespräch ab.

Leibundgut dachte bei sich: Ach, diese Frauen. Hoffentlich geht das alles gut.

Da Kriminalkommissär Aebersold für einige Tage abwesend war, musste Leibundgut selbst entscheiden. Sollte er für Bettina Stettler präventiv Personenschutz anordnen? Davon kam er ab, da sie das offenbar nicht anstrebte. Er wollte die Situation weiterhin beobachten, dies aber erheblich intensiver. Die Kontrolle in der Garage bei der Terrassensiedlung verstärkte er dann, wenn sich Walker dort aufhielt.

Er suchte das Gespräch mit dem Sicherheitsdienst der Immobilia. Dort erklärte man sich bereit, die Wachmänner zu erhöhter Wachsamkeit anzuhalten, sobald Walker anwesend war. Zudem wurde eine Videokamera mit dem Fokus auf die Eingangstür von Walkers Praxis installiert. In der Klinik, wo Walker Belegarzt war, gab es keine Möglichkeit, seine Tätigkeit zu beobachten.

17

Als am Abend des 1. Mai 1995, einem Montag, Bettina Stettler ihren Subaru in der Tiefgarage unter der Terrassensiedlung in der Lerberstraße parkte und der patrouillierende Stadtpolizist dies Leibundgut meldete, war dieser beruhigt. Der Wagen blieb dort die ganze Nacht. Am Dienstagvormittag erschien Bettina Stettler rechtzeitig an ihrer Arbeitsstelle in der Frauenklinik des Inselspitals. Für Leibundgut ein Hinweis, dass Frau Stettler derzeit wieder außer Gefahr war.

In der Zwischenzeit war Aebersold wieder auf der Hauptwache anwesend. Leibundgut besprach mit ihm den Verlauf der Beziehung zwischen Bettina Stettler und Markus Walker. Aebersold blieb vorerst nichts anderes übrig, als die Schultern zu zucken. Er bemerkte: »Du hast richtig gehandelt. Mehr konntest du nicht tun.«

Aebersold war etwas überrascht, als er am Dienstagmorgen einen Telefonanruf von Greti Aebi erhielt. »Herr Kriminalkommissär, heute übernachtete das Flittchen wieder bei Walker. In der Nacht vernahm ich aus der Wohnung oben das Geschrei einer Frau, das sich anhörte, als ob sie um Hilfe schrie. Ich glaube, der Herr Doktor hat ihr eine Tracht Prügel verabreicht. Recht geschieht ihr. Ich hoffe nur, er kommt endlich zur Vernunft und kehrt wieder zu seiner Ehefrau zurück.«

Aebersold bedankte sich überschwänglich bei Greti Aebi und bat sie, sofort die Hauptwache Waisenhaus zu benachrichtigen, wenn sie nochmals Hilferufe aus der Wohnung von Walker vernehme. Er diktierte ihr die Telefonnummer. Auch wenn es mitten in der Nacht sei, sollte sie in einem solchen Fall anrufen.

Das leuchtete Greti Aebi offenbar nicht ein. »Ist es nicht übertrieben, wegen einer solch amoralischen Weibsperson mit einer ganzen Patrouille auszurücken?«

»Frau Aebi, ich verstehe ja Ihre Bedenken. Aber wir haben unsere Vorschriften, und diesen müssen wir nachkommen.

Braucht eine Person Hilfe, dürfen wir den Einsatz nicht davon abhängig machen, ob sie moralisch oder amoralisch ist.«

Es war ein schöner, warmer Frühlingstag, der 3. Mai 1995. Um zehn Uhr rief Walker den Gerichtspräsidenten Felix Tschabold an und lud ihn zu einem Mittagessen im Hotel Schweizerhof ein. Tschabold nahm dankend an, gab jedoch zu bedenken, dass er erst gegen halb eins dort sein könne. Er traf dann eine Viertelstunde später ein, was für Walker in Ordnung war.

Walker hatte sich für den Anlass schick gemacht und trug wie üblich festliche Kleidung: eine weiße Weste und eine dunkelblaue Hose.

Tschabold kam, wie fast immer, in Schwarz. Das war seine Arbeitskleidung als Richter. In der Freizeit trug er meist legere Kleidung wie Jeans, T-Shirt oder Pullover. Dies passte zu seiner politischen Einstellung. Tschabold war etwa fünf Zentimeter kleiner als der imposante Walker und von eher kräftiger Statur.

Wenn Walker Tschabold zum Essen einlud, hatte er stets ein Anliegen. Walker hatte gelegentlich rechtliche Probleme, sowohl beruflich als auch privat. Bei Gynäkologen gab es hin und wieder Strafklagen, Walker war da keine Ausnahme. Zusätzlich gab es Beschwerden über seinen Umgang mit seinen Mitmenschen. Er konnte sowohl liebenswürdig und charmant als auch grobschlächtig und verletzend sein.

Diesmal hatte Walkers Einladung einen privaten Grund, der im familiären Bereich lag. Seine Teilzeitmitarbeiterin Bettina Stettler wirke derzeit niedergeschlagen und müde, erzählte Walker. Einen Tag in der Woche arbeitete sie bei ihm als medizinisch-technische Laborantin. Die restlichen vier Tage übte sie ihren Beruf in der Frauenklinik des Inselspitals aus.

Bettina, die Schwester von Walkers Ehefrau Renate, war auch mit Kirsten, der Ehefrau von Tschabold, befreundet. Alle drei teilten die Leidenschaft für den Hundesport, den sie in einem Verein pflegten.

Tschabold fragte, ob Bettinas Unwohlsein allmählich oder plötzlich aufgetreten sei.

»Es geschah plötzlich und unerwartet«, antwortete Walker. Sie habe sogar geäußert, dass sie in naher Zukunft entweder einfach verschwinden, Selbstmord begehen oder sich in ein fernes Land absetzen könnte.

Tschabold wollte wissen, ob es Streitigkeiten zwischen ihnen gegeben habe. Das sei definitiv nicht der Fall, antwortete ihm Walker. »Seitdem ich Bettina kenne, haben wir ein gutes und herzliches Verhältnis zueinander. Es gab nie Streit zwischen uns, auch wenn sie nicht immer derselben Meinung war wie ich«, beteuerte Walker.

Tschabold riet Walker, über Bettinas Zustand mit Renate zu sprechen. Da Renate und Kirsten eine gute Beziehung hätten, empfahl er, dass auch sie über Bettina sprechen sollten. Schließlich sollten sich alle vier – Markus, Bettina, Renate und Kirsten – treffen, um die Angelegenheit gemeinsam zu klären oder sich der Probleme von Bettina anzunehmen.

Walker zeigte sich dankbar für die Vorschläge und erklärte, dass er bereits mehrmals versucht habe, das Gespräch mit Bettina zu suchen, und es weiterhin tun werde. Er betonte die Bedeutung offener Kommunikation und sagte, er sei überzeugt, dass durch gegenseitiges Verständnis und Respekt eine positive Veränderung möglich sei.

Der Arzt und Gynäkologe Markus Walker meldete sich an diesem Nachmittag gegen halb drei Uhr in seiner Praxis an der Monbijoustraße ab. Ihm sei schlecht, er begebe sich in seine Terrassenwohnung an der Lerberstraße.

Da Bettina Stettler mittwochs bei ihrem Schwager Markus Walker arbeitete, beschloss sie, die Praxis auch früher zu verlassen, da sich Walker abgemeldet hatte. Sie fuhr um vier Uhr zum Büro ihres Vaters, Patrick Wälchli, der eine mittelgroße Elektrofirma besaß. Sie tranken einen Kaffee zusammen und plauderten ein wenig. Sie erzählte, dass es ihr so weit gut gehe und ihre Arbeit ihr gefalle. Als sie sich um halb sechs verabschiedete, sagte sie, sie fahre kurz zu ihrem Schwager an die Privatadresse, um zu schauen, wie es ihm gehe. Danach plane sie, zum Übungsabend der Hundesportler nach Lyss zu fahren, wo sie auch Kirsten Tschabold, die Hundetrainerin, treffen würde.

Um ein Viertel vor sieben abends rief Markus Walker seinen Schwiegervater, Patrick Wälchli, an. Er habe eigentlich erwartet, dass Bettina um fünf Uhr bei ihm vorbeikommen würde. Leider sei sie nicht erschienen, ob Wälchli etwas wisse.

Wälchli war überrascht. Auch er habe damit gerechnet, dass Bettina ihn besuchen würde. Vielleicht habe sie ihre Meinung geändert und sei direkt nach Lyss gefahren, erwiderte Wälchli.

Dann rief Wälchli den Ehemann von Bettina und seinen zweiten Schwiegersohn, den Zahnarzt Udo Stettler, an und meldete ihm, er sei in Sorge um Bettina. Sie sei bei Markus Walker für einen Kurzbesuch angemeldet gewesen, aber dort nicht erschienen. Ob er eine Ahnung habe, wo Bettina sein könnte.

»Was fragst du mich, dabei weißt du genau, dass Bettina überall oder nirgends ist, aber sich selten bei mir zu Hause aufhält«, sagte Udo Stettler.

»Hattet ihr wieder Streit miteinander?«

»Wie sollen wir Streit miteinander haben, wenn wir uns kaum begegnen oder sehen?«

»Ich weiß, ich weiß … ihr beide macht mir Sorgen. Vielleicht müssten wir einmal alle zusammensitzen und dieses Problem besprechen.«

»Du versprichst dir etwas davon? Meinetwegen, versuche es einmal, oder besser noch: Rede mit Markus darüber.«

»Was hat das alles mit Markus zu tun?«

»Sag mal, bist du so naiv, oder tust du nur so?«

»Udo, mir scheint, es ist besser, wenn wir unser Gespräch abbrechen.«

»Auch meine Meinung, Patrick. Ich wünsche dir noch einen schönen Abend.«

Gegen sieben Uhr abends rief Yolanda Wälchli, die Mutter von Bettina, aus Faulensee bei Spiez Udo Stettler an. Sie sei besorgt um Bettina, die verschwunden sei.

»Hast du eine Ahnung, wo Bettina sein könnte? Ich bin momentan alleine zu Hause. Patrick ist noch auf dem Weg nach Faulensee, er hat mir erzählt, dass Markus Bettina suche.«

»Nein, ich habe keine Ahnung. Sie hat sich für heute Abend bei mir abgemeldet. Patrick hat bereits wegen Bettina bei mir angerufen, aber auch ich konnte ihm nicht helfen.«

»Würdest du bitte bei Bettinas Freundin, Kirsten Tschabold, nachfragen? Sie sollte sie heute um halb acht in Lyss treffen.«

»Das werde ich nicht tun. Bettina hat mich angewiesen, ihr nicht nachzuspionieren.«

»Tue es bitte, mir zuliebe.«

»Ich werde darüber nachdenken … Auf Wiederhören, Yolanda, bis später.«

Eine halbe Stunde später rief Udo Stettler Yolanda Wälchli an. Kirsten Tschabold sei telefonisch nicht zu erreichen. Es habe niemand bei den Tschabolds abgenommen. Er werde dies am kommenden Morgen nachholen.

Er habe vorsorglich bei der Polizei nachgefragt, ob es einen Unfall gab, an dem Bettina beteiligt gewesen sein könnte. Man habe ihm versprochen, dem sofort nachzugehen. Nach einer Viertelstunde sei die Rückmeldung eingetroffen. Es sei kein Ereignis bekannt, in das eine Bettina Stettler verwickelt sei.

Kurz danach traf Patrick Wälchli zu Hause in Faulensee ein. Er rief seinen Schwiegersohn Udo Stettler erneut an. »Ich bin mir bewusst, dass du und Bettina gerade Probleme miteinander habt. Doch sie ist immer noch deine Frau. Ich bin wirklich besorgt. Darf ich dich bitten, bei der Polizei in Bern eine Vermisstenmeldung zu machen?«

Einige Momente vergingen, bis Udo Stettler antwortete: »Ich verstehe dich. Als Ehemann steht es mir zu, eine Vermisstenmeldung zu machen. Ich werde es tun. Ich liebe trotz allem Bettina immer noch.«

»Danke, Udo, du bist ein guter Junge.«

Um halb zehn Uhr abends erstattete Udo Stettler auf der Polizeiwache Waisenhaus eine Vermisstenmeldung bezüglich Bettina.

Es gab da ein paar Schwierigkeiten. Der Polizist wollte die Vermisstenanzeige nicht sofort annehmen. Die Frau sei erst seit vier Stunden weg. Erst nach vierundzwanzig Stunden werde nach einem Erwachsenen gesucht.

Stettler meinte, das sei nur eine unverbindliche Empfehlung vom Polizei- und Justizdepartement der Bundesverwaltung. Er habe sich bei einem befreundeten Anwalt schlaugemacht. Die Entscheidung liege aber bei den lokalen Behörden, also beim Kanton oder der Gemeinde, falls diese eine eigene Polizei habe, was nur bei größeren Orten zutreffe. Nach seinen, Stettlers Erkenntnissen gehe es auch darum, ob die Vermisstmeldung den Medien weitergegeben werde. Das sei nicht zwingend. Die Polizei könne doch innerhalb ihrer Organisation recherchieren.

Der Polizist am Empfang war im ersten Moment ratlos. »Ich muss mich bei meinem Vorgesetzten erkundigen.« Was dann auch geschah. Zehn Minuten später nahm er die Vermisstenanzeige entgegen.

Um zehn Uhr rief Walker den Gerichtspräsidenten Tschabold an. »Felix, ich stecke in Schwierigkeiten«, sagte er. Walker erzählte Tschabold von Bettinas Verschwinden. Obwohl er so etwas erwartet habe, mache er sich nun große Sorgen über die aktuelle Entwicklung. Er habe bereits Kontakt zur Polizei aufgenommen und den Eindruck gewonnen, dass diese mit der Situation etwas überfordert sei.

»Ich beziehe mich auf unser Gespräch heute Mittag«, sagte Tschabold. »Um dich zu beruhigen: Es ist nicht ungewöhnlich, dass Menschen mit psychischen Problemen plötzlich verschwinden und als vermisst gemeldet werden. Warten wir den morgigen Tag ab. Die Stadtpolizei leistet seriöse Arbeit. Hoffen wir, dass Bettina zur Vernunft kommt und sich bei ihrem Mann meldet.«

Nach Mitternacht fand auf der Autobahn zwischen Lyss und Biel eine Verkehrskontrolle statt. Ein Fahrzeug hatte die

Höchstgeschwindigkeit von hundertzwanzig Kilometern pro Stunde deutlich überschritten. Es handelte sich um einen weißen Jeep Cherokee, das neueste Modell. Das Fahrzeug wurde an der Straßensperre gestoppt und von zwei Streifenwagen vorne und hinten zur nächsten Ausfahrt eskortiert. Von dort aus wurde es zum nahen Polizeiposten geleitet.

Der Fahrer öffnete die Tür. Ihm wurde bedeutet, diese wieder zu schließen und das Seitenfenster herunterzulassen.

»Bitte reichen Sie uns den Führer- und den Fahrzeugausweis.« Der Fahrer tat dies mit einem Lächeln.

Der Kontrolleur, ein Gefreiter, tippte die Nummern der beiden Dokumente in sein Mobilgerät ein und wartete auf die Rückmeldung, was mindestens eine Minute dauerte.

»Herr Dr. Markus Walker? Sind Sie ein Arzt?«

»Ja, das bin ich.«

»Wohin möchten Sie fahren?«

»Nach Vauffelin.«

»Ihr Wohnort ist aber an der Lerberstraße in Bern, richtig? Wollen Sie jemanden in Vauffelin besuchen?«

»Ja, das ist unser Ferienhaus. Meine Frau ist dort und erwartet mich.«

»Hmm … Sie sind aber gut vierzig Kilometer pro Stunde zu schnell gefahren. Eigentlich müssten Sie Ihren Führerschein sofort abgeben.«

»Das geht nicht. Ich komme in der Nacht nicht mehr nach Vauffelin mit den öffentlichen Verkehrsmitteln. Außerdem bin ich Arzt und muss jederzeit erreichbar sein.«

»Ich muss dieses Problem unserem Einsatzleiter vorlegen. Er wird dann entscheiden. Kommen Sie bitte mit mir zum Büro.«

Walker stand vor einem Offizier der Kantonspolizei.

»Das gibt es doch nicht«, rief der Mann in Hauptmannsuniform aus. »Das ist ja der Markus.«

Walker lachte. »Und du bist der Max. Vor einem Monat waren wir beide noch in einem Wiederholungskurs der Schweizer Armee. Ich als Major der Sanitätstruppen und du als Justizoffizier.«

Der Polizeioffizier warf dem Gefreiten einen Blick zu. »Was hat der Herr Doktor denn verbrochen?«

»Er ist viel zu schnell gefahren.«

»Was hatte er beim Blitzen auf dem Tacho?«

»Hundertsechzig.«

Der Hauptmann brach in lautes Gelächter aus. »Das ist ja unglaublich.« Er wandte sich an Walker. »Hast du Durchfall? Du hast wirklich Glück, dass ich diesen Einsatz leite.« Er schaute zum Verkehrspolizisten. »Geben Sie mir den Strafzettel.« Er zerriss das Papier, warf es in den Abfallkübel und drehte sich zu Walker um. »Bitte halte dich in Zukunft an die Verkehrsregeln. Übrigens: Die nächste Verkehrskontrolle findet bei der Taubenlochschlucht statt.«

Walker bedankte sich herzlich und hastete zu seinem Auto.

Nach einer halben Stunde klingelte Walker an der Tür seiner Villa in Vauffelin. Er umarmte Renate, und sie sagte: »Schön, dass du doch noch den Weg zu mir gefunden hast. Das Nachtmahl ist im Ofen, in einer Viertelstunde können wir essen. Ich habe einen riesigen Hunger.«

Markus Walker berichtete Renate, dass ihre Schwester seit dem frühen Abend vermisst werde. Er erzählte ihr alles, was er darüber wusste.

»Wie? Und das soll Bettina getan haben? Ist sie durchgedreht? Ist dir heute irgendetwas an ihr aufgefallen?«

»Ich habe die Praxis heute bereits am frühen Nachmittag verlassen. Nach dem Mittagessen wurde mir plötzlich schlecht, aber seit dem späteren Nachmittag geht es mir wieder besser.«

»Wo hast du denn gegessen?«

»Im Schweizerhof.«

»Das ist aber nicht dein Stammlokal. Mit wem warst du dort?«

»Mit Felix Tschabold. Er geht zwischendurch dorthin. Ich habe ihn dazu eingeladen.«

»Ist es wegen eines rechtlichen Problems?«

»Genau, wegen diesem Typ aus Eriz.«

Renate lachte. »Ich will nichts davon hören. Du warst leider zu gutgläubig mit diesem Mann. Du hast nicht bemerkt, dass er dich und uns nach Strich und Faden ausgenutzt hat.«

»Keine Sorge, Felix wird es richten.«

Renate öffnete den Ofen, sah hinein und roch. »Jetzt ist es fertig.«

Renate und Markus Walker speisten gemeinsam und redeten über Bettina.

Renate sagte: »Ich möchte offen sprechen. Bettina hat hin und wieder Schwierigkeiten. Ich habe ihr mehrfach nahegelegt, professionelle Hilfe in Anspruch zu nehmen. Ich habe ihr sogar die Kontaktdaten eines Psychiaters gegeben. Sie nahm die Visitenkarte entgegen und zerriss sie dann. ›Nein, bitte nicht. Ich bin doch nicht verrückt‹, sagte sie mir.«

Walker nickte verständnisvoll. »Es ist schwierig, jemanden zu überzeugen, Hilfe anzunehmen, wenn er sie nicht will. Vielleicht können wir Bettina unterstützen, ohne dass sie sich angegriffen fühlt, indem wir Aktivitäten unternehmen, die ihr Wohlbefinden steigern.«

Renate stimmte zu, und beide überlegten weiter, wie sie Bettina beistehen könnten.

Das Essen dauerte gut eine Stunde.

»Renate, das Nachtmahl war wunderbar, sowohl das Essen als auch der Wein«, lobte Walker. »Jetzt habe ich Lust auf eine Liebesnacht.«

»Ich auch«, sagte Renate.

***

Ein Schock ereilte Udo Stettler am Donnerstagmorgen, dem 4. Mai, um vier Uhr. Der Anruf kam vom Polizeiposten am Hauptbahnhof Bern.

»Hier spricht Wachtmeister Alfons Jaggi. Wir suchen eine Frau namens Bettina Stettler.«

»Das ist meine Frau. Deshalb habe ich bereits die Hauptwache Waisenhaus angerufen«, sagte Udo Stettler. »Sie ist heute Abend wider Erwarten nicht nach Hause gekommen.«

Jaggi entschuldigte sich. »Es ist tief in der Nacht, Meldungen bei der Stadtpolizei können aus diesem Grund nicht immer entgegengenommen werden.«

»Warum rufen Sie zu dieser ungewöhnlichen Stunde an?«, fragte Stettler.

»Im Parkhaus des Bahnhofs hat uns der Sicherheitsdienst auf Hundegebell aufmerksam gemacht. Der Hund stand neben einem roten Subaru mit dem Kennzeichen …« Er las die Nummer vor. »Wir wissen nicht, ob der Hund zum Subaru gehört. Aber wir haben herausgefunden, dass der Subaru im Besitz Ihrer Frau ist.«

»Um welche Hunderasse handelt es sich?«, fragte Stettler nach.

»Wir haben die Rasse noch nicht identifiziert. Es handelt sich um ein exotisches Tier. Er ist mittelgroß und hellbraun.«

»Das könnte sehr wohl der Hund meiner Frau sein. Haben Sie ihn eingefangen?«

»Nein, wir haben es versucht, aber er ist uns entwischt. – Herr Stettler, ich rate Ihnen, den Wagen so bald wie möglich wegzufahren. Sollte Ihre Frau nicht beim Parkplatz erscheinen und ihr Fahrzeug bleibt dort stehen, dürfte das sehr teuer werden. In ein paar Tagen belaufen sich die Gebühren auf mehrere hundert Franken.«

»Herr Jaggi, Ihrer Antwort entnehme ich, dass Sie möglicherweise nicht vollständig erfasst haben, worum es mir geht. Ich möchte Sie darauf aufmerksam machen, dass ich mir ernsthafte Sorgen um meine Frau mache, da sie spurlos verschwunden ist. Ihr Auto wurde zwar gefunden, und der Hund lungert nun im Parkhaus herum, jedoch deutet alles darauf hin, dass sie sich nicht freiwillig von beiden getrennt hat. Möglicherweise ist sie einem Verbrechen zum Opfer gefallen.«

Jaggi überlegte einen Moment, bevor er antwortete: »Ich entschuldige mich für das Missverständnis in meiner vorherigen Antwort. Es ist absolut nachvollziehbar, dass Sie sich große Sorgen um Ihre Frau machen. Ihr Verschwinden unter diesen Umständen ist sehr beunruhigend, und es ist wichtig, dass schnell gehandelt wird. Zum Beispiel sollten Sie eine Vermisstenanzeige –«

»Eine Vermisstenanzeige habe ich bereits auf der Hauptwache Waisenhaus aufgegeben, und zwar um zehn Uhr gestern Abend«, unterbrach Stettler Jaggis Redefluss.

»Offenbar gab es ein Kommunikationsproblem. Die Meldung hätte bei unserer Wache im Hauptbahnhof eintreffen sollen, was jedoch nicht der Fall war. Der Grund hierfür könnte sein, dass der Posten am Bahnhof der Kantonspolizei untersteht und nicht der Stadtpolizei.«

»Das würde die Verzögerung erklären. Es wäre wohl ratsam, die Kommunikationswege zwischen den verschiedenen Polizeieinheiten zu überprüfen und sicherzustellen, dass solche wichtigen Informationen nicht verloren gehen.«

»Absolut. Ich werde die Angelegenheit persönlich in die Hand nehmen und dafür sorgen, dass so etwas sich nicht wiederholt.«

Stettler war irritiert von Jaggis Darlegung. Für ihn war offensichtlich, dass seine Frau ihr Auto nicht freiwillig mit ihrem Hund im Bahnhofparking abgestellt und dann den Ort verlassen hatte. Er machte Jaggi folgenden Vorschlag: »Ich bringe Ihnen den Zweitschlüssel zum Wagen auf den Polizeiposten Hauptbahnhof. Sie stellen den Subaru sicher und lassen ihn untersuchen. Es könnten sich darin Spuren von Gewalteinwirkung befinden. Deshalb möchte ich das Fahrzeug nicht berühren. Und was geschieht mit dem Hund? Sie sind eingerichtet, ihn für einige Tage unterzubringen. Er ist ein liebes Tier, gut erzogen und nicht aggressiv.«

»Das ist eine hervorragende Idee, Herr Stettler«, antwortete Jaggi. »Ich werde dafür sorgen, dass der Subaru eingehend untersucht wird. Bezüglich des Hundes könnten wir ihn tatsächlich in unserer Tierunterkunft unterbringen. Jedoch wäre ich ebenfalls bereit, mich vorübergehend um das Tier zu kümmern, bis wir weitere Einzelheiten Ihres Falles klären. Ich schätze Ihr Vertrauen und Ihre Zusammenarbeit sehr. Allerdings erscheint mir diese Angelegenheit etwas komplex. Ich werde sie mit meinem Vorgesetzten erörtern. In etwa einer halben Stunde werde ich mehr wissen und Sie telefonisch benachrichtigen.«

Eine Viertelstunde später rief Wachtmeister Jaggi Stettler erneut an.

»Ich habe das Problem mit meinem Vorgesetzten besprochen. Bitte bringen Sie den Schlüssel zur Polizeistation am Bahnhof.«

Kurz nach halb fünf traf Stettler bei Wachtmeister Jaggi ein. Dieser empfing die Autoschlüssel und versprach, Stettler gegen sieben Uhr morgens anzurufen.

Bereits um sechs Uhr läutete das Telefon, und Stettler sprang auf. Es war Jaggi, der sich noch immer auf der Bahnhofwache befand. Jaggi erklärte, dass es keine Probleme mehr mit dem Hund gebe. Man habe ihn eine Stunde zuvor eingefangen. Als ehemaliger Hundeführer könne er gut mit dem Tier umgehen. Nachdem er dem Hund Futter gegeben und mit ihm eine Runde um das Bahnhofareal gedreht hatte, liege dieser nun auf dem Teppich vor seinem Schreibtisch.

Der Subaru sei zur Hauptwache Waisenhaus überstellt worden, wo er auf Spuren untersucht werde. Kriminalkommissär Robert Aebersold habe den Fall übernommen. Aebersold werde Stettler im Laufe des Vormittags anrufen, um einen Termin zu vereinbaren.

Stettler bedankte sich bei Jaggi für sein Engagement und die Sorge um den Hund. Er versicherte, dass er sich nach dem Anruf von Kriminalkommissär Aebersold bezüglich des Subaru und der weiteren Vorgehensweise richten werde.

Um acht Uhr rief Stettler Kirsten Tschabold an. Er erkundigte sich, ob Bettina gestern Abend an der Veranstaltung in Lyss teilgenommen habe.

»Leider nein«, sie habe gefehlt, informierte ihn Kirsten Tschabold. Ob Bettina etwa erkrankt sei, fragte sie nach. Udo Stettler berichtete ihr alles, was sich seit gestern Abend zugetragen hatte.

Danach rief er Kriminalkommissär Aebersold an. Dieser war bereits über das Verschwinden von Bettina Stettler benachrichtigt.

»Das ist eine ernste Sache«, meinte Aebersold. »Ich habe bereits gestern am späteren Abend eine Information erhalten, dass eine Bettina Stettler vermisst werde. Das hat mich alarmiert, weil ich gleich herausfand, dass Dr. Markus Walker Ihr Schwager ist. Dieser Kerl ist seit Jahren auf dem Radar der Kripo.«

»Das bedeutet, bei der Polizei ist dieser Gynäkologe ein Thema?«

»So ist es. Taucht sein Name bei uns wegen eines Vorfalls auf, werde ich persönlich informiert. Das war übrigens in der vergangenen Nacht der Fall. Der Typ ist seit Jahren bei der Kripo bekannt.«

»Ach, so ist das. Ich hatte schon ein bisschen Bedenken, Sie jetzt schon anzurufen, anstatt auf Ihre Rückmeldung zu warten.«

»Das war eine gute Entscheidung von Ihnen.«

Aebersold bat Stettler, in sein Büro am Waisenhausplatz zu kommen, um weitere Informationen zu erhalten. Ob es bereits an diesem Vormittag möglich sei. Ja, es sei um zehn Uhr möglich. Stettler bestätigte, dass seine Zahnarztpraxis immer donnerstags geschlossen sei. Abhängig von der Entwicklung im Fall seiner Frau werde er wahrscheinlich gezwungen sein, die Termine mit seinen Patienten für die kommenden Tage abzusagen.

Robert Aebersold besprach sich mit seinem engsten Mitarbeiter Theophil Leibundgut.

»Wäre es vorstellbar, Theophil, dass Walker etwas mit dem Verschwinden von Bettina Stettler zu tun hat?«

»Dieser Gedanke ist mir auch schon gekommen. Natürlich ist das möglich, aber bei Weitem noch nicht bewiesen«, antwortete Leibundgut.

»Wir müssen von nun an wissen, wo sich Walker aufhält.«

»Sollten wir ihn nicht gleich festnehmen?«

»Das wäre auch eine Option, aber sie scheint mir nicht besonders gut. Sollte Walker wirklich in den Fall verwickelt sein, wird er, solange er nicht in Polizeihaft ist, womöglich Spuren hinterlassen. Und diese könnten den Verdacht gegen ihn erhärten.«

Aebersold überlegte einige Momente. »Theophil, stelle möglichst rasch ein Team zusammen, das Walker rund um die Uhr observiert. In einer Stunde erwarte ich deine Vorschläge.«

Leibundgut verließ sein Büro, um das Team zusammenzustellen. Aebersold handelte sofort und erinnerte sich an Greti Aebi, die in der Vergangenheit Walker beobachtet hatte, wenn er in der Terrassensiedlung war. Er wählte ihre Nummer, aber sie nahm nicht ab. Also begab er sich zu seinem Computer, um das Programm mit den Telefonnummern der Stadt Bern aus dem Intranet der Stadtpolizei herunterzuladen.

Von der Lerberstraße erschienen zwanzig Namen mit Adressen und Telefonnummern auf dem Bildschirm. Aebersold suchte gezielt nach Personen, die in der Nähe von Markus Walker wohnten. Er rief etwa zehn Nummern an und erkundigte sich nach dem Gynäkologen. Nur vier Personen antworteten und gaben an, dass sie wussten, wer diese Person war.

Unter ihnen befand sich Raphael Werren, der zwei Häuser weiter als die Walkers wohnte und eine interessante Auskunft geben konnte. Er gab an, den roten Subaru sowie den markanten weißen Jeep Cherokee gestern Abend gegen achtzehn Uhr, als er selber von der Arbeit nach Hause kam, gesehen zu haben. Dies schien plausibel, da der Parkplatz von Greti Aebi direkt neben seinem eigenen lag. Er berichtete, dass er, als er gegen zwanzig Uhr, möglicherweise auch etwas später, er wollte einen Freund in Ittigen besuchen, zu seinem Fahrzeug zurückkehrte, feststellte, dass sowohl der Subaru als auch der Jeep Cherokee nicht mehr vor Ort waren. Gegen elf Uhr nachts, als er zurückkam, war der Jeep wieder an seinem Platz geparkt, vom Subaru jedoch fehlte jede Spur in der Tiefgarage.

Für Aebersold war dies eine wichtige Information, die mit den Beobachtungen der Stadtpolizei übereinstimmte. Die Kontrolle der Tiefgarage an der Lerberstraße durch die Polizei wurde an diesem Mittwoch um vier Uhr nachmittags durchgeführt. Zu diesem Zeitpunkt war der Parkplatz von Walker besetzt und der von Frau Aebi leer. Beim nächsten Kontrollgang kurz vor Mitternacht war nur der Jeep von Walker dort. Allerdings wies Werren darauf hin, dass das Vorhandensein von Walkers Wagen auf seinem Parkplatz nicht immer ein Hinweis auf seine Anwesenheit war. Walker ginge oft zu Fuß in die Stadt, insbesondere dann, wenn er plane, eine Reihe von Restaurants zu besuchen.

Um halb zehn Uhr erschien Leibundgut wie vereinbart in Aebersolds Büro und hatte den Überwachungsplan für Walker zusammengestellt. Zwei Polizisten hielten sich in der Nähe von Walkers Wohnung in der Lerberstraße auf, um ihm zu folgen, sobald er das Haus verließ, sei es zu Fuß oder mit einem Fahrzeug.

Der Sicherheitsdienst der Immobilia übernahm die Überwachung von Walkers Praxis. In der Klinik »Paradis de Berne«, wo Walker immer noch als Belegarzt tätig war, wurden zwei Krankenschwestern und ein Pfleger engagiert, um Aebersold oder Leibundgut zu informieren, wenn sich Walker dort aufhielt. Die Namen dieser drei Personen erschienen nie in einem schriftlichen Bericht, was Aebersold so eingerichtet hatte, weil die Polizei dazu keine Befugnis hatte.

Aebersold war zufrieden mit Leibundguts Plan, obwohl er sich keine Illusionen machte und wusste, dass es schwierig sein würde, Walker eine Verwicklung in das Verschwinden von Bettina Stettler nachzuweisen. Sollte Walker bereits am Vorabend seine Schwägerin liquidiert haben, würde diese Überwachung wahrscheinlich wenig dazu beitragen, sie zu finden.

***

Einige Minuten nach acht Uhr rief Renate ihre Eltern an, um sich nach dem Verbleib von Bettina zu erkundigen. Ihre Eltern erzählten ihr, was sie über das Geschehen wussten. Über den neuesten Stand waren sie allerdings noch nicht informiert. Um das herauszufinden, musste sie mit Udo Stettler telefonieren, was Renate dann auch tat. Sie gab diese Informationen sofort an ihren Mann weiter.

Gleich danach wählte Markus Walker die Büronummer des Gerichtspräsidenten Tschabold. Er konnte ihn nun über den neuesten Stand des Vermisstenfalls Bettina Stettler in Kenntnis setzen. Dazu habe er, Walker, noch Fragen und Anliegen. Er befürchte, dass die zuständigen Polizisten sich zu wenig um die Angehörigen von Bettina kümmern würden, sie auch nicht ernst nähmen. Er erwarte, dass die polizeilichen und gerichtlichen Ermittlungen in diesem Fall endlich in Angriff genommen würden.

***

Um zehn Uhr vormittags meldete sich Stettler im Büro von Kriminalkommissär Aebersold. Aebersold dankte Stettler, dass er gekommen war. Die Begebenheit sei sehr brisant, da scheine es ihm notwendig, rund um die Uhr in Kontakt zu bleiben. Sie kamen überein, erneut eine Vermisstenanzeige aufzusetzen und diese an sämtliche Polizeistationen des Landes zu versenden.

»Wir wollen die Täterschaft, die Bettina Stettler allenfalls entführt hat, nicht mit zusätzlichen Auskünften versorgen. Die Vermisstmeldung wird deshalb von den Polizeistellen diskret weitergegeben«, erklärte Aebersold. Ob es sich um eine Entführung oder ein anderes Verbrechen handle, könne man derzeit noch nicht wissen.

Leibundgut hörte das Gespräch mit und gab Aebersold ein Handzeichen, um ihm etwas unter vier Augen zu sagen.

»Herr Stettler, darf ich Sie für ein paar Minuten unterbrechen? Ich muss mich kurz mit meinem engsten Mitarbeiter unterhalten«, bereitete Aebersold seinen Gesprächspartner auf die Pause des Gesprächs vor.

»Theophil«, seufzte Aebersold, »wir haben gerade intern eine Diskussion über den Fall. Einige unserer Mitarbeiter haben die Tragweite von Bettina Stettlers mysteriösem Verschwinden noch nicht richtig erfasst. Sie kritisieren, dass wir besser kommunizieren sollten und erklären müssten, warum wir nicht von einer Entführung ausgehen und so weiter …«

»Das ist sinnlos«, meinte Leibundgut. »Wir wissen doch gar nicht, was passiert ist. Ich finde es richtig, dass du dich mit Stettler besprichst, anstatt Erklärungen über dein Vorgehen zu verteilen.«

Aebersold ging zu Stettler zurück und nahm das Gespräch mit ihm wieder auf.

Stettler sagte: »Ich möchte die Vermisstenmeldung gerne mit meinem Schwiegervater, Patrick Wälchli, aufgeben.«

Aebersold war mit Stettlers Vorschlag einverstanden. »Das ist eine gute Idee. Wichtig ist, dass wir das mit den Angehörigen der Vermissten absprechen, um Missverständnisse zu vermeiden.«

Aebersold stellte Fragen. Er wollte von Stettler wissen, ob es Streitigkeiten zwischen Bettina und Personen in ihrer Umgebung gebe. Stettler antwortete, dass ihm in dieser Hinsicht nichts Besonderes bekannt sei. Was ihr privates Umfeld betreffe, gebe es schon Schwierigkeiten. Aber dazu möchte er keine Angaben machen. In Bezug auf ihren Arbeitsplatz in der Frauenklinik könne er keine direkte Beurteilung abgeben. Von offensichtlichen Problemen dort wisse er nichts.

»Herr Stettler, ich erwarte nicht, dass Sie mir Auskunft über das Verhältnis zwischen Ihnen und Ihrer Ehefrau geben«, erwiderte Aebersold. »Ich habe bereits mit Ihrem Schwiegervater darüber gesprochen, und er hat mir Informationen gegeben, die ich gut nachvollziehen kann.«

»Haben Sie also schon mit meinem Schwiegervater telefoniert?«, fragte Stettler nach.

»Ja, heute Morgen. Ich wollte auf Nummer sicher gehen. Da war etwas in der Luft, das mir nicht ganz klar war. Ich meine die Beziehung zwischen Ihnen und Bettina. Herr Wälchli hat angedeutet, dass es da Probleme gibt. Er vermutet, dass zwischen Bettina und Markus Walker etwas Intimes läuft.«

Ein böses Lachen von Stettler unterbrach das Gespräch. »Sie drücken sich ziemlich umständlich aus. Ich kann Ihnen bestätigen, dass ich das genauso sehe wie Patrick Wälchli. Wir beide, Patrick und ich, leiden darunter.«

»Soweit wir recherchiert haben, können wir nicht sagen, ob das Verhältnis zwischen Ihrer Frau und Markus Walker mit ihrem Verschwinden zusammenhängt.«

Ein verhaltenes Schluchzen war von Stettler zu hören.

Aebersold bohrte weiter. Ob Stettler einen Verdacht habe, wer sich Bettinas bemächtigt habe.

»Nein«, antwortete er, er habe keine Ahnung, wer dafür verantwortlich sein könnte.

Aebersold bat Stettler nun, rund um die Uhr erreichbar zu sein. Das sei kein Problem, er besitze seit einigen Monaten ein Mobiltelefon, bemerkte Stettler.

»Das ist großartig«, meinte Aebersold und notierte sich die Handynummer. Nach ein paar aufmunternden Worten beendete er das Gespräch mit Stettler, der sich dann auf den Heimweg machte.

Leibundgut hatte das Gespräch mitverfolgt. »In solchen Situationen wäre es angebracht, die nächsten Angehörigen des Opfers besonders zu überwachen«, erklärte er.

Aebersold modifizierte die Aussage. »Es ist richtig, dass sich in vielen Fällen von Gewaltverbrechen nahe Verwandte als Täter herausstellen. Dies könnte auch im Fall Bettina Stettler zutreffen, es sei denn, sie hat aus eigenem Antrieb das Weite gesucht. Eine Hypothese, die wir ebenfalls berücksichtigen müssen. Sie ist eine erwachsene Frau und darf sich so bewegen, wie sie will, und tun und lassen, was sie will. Nach unserem aktuellen Informationsstand halte ich es jedoch für unwahrscheinlich, dass Udo Stettler in das Verschwinden seiner Ehefrau involviert ist.«

»Es ist wichtig, alle Möglichkeiten offenzuhalten und gründlich zu untersuchen«, meinte Leibundgut. »Aber wir müssen auch darauf achten, niemanden ungerechtfertigt zu beschuldigen oder zu überwachen. Es ist eine heikle Balance zwischen gründlicher Ermittlung und dem Respektieren der persönlichen Freiheiten jedes Einzelnen.«

Stettler war nach halb elf Uhr zurück in seiner Wohnung an der Schwarzenburgstraße in Köniz, die er mit Bettina teilte. Er durchsuchte den Schreibtisch seiner Frau, fand jedoch außer Adressen nichts Brauchbares, das hilfreich gewesen wäre, um sie zu finden.

Kurz danach telefonierte Stettler mit seinem Schwiegervater Patrick Wälchli, der in seinem Büro in Bümpliz war. Stettler erzählte Wälchli vom Gespräch mit Aebersold. Dann bat er ihn, sich baldmöglichst in der Hauptwache der Stadtpolizei am Waisenhaus einzufinden und den Kriminalkommissär zu verlangen. Er, Stettler, würde zu diesem Zeitpunkt auch dort sein.

Es war elf Uhr dreißig, als Udo Stettler und Patrick Wälchli in der Hauptwache eintrafen, um die Vermisstenanzeige für Bettina aufzugeben. In diesem Zusammenhang wollte Aebersold von Wälchli und Stettler noch einiges über Bettina wissen. Verwandte könnten in solchen Fällen häufig wertvolle Auskünfte geben, meinte Aebersold. Die Fragen von Aebersold betrafen das Verhalten von Bettina, ihre Auffälligkeiten, ihre Stärken und Schwächen.

Etwas widerstrebend gab Wälchli Auskunft. »Nun ja, sie ist meine Tochter. Sie kann offen oder verschlossen sein. Sie kann heftig reagieren, aber bisweilen wirkt sie sehr kontrolliert. Ihre Eloquenz ist in Ordnung, daran ist nichts Auffälliges. Sie betrachtet das Privatleben als ihre persönliche Angelegenheit und mag es nicht, wenn man ihr diesbezüglich Ratschläge erteilt.«

Aebersold nickte zufrieden, als er die Informationen, die Herr Wälchli ihm über Bettina Stettler bereitstellte, sorgfältig notierte.

»Ich schätze Ihre Offenheit und Ihre detaillierten Beobachtungen«, sagte er, während er seine Notizen noch einmal überflog. »Diese Einblicke sind entscheidend, um ein besseres Bild von Frau Stettlers Fähigkeiten und ihrem Verhalten zu erhalten. Es ist wichtig, dass wir verstehen, wie sie unter Druck agiert.«

Aebersold war sichtlich erleichtert, dass er nun besser über

Bettina Stettler Bescheid wusste. Er beendete das Gespräch. Dann schaute der Kommissär zu Stettler. »Haben Sie etwas hinzuzufügen oder zu korrigieren, was Ihr Schwiegervater gesagt hat?«

»Da gäbe es schon einiges zu ergänzen. Aber ich lass es lieber. Ich frage mich, ob solche Einschätzungen wirklich helfen, Bettina zu finden.«

Aebersold nickte verständnisvoll.

***

Es war halb eins am Mittag, als Udo Stettler einen Anruf von Markus Walker erhielt. Er sei in großer Sorge um Bettina. Stettler und Walker tauschten sich über das aus, was sie über das Verschwinden von Bettina wussten. Beide gaben sich ratlos und konnten nicht verstehen, was mit Bettina Stettler passiert sein könnte.

Stettler fragte nach, ob gestern in der Praxis etwas vorgefallen sei, das Bettina aus der Fassung gebracht und zur Flucht verleitet haben könnte. Walker antwortete, er habe Bettina gestern nur flüchtig gesehen, da er wegen Unwohlseins nach dem Mittag nach Hause gegangen sei. Aber er könne sich nicht vorstellen, dass Bettina sich so verwirren lasse und einfach abhaue.

Stettler erkundigte sich, welche Möglichkeiten es gäbe, wo sich Bettina aufhalten könnte. Walker erläuterte, dass zwei Szenarien in Betracht kämen.

Erstens: Bettina könnte entführt worden sein. In diesem Fall würden die Entführer sich bald melden und Forderungen stellen.

Zweitens: Bettina könnte einem Verbrechen zum Opfer gefallen sein, und ihre Leiche dürfte irgendwo entsorgt worden sein.

Am frühen Nachmittag tippte Markus Walker die Nummer von Kriminalkommissär Aebersold in sein Handy. Er hatte Glück. Aebersold nahm den Anruf entgegen.

Walker stellte sich vor. Er sei der Schwager von Bettina Stettler. Diese Frau arbeite einmal pro Woche in seinem Arztpraxislabor an der Monbijoustraße.

Aebersold reagierte mit einem angewiderten Unterton und erklärte, dass er bereits über die Verbindung zwischen Walker und Bettina Stettler informiert sei. Er fügte hinzu, dass Walker die nächste Person sei, die er heute wegen des Verschwindens von Bettina Stettler kontaktieren wollte, da ihn der Fall sehr beschäftige.

Walker erzählte Aebersold genau das, was er bereits Felix Tschabold anvertraut hatte: die besorgniserregende Veränderung im Verhalten von Bettina Stettler, ihre möglichen Absichten, unterzutauchen oder sich das Leben zu nehmen.

Aebersold sagte, dass er dies zum ersten Mal höre, und stimmte zu, dass dies ein Grund sein könnte, warum diese Frau so plötzlich verschwunden war. Dennoch blieben andere Möglichkeiten offen, wie zum Beispiel, dass jemand sie umgebracht und die Leiche versteckt haben könnte.

»Ich werde in alle Richtungen ermitteln«, offenbarte Aebersold Walker. Ein Verbrechen sei in der Regel nicht zufällig. Es gebe einen Grund, warum ein Mensch getötet werde. Aebersold erkundigte sich bei Walker, ob er von Leuten wisse, die Bettina Stettler beseitigen möchten.

Walker überlegte eine Weile. Ihm falle es schwer, diese Frage zu beantworten. Bettina sei eine hübsche und attraktive Frau. Es sei möglich, dass es jemanden gegeben habe, der ihr nachstellte. Doch im Moment könne er niemanden nennen, auf den das zutreffe.

Aebersold bedankte sich formlos bei Walker und ließ ihn wissen, dass er möglicherweise in Zukunft noch auf ihn als Zeugen zurückkommen werde.

Walker diktierte Aebersold seine Adresse und die Nummer seines Mobiltelefons, betonend, dass er über diese Nummer zu jeder Tageszeit erreichbar sei. Aebersold vermied es, Walker darauf hinzuweisen, dass er diese Angaben bereits hatte.

Aebersold rief Leibundgut zu sich. Er informierte ihn über

das Telefonat mit Walker, das dieser von sich aus geführt hatte und ihm damit zuvorgekommen war.

Leibundgut äußerte, dass Walker möglicherweise davon ausgehe, dass die Polizei ihn im Auge habe und als Verdächtigen im Zusammenhang mit dem Verschwinden von Bettina Stettler betrachte.

Aebersold sagte, dass auch er diesen Eindruck habe.

»Eindruck hin oder her, aber derzeit haben wir noch keine Ahnung, was mit Bettina Stettler wirklich geschehen ist«, gab Aebersold zu bedenken. »Dass ihr Wagen und ihr Hund im Bahnhofparking in Bern gefunden wurden, dürfte Anlass zu vielen Spekulationen geben. Doch die Polizei darf nicht spekulieren, sie muss ermitteln.«

Leibundgut fragte: »Wie wäre es mit einer Hausdurchsuchung in der Terrassenwohnung von Walker?«

»Ich möchte eine Durchsuchung am liebsten beantragen. Doch zu diesem Zeitpunkt halte ich es für unwahrscheinlich, dass die Staatsanwaltschaft dem Antrag zustimmen würde. Natürlich könnte ich Walker bitten, mir seine Wohnung zu zeigen. Er wäre dann anwesend und könnte bestimmen, was untersucht werden darf und was nicht. Eine polizeiliche Durchsuchung erfordert die freiwillige Zustimmung der betroffenen Person. Ich betrachte das als reine Alibihandlung. Für eine Spurensuche ist jedoch eine vom Staatsanwalt genehmigte Durchsuchung notwendig.«

»Schlägst du also vor, noch abzuwarten? So kann Walker auch alle Spuren selbst beseitigen.«

»Spuren selbst zu beseitigen, ist leichter gesagt als getan. Wenn Walker Bettina wirklich angefasst hat, würden unsere Spurensucher das mit Sicherheit herausfinden. Heutzutage gibt es dafür sehr gute Methoden.«

»Auf jeden Fall. Wenn wir Walker jetzt einladen, uns seine Wohnung zu zeigen, würde dies einer späteren Hausdurchsuchung im Wege stehen.«

18

Bereits am Mittag des 4. Mai 1995 wurde die Vermisstenmeldung von Bettina Stettler vor den Nachrichten von Radio DRS ausgestrahlt.

Die Kriminalpolizei der Stadt Bern war alarmiert, und bald begannen auch viele erst kürzlich gegründete private Radiostationen sich mit diesem Fall zu beschäftigen. Der Grund war offensichtlich: Der bekannte Gynäkologe Markus Walker könnte darin verwickelt sein. Walker hatte Verbindungen zu anderen prominenten Persönlichkeiten, darunter Felix Tschabold, dem Gerichtspräsidenten des Amtsbezirks Bern Stadt.

Am Nachmittag wurde ein Interview mit Felix Tschabold geführt, das sich auf Markus Walkers Umfeld bezog. Das Gespräch wurde um fünf Uhr von Radio 48 ausgestrahlt.

Radio 48: *Herr Gerichtspräsident, Herr Nationalrat …*

Tschabold: *Bitte lassen Sie die Bezeichnung »Nationalrat« weg, der Fall Bettina Stettler hat nichts mit meinem politischen Mandat zu tun.*

Radio 48: *Seit gestern Abend wird Bettina Stettler-Wälchli vermisst.*

Tschabold: *Ich habe davon gehört.*

Radio 48: *Nur davon gehört? Eigentlich müssten Sie mehr darüber wissen als wir. Die Rede ist davon, dass der stadtbekannte Gynäkologe Dr. Markus Walker etwas mit dem Verschwinden dieser Frau zu tun haben könnte.*

Tschabold: *Das ist mir neu.*

Radio 48: *Wirklich? Das überrascht uns sehr. Nach unseren Recherchen sind Sie gut bekannt mit der verschwundenen Frau und dem Gynäkologen. Es wird sogar gemunkelt, dass Markus Walker Ihr »Busenfreund« sei.*

Tschabold: *Da muss ich nur lachen. Woher haben Sie diesen Unsinn? Das klingt doch nach dem Boulevardblatt. Zwar kenne* *ich diesen Arzt gut, aber er gehört nicht zu meinem Freundeskreis.*

Radio 48: *Lassen wir das. Doch nun kommt eine Frage, die uns auf der Zunge liegt. Glauben Sie auch, Markus Walker habe Bettina Stettler entführt, möglicherweise sogar umgebracht?*

Tschabold: *Das ist starker Tobak. Erstens glaubt ein Gerichtspräsident nicht einfach an »etwas«. Er stützt sich auf Informationen von den Ermittlungsbehörden und analysiert diese. Aber auf keinen Fall darf er ohne Beweise Mitmenschen Verbrechen unterstellen.*

Radio 48: *Es gibt noch den Fall Schläpfer. Markus Walker soll ihn bei einer Konsultation beinahe totgeschlagen haben. Es wird gemunkelt, dass Sie sich dabei auf die Seite von Walker gestellt haben.*

Tschabold: *Es wird gemunkelt? Hören Sie doch bitte auf mit solchen Spekulationen. Was wäre, wenn ein Gerichtspräsident seine Entscheidungen auf die Stimmung an den Stammtischen stützen würde?*

Radio 48: *Da wären wir genau beim Thema. Was war Ihre Rolle im Fall Schläpfer?*

Tschabold: *Der Fall ist nicht abgeschlossen. Man wartet noch auf einen Prozess.*

Radio 48: *Was wird Ihre Rolle bei diesem Prozess sein?*

Tschabold: *Darüber wäre ich Ihnen keine Rechenschaft schuldig. Dennoch übertrete ich jetzt mein Schweigegebot. Ich werde keine Rolle spielen. Der Fall wurde einem anderen Richter übertragen, auf meinen Wunsch hin.*

(Papier raschelt.)

Radio 48: *Bitte haben Sie einen Moment Geduld. Ich muss schnell einen Blick in meine Unterlagen werfen, um die nächste Frage zu stellen.*

(Tschabold lacht.)

Tschabold: *Diese Antwort haben Sie wohl nicht erwartet.*

Radio 48: *Was ist Ihre Rolle im Fall von Markus Walker und Bettina Stettler?*

Tschabold: *Ich staune über Ihre Inkompetenz. Sie meinen wohl die Vermisstenmeldung von Bettina Stettler?*

Radio 48: *Wenn Sie so wollen.*

Tschabold: *Erstens wird in diesem Fall erst von der Polizei ermittelt. Dann müssen die Ergebnisse der Untersuchungen an die Staatsanwaltschaft geschickt werden. Zweitens: Sollte die Polizei zu dem Schluss kommen, dass es einen Tatverdächtigen gibt, kann dieser vorläufig in Polizeigewahrsam genommen werden. Danach wird ein Untersuchungsrichter aktiv, der den Verdächtigen verhört und je nach Stand der vorliegenden Erkenntnisse dem zuständigen Staatsanwalt empfiehlt, eine Untersuchungshaft anzuordnen oder nicht.*

Radio 48: *Ihren Ausführungen entnehmen wir, dass Sie derzeit mit diesem Fall noch nichts zu tun haben.*

Tschabold: *Gratuliere! Endlich haben Sie es begriffen.*

Aebersold und Leibundgut hörten sich gemeinsam das Interview an. Am Ende warf Aebersold Leibundgut einen entsetzten Blick zu. »Das fängt ja gut an. Radio 48 hätte besser einen erfahreneren Journalisten auf Tschabold angesetzt. Ich hoffe sehr, Walker hat bei der Vertuschung dieses Verbrechens einen Fehler gemacht. Ansonsten geht auch dieser Fall den Bach runter.«

***

Auch Renate und Markus Walker hörten sich das Interview von Radio 48 mit Felix Tschabold an. Sie waren begeistert.

»Jetzt wird alles gut. Nun müssen wir nur noch Bettina ausfindig machen«, sagte Renate.

Das Ehepaar hielt sich immer noch in ihrer Villa in Vauffelin auf.

»Ich verstehe Bettina nicht«, meinte Walker mit besorgter Miene.

»Tja, meine Schwester. Manchmal gerät sie außer sich und macht die verrücktesten Dinge. Das war in letzter Zeit immer häufiger so. Was mich aber verwundert, ist das mit dem Hund. Dass sie das Tier einfach im Stich gelassen hat, kann ich ihr nur schwer verzeihen.«

Walker nahm Renate in die Arme. »Mach dir nicht allzu viele Sorgen. Wenn Bettina wieder auftaucht, kannst du sie deshalb zur Rede stellen. – Jetzt habe ich plötzlich Hunger. Ich habe einen Vorschlag. Lass uns zum Restaurant Romontberg gehen und uns wieder mal den Bauch vollschlagen.«

Renate sah ihn belustigt an. »Aber dein Bauch ist doch schon prallvoll.«

»Das ist eine gute Gelegenheit, um wieder Platz darin zu schaffen.« Er warf einen Blick auf die Uhr. »Es ist Viertel vor sechs. Der Spaziergang bis dorthin dauert zwei Stunden. Dann sind wir um acht Uhr dort.«

Renate lachte. »Ein schöner Abendspaziergang. Aber der Rückweg? Das wird ein Nachtmarsch.«

»Keine Sorge, der Wirt wird uns nach Hause fahren. Er ist ein guter Freund von mir.«

»Ach ja, das ist der Georg Gfeller. Ein goldener Typ. Bauer und Wirt, mit seiner Familie managt er einen Hof und eine gut gehende Wirtschaft. Wie schafft er das alles?«

»Was, meinst du, sollen wir vorbestellen?«, fragte Walker. »Die berühmten Rahmschnitzel. Die Gäste aus dem Berner und Solothurner Jura rühmen sie allenthalben.«

Es war ein wunderbarer Abend. Der Spaziergang von Vauffelin zum Gasthof hinauf war zwar etwas anstrengend. Doch dafür wurde man mit einem schmackhaften Essen belohnt.

Und zurück nach Hause brachte die beiden der Wirt persönlich.

***

Der 5. Mai brach an. Fast jedes Medium im Kanton Bern berichtete über die Vermisstenmeldung von Bettina Stettler. In jedem Beitrag wurde auch Markus Walker erwähnt. Dabei kamen das geheimnisumwitterte Verschwinden von Pedro Gyger, der mysteriöse Tod von Walkers erster Gattin Klara und der laufende Fall Eberhard Schläpfer zur Sprache.

Obwohl jedes Medium auf die Unschuldsvermutung hinwies – jede Person, die einer strafbaren Handlung beschuldigt wird, ist so lange als unschuldig anzusehen, bis ihre Schuld in einem öffentlichen Verfahren, in dem alle für ihre Verteidigung nötigen Voraussetzungen gewährleistet waren, gemäß dem Gesetz nachgewiesen ist –, war diese Berichterstattung nicht im Sinne von Walker.

Das war der Dämpfer, der Tschabolds Interview vom Vortag wieder zunichtemachte, wie Renate zornig bedauerte. Sie telefonierte mit ihrer Freundin Kirsten Tschabold. Ihr Anliegen: Man solle doch in den großen Berner Zeitungen, wie schon zuvor, einen positiven Artikel über Markus Walker erscheinen lassen. Vielleicht könnte auch dieses Mal Felix Tschabold etwas dazu beitragen.

Ein Treffen wurde für den kommenden Sonntag in Walkers Villa in Vauffelin vereinbart.

***

Christa Graber verfolgte mit großem Interesse die Entwicklung der neuen Affäre nach der Vermisstenmeldung von Bettina Stettler. Für sie war es offensichtlich, dass Walker in diese Angelegenheit involviert war. Obwohl Christa Graber ihre Vorbehalte gegenüber Bettina Stettler und deren Schwester Renate nicht vergessen hatte. Beide hatten sich bedingungslos hinter Markus Walker gestellt und sich gegen sie gewandt, als sie sich für Eberhard Schläpfer eingesetzt hatte.

Christa Graber telefonierte am Freitagvormittag mit Wachtmeister Leibundgut und bot ihm an, sich als Zeugin zur Verfügung zu stellen, falls gewünscht. Sie wies darauf hin, dass sie zwischenzeitlich in der Frauenklinik des Inselspitals ausgeholfen habe, was möglicherweise bei der Aufklärung des Verbleibs von Bettina Stettler von Nutzen sein könnte.

»Walker ist zwar nicht mehr Belegarzt in der Frauenklinik,

aber er schickt einige seiner Patientinnen dorthin. Dabei gibt es immer wieder Unregelmäßigkeiten«, erklärte Christa Graber weiter.

»Derzeit sind wir dankbar für alle Hinweise in dieser Sache. Sie kennen Markus Walker und einige seiner Unterstützer – das Ehepaar Tschabold an erster Stelle, den Direktor der Klinik ›Paradis de Berne‹ –, die nicht zögern, über seine Verfehlungen hinwegzusehen und ihm Rückendeckung zu geben«, sagte Leibundgut.

Christa Graber begab sich sofort ins Frauenspital und hörte sich um, was Bettina Stettler betraf. Sie war verwundert, was sie von verschiedenen Krankenschwestern und zwei Ärztinnen vernahm. Dass Bettina Stettler mit Dr. Markus Walker ein Techtelmechtel hatte, war dort kein Geheimnis.

Sie alle wussten, dass Bettina Stettler zunehmend unter der Beziehung zu Markus Walker litt und versuchte, sich von ihm zu lösen. Auch war bekannt, dass Walker sie gelegentlich körperlich misshandelte. Nicht nur die Menschen in ihrem Umfeld, sondern die meisten Ärzte und Pflegekräfte der Frauenklinik waren darüber informiert. Man konnte sogar erkennen, wenn Walker sie geschlagen hatte. Einige glaubten noch mehr zu wissen, nämlich, dass sie das Verhältnis zu ihrem Schwager vor ihrer Schwester geheim hielt.

Die Beziehungen innerhalb der Familie Wälchli schienen jedoch kompliziert zu sein. Bettinas Vertrauensperson war ihr Vater Patrick, dem sie alle ihre Geheimnisse anvertraute, der aber gleichzeitig darauf bestand, dass die Ehen seiner geliebten Töchter intakt blieben.

Theophil Leibundgut unterbrach Christa Graber, als sie am Nachmittag in der Hauptwache Waisenhaus erschien und zu erzählen begonnen hatte. Er sagte: »Warten Sie einen Moment. Ich rufe gleich Robert Aebersold an. Er muss auch von dem erfahren, was Sie zu berichten haben.«

Nachdem er Christa Grabers Bericht gehört hatte, machte sich Aebersold Gedanken. Er überlegte, ob es noch Informationen gab, die sie nicht kannten, aber leicht herausfinden könnten. Natürlich. Wann war Bettina Stettler am Mittwochabend ins Berner Bahnhofparking gefahren? Er rief dort an.

»Funktioniert im Parkhaus die Videoüberwachung noch?«, erkundigte Aebersold sich.

»Sie funktioniert wieder, nachdem sie einige Wochen abgestellt war. Viele Benutzer hatten sich daran gestört. Man möchte eben nicht gerne ausspioniert werden. Doch nach einem Überfall auf eine Dame gegen Mitternacht wurde sie wieder angeschaltet. Jetzt warten wir noch auf ein Gerichtsurteil, ob die Überwachung definitiv benutzt werden darf.«

»Ich benötige das Video vom Mittwoch, den 3. Mai.«

»Selbstverständlich darf die Polizei unsere Aufnahmen ansehen. Nur: Die Aufzeichnungen laufen jeweils von zwölf Uhr mittags bis vierundzwanzig Stunden später. Sie benötigen also das Video vom 2. auf den 3. Mai und vom 3. auf den 4. Mai.«

»Das Video vom 3. auf den 4. Mai reicht mir.«

»Danke, dann bringt Ihnen demnächst ein Bote von uns das Video auf CD. Passt das so?«

Aebersold bejahte.

Der Bote brachte die vier CDs.

Aebersold seufzte: »Bis ich die alle angesehen habe … Am Vortag sind doch drei Polizeirekruten für ein Praktikum in der Hauptwache eingetroffen. Diese kommen wie gerufen, ich setze sie gerade mal zum Durchsehen der CDs ein. Wenn sie bis zum späten Abend die gesuchte kurze Sequenz finden, bin ich zufrieden.«

19

Benedikt Nüssli war ein gesundheitsbewusster, sportlicher und neugieriger Mensch. Er lebte in einem Hochhaus in Bümpliz und unterrichtete als Zeichenlehrer am Gymnasium. Am 5. Mai entschied er sich für eine Jogging-Tour durch den Forstwald nach Laupen. Kurz nach vier Uhr startete er. Er hielt sich in der Nähe der Matzenriedstraße auf, der Fahrverbindung zwischen Bümpliz und Laupen.

Dabei fiel ihm etwas Ungewöhnliches auf. In kurzen Abständen bemerkte er am Straßenrand Kehrichtsäcke, die flüchtig zugebunden waren. Er wusste, dass es nicht gestattet war, Müll dort zu entsorgen, also öffnete er einen der Säcke.

Nüssli war schockiert, als er im Sack eine abgeschnittene Hand, ein Ohr und mehrere Finger entdeckte. Sofort rannte er Richtung Bahnhof Riedbach, wo er zwanzig Minuten später ankam. Von einer Telefonkabine aus rief er die Polizei an und wurde gebeten, beim Münztelefon auf eine Streife zu warten, die ihn in wenigen Minuten abholen würde.

Nach einer Viertelstunde traf die Streife ein. Nüssli setzte sich auf den Beifahrersitz und lotste den Fahrer zur Fundstelle des Sackes mit den Leichenteilen. Da Nüssli angab, dass mehrere Abfallsäcke nahe der Straße abgelegt worden waren, forderte der Leiter der Streife weitere Kriminalbeamte an, um nach Spuren zu suchen. Nüssli wurde gebeten, sich vor Ort für weitere Befragungen zur Verfügung zu halten.

Es verging eine Stunde, bis die Suche nach den sterblichen Überresten zu Ende war.

Um achtzehn Uhr wurde Aebersold über den Polizeifunk informiert, was im Forstwald gefunden worden war. Aebersold rief Leibundgut an und wies ihn an, nicht nach Hause zu gehen, sondern zu ihm zu kommen. »Es wurde ein abscheuliches Verbrechen begangen. Basierend auf den Angaben der Polizisten vom Posten Bümpliz gehe ich davon aus, dass eine junge Frau zerstückelt und die Leichenteile an verschiedenen Orten im Forstwald verteilt wurden.«

Leibundgut erwartete Aebersolds Anweisungen. Dass er in dieser Situation auf seinem Posten bleiben musste, war ihm klar, wobei es ihm dieses Mal leidtat. Seine Frau hatte Geburtstag, er hatte für sie und sich zwei Plätze im Restaurant Della Casa in der Altstadt reserviert, wo ein feines Abendessen auf sie wartete. Das musste er nun rückgängig machen.

»Was meinst du, Robert, könnten die Leichenteile von Bettina Stettler stammen?«, fragte Leibundgut.

»Ich hoffe nicht, aber diese Frage ist mir auch gerade durch den Kopf gegangen. Nun warte ich noch auf das Ergebnis der Suche unserer Praktikanten auf den vier vollen CDs.«

Leibundgut lachte. »Auf diesen CDs sind Videos von vierundzwanzig Stunden aufgezeichnet.«

»Geht man bei der Suche klug vor, braucht es nicht einen ganzen Tag, bis man das gefunden hat, was man sucht. Von wem die Leichenteile allenfalls stammen, ist unter Umständen nicht leicht herauszufinden. Sollten sie jedoch von Bettina Stettler stammen, würde die Gerichtsmedizin sehr rasch fündig.« Aebersold sah auf die Uhr. »In einer Stunde, etwa um halb acht, erhalte ich Bescheid.«

»Und wenn sie tatsächlich von Bettina Stettler stammen?«

»Dann könnten wir beim Staatsanwalt eine Durchsuchung von Walkers Praxis und Wohnung beantragen. Allerdings ist dies an einem Freitagabend nur im Notfall realisierbar. Wir müssten bis Samstagmorgen warten. Eine Durchsuchung hätte den Vorteil, dass dann die Spurensicherungsteams aktiv werden könnten.«

»Warum nicht gleich Untersuchungshaft für Walker beantragen?«

»Das wird mit Sicherheit nicht bewilligt. Es gibt noch andere mögliche Täter.«

»Und warum nicht Polizeihaft?«

»Polizeihaft ist nur zulässig, wenn Walkers Täterschaft äußerst wahrscheinlich wäre, was derzeit nicht der Fall ist. Polizeigewahrsam dauert nur achtundvierzig Stunden, innerhalb derer ein Haftbefehl des Staatsanwalts vorliegen muss; andernfalls muss Walker wieder auf freien Fuß gesetzt werden.«

Aebersold begab sich zu den Polizeirekruten im Raum gegenüber seinem Büro. »Wie weit seid ihr denn?«

Sie gaben an, dass sie noch nicht bei der Stelle angekommen seien, an der der Wagen von Bettina Stettler beim Eingang des Parkhauses erscheine. Aktuell seien sie etwa bei halb sechs abends des 3. Mai.

Das dürfte nicht mehr lange dauern. »Leibundgut und ich gehen nun zur Gaststätte Kriminaltango an der Gerechtigkeitsgasse, um unsere Mägen ein wenig zu füllen. In einer Stunde sind wir zurück und hoffen dann auf Ergebnisse.«

Die lange Zeit, die sie benötigten, liege daran, dass es mehrere Kameras an verschiedenen Orten des Parkhauses gebe. Und die gesuchte Sequenz dauere lediglich wenige Sekunden, erklärte einer der Praktikanten.

Um acht Uhr kehrten Aebersold und Leibundgut zurück.

Die Stelle war gefunden worden. Ein Praktikant spielte sie ab. Aebersold und Leibundgut starrten gebannt auf den Bildschirm, der rote Subaru kam zur Schranke der Einfahrt.

»Stopp«, rief Aebersold.

»Das war genau um achtzehn Uhr einunddreißig«, sagte einer der Praktikanten.

»Was fällt euch sonst noch auf?«

»Die Uhrzeit? Die Beule am linken Kotflügel?«

»Die Zeit und der Karosserieschaden sind nicht das Wesentliche. Was meine ich wohl?«

Die Praktikanten sahen sich ratlos an.

»Wer sitzt am Steuer?«

»Ein Mann … und eigentlich sollte eine Frau dort sitzen.«

»Genau. Es sitzt nur ein Mann und keine Frau im Wagen. Und zufällig kennen wir ihn.« Aebersold klopfte Leibundgut auf die Schulter. »Himmelherrgott, ich fasse es nicht, das ist tatsächlich Markus Walker. Jetzt haben wir ihn.«

Nun begann für Aebersold und Leibundgut eine hektische Zeit.

»Jetzt ist die Gelegenheit da, Walker und möglicherweise auch seine Frau in Polizeigewahrsam zu nehmen. Wir dürfen dabei keinen Fehler machen.«

Leibundgut lachte. »Ich frage mich wirklich, was wir jetzt noch falsch machen könnten.«

»Denk darüber nach, wo sich die Walkers befinden könnten.«

»Ich vermute, sie sind in Vauffelin.«

»Vielleicht. Vielleicht sind sie aber auswärts essen gegangen. Zum Beispiel ins Restaurant Romontberg. Wir könnten mit zwei oder drei Streifenwagen bei ihrem Haus in Vauffelin auftauchen, und die Walkers sind noch nicht zu Hause, sondern auf dem Weg dorthin. Sie könnten das sehen. Dann sagt Markus Walker mit Sicherheit: ›Die Polizei ist hinter uns her, lass uns die Flucht ergreifen.‹ Das wäre für ihn dort leicht möglich, er kennt die Leute in diesem Dorf.«

»Vielleicht weiß seine Frau gar nicht, dass er der Täter ist.«

»Mag sein, aber wir wissen es nicht. Außerdem gibt es noch etwas zu beachten: Als Berner Stadtpolizei dürfen wir niemanden ohne die Genehmigung der Kantonspolizei des Bezirks Courtelary festnehmen. Bevor wir weiter vorgehen, muss ich mich mit dem Polizeiwachtmeister von Courtelary in Verbindung setzen. Sonst läuft das wieder falsch koordiniert wie damals beim Brand.«

Aebersold rief in Courtelary an und verlangte den Kommandanten, der nicht auf dem Posten war, sondern sich in seinem Feierabend befand. Doch für eine so heikle Angelegenheit benötigte er dessen Zustimmung oder zumindest die seines Stellvertreters.

Zehn Minuten nach seinem Anruf rief der Wachtmeister zurück.

Er ließ sich von Aebersold im Detail informieren und präsentierte einen hilfreichen Vorschlag. Die Polizei von Courtelary würde das Heimwesen der Walkers vorsichtig beobachten. Man würde herausfinden, ob das Ehepaar zu Hause oder im Ausgang sei.

Eine Stunde später erhielt Aebersold die beruhigende Nachricht. Die Kantonspolizei von Courtelary hatte alles unter Kontrolle. Die Walkers waren, wie zu erwarten war, im Ausgang, und zwar beim Abendessen auf dem Romontberg.

Von einer Verhaftung im Restaurant riet der Polizeiwachtmeister von Courtelary ab. Das würde unnötig Aufsehen erregen und in der Gegend mit Sicherheit schlecht ankommen. Es wäre vorzuziehen, die Walkers spät am Abend oder früh am Morgen in ihrem Haus festzunehmen.

Die Festnahme der Walkers durch eine Streife der Berner Stadtpolizei verlief in aller Diskretion.

Um drei Uhr am Samstagmorgen des 6. Mai wurden Markus und Renate Walker getrennt in zwei Zellen des Berner Polizeigefängnisses untergebracht.

Am Samstagvormittag wurden beide von Aebersold einzeln verhört.

Das Verhör mit Markus Walker in der Hauptwache Waisenhaus

Aebersold: *Guten Tag, Herr Doktor. Hoffentlich haben Sie noch einige Stunden schlafen können. Wie geht es Ihnen?*

Markus Walker: *Herr Kriminalkommissär, Ihr Zynismus ist nicht zu überbieten.*

Aebersold: *Verstehen Sie, warum die Kriminalpolizei der Stadt Bern Sie festgenommen hat?*

Markus Walker: *Bevor ich darauf antworte, möchte ich klarstellen, dass ich nicht verpflichtet bin, Ihre Fragen zu beantworten. Ich befinde mich lediglich in Polizeigewahrsam, nicht in Untersuchungshaft.*

Aebersold: *Ich zwinge Sie nicht, Aussagen zu machen. Es ist mir jedoch wichtig, Ihnen den Grund für Ihre Verhaftung mitzuteilen. Sie stehen im Verdacht, Bettina Stettler entführt und umgebracht zu haben.*

Markus Walker: *Welche Beweise haben Sie für diese Behauptung?*

Aebersold: *Die Beweisaufnahme ist noch nicht abgeschlossen.*

Wir haben jedoch ein wichtiges Indiz für unsere Maßnahme. Es liegt eine Videoaufnahme vor. Genau um achtzehn Uhr einunddreißig am Mittwochabend, dem 3. Mai 1995, haben Sie mit dem Subaru Ihrer Geliebten, Bettina Stettler, die Eingangsschranke des Bahnhofparkings in Bern passiert. Sie waren die einzige Person in diesem Wagen. Zuvor und danach haben Sie sich bei verschiedenen Personen nach dem Aufenthaltsort von Bettina Stettler erkundigt. Wir gehen davon aus, dass Sie wussten, wo sich Bettina Stettler befand.

Markus Walker: *Was hat das mit dem Mord an Bettina zu tun? Das war doch der Grund für die Festnahme meiner Ehefrau und mir, oder?*

Aebersold: *Herr Walker, ich erinnere Sie daran, dass nicht Sie, sondern ich das Verhör führe. Ganz sicher werde ich Ihnen aus unserer Erkenntnis nur das liefern, was die weiteren Ermittlungen nicht beeinträchtigt.*

Markus Walker: *Nun gut, stellen Sie also Ihre Fragen. Ob Sie eine Antwort darauf bekommen, liegt an mir.*

Aebersold: *Wie erklären Sie sich, dass der Subaru von Bettina auf dem Parkplatz von Frau Aebi gefunden wurde und Sie um halb sieben am Abend – zu dem Zeitpunkt, als Sie am Eingang des Parkhauses waren – Ihren Schwiegervater gefragt haben, wo Bettina sei, da Sie erwartet hatten, dass sie zu Ihnen kommt, was aber nicht der Fall gewesen sei?*

Markus Walker: (lacht) *Das würde eine lange Erklärung erfordern, die dieses Interview sprengen dürfte.*

Aebersold: *Herr Walker, dies ist kein Interview, sondern ein Verhör. Ich nehme zur Kenntnis, dass Sie auf diese Frage nicht antworten möchten, was ich durchaus nachvollziehen kann.*

Markus Walker: *Polizeigewahrsam ist nur gerechtfertigt, wenn die inhaftierte Person eine so große Gefahr für die Mitmenschen darstellt, dass es unverantwortlich wäre, sie auf freien Fuß zu setzen.*

Aebersold: *Polizeihaft wird auch verordnet, wenn eine erhebliche Fluchtgefahr besteht. Ganz sicher, wenn der Verdacht auf begangenen Mord im Vordergrund steht.*

Markus Walker: *Beides trifft in meinem Fall nicht zu.*

Aebersold: *Herr Walker, Sie bleiben bis zum Montagmorgen im Polizeigefängnis. Sie werden ab acht Uhr von der Untersuchungsrichterin verhört. Danach ordnet der Staatsanwalt Untersuchungshaft an, die so lange dauert, bis die Ermittlungen im Fall Bettina Stettler abgeschlossen sind. Wird Anklage erhoben, was ich als sicher einschätze, dauert die Haft bis zum Abschluss des Prozesses, der aller Voraussicht nach mit einem Schuldspruch enden wird.*

Markus Walker: *Von nun an werde ich Ihnen keine Fragen mehr beantworten. Irgendwann ist auch für mich eine rote Linie überschritten.*

Aebersold: *Das ist auch nicht mehr notwendig. Eine Information für Sie habe ich noch. Derzeit finden Durchsuchungen in Ihrer Wohnung an der Lerberstraße, in Ihrer Praxis im Immobilia-Areal und in Ihrem Haus in Vauffelin statt. Das Verhör ist damit beendet. Abführen bitte.*

Die zwei Polizisten, die rechts und links neben Walker saßen, legten ihn in Handschellen und Fußfesseln. Er versuchte sich dagegen zu wehren, doch die beiden Uniformierten waren ihm an Körpergröße und Kraft ebenbürtig.

Das Verhör mit Renate Walker-Wälchli in der Hauptwache Waisenhaus

Aebersold: *Guten Morgen, Frau Walker. Wie geht es Ihnen? Brauchen Sie Medikamente?*

Renate Walker: *Es ging mir schon besser. Ich begreife immer noch nicht, weshalb ich verhaftet wurde. Das ist das erste Mal in meinem Leben. Auf regelmäßige Medikamente bin ich nicht angewiesen.*

Aebersold: *Es handelt sich in diesem Fall um Polizeigewahrsam. Polizeigewahrsam dauert maximal achtundvierzig Stunden, bis spätestens dann erfolgt die Freilassung oder die Umwandlung in Untersuchungshaft. Darüber entscheidet die Staatsanwaltschaft.*

Renate Walker: *Das brauchen Sie mir nicht erklären. Schließlich bin ich Fürsprecherin …*

Aebersold: *Tut mir leid, dass ich Sie diesbezüglich belehrt habe. Wir waren ja vor einigen Jahren noch Studienkollegen. Aber als vernehmender Kripo-Offizier bin ich verpflichtet, gewisse Formalitäten einzuhalten. So ist es mir nicht erlaubt, Personen, die ich befrage, zu duzen. Das gilt aber nur während des Verhörs.*

(Aebersold sucht in einem fünf Zentimeter hohen Papierstapel nach einem Dokument.)

Aebersold: *Entschuldigen Sie, aber ich benötige eine Gedächtnisstütze. … Endlich habe ich das Dokument gefunden. Ich gehe davon aus, dass Sie über die Vermisstenmeldung von Bettina Stettler informiert sind.*

Renate Walker: *Darüber habe ich mich in den Medien informiert.*

Aebersold: *Was in den Medien steht, ist nur ein kleiner Teil dessen, was in diesem Fall geschehen ist. Ich bin deshalb sehr daran interessiert, ob Sie wirklich nur das wissen, was die Medien darüber berichtet haben. Haben Sie denn nicht mit Ihrem Ehemann darüber gesprochen?*

Renate Walker: *Natürlich habe ich das. Bettina ist ja schließlich meine Schwester. Aber nicht nur mit ihm habe ich mich über diesen Fall ausgetauscht. Auch telefonisch mit meinen Eltern, die in Faulensee wohnen, ebenso mit meiner Freundin Kirsten Tschabold.*

Aebersold: *Glauben Sie, auf dem neuesten Stand dieses Dramas – ich bezeichne es nun mal so – zu sein?*

Renate Walker: *Offensichtlich nicht, sonst wäre ich jetzt nicht in Haft.*

Aebersold: *Was wissen Sie über den Verbleib des roten Subarus Ihrer Schwester?*

Renate Walker: *Das, was in den Zeitungen stand.*

Aebersold: *Dann haben Sie keine Ahnung davon, wie der Subaru und der Hund Ihrer Schwester ins Parkhaus gekommen sind?*

Renate Walker: *Obwohl es mir schwerfällt, das nachzuvollziehen. Aber ich muss wohl akzeptieren, dass meine Schwester ihn dorthin gefahren und ihren geliebten Hund im Stich gelassen hat.*

Aebersold: *Und wie sieht es Ihr Ehemann?*

Renate Walker: *Der sieht es genauso.*

(Aebersold mustert Renate Walker einige Augenblicke.)

Aebersold: *Sie wissen also nicht mehr über Ihre verschwundene Schwester? Haben Sie mir alles gesagt, was Sie darüber wissen?*

Renate Walker: *Ja, ich glaube schon. Gibt es denn Neues in dieser Angelegenheit?*

Aebersold: *Leider ja. Es war Ihr Ehemann, der den Subaru mit dem Hund in das Bahnhofparking gefahren hat. Und zwar ohne dass Ihre Schwester danebensaß.*

(Renate Walker reagiert auf Aebersolds Aussage sehr heftig. Sie sackt richtiggehend zusammen. Hält beide Hände vors Gesicht. Dann schluchzt sie.)

Renate Walker: *Das darf doch nicht wahr sein. Ich kann das nicht glauben. Markus hätte mir das sicher gesagt. Vielleicht hat sich Bettina etwas angetan, und Markus wollte mich schonen und verheimlichte es mir.*

Aebersold: *Etwas angetan? Das würde heißen, dass Bettina nicht mehr lebt. Wie denken Sie darüber?*

Renate Walker: *Ich weiß es nicht! Ich weiß es nicht! Das wäre furchtbar. Meine geliebte Schwester soll nicht mehr leben?*

Aebersold: *Um bei der Wahrheit zu bleiben: Leider ist Bettina Stettler tot. Ihre zerstückelte Leiche wurde verstreut im Forstwald gefunden. Das ist ein Befund des Gerichtsmedizinischen Instituts der Universität Bern.*

(Renate Walker beginnt heftig zu weinen.)

Aebersold: *Frau Walker, ich kondoliere Ihnen herzlich.*

Renate Walker: *Darf ich Sie bitten, das Verhör mit mir zu unterbrechen. Eine Stunde vielleicht? Ich schaffe es derzeit nicht mehr, der Vernehmung zu folgen.*

Aebersold erfüllte Renate Walker diesen Wusch. Er könne aber nicht über ihre Freilassung entscheiden, solange das Verhör nicht beendet sei, versuchte Aebersold ihr klarzumachen.

Er führte Frau Walker an den Besuchertisch in sein Büro, das sich nicht weit entfernt vom Verhörraum befand.

»Möchten Sie Tee oder Kaffee? Etwas Gebäck vielleicht?«

»Tee ist gut«, sagte sie mit schwacher Stimme.

Eine Stunde später hatte sich Renate Walker so weit gesammelt, dass Aebersold mit der Vernehmung weiterfahren konnte.

Renate Walker: *Vielen Dank für Ihre Nachsicht.*

Aebersold: *Ich bin erleichtert über Ihre Rückmeldung. Ich bin mir bewusst, dass Sie jetzt stark sein müssen. Wir haben übrigens für solch schwere Situationen ein Team von Psychologen, Psychiatern und Seelsorgern.*

Renate Walker: *Herr Aebersold, ich möchte alles wissen, was mit meiner Schwester geschehen ist, auch wenn es sehr wehtut.*

Aebersold: *Darf ich Ihnen eine persönliche Frage stellen, die Sie mir nicht gleich beantworten müssen? Vielleicht können Sie sich später dazu durchringen. Ich akzeptiere auch, wenn Sie nicht darauf eingehen.*

Renate Walker: *Tun Sie das bitte. Ich glaube, ich bin darauf gefasst.*

Aebersold: *Ihre Schwester hatte sowohl eine professionelle als auch eine private Beziehung zu Ihrem Ehemann. Das muss eigentlich so sein, sonst wäre eine enge Zusammenarbeit nicht möglich. Allerdings birgt es auch eine Gefahr, wenn sich zwei Menschen situationsbedingt zu nahekommen. Haben Sie den Eindruck, dass sich Markus und Bettina zu nahegekommen sind?*

(Renate Walkers Augen werden nass.)

Renate Walker: *Sind sich Markus und Bettina nahegekommen? Ja, das wäre möglich. Über viele Wochen schon leben wir nur noch selten zusammen. Ich kümmere mich in Vauffelin seit Ende März um meine Lieblingshündin, die sich an einer Pfote erheblich verletzt hat. In den letzten Wochen haben Markus* *und ich uns selten gemeinsam im Haus aufgehalten. Meist verbringt er die Abende und die Nächte alleine. Kann ich ihm einen Vorwurf machen, wenn er das Alleinsein satt hat? Was Bettina betrifft. Sie ist eine sehr hübsche Frau, die – so ist meine Wahrnehmung – einen Lebenspartner hat, der ihr nicht alles geben kann, was sie von ihm erwartet.*

(Aebersolds Gesichtsausdruck ist bewegt.)

Aebersold: *Ihre Antwort habe ich in dieser Offenheit nicht erwartet. Ich spüre nun, dass Sie mit dieser schwierigen Situation weit besser umgehen können, als ich das für möglich gehalten hatte. Wenn ich nun etwas konkreter werden darf: Befürchten Sie, dass Markus ein intimes Verhältnis mit Bettina hatte?*

Renate Walker: *Ich schließe es nicht aus.*

Aebersold: *Würden Sie die Wahrheit ertragen?*

Renate Walker: *Ja.*

Aebersold: *Markus Walker wurde von uns im Zuge des Verfahrens gegen ihn in Sachen Eberhard Schläpfer genau beobachtet. Dabei sind auch Erkenntnisse dazugekommen, mit denen wir nicht gerechnet haben. Eine außereheliche Beziehung zwischen einem Verdächtigen und einer anderen Person ist kein strafrechtliches Vergehen und fällt nicht in unseren Zuständigkeitsbereich. Es sei denn, diese Beziehung spielt plötzlich eine Rolle in einem neuen Delikt. Der Todesfall Bettina Stettler ist in der Tat ein Ereignis, mit dem sich die Strafuntersuchungsbehörden auseinandersetzen müssen. Ja, Markus Walker und Bettina Stettler hatten ein Liebesverhältnis. Uns liegen auch Belege vor, dass die beiden in einer intimen Beziehung zueinander standen. Das ist das Motiv dieses Verbrechens. Es liegt in der Natur der Sache, dass solche Liebschaften abrupt zu Ende gehen, und das nicht in gegenseitigem Einvernehmen. Wir haben mehrere Hinweise, dass Bettina beabsichtigte, mit Markus zu brechen. Markus ertrug das nicht und legte dann Hand an Bettina.*

Renate Walker: *Steht fest, dass Markus Bettina umgebracht hat?*

Aebersold: *Daran gibt es nach unseren neuesten Erkenntnissen gar keinen Zweifel mehr.*

(Renate Walker weint still in sich hinein. Aebersold lässt sie gewähren, bis sie nach einigen Minuten aufsieht.)

Aebersold: *Morgen Sonntag wird das Communiqué von der Kripo mit Einzelheiten in den Medien erscheinen.*

Renate Walker: *Was passiert jetzt mit mir?*

Aebersold stellte Frau Walker weitere Fragen, zum Beispiel, was sie in den letzten zwei Wochen vor dem Tod von Bettina unternommen habe. Sie hatte jeden zweiten Tag ein kurzes Telefongespräch mit Markus Walker geführt. Dass diese Gespräche kurz waren, konnte mit den Angaben des staatlichen Telefonanbieters leicht überprüft werden. Entscheidend war, Renate Walker weilte die ganze Zeit in Vauffelin.

Aus den Antworten ging hervor, dass Renate Walker nichts mit der Tötung von Bettina zu tun hatte.

Aebersold: *Sie stehen ab sofort wieder auf freiem Fuß. Eine Polizistin der Stadtpolizei Bern wird Sie nach Hause fahren. Wo möchten Sie hin? Nach Vauffelin oder an die Lerberstraße?*

Renate Walker: *Nach Vauffelin.*

Aebersold: *Diesbezüglich bin ich Ihnen noch eine Erklärung schuldig. Ihr Haus in Vauffelin wurde heute Morgen von der Polizei durchsucht. Es wurden keine Hinweise auf das Verschwinden von Bettina Stettler gefunden. Vor der Durchsuchung musste die Haustüre aufgebrochen werden. Von unseren Leuten wurde ein neues Schloss montiert. Wenn Sie dort ankommen, werden Ihnen der Schlüssel und drei Kopien davon ausgehändigt. Und ich erinnere Sie noch mal an das Angebot, psychologische Hilfe in Anspruch zu nehmen.*

Renate Walker: *Das ist nett von Ihnen, doch ich denke, ich komme allein zurecht.*

20

Am Samstagmittag des 6. Mai 1995 gab die Kriminalpolizei der Stadt Bern ein Communiqué betreffend die Vermisstenmeldung von Bettina Stettler heraus.

Die polizeilichen Ermittlungen im Fall der vermissten Bettina Stettler sind abgeschlossen. Der verdächtige Gynäkologe Dr. Markus Walker fuhr nach der Tötung von Bettina Stettler ihren roten Subaru in das Bahnhofparking Bern, wie aus einer Videoaufnahme hervorgeht.

Bei der Hausdurchsuchung am Wohnort von Walker wurden Blutspuren, Hautbestandteile, Haare und winzige Reste verschiedener Organe des Opfers sichergestellt. Dies geschah, obwohl Walker nach eigenen Angaben den Boden, die Wände des Korridors und Badezimmers mehrere Stunden lang geschrubbt hatte.

Damit ist nach Aussagen des Kriminalkommissärs Robert Aebersold der Täter des Mordes an Bettina Stettler überführt.

Im Laufe des Samstagnachmittags wird Walker von Untersuchungsrichterin Paula Wandfluh befragt. Danach ist geplant, dass der Staatsanwalt, Paul Zimmermann, Untersuchungshaft gegen Markus Walker anordnet.

Markus Walker wurde vom Polizeigefängnis ins Bezirksgefängnis Bern Stadt überführt. Man sagte ihm, dass nun bald eine Befragung durch die Untersuchungsrichterin anstehe. Walker verlangte einen Anwalt seiner Wahl. Man sei bereit, ihm diesen Wunsch zu erfüllen.

Walkers Wahl fiel auf Gian Bezzola. Es vergingen zwei Stunden, bis Bezzola kontaktiert werden konnte. Bezzola war damit einverstanden, das Mandat zu übernehmen. Es war ihm allerdings nur möglich, erst um siebzehn Uhr anwesend zu sein. Er bedingte sich jedoch aus, zuerst mit Walker zu sprechen. Diese Besprechung dauerte eine halbe Stunde.

Walker wurde mit Fußfesseln und Handschellen von zwei Gefangenenwärtern in den Verhörraum geführt. Er protestierte lautstark, dass man ihn derart massiv in Ketten lege, und nannte es mittelalterliche Methoden.

Bezzola unterstützte Walker dabei. Diese Art der Vorführung sei Schikane. Wenn der Gefangene schon von drei Wächtern umgeben sei, brauche es keine Fesseln.

Die Untersuchungsrichterin winkte ab. Wenn ein Verbrechen gegen Leib und Leben vorliege, mache sie das immer so.

Wandfluh begrüßte Gian Bezzola und fragte zuerst aus Formalitätsgründen nach den Personalien von Walker und erkundigte sich, ob seine gesundheitliche Verfassung ein Verhör zulasse. Walker beantwortete diese Fragen und beurteilte seine Verfassung als gut.

Verhör von Markus Walker mit der Untersuchungsrichterin Paula Wandfluh

Untersuchungsrichterin: *Guten Abend, Herr Dr. Walker. Ich beginne nun mit dem Verhör. Es ist nicht mehr eine polizeiliche Befragung, sondern eine richterliche. Es geht darum, festzustellen, ob eine Untersuchungshaft angeordnet werden muss. Ist das nicht der Fall, werden Sie nach diesem Verhör auf freien Fuß gesetzt. – Herr Markus Walker, Sie haben das Recht zu erfahren, weshalb Sie jetzt von mir befragt werden. Ich gebe Ihnen zusammengefasst den Grund dafür bekannt. Sie werden verdächtigt, Ihre Schwägerin auf grausame Weise umgebracht und ihre Leiche menschenverachtend geschändet zu haben. Die Eckpunkte der polizeilichen Ermittlungen sind: Erstens: Von Mittwoch, dem 3. Mai 1995, achtzehn Uhr einunddreißig, existiert eine Videoaufnahme von der Einfahrt des Subarus von Bettina Stettler ins Parkhaus. Sie wurden heute Morgen von Kriminalkommissär Aebersold damit konfrontiert. Warum Sie allein im Wagen waren, wollten Sie Aebersold nicht begründen. Ich frage Sie jetzt nochmals dasselbe.*

Bezzola: *Dürfen wir diese Sequenz des Videos einmal ansehen?*

Untersuchungsrichterin: *Ich möchte davon absehen. Zunächst muss der Beamer installiert werden, dabei verlieren wir viel Zeit.*

Bezzola: *Frau Wandfluh, diese Begründung akzeptieren wir nicht. Entweder setzen Sie den Beamer in Betrieb, oder wir verweigern von nun an jede Aussage.*

(Die Untersuchungsrichterin zieht das Telefon zu sich, wählt eine Nummer und spricht dann so leise, dass man vom Gespräch nichts mithört.)

Untersuchungsrichterin: *Wir unterbrechen die Befragung für zwanzig bis dreißig Minuten.*

Es dauerte gut eine Viertelstunde, bis vier Handwerker in Blaumännern auftauchten und sich daranmachten, den Beamer in Gang zu setzen.

Gian Bezzola meldete sich erneut. »Darf ich Sie bitten, Frau Untersuchungsrichterin, uns, Herrn Walker und mir, für die Zeit, während wir jetzt warten müssen, einen Kaffee zu servieren?«

Frau Wandfluh, durch die Verzögerung ohnehin gestresst, reagierte verärgert und kurz angebunden. »Das hat mir gerade noch gefehlt. Sie zwingen uns einen Unterbruch auf und beanspruchen nun auch noch, dafür belohnt zu werden.«

Die grinsenden Gesichter Bezzolas und Walkers sprachen Bände.

Untersuchungsrichterin: *Wir setzen das Verhör fort. Ich spiele Ihnen die Videosequenz von der Einfahrt des Subarus von Bettina Stettler in das Bahnhofparking ab.*

(Die Sequenz dauert knapp eine Minute.)

Untersuchungsrichterin: *Ich gehe davon aus, dass wir nicht darüber diskutieren müssen. Oder sehen Sie das anders, Herr Walker?*

(Bezzola streckt die Hand auf.)

Untersuchungsrichterin: *Herr Bezzola, ich habe Herrn Walker gefragt.*

Bezzola: *Wenn die Teilnahme des Anwalts des Beschuldigten bewilligt ist, denke ich, dass ich das Recht habe, hier zu sprechen. Zu meiner Wortmeldung: Die Person, die am Steuer des Subarus sitzt, ist nicht zu erkennen.*

Untersuchungsrichterin: *Man sieht aber, dass es sich um einen Mann handelt. Wenn es nicht Bettina Stettler ist, muss es Markus Walker sein.*

Bezzola: *Das ist ein weit hergeholtes Argument. Zwar zeigt das Video eine männliche Person mit unkenntlichem Gesicht, aber das bedeutet nicht zwangsläufig, dass wir es Markus Walker zuordnen müssen.*

Untersuchungsrichterin: *Stimmen Sie dem zu, Herr Walker?*

Walker: *Das sehe ich genauso.*

(Frau Wandfluh schüttelt unzufrieden den Kopf.)

Untersuchungsrichterin: *Zweitens: Am Freitagabend fielen einem Jogger im Forstwald mehrere Kehrichtsäcke auf. Er öffnete einen davon und sah, dass darin sterbliche Überreste eines Menschen lagen. Die gerichtsmedizinische Untersuchung des Inhalts der fünf aufgefundenen Säcke ergab, dass es Leichenteile von Bettina Stettler sind.*

Bezzola: *Das ist immer noch kein Beweis dafür, dass Markus Walker der Mörder von Bettina Stettler ist.*

Untersuchungsrichterin: *Es ist jedoch ein Indiz, das darauf hinweist, dass Walker der Täter sein könnte.*

(Frau Wandfluh zieht ein weiteres Blatt aus dem Stapel neben sich.)

Untersuchungsrichterin: *Drittens: Bei der Durchsuchung der Wohnung der Walkers wurden folgende Ergebnisse erzielt: Obwohl der Korridor beim Hauseingang sowie das Badezimmer am Mittwochabend intensiv gereinigt wurden, konnten die Fahnder wichtige Spuren sicherstellen. Winzige Blut- und Hautpartikel, die von Bettina Stettler stammen. Zudem wurden in einer Streichholzschachtel, die neben dem Aufbewahrungsort der Kehrichtsäcke lag, vier Patronenhülsen gefunden.*

Bezzola: *Was schließen Sie aus den gefundenen Patronenhülsen?*

Untersuchungsrichterin: *Es ist wahrscheinlich, dass diese Hülsen von den Patronen stammen, mit denen Bettina Stettler erschossen wurde. Wir haben Einschusslöcher in Teilen der sterblichen Überreste gefunden. Wir ziehen aus all diesen Erkenntnissen den Schluss, dass Walker tödliche Schüsse auf Bettina Stettler abgegeben hat und ihre Leiche dann ins Badezimmer geschleppt, zerstückelt und in Kehrichtsäcke eingepackt hat. Anschließend überführte er den Subaru mit dem Hund von der Tiefgarage der Terrassensiedlung ins Bahnhofparking Bern. Von dort kehrte er mit Tram und Bus zurück und reinigte den Korridor von Blutspritzern und Leichenteilen. Nachdem er damit fertig war, verstaute er die Kehrichtsäcke in seinem Jeep Cherokee und fuhr damit in den Forstwald, wo er sie an mehreren Stellen deponierte. Jetzt interessiert mich, Herr Walker, was Sie dazu zu sagen haben.*

(Bezzola sieht Walker an und gibt ihm ein zustimmendes Handzeichen, was Walker so versteht, dass er Frau Wandfluh antwortet.)

Walker: *Ich habe Bettina Stettler nicht getötet, ich habe sie nicht zerstückelt, ich habe ihre sterblichen Überreste nicht im Forstwald entsorgt, und ich habe auch nicht ihren Wagen ins Parkhaus gefahren.*

Bezzola: *Markus Walkers Aussagen sind plausibel, wenn man davon ausgeht, dass er die Terrassenwohnung verlassen hatte, bevor Bettina Stettler eintraf. Nach seinen Angaben muss jemand anders die Wohnung betreten und Bettina Stettler umgebracht haben.*

Untersuchungsrichterin: *Herr Bezzola, das sind wilde und absurde Gedankengänge. Dann hätte Walker ein Alibi – wo ist dieses? Aber davon gibt es keine Spur. Es erstaunt mich, wie Sie auf solche Ideen kommen. Aber vielleicht sind das nur die üblichen Strategien eines Strafverteidigers, die irgendwann in irrealen Phantasien enden.*

Bezzola: *Offensichtlich habe ich Sie, Frau Untersuchungsrichterin, überrascht. Ich möchte Sie nur daran erinnern, dass es keine Zeugen gibt, die Markus Walker zur Tatzeit in seiner*

Wohnung gesehen haben, dass auf dem Video Markus Walker nicht zu erkennen ist und dass niemand beobachtet hat, wie er im Forstwald Leichenteile abgelagert hat. Daher rate ich Ihnen, Markus Walker umgehend freizulassen. Die Ergebnisse Ihrer Ermittlungen rechtfertigen keine Untersuchungshaft.

Untersuchungsrichterin: *Das sind starke Worte, Herr Bezzola. Allerdings beeindrucken sie mich nicht. Ich werde dem Staatsanwalt empfehlen, Markus Walker ins Untersuchungsgefängnis zu überführen. Die Ermittlungen werden während der Untersuchungshaft fortgesetzt.*

Das Verhör endete um sieben Uhr abends. Eine halbe Stunde später wurde Markus Walker der Beschluss über die Untersuchungshaft durch Staatsanwalt Paul Zimmermann zugestellt.

Gleichzeitig wurden die Medien darüber informiert.

21

Nach dem Verhör mit Paula Wandfluh wurde Markus Walker in eine Einzelzelle für Untersuchungshäftlinge im Bezirksgefängnis Bern überführt.

Wie bei jedem neuen Häftling üblich wurde er unter besondere Überwachung gestellt, um einen Suizid zu verhindern. Schuhbändel, Gürtel, metallische Gegenstände und Ähnliches wurden von ihm ferngehalten.

In regelmäßigen Abständen von dreißig Minuten machte der zuständige Gefängniswärter einen Kontrollgang zur Zelle.

Am Sonntagmorgen um neun Uhr begann Staatsanwalt Zimmermann das Verhör mit Markus Walker. Beide wohnten im selben Viertel und trafen sich daher mehrmals pro Woche. Da sie sich gut kannten, duzten sie sich.

Zimmermann erklärte Walker zu Beginn des Verhörs, dass es sich um eine offizielle Angelegenheit handle. Trotz der Formalität beschlossen sie, weiterhin das informelle Du zu verwenden. Die Befragung fand ohne die Anwesenheit eines Anwalts statt und wurde im gegenseitigen Einverständnis unter vier Augen durchgeführt.

Am Ende des Gesprächs unterzeichnete Markus Walker eine Erklärung, in der er gestand, seine Schwägerin Bettina Stettler getötet zu haben.

Noch vor dem Mittag wurde dieses Geständnis an die Medien weitergeleitet. In den Zwölf-Uhr-dreißig-Nachrichten von Radio DRS wurde die Erklärung verlesen, danach wusste es die ganze Schweiz.

In seiner Erklärung führte Walker an, dass seine Schwägerin Bettina Stettler ihn über einen längeren Zeitraum hinweg wegen eines angeblichen Kunstfehlers in seiner Praxis erpresst habe. Diese Situation habe ihn schließlich dazu gebracht, die Kontrolle zu verlieren. Walker konnte keine Beweise vorlegen. Er behauptete, die Erpressung sei hauptsächlich mündlich abgelaufen. Einige Notizen habe er zwar gehabt, aber die habe er weggeworfen.

Diese Vorwürfe wurden von den Medien in Frage gestellt, da sie nicht mit dem bekannten Charakter von Bettina Stettler übereinzustimmen schienen. Journalisten hatten hierzu Rückmeldungen von Bettinas Freundeskreis eingeholt, die ihre Zweifel äußerten. Walker könnte mit seiner Darstellung auch versucht haben, seine Frau Renate zu schützen, mutmaßten sie. Er könnte vermutet haben, dass sie die Wahrheit über seine Affäre mit Bettina nicht hätte verkraften können. Diese Vermutung wurde Aebersold zufolge vertraulich an Zimmermann weitergegeben.

Das von Markus Walker abgelegte Geständnis erwies sich als vorteilhaft für den Ruf des Staatsanwalts Paul Zimmermann. Angesichts der früheren Verdächtigungen, Zimmermann könnte aufgrund seiner Nähe zu Walker befangen sein, bot Walkers Eingeständnis des Mordes eine willkommene Gelegenheit, derartige Bedenken auszuräumen. Es verstärkte den Eindruck von Zimmermanns fachlicher Kompetenz und seiner Integrität in der Handhabung von Walkers Vergehen. Die Medienberichterstattung thematisierte zwar eine mögliche Freundschaft zwischen Zimmermann und Walker, wertete aber positiv, dass sie das Bild einer vertrauensvollen Beziehung zeichne, die möglicherweise entscheidend für das Zustandekommen des Geständnisses war.

In der folgenden Nacht probierte Walker, trotz strenger Sicherheitsvorkehrungen, sich das Leben zu nehmen, indem er seine Pulsader am rechten Handgelenk mit den Zähnen zu durchtrennen versuchte.

Ein Wärter machte seinen Rundgang an diesem Abend eine Viertelstunde früher als geplant. Dieser unerwartete Zeitpunkt des Kontrollgangs erwies sich als lebensrettend für Walker, da er ohne diese Intervention wahrscheinlich verblutet wäre.

Walker wurde auf die Bewachungsstation des Inselspitals gebracht, wo bei einem kurzen Eingriff die verletzte Schlagader wieder instand gesetzt wurde.

Da all dies in den späten Abendstunden geschehen war, kam es am nächsten Morgen in die Schlagzeilen der Medien. Auch die Fernseh- und Radiosender berichteten ausführlich darüber in ihren Nachrichtensendungen. Das Thema wurde schweizweit zum Tagesgespräch.

Sowohl die Journalisten in ihren Kommentaren als auch die Menschen an den Stammtischen waren sich einig. Walker habe anscheinend keine andere Wahl gehabt, als das Verbrechen zuzugeben. Möglicherweise wollte er mit dem Suizid auch verhindern, dass die anderen Fälle – der Tod von Pedro Gyger, der seiner ersten Frau Klara und der Mordversuch an Eberhard Schläpfer – erneut aufgerollt wurden.

Ein Sturm der Entrüstung brach in den Medien los, der einige Tage anhielt. Der Grundtenor lautete: Gott sei Dank sei Walker gescheitert, sich der Verantwortung zu entziehen. Zusätzlich wurde über die früheren Fälle berichtet. In der breiten Öffentlichkeit wurde er plötzlich als Serienmörder dargestellt.

Die Reaktion der Öffentlichkeit blieb nicht ohne Folgen für den Vollzug der Untersuchungshaft. Die Direktoren der Haftanstalten, in denen Walker einsaß und noch einsitzen würde, ordneten eine strengere Überwachung an.

Aber auch Walker machte seine Rechte geltend. Er ertrage es nicht, als ehemaliger Arzt im Untergeschoss des Inselspitals, wo er auch jahrelang gearbeitet habe, versorgt zu werden. Der Forderung seines Anwalts, ihn in ein anderes Gefängnis zu verlegen, wurde entsprochen.

***

Der Aufenthalt von Walker in der Gefangenenabteilung des Inselspitals dauerte bis Mittwoch, dann sollte er ins Bezirksgefängnis Belp verlegt werden, das Teil des Schlosses des Amtsbezirks Seftigen war. Das eher kleine Dorf Seftigen gab dem Amtsbezirk den Namen und war sein Hauptort.

Vor der Verlegung verlangte Walker noch eine Unterredung mit Gian Bezzola. Dieses Begehren wurde Walker gewährt.

Kurz vor zwölf Uhr mittags besuchte Gian Bezzola Walker in seiner Zelle im Untergeschoss des Inselspitals. Bezzola reichte Walker einen Text, der die Verhältnisse im Bezirksgefängnis Belp beschrieb.

Lieber Markus
Das Schloss Belp wurde in der ersten Hälfte des 17. Jahrhunderts erbaut. Heute, im Mai 1995, ist die Anlage der Sitz der Bezirksverwaltung Seftigen und beherbergt als solche die Büros der Ämter, die Wohnungen des Regierungsstatthalters, des Gerichtspräsidenten und des Polizeiwachtmeisters. Das Gefängnis Belp hat einen schlechten Ruf, nicht zuletzt wegen seines schauderhaften historischen Erbes.

Einen kurzen Fußmarsch vom Schloss entfernt gibt es den »Chefiturm«. Das altalemannische Wort »Chefi« bedeutet im Neuhochdeutschen Gefängnis, abgeleitet von »Käfig«. 1542 wurde der »Chefiturm« im Hoheitsgebiet der Stadtrepublik Bern als Gefängnis erbaut. Heute gehört er zu den sehr wenigen in dieser Form noch erhaltenen Gefängnisbauten im Kanton Bern. Der »Chefiturm«, das wohl markanteste Beispiel seiner Art, hat sich äußerlich seit der Bauzeit nicht verändert. Sogar im Innern ist sein Zustand teilweise erhalten geblieben.

Wer damals in den »Chefiturm« eingeliefert wurde, hatte nichts zu lachen. Daumenschrauben, weiß glühende Eisenstäbe und Peitschen mit Nägeln waren die gängigen Folterinstrumente, um das Recht der ehrwürdigen Republik Bern einzufordern.

Hundert Jahre später wurde das Gefängnis ins Schloss verlegt, ebenfalls in dessen Turm. Die Bauweise entsprach weitgehend dem »Chefiturm«, und dieselben Methoden wurden darin praktiziert.

Der »Chefiturm« blieb bestehen. Er diente bei Andrang von Verurteilten als Außenposten des Gefängnisses. In den letzten Jahrzehnten wurde er von der Schweizer Armee als Arrestlokal gemietet.

Die Folterinstrumente von einst sind zwar heute nicht mehr in Betrieb, doch sonst ist alles beim Alten geblieben. So auch die Größe der Zellen, die nicht einmal zehn Quadratmeter Grundfläche bieten. Sie messen zweieinhalb auf knapp vier Meter. Die Höhe beträgt fünf Meter, und die Wände bestehen aus feuchtem Mörtel. In den vielen Jahrhunderten hat sich dort kein einziger Mensch erhängt, da es keine Widerhaken an den Mauern gibt. An der Decke ist eine Glühbirne angebracht, die den Raum mit blassem Licht notdürftig ausleuchtet. Die Glühbirne ist für einen Selbstmord mit elektrischem Strom völlig ungeeignet, da sie für die inhaftierte Person nicht in Griffweite liegt. Fenster gibt es keine. Dafür gibt es ein Plumpsklo, das einen penetranten Geruch ausströmt. Außerdem steht ein Lavabo zur Verfügung, jedoch nur mit Kaltwasser.

Markus, sei dir bewusst, dass du darin zu hundert Prozent gegen einen Suizid geschützt bist. Dort drin kannst du dich nicht umbringen.

Wenn du diese Art von Haft-Absitzen ablehnst, würde ich beantragen, dass du weiterhin im Inselspital bleiben darfst.

Noch viel Durchhaltevermögen

Gian

Walker entschied sich trotz dieser Bedenken für den Kerker im Schloss Belp des Amts Seftigen anstelle des Inselspitals.

Die Haftbedingungen in Belp erwiesen sich für Walker als weit härter, als er erwartet hatte. In der Zelle wurden ihm wiederum alle Gegenstände abgenommen, die auch nur im Entferntesten eine Selbsttötung ermöglichen könnten.

Etwas war anders als bei den früheren Haftaufenthalten. In Belp wurde das Essen nicht in die Zelle gebracht. Walker wurde in den Esssaal für Häftlinge geführt, dabei wurde er in Fußfesseln und Handschellen gelegt. Letztere wurden ihm erst abgenommen, als er vor dem Teller saß.

Allerdings hatte Walker auch beim Gang in den Essraum keine Probleme. Als er eintrat, kamen zwei Mitgefangene hinzu und halfen ihm stützend bis zu seinem Platz, wo er seine Mahlzeit einnahm.

Das Mahl bestand aus Kohl und ungeschälten Kartoffeln. Am Tisch saßen drei weitere Gefangene. Einer bemerkte, dass es sich um »Schweinekartoffeln« handle.

»Schweinekartoffeln?«, fragte Walker.

Es seien die gleichen Kartoffeln, die auch an Schweine verfüttert würden.

»Ich habe seit Jahren keinen Kohl mehr gegessen«, sagte Walker.

»Hier im Gürbetal spricht man von ›Chabis‹. Das Gürbetal ist als ›Chabisland‹ bekannt. Wir sind mit ›Chabis‹ aufgewachsen. Es ist das Hauptnahrungsmittel der ärmeren Bevölkerung«, erklärte der älteste der drei.

Walker nickte langsam, während er über das nachdachte, was er gerade erfahren hatte. »›Chabis‹ also«, murmelte er und stocherte nachdenklich in dem Kohl auf seinem Teller. »Und diese Kartoffeln«, fuhr er fort, »sind also wirklich dieselben, die man den Tieren gibt?«

Der älteste Gefangene nickte. »Ja, genau die. Aber in Zeiten wie diesen sind wir froh, überhaupt etwas im Magen zu haben.«

Walker sah die ernsten Gesichter seiner Tischgenossen an und erkannte, dass er noch viel zu lernen hatte.

Walker wurde von einem anderen Mitgefangenen angesprochen. »Was haben sie dir angehängt?« Natürlich war Walker irritiert, da er es nicht gewohnt war, von Wildfremden geduzt zu werden. Walker überlegte, und ihm wurde die bittere Wahrheit bewusst. Hier war er definitiv nicht mehr der »Gott in Weiß«. Er stand auf Augenhöhe mit Menschen, die sich auf der untersten Stufe der gesellschaftlichen Hierarchie befanden.

Walker beschloss, sich anzupassen. Ob ihm das gelingen würde? Er wusste es nicht. Im »Turm« von Belp sprach man nicht von »Gefängnis« oder »Knast«, sondern vom »Chefi«. Diese Begriffe erinnerten ihn an Geschichten der Vorfahren. »Wenn du einmal im Turm bist, kannst du nicht mehr tiefer sinken«, sagte ein Mitgefangener. Ein anderer sprach vom »Chefiturm«, der mit Erinnerungen an Folter, Schmerz, Verzweiflung und Erniedrigung verbunden war, wie Walker es aus Gian Bezzolas Bericht kannte. Walker ließ seine Mitgefangenen reden.

Der Wärter, der die Häftlinge während des Essens beobachtete, sah auf die Uhr. »Essenszeit ist vorbei!«, rief er aus. »Bitte abwaschen.« Er holte einen großen Kübel aus dem Schrank und reichte ihn dem Ältesten.

Ratlos sah sich Walker um. Der ältere Mitgefangene wusste, was zu tun war. Er zeigte auf Walker. »Du machst das wohl zum ersten Mal. Leere die Essensreste ins linke Lavabo, spüle alles mit Wasser und lege es ins rechte Lavabo. Der Junge wird es mit Seifenwasser abwaschen, der Mittlere wird es abtrocknen und in den Drahtkorb legen.«

Mit grimmiger Miene beobachtete der Wärter, eine Hand am Schlagstock, das Hantieren der Gefangenen. Plötzlich richtete sich sein Blick auf Walker. »Dem Sepp musst du gehorchen. Er ist sozusagen unser Stammgast. Er war schon oft hier und kann dir nützliche Ratschläge geben.«

Walker musterte den Wärter mit kritischem Blick. »Was hast du gesagt? Ich habe das nicht verstanden.«

Mit wenigen Schritten stand der Wärter jetzt drohend vor Walker. »Du duzt mich? Was fällt dir ein?«

»Du duzt mich ja auch«, entgegnete Walker.

Der Schlagstock sauste auf das rechte Ohr von Walker.

»Noch einmal, dann setze ich mich zur Wehr. Ich werde Beschwerde gegen Sie einreichen. Ein bisschen kenne ich mich schon aus, was die Reglemente des Maßnahmenvollzugs betrifft. Ein Wärter darf einen Gefangenen nicht einfach duzen und schon gar nicht schlagen, es sei denn, er wird angegriffen.«

Der Wärter wich einige Schritte zurück. Einen Moment lang beobachteten die anderen Häftlinge mit offenem Mund die Kontroverse zwischen dem Wärter und Walker. Dann applaudierten sie kräftig.

Da erschienen zwei Wärter. Sie waren mit einer Pistole und einem Schlagstock ausgestattet. Einer der Wärter ergriff den jüngsten Gefangenen, der noch fast ein Junge war, am Arm und führte ihn fort. Walker vermutete, dass er ihn in seine Zelle brachte. Der andere Wärter kehrte zurück und führte den nächsten Gefangenen weg. Dieser Vorgang wiederholte sich noch einmal, und schließlich war Walker allein mit einem Wärter im Saal.

Bald darauf war Walker an der Reihe, er wurde in seine Zelle geführt und hörte, wie der Wärter, ohne ein Wort zu sagen, die Tür schloss und verriegelte. Walker fühlte sich, als wäre er in einer anderen Welt. Leise sagte er zu sich selbst: »Jetzt habe ich den Willen verloren, mich gegen das zu wehren, was mir nun widerfährt.«

Walker saß in der kargen Zelle, umgeben von kalten grauen Wänden, die jegliches Echo seiner Stimme verschluckten. Die Stille war erdrückend, nur gelegentlich unterbrochen durch das ferne Klirren von Schlüsseln oder das dumpfe Geräusch sich schließender Türen. Er fühlte sich isoliert, von der Außenwelt abgeschnitten, und mit jedem vergehenden Moment wuchs sein Gefühl der Resignation. Die Realität seiner Situation begann sich tief in sein Bewusstsein zu graben. Er war gefangen, sowohl physisch durch die eisernen Stäbe, die ihm jede Freiheit raubten, als auch emotional, durch die Last der Einsamkeit und der Ungewissheit, die auf seinen Schultern lastete. In dieser Umgebung, die jede Hoffnung zu ersticken schien, kämpfte Walker mit dem Verlust seines Willens, sich gegen die Umstände zu wehren, die ihn hierhergebracht hatten.

Um acht Uhr abends statteten zwei Beamte der Staatsanwaltschaft Bern, ein Psychiater und ein Jurist, Walker in seiner Zelle im Bezirksgefängnis Belp einen Besuch ab. Während des kurzen Gesprächs erkundigten sie sich nach seinem Befinden.

Walker berichtete von dem Vorfall mit dem Wärter nach dem Abendessen. Der Jurist zeigte sich von Walkers Schilderungen bestürzt. »Das ist inakzeptabel«, äußerte er bestimmt, »es müssen Maßnahmen gegen den Wachmann eingeleitet werden.«

Des Weiteren bemerkte der Jurist ein anderes Problem. »Die Beleuchtung in dieser Zelle ist völlig unzureichend«, stellte er fest. »Der Insasse sollte zumindest in der Lage sein, ein Buch oder eine Zeitung zu lesen, was unter diesen Umständen nicht möglich ist.«

Um neun Uhr verließen die Beamten das Gefängnis in Belp. Um zehn Uhr abends erhielt der Polizeiwachtmeister im Schloss Belp einen Anruf vom Berner Staatsanwalt Paul Zimmermann.

»Ich habe gerade den Bericht über den Untersuchungshäftling Dr. Markus Walker in Händen. Was darin über seine Behandlung im Bezirksgefängnis Belp steht, spottet jeder Beschreibung.«

Der Polizeiwachtmeister atmete hörbar, bevor er antwortete: »Dieser Ganove ist Doktor, was für einer?«

»Ein Dr. med., Gynäkologe in der Stadt Bern.«

»Donnerwetter, dass es so was gibt. Aber wenn einer Arzt ist, heißt das noch lange nicht, dass er mehr Rechte als andere hat.«

»Jeder Gefangene hat Rechte.«

»Über was hat er sich beschwert?«

»Er wurde von einem Wärter mit einem Schlagstock im Gesicht verletzt.«

»Das kann jeder sagen, wo sind die Zeugen?«

»Zeugen braucht es in diesem Fall nicht. Vor einer Stunde wurde Dr. Walker von einem Juristen und einem Psychiater der Staatsanwaltschaft in seiner Zelle besucht. Die Verletzung an der rechten Gesichtshälfte war offensichtlich. Aber das ist noch nicht alles. Unser Augenschein in seiner Zelle hat noch etwas anderes zutage gebracht. Das Licht in der Zelle entspricht nicht den Normen, die für Berner Haftanstalten vorgeschrieben sind. Ändern Sie das bitte unverzüglich.«

»Das eilt nicht.«

»Wachtmeister, Sie überschreiten Ihre Befugnisse. Wir werden morgen Vormittag eine weitere Überprüfung durchführen. Sollten die Mängel bis dahin nicht behoben sein, werde ich den Regierungsstatthalter informieren. Ich wünsche Ihnen eine angenehme Nachtruhe. Auf Wiederhören.«

Der Wachtmeister rief daraufhin die beiden Gefängniswärter

sowie den Hausmeister in sein Büro. Der Hausmeister versicherte, dass die Behebung des Problems keine Schwierigkeiten bereite, da er glücklicherweise eine Ausbildung als Elektriker absolviert habe. Ausgerüstet mit einer verstellbaren Metallleiter, Zangen und Kabeln, begab er sich gemeinsam mit dem Polizeiwachtmeister und den beiden Wärtern zur Zelle von Walker. Zehn Minuten später war die Zelle hell erleuchtet, was es Walker ermöglichte, Zeitungen und Bücher zu lesen.

Der Wachtmeister nickte zufrieden und bedankte sich bei dem Hauswart für seine schnelle und effiziente Arbeit. Er wies die Gefangenenwärter an, zu gewährleisten, dass alle weiteren Zellen ebenfalls ordnungsgemäß überprüft und bei Bedarf instand gesetzt würden. Es war ihm wichtig, dass der Vorfall keine weiteren negativen Konsequenzen nach sich ziehen würde und dass die Anstalt bei der morgigen Kontrolle in bestem Licht dastehen würde. Mit einem letzten Blick auf die nun helle Zelle von Walker verließ er den Trakt, bereit, die notwendigen Berichte für den Regierungsstatthalter vorzubereiten.

In der Nacht von Mittwoch auf Donnerstag erlebte Walker eine gestörte Nachtruhe. In regelmäßigen Abständen von fünfzehn Minuten wurde seine Zelle hell erleuchtet. Die Wärter führten diese Kontrollen durch, um sicherzustellen, dass der Insasse noch am Leben war und keine Vorbereitungen für einen Suizid traf. Diese Maßnahme, obwohl sie für die Sicherheit des Insassen gedacht war, unterbrach wiederholt seinen Schlaf und trug zu einer zunehmenden Belastung seiner psychischen Verfassung bei.

Am Donnerstagmorgen wurde Walker bereits um sechs Uhr geweckt. Man informierte ihn, dass er zur Vernehmung in die Staatsanwaltschaft der Stadt Bern überführt werde und sich dort ab halb acht zur Verfügung halten müsse. Da eine der Bedingungen für diesen Transfer das in Ruhe zu genießende und rechtzeitig vorzubereitende Frühstück sei, war dieser frühe Weckruf unumgänglich.

Walkers Vorschlag, auf das Frühstück zu verzichten und stattdessen eine Stunde länger schlafen zu dürfen, wurde nicht akzeptiert. Er beschränkte sich darauf, lediglich einen Kaffee zu trinken, sodass er nur eine Tasse abwaschen musste.

Um sieben Uhr zwanzig kam eine Streife der Stadtpolizei Bern, um Walker zum Gerichtsgebäude in Bern zu bringen. Die Polizei in Belp war darauf bedacht, den Stadtbernern möglichst viel Arbeit abzunehmen, und hatte den Häftling für den Abtransport in Fesseln gelegt. Der Leiter der Streife ordnete an, diese dem Häftling wieder abzunehmen. Der Staatsanwalt verhöre keine Leute, die ihm in Handschellen und Fußfesseln vorgeführt würden.

Der Staatsanwalt Paul Zimmermann begrüßte Walker mit Vornamen, erkundigte sich nach seinem Befinden, wies ihn aber darauf hin, dass das Verhör nach Reglement durchgeführt werde, was hieß, man habe sich zu siezen.

Beim Verhör, das um acht Uhr begann, war auch Kriminalkommissär Aebersold anwesend. Es war jedoch nicht vorgesehen, dass er sich aktiv daran beteiligen würde. Seine Rolle bestand darin, bei Bedarf Fragen zur polizeilichen Ermittlung zu beantworten.

Der Staatsanwalt erklärte zu Beginn, dass die Befragung den Verlauf der Tat betreffe.

Walker wurde dann gebeten, den Vorfall des frühen Abends des 3. Mai 1995 mit Bettina Stettler zu beschreiben. Er zog ein mit Bleistift beschriebenes A4-Blatt aus seiner Jackentasche.

»Ich habe mir das Wesentliche für diese Aussage letzte Nacht zusammengestellt und aufgeschrieben, um sicherzustellen, dass ich nichts vergesse. Ich werde es jetzt vorlesen.«

Walker räusperte sich und begann: »Es war gegen achtzehn Uhr, als Bettina mit ihrem Hund vor meiner Wohnungstür erschien. Ich hatte sie erwartet. Ich wollte sie umarmen, aber sie riss sich los, spuckte mich an und schrie: ›Du Dreckskerl, lass die Finger von mir!‹ Diese Begrüßung verletzte mich zutiefst. Ich wurde Opfer eines unglücklichen Umstands, ohne den Bettina noch am Leben wäre. In meiner linken Hosentasche befand sich eine Handfeuerwaffe, die ich zuvor in meinem ›Schießraum‹ getestet hatte.«

Zimmermann unterbrach Walker und fragte, was es mit dem Schießraum auf sich habe. Walker antwortete, dass es sich um ein schalldichtes Zimmer mit seiner imposanten Waffensammlung handle, auf die er stolz sei.

Walker zuckte mit den Schultern und fuhr fort: »Reflexartig zog ich meine Waffe aus dem Hosensack und richtete sie auf Bettina. ›Drück doch ab, du Schwein, aber dafür bist du wohl zu feige‹, rief sie. Der Hund stand neben ihr und begann zu knurren. Bettina befahl ihm: ›Los, fass!‹ Mit einem Sprung war der Hund bei mir und biss mich in die Wade.«

Zimmermann sagte: »Stopp. Zeigen Sie mir die Wunde.«

Walker schob das Hosenbein nach oben. Tatsächlich war dort ein Verband.

Als Zimmermann sah, dass Walker begann, ihn aufzubinden, sagte er: »Nicht nötig, ich glaube Ihnen.«

Walker las weiter vor: »Ich erschrak wegen dem Biss und drückte versehentlich ab. Ein Schuss fiel und traf Bettina in den Bauch. Sie kippte nach vorn zu Boden und schrie auf. Sie lebte noch, war also nicht tödlich getroffen. Aber Bauchschüsse können lebensbedrohlich sein, das war mir als Arzt sehr wohl bewusst. Ich war es, der geschossen hatte und jemand schwer verletzt hatte. Nun gab es zwei Möglichkeiten: Erstens, die Ambulanz zu rufen. Auch wenn Bettina überlebte, wäre ich dran. Ich würde meine Zulassung als Arzt verlieren. Zweitens, weiterzuschießen und Bettina ganz zu töten. Wenn es mir gelänge, die Leiche unbemerkt zu entsorgen, hätte ich eine Chance, unbehelligt davonzukommen. Ich zögerte, mich für das eine oder das andere zu entscheiden. Doch Bettina schrie immer lauter. Ich fürchtete, dass meine Nachbarn darauf aufmerksam würden. Dann feuerte ich weiter. Einige Schüsse – ich weiß nicht mehr, wie viele – in den Kopf. Das Geschrei verstummte augenblicklich.«

Walker streckte hilfesuchend die Hände aus. »Ich brauche ein Glas Wasser, sonst kann ich nicht mehr weitererzählen.«

»Ein Glas darf ich Ihnen nicht geben. Aber einen Plastikbecher mit Wasser, ja, das geht«, bot Zimmermann an.

Ein Polizist brachte Walker einen Becher mit Wasser.

»Nun wusste ich, dass ich getötet hatte, ohne es zu wollen, sozusagen aus der Not heraus. Ich reinigte den Gang, auf dem eine Blutlache lag. Dann wickelte ich Bettina in zwei Wolldecken, trug sie ins Badezimmer und kippte sie in die Wanne. Mir war bewusst, dass ich nicht den ganzen Körper in einen Kehrichtsack verstauen konnte. Im Schießraum bewahrte ich eine Sammlung von Dolchen, scharfen Messern und Beilen, Utensilien also, die auch von den alten Eidgenossen im Nahkampf verwendet wurden.«

Zimmermann sagte dazwischen: »Diese Waffen wurden ebenfalls bei der Hausdurchsuchung beschlagnahmt und auf Spuren untersucht.«

»Viel Aufwand um nichts«, bemerkte Walker und sprach weiter: »Ich schnitt oder hackte die Gliedmaßen der Leiche ab, einschließlich des Kopfes.«

»Stopp«, unterbrach Zimmermann abermals den Wortfluss von Walker. »Das, was Sie hier schildern, klingt glaubhaft und passt ziemlich genau zu dem, was wir bei der Hausdurchsuchung gefunden haben. Darüber reden Sie jetzt, als wäre es das Normalste der Welt. Im Forstwald haben wir an gut zehn Stellen die sterblichen Überreste von Bettina Stettler gefunden. Ich kann mich des Eindrucks nicht erwehren, dass Sie an dieser Schlächterei auch Spaß hatten. Warum haben Sie Bettina Stettlers Fleisch in Stücke geschnitten?«

»Ich bin Chirurg, das Operieren war für mich immer mit einem Lustgefühl verbunden.«

»Herr Walker, ich bin entsetzt. Mir läuft es heiß und kalt den Rücken hinunter.«

»Nun ja, Herr Zimmermann, es könnte sein, dass ich nicht normal bin. – Als Nächstes musste ich die Leichenteile in hundertzehn Liter fassende Kehrichtsäcke unterbringen. Glücklicherweise hatte ich eine Zehnerpackung solcher Säcke auf Lager.«

»Stopp«, sagte wiederum der Staatsanwalt. »Hundertzehn-Liter-Kehrichtsäcke? Weshalb brauchen Sie so große Abfallsäcke auf Vorrat? Sie haben einen kleinen Haushalt. Das könnte ein Hinweis darauf sein, dass Sie die Tat nicht im Affekt, sondern geplant ausgeführt haben.«

Walker zuckte nur mit den Schultern. »Ich verteilte die sterblichen Überreste in neun dieser Säcke. Nun war es ein Viertel nach sechs abends. In der Tiefgarage stand noch Bettinas roter Subaru. Er musste sofort entfernt werden. Wo das Fahrzeug hinbringen? Da kam nur das Parkhaus am Bahnhof in Frage. Ich holte den Hund aus der Besenkammer, wo ich ihn eingeschlossen hatte. Er wedelte mich freudig an und schien erleichtert zu sein, dass ich ihm den Biss nicht übel nahm. Ohne Widerstand ließ er sich an die Leine nehmen. Ich setzte eine schwarze Mütze auf, um mein Gesicht zu verdecken, und begab mich mit dem Hund zur Tiefgarage der Siedlung, wobei ich mich ständig umsah. Das schien alles zu klappen. Offensichtlich verließ ich die Lerberstraße unbemerkt. Circa um halb sieben erreichte ich die Einfahrt des Parkhauses am Bahnhof. Dass das Überwachungsvideo vor der Eingangsschranke tatsächlich in Betrieb war, hatte ich nicht angenommen. Es gab schon seit einigen Monaten Diskussionen, diese Überwachung aus Datenschutzgründen zu unterbinden. Dabei ging es lediglich um die Überwachung der Frauenparkplätze. Eigentlich ist diese Überwachung illegal. Meine Verhaftung hätte ohne dieses Video nicht stattgefunden.«

Der Staatsanwalt hob die Hand, um sich bezüglich einer Richtigstellung zu melden.

»Herr Walker, die Frage, ob die Überwachung im Bahnhofparking legal oder illegal ist, stellt sich hier nicht. Die Videosequenz, die Sie bei der Einfahrt zeigt, ist bereits hundertfach verbreitet worden. Sie hätten auch von verschiedenen Personen gesehen werden können. Wie ihre Anwesenheit dort festgehalten wurde, spielt für die Strafverfolgungsbehörden keine Rolle. Es ist eindeutig bewiesen, dass Sie in diesem Fahrzeug saßen. Auch wenn die Aufnahme ziemlich ungenau ist, haben wir nach eingehender Analyse festgestellt, dass nur Sie im roten Subaru waren. Fahren Sie bitte fort.«

»Nachdem ich den Subaru geparkt hatte, begab ich mich mit der Bahn zur Station Wankdorf. In der Nähe kenne ich einen Garagisten, der mir bisweilen Autos vermietet, unbürokratisch und zu jeder Tageszeit. Ich lieh mir für einige Stunden einen unauffälligen Kleinwagen aus und fuhr damit zurück zur Tiefgarage an der Lerberstraße.«

»Wie lautet der Name dieses Autowerkstattbesitzers?«, fragte Zimmermann dazwischen.

Walker schüttelte den Kopf. Diesen Namen wollte er nicht preisgeben.

»Wieder musste ich behutsam vorgehen. Die bereitgelegten Kehrichtsäcke brachte ich – darauf bedacht, nicht gesehen zu werden – in den Mietwagen, den ich auf dem Parkplatz von Frau Aebi abgestellt hatte. Es gelang mir, alle unbeobachtet darin zu deponieren. Danach fuhr ich in den Forstwald und brachte die Säcke diskret in der Nähe der Matzenriedstraße unter. – Gegen zehn Uhr abends, oder vielleicht eine halbe Stunde später, war ich wieder in meiner Wohnung, nachdem ich den Wagen dem Garagisten zurückgebracht hatte. Wichtig war, dass während der ganzen Zeit mein Wagen in der Tiefgarage an der Lerberstraße stand. Nun musste ich noch den Korridor und das Badezimmer von den Blutspuren, die durch die Schüsse und das Zerteilen der Leiche angefallen waren, beseitigen. Obwohl ich mir dafür mindestens zwei Stunden Zeit nahm, war mir klar, dass diese Reinigung einer professionellen Spurensuche nicht standhalten würde. Aber mit einer gerichtlich verordneten Haussuchung rechnete ich damals nicht. – Ich möchte damit einräumen, dass die am 6. Mai bei der Durchsuchung meiner Wohnung entdeckten Spuren keine Zweifel mehr offenließen. Bettina Stettler fand darin am 3. Mai den Tod.«

Staatsanwalt Paul Zimmermann bedankte sich für die Beschreibung. Bemerkenswert sei, dass Markus Walker damit sein am Sonntag abgelegtes Geständnis bestätigt habe. Für seine detaillierte Schilderung des Ablaufs der Tötung gebe es aber keine Zeugen.

»Die Strafzumessung basiert auf Ihren Angaben im Verhör. Strafverfolgungsbehörden und Gericht führen zusätzliche Untersuchungen durch, um die Wahrheit zu ermitteln. Faktoren wie Tatumstände, Motivation, Vorstrafenregister und andere relevante Aspekte beeinflussen die endgültige Entscheidung«, fügte Zimmermann an.

Der Staatsanwalt schloss das Verhör ab, und Walker wurde zurück ins Bezirksgefängnis Belp transportiert.

Anschließend versammelten sich Wachtmeister Leibundgut und Kriminalkommissär Aebersold, der während des Verhörs geschwiegen hatte, in der Gaststätte Kriminaltango in der Gerechtigkeitsgasse. Sie bestellten zwei Tassen Kaffee und setzten sich in eine ruhige Ecke. Während sie auf ihre Bestellung warteten, schilderte Kriminalkommissär Aebersold den Verlauf des Verhörs.

»Ich bin mir zwar sicher, dass Walker der Täter ist, aber ob es zur Mordanklage kommt, steht noch nicht fest. Der Verteidiger könnte erfolgreich auf Totschlag plädieren, da Walker im letzten Verhör recht geschickt Mordabsichten bestritten hat«, sagte er.

Leibundgut nickte nachdenklich. »Ja, es gibt mehrere Ungereimtheiten. Vielleicht sollten wir einige Aspekte noch einmal genauer untersuchen.«

Die beiden diskutierten verschiedene Ansätze und mögliche Zeugen, die sie noch befragen könnten. Als der Kaffee kam, waren sie intensiv in die Planung ihrer nächsten Schritte vertieft.

Leibundgut interpretierte Zimmermanns Schlussbetrachtung als eine Vermeidung direkter Aussagen, indem er sich hinter juristischen Floskeln versteckte, anstatt klar zu sagen, dass Walker versucht habe, sich geschickt als Opfer eines Affekts zu präsentieren, um einer lebenslangen Strafe zu entgehen.

Aebersold ließ diese Interpretation nicht stehen. Er war der

Meinung, dass Zimmermann sich vorsichtig und korrekt ausgedrückt habe. »Paul Zimmermann hat damit indirekt angedeutet, dass Walkers Aussage nicht einfach so akzeptiert werden kann. Es ist sicher, dass auch Walkers Vorgeschichte, die sich möglicherweise als kriminell erweisen könnte, auf den Tisch kommen wird. Konkreter kann ein Staatsanwalt nicht werden. Ich bin zuversichtlich bezüglich des Prozesses gegen Walker.«

»Hoffen wir, dass es tatsächlich zum Prozess kommt. Was vereitelt würde, gelänge Walker der nächste Suizidversuch.«

Aebersolds Gesichtsausdruck wurde ernster. »Diese Gefahr besteht tatsächlich. Sollte der Prozess so ablaufen, wie ich es mir vorstelle, könnte es für einen gewissen Gerichtspräsidenten ungemütlich werden. Walker würde ihm einen großen Gefallen tun, wenn er sich das Leben nähme.«

***

Die Ermordung von Bettina Stettler erregte weitreichendes Interesse. Die öffentliche Meinung hatte sich nun deutlich gegen Walker gewendet, der von den meisten Beobachtern und Kommentatoren als kaltblütiger Mörder angesehen wurde.

Bezzola war detailliert über den Fortgang der Verhöre mit Walker informiert und nahm auch daran teil, ließ jedoch den Angeklagten antworten, ohne einzugreifen. Gleichzeitig nutzte Bezzola jede Gelegenheit, um Walker beratend zur Seite zu stehen.

Bezzola verfügte über ein umfangreiches Netzwerk an Beziehungen und unterhielt intensive Kontakte zu führenden Medienpersönlichkeiten, denen er Informationen aus den Ermittlungen weitergab, was kontrovers diskutiert wurde.

Eine Gegenreaktion ließ nicht lange auf sich warten.

Bezzola wurde nun ebenfalls zum Ziel von Kritik. In einem Kommentar des »Berner Blattes« wurde angeführt, dass auch für Strafverteidiger gewisse Grenzen gälten, welche Bezzola durch das Erzwingen einer Umplatzierung von Walker überschritten habe. Ferner warf das »Berner Blatt« Bezzola vor, im

Konflikt mit Schläpfer Walker verteidigt und sich dafür eingesetzt zu haben, dass seine zeitweilige Angestellte, Christa Graber, nur einen Teil ihres ihr gesetzlich zustehenden Lohns erhielt.

Bezzola wehrte sich gegen diese Anschuldigungen. Er betonte, dass es seine Aufgabe als Anwalt sei, seine Mandanten zu verteidigen. Jeder, selbst jemand, der ein schweres Verbrechen begangen habe, habe das Recht, einen Verteidiger zu beauftragen, der darauf abziele, ihn vor Strafe zu schützen oder die Strafe zu minimieren. Dabei sei es nicht erforderlich, dass der Verteidiger von der Unschuld des Angeklagten überzeugt sei.

Letztlich erwies sich der Druck auf Gian Bezzola als unüberwindbar. Am Freitag gab Fürsprecher Bezzola durch eine Pressemitteilung, die im »Berner Blatt« sowie im Regionaljournal Bern-Freiburg-Wallis von Radio DRS erschien, bekannt, dass er sein Mandat als Strafverteidiger von Markus Walker niederlegen werde. Er begründete diesen Schritt mit der Notwendigkeit, seine berufliche Existenz zu schützen. Das gegen ihn gerichtete Kesseltreiben habe mittlerweile immense Ausmaße erreicht, was aus rechtsstaatlichen Überlegungen bedauerlich sei. Die Verantwortung dafür schrieb er den Medien zu. »Wenn Zeitungen, Illustrierte sowie Radio- und Fernsehstationen in dieser Weise fortfahren, agieren sie als Totengräber unserer Strafverteidiger und degradieren damit unsere Justiz zur Farce«, spekulierte Bezzola.

Auch die Staatsanwälte und Richter des Bezirksgerichts Bern Stadt äußerten ihr Bedauern über Bezzolas Rücktritt und machten die Medien dafür verantwortlich. Eine ähnliche Stellungnahme wurde daraufhin vom Anwaltsverband des Kantons Bern veröffentlicht.

***

Auch in der zweiten und dritten Nacht im Schloss Belp schlief Walker schlecht. Die intensive Überwachung bereitete ihm große Probleme. Alle fünfzehn Minuten wurde seine Zelle für einige Sekunden hell erleuchtet, was einen normalen Schlaf unmöglich machte. Warum konnte der kontrollierende Wärter nicht leise mit einer Handlampe die Zelle betreten und den Häftling diskret anleuchten, um festzustellen, ob er noch lebte?

Der Polizeiwachtmeister entsprach diesem Wunsch nicht. Für ihn war ein Gefängnis kein Vier-Sterne-Hotel. Er argumentierte, dass nicht die Betreiber sich an die Wünsche der Insassen anzupassen hätten, sondern umgekehrt.

Ab Samstag, zehn Uhr abends, begann Walker etwas Neues auszuprobieren: Er fing an zu singen, und sein durchdringender Tenor war kaum zu überhören. Selbst in den benachbarten Wohnungen war sein Gesang deutlich vernehmbar.

Der Polizeiwachtmeister schien davon nicht gestört zu sein. Die Familien des Gerichtspräsidenten und des Regierungsstatthalters hingegen fanden kaum Schlaf, da Walkers Gesang bis spät in die Nacht erklang.

Bereits am nächsten Morgen um halb acht Uhr rief der Regierungsstatthalter des Bezirks Seftigen seinen Kollegen in der Stadt Bern an und beschwerte sich über das Verhalten des Untersuchungshäftlings Markus Walker. Der Kollege in Bern versprach, sich der Angelegenheit anzunehmen und baldmöglichst den Gerichtspräsidenten Tschabold zu kontaktieren. »Allerdings könnte es eine Weile dauern, da der Gerichtspräsident üblicherweise am Sonntagmorgen ausschläft«, klärte ihn der Statthalter auf.

Als der Statthalter von Bern Stadt Gerichtspräsident Tschabold endlich erreichte, teilte ihm dieser mit, dass diese Angelegenheit ihn nichts anginge. Er solle sich an Staatsanwalt Zimmermann wenden, der jedoch nicht ans Telefon ging. Der Statthalter rief daraufhin seinen Kollegen in Belp zurück und informierte ihn darüber, dass Staatsanwalt Paul Zimmermann – zuständig für diesen Fall – ihn am Montagmorgen zurückrufen würde.

Damit waren die Seftiger Spitzenbeamten dazu verurteilt, eine weitere schlaflose Nacht zu verbringen. Walker sang unermüdlich bis zum frühen Montagmorgen weiter und amüsierte sich darüber, wie der sichtbar gestresste Polizeiwachtmeister ihn alle fünfzehn Minuten aufforderte, endlich mit seinem Gesang aufzuhören.

Am Montagmorgen klopfte Tschabold an die Bürotür von Staatsanwalt Zimmermann, die seiner direkt gegenüberlag, trat ein und begann gleich zu reden.

»Paul, es gibt ein Problem mit Walker.«

Zimmermann wusste noch nichts, daher informierte Tschabold ihn über den sonntäglichen Anruf des Regierungsstatthalters.

»Deshalb musst du den Statthalter von Belp anrufen, und stelle das Telefon auf laut.«

Zimmermann tat wie geheißen und hörte sich den Redeschwall des Anrufers an. Dieser Walker müsse sofort wieder ins Bezirksgefängnis Bern überführt werden. Das Gefängnis in Belp sei nicht geeignet für Häftlinge wie Walker. Einem normalen Insassen hätte man eine ordentliche Tracht Prügel verabreicht, dann wäre Ruhe eingekehrt, doch einem Herrn Doktor sei das nicht zuzumuten, auch wenn er sich erwiesenermaßen wie ein Gewalttäter verhalte.

Tschabold gab Zimmermann ein Handzeichen, woraufhin dieser ihm den Hörer übergab.

Das Gespräch dauerte eine Weile an. Schließlich lenkte Tschabold ein und stimmte zu, dass Walker ins Bezirksgefängnis Bern Stadt überführt wurde. Als Dankeschön schlug der Seftiger Statthalter vor, dass seine Polizisten den Untersuchungshäftling von Belp nach Bern bringen würden. Tschabold akzeptierte das Angebot.

Gegen halb neun, als Walker im Streifenwagen von Belp nach Bern überführt wurde, ereignete sich ein unerwarteter Zwischenfall. Der Wagen kollidierte in Wabern mit einem Tram, wodurch ein Waggon in Schieflage geriet. Da Hilfe benötigt wurde, griffen die vier Polizisten sofort ein und halfen dabei, die Passagiere zu befreien. Als die Helfer zum Polizeifahrzeug zurückkehrten, fehlte Walker.

Das kam unerwartet. Er war mit Stoffbändern an einen Sitz gefesselt gewesen. Wie konnte das nur passieren? Daneben lag ein Armeetaschenmesser, das offenbar einem Polizisten während der Fahrt aus der Hosentasche gefallen war. Ein Versehen, das in der Hitze des Gefechts nach dem Unfall geschehen war und irgendwie entschuldbar schien. Aber wie sollten sie dieses Malheur ihrem strengen Chef, dem Wachtmeister, beichten?

Es war dringend erforderlich, den Wachtmeister sofort zu orientieren. Der Leiter der Streife, ein Korporal, informierte seinen Chef über den Polizeifunk.

»Das ist eine Katastrophe!«, schimpfte der Seftiger Wachtmeister im Schloss Belp. »Was seid ihr für Idioten? Jetzt müssen wir sofort reagieren. Habt ihr einen Vorschlag?«

»Vielleicht könnten wir stattdessen die Stadtpolizei Bern benachrichtigen?«, schlug der Korporal vor.

»Das ist alles, was uns noch gefehlt hat. Weißt du, wie die reagieren würden?«, rief der Wachtmeister aus.

»Oder wir könnten den Staatsanwalt oder den Gerichtspräsidenten von Bern Stadt informieren.«

»Das ist keine Option. Sie, Korporal, sind schließlich verantwortlich für dieses Durcheinander. – Kommt bitte zurück, dann werden wir die Situation besprechen.« Ohne auf eine Antwort zu warten, unterbrach der Wachtmeister den Sprechfunk.

Der Korporal beschloss, den Befehl des Wachtmeisters nicht einfach hinzunehmen. Er rief den Kriminalkommissär der Stadt Bern an. Er hastete zur Telefonkabine. Nach zwei Minuten hatte er Aebersold am Draht. Er schilderte ihm, was geschehen war.

Aebersold bedankte sich und bat den Korporal, am Sprechfunk zu bleiben. In einigen Minuten werde er ihm mitteilen, was er veranlasst habe.

Aebersold meldete sich wenig später.

»Folgende Maßnahmen wurden von der Kriminalabteilung der Stadtpolizei Bern ergriffen: Alle Trams und Busse von Wabern in die Stadt werden sofort angehalten. Es ist niemandem gestattet, aus- oder einzusteigen, bis die Waggons von der Polizei durchsucht wurden. Alle Brücken im Stadtgebiet über die Aare werden ab sofort gesperrt, auch für Fußgänger. – Haben Sie noch Fragen?«

Der Korporal sagte: »Ja. Warum werden die Brücken gesperrt?«

»Es betrifft die Monbijou-, Dalmazi-, Kirchenfeld-, Nydegg-, Untertor-, Kornhaus- und Lorrainebrücke. Walker könnte dort über das Brückengeländer in die Aare springen, um sich das Leben zu nehmen.«

»Das dürfte ein logistisches Problem sein. Kommt diese Maßnahme nicht zu spät?«

»Wir hoffen nicht. Das Szenario haben wir zu Übungszwecken bereits mehrmals durchgespielt. Das dauert nur wenige Minuten.«

»Was können wir tun?«

»Auf die nächsten Informationen von uns warten.«

Um ein Viertel vor neun kam für den Korporal die erlösende Meldung aus dem Sprechfunk: »Flüchtender beim südlichen Kopf der Kirchenfeldbrücke gefasst. Alle erlassenen Maßnahmen der Kriminalpolizei werden sofort abgebrochen.«

Der Korporal eilte zur Telefonkabine und wählte Aebersolds Nummer.

»Genial, Herr Kriminalkommissär. Wie ging die Verhaftung eigentlich vor sich?«

»Zuallererst einmal die Frage: Wie ist Walker zur Kirchenfeldbrücke gekommen? Sein erstes Etappenziel war der Schönausteg, der kürzeste Weg von Wabern zum Tierpark. Etwa einen Kilometer entfernt von dem Ort, wo sich die Kollision zwischen der Polizeistreife und dem Tram ereignete. Raschen Schrittes benötigt man dafür nicht mehr als eine Viertelstunde. Danach spazierte Walker seelenruhig über den Tierparkweg, dann die Jubiläums- und Thormannstraße entlang bis zum Gymnasium Kirchenfeld und schließlich geradeaus weiter zum Helvetiaplatz.«

»Warum habt ihr ihn nicht bereits dort festgenommen?«

»Wir hatten Walker kurz vor dem Platz entdeckt, somit war er unter unserer Kontrolle. In oder in der Nähe von Menschenansammlungen sind wir zurückhaltend mit dem Festnehmen von Leuten. In kleinen Ortschaften wie Belp mag das anders sein.«

So klein sei Belp nun auch wieder nicht. Immerhin habe es die Einwohnerzahl einer Kleinstadt, stellte der Korporal richtig. Doch das Vorgehen der Berner Polizei könne er natürlich nachvollziehen. Immerhin habe er ihn, Aebersold, nach der Flucht Walkers angerufen.

»Nach seiner Ankunft fiel Walker die Menschenansammlung vor der Kirchenfeldbrücke auf. Viele Stadtpolizisten standen dort, was für ihn unvorteilhaft war. Die Brücke war gesperrt. Walker bog nach rechts ab und schlenderte die Thunstraße hinauf, immer wieder zurückblickend, um zu sehen, ob sich die Menschentraube auflöste. Lang konnte diese wichtige Verkehrsverbindung nicht blockiert werden, dachte er. Vier Tramzüge warteten bereits. Plötzlich setzten sie sich in Bewegung, auch aus der Gegenrichtung. Die Brücke war wieder freigegeben.«

»Und wie war es mit den Polizisten?«, fragte der Korporal nach.

»Genau. Mehr als die Hälfte der Polizisten waren ohne Uniform, sogenannte ›versteckte‹ Ermittler. Als Walker die Brücke betrat, wurde er von fünf davon umringt und festgenommen. Dies provozierte ihn zu einer zynischen Bemerkung: ›Nach meinem Sprung über die Brücke hätten Sie den Fall Bettina Stettler ad acta legen können.‹«

Der Korporal konnte sich eine Nachbemerkung nicht verkneifen. »Einige Richter wären dankbar gewesen, hätte sich Walker mit einem Sprung über die höchste Brücke Berns aus der Affäre gezogen.«

***

Walker wurde auf Anweisung des Staatsanwaltes Zimmermann nach einer intensiven medizinischen und psychiatrischen Kontrolle im Inselspital wieder ins Bezirksgefängnis Bern überführt.

Unmittelbar darauf wurde er der Untersuchungsrichterin zum Verhör überwiesen.

Sie begrüßte ihn. »Herr Doktor, ich darf Ihnen mitteilen, dass Sie sowohl physisch wie psychisch in guter Verfassung und damit haftfähig sind.«

»Habe ich je etwas anderes behauptet?«, erwiderte Walker.

Paula Wandfluh machte deutlich, dass Selbstmordversuche eine Straftat seien. »Jede Straftat hat die Konsequenz, dass sie einen negativen Einfluss auf das Urteil nach dem Prozess hat.«

Der beim Verhör anwesende Staatsanwalt Zimmermann schüttelte ungläubig den Kopf und verzog verärgert die Lippen.

»Frau Untersuchungsrichterin, halten Sie mich für dumm? Oder halten Sie mich für bescheuert?«

Paula Wandfluh bewegte ihre Hände hin und her und verriet so ihre Unsicherheit. Dann legte sie eine kurze Pause ein, um nachzudenken.

»Das Gericht hat die Aufgabe, Straftaten zu beurteilen. Dazu ist ein überlebender Täter erforderlich. Wir werden deshalb alles tun, damit Sie sich nicht durch Selbstmord einer Untersuchung und Aburteilung entziehen können.«

»Ich sehe das eben anders und werde alles versuchen, damit Ihnen dies misslingt«, sagte Walker mit einem höhnischen Grinsen.

Walkers Blick wanderte durch den Raum, und er fragte: »Wo ist mein Anwalt?«

»Ihr Anwalt hat das Mandat niedergelegt. Deshalb müssen Sie sich ohne Verteidiger dem Verhör unterziehen«, erwiderte Wandfluh.

»Das ist gegen das Recht. Bitte schaffen Sie mir einen Pflichtverteidiger her.«

Daraufhin erhob sich Staatsanwalt Zimmermann. »Herr Walker, Ihr Begehren ist legitim. Das Gericht muss Ihnen einen Anwalt zur Verfügung stellen. Ich schlage vor, das Verhör für zwei Stunden zu unterbrechen, damit wir Ihrem Begehren nachkommen können.«

Paula Wandfluh nickte unbeholfen und warf Zimmermann einen wütenden Blick zu.

Um halb sechs frühabends wurde das Verhör wieder aufgenommen. Der Pflichtverteidiger war ein unerfahrener Advokat, ein erst sechsundzwanzig Jahre alter Jurist, der zwei Monate zuvor sein Anwaltsexamen erfolgreich abgelegt und vor zwei Wochen vom Obergericht in Bern das Fürsprecherpatent erhalten hatte. Es stand ihm nur eine Stunde Zeit zur Verfügung, um sich vorzubereiten.

Es ging um die Haftbedingungen. Es galt, das Ziel zu verfolgen, Walker am Selbstmord zu hindern. Der junge Fürsprecher reservierte eine halbe Stunde für die vierhundert Seiten Ermittlungsunterlagen und die verbleibende Zeit für das Gespräch mit Walker. Die Unterlagen enthielten keine Informationen über die Haftbedingungen. Walker versuchte den Anwalt zu überzeugen, dass die Beweise, die belegen sollten, dass er die Tat begangen habe, fragwürdig seien, da das zur Verhaftung führende Video gar nicht hätte aufgenommen werden dürfen. Ebenfalls habe für die Hausdurchsuchung die rechtliche Grundlage gefehlt.

Im Verhör mit Wandfluh verlangte der Pflichtverteidiger die Aufhebung der Untersuchungshaft mit einer durchaus plausiblen Begründung.

Die Untersuchungsrichterin zerzauste das Plädoyer des Verteidigers und hielt an der Untersuchungshaft fest, ging aber nicht auf die Haftbedingungen ein.

***

Der beisitzende, aber nicht diskussionsberechtigte Kriminalkommissär Aebersold ärgerte sich grün und blau und notierte sich das, was im Verhör fehlte. Aber er wusste, dass er bezüglich der Haftbedingungen keine Stellung nehmen durfte.

Wutentbrannt verließ Aebersold das Gerichtsgebäude und

ging in sein Büro. Von dort rief er Leibundgut an und bat ihn auf ein Gespräch.

»Wenn es uns jetzt, fünf Minuten vor zwölf, nicht gelingt, die Haftbedingungen für Markus Walker festzulegen, sehe ich schwarz. Er wird sich schon diese Nacht das Leben nehmen.«

»Was hast du für einen Vorschlag?«, fragte Leibundgut.

»Wir begeben uns gerade jetzt zum Bezirksgefängnis und verlangen eine Unterredung mit dem Direktor. Ich hoffe, dass das möglich ist, dass er ansprechbar ist. Allerdings steigt sein Alkoholkonsum gegen Abend meist beträchtlich.«

Aebersold rief die direkte Nummer des Direktors an.

»Haben Sie gerade Zeit? Kann ich Sie mit meinem Wachtmeister zusammen aufsuchen?«

»Selbstverständlich, Sie sind immer willkommen bei mir. Das freut mich zu hören.« Allerdings klang die Stimme des Direktors ölig, was wiederum wenig Gutes verhieß.

Zehn Minuten vergingen, bis sie im Büro des Direktors ankamen. Die Umarmung des Direktors bestätigte für Aebersold und Leibundgut seinen Zustand. Die Alkoholfahne war überwältigend.

»Bitte, fangen Sie an, Herr Kriminalkommissär. Ich höre aufmerksam zu.«

Aebersold erklärte kurz die Situation, die sie ins Büro des Direktors geführt hatte.

»Ich verstehe. Doch machen Sie sich keine Sorgen. Ich erinnere mich jetzt. Markus Walker hat bei uns schon mal versucht, sich umzubringen. Unsere schnelle Reaktion hat gereicht, um ihn zurück ins Leben zu bringen.«

»Es hätte aber auch anders kommen können«, gab Aebersold zu bedenken. »Hätte sich Walker selbst erhängt, wäre es zu spät gewesen.«

»Selbst erhängt? Das kann ich mir kaum vorstellen. Wie soll das denn gehen?«

»Es braucht nur einen Haken, etwa zwei Meter über dem Boden, und etwas, um sich daran aufzuhängen, wie eine Schnur oder Ähnliches.«

Der Direktor dachte nach. »Ich kann mich nicht erinnern, dass sich unter meiner Ägide je ein Häftling aufgehängt hat.«

Aebersold runzelte die Stirn. »Walker ist kein gewöhnlicher Häftling. Er ist schlau und einfallsreich. Er dürfte jede Möglichkeit ergreifen, sich ins Jenseits zu befördern.«

»Einverstanden. Ich werde veranlassen, dass der Haken in seinem Zimmer wegkommt. Schuhbändel, Gürtel und andere Gegenstände zum Aufhängen werden ohnehin nicht zugelassen.«

»Aber es gibt Bettzeugs, der Häftling trägt Kleidung. Daraus kann man Stoffbänder herstellen. Walker ist kräftig genug, um das auch ohne Hilfsmittel wie Schere und Messer mit bloßen Händen zu machen.«

Der Direktor nickte. »Aber ohne Haken funktioniert auch das nicht. Ich verspreche Ihnen, dass der Haken entfernt wird, notfalls werde ich es selbst tun.«

Mit einem kurzen Dank und einem Gruß verließ Aebersold das Büro des Direktors.

Auch Staatsanwalt Zimmermann hatte seine Zweifel, was die Sicherheit von Markus Walker im Bezirksgefängnis betraf. Er klopfte an Tschabolds Bürotür. Dieser öffnete und hieß Zimmermann willkommen.

Der Staatsanwalt teilte seine Bedenken mit. Tschabold lächelte und sagte: »Das ist nicht unser Problem. Für die Sicherheit ist die Leitung des Gefängnisses zuständig.«

»Aber Felix, du weißt ja, dass sich die Wärter im Gefängnis kein Bein ausreißen, um die Selbsttötung Walkers zu verhindern.«

Ein Grinsen breitete sich auf Tschabolds Gesicht aus. »Dass Walker sich umbringen möchte, kann ich gut verstehen. Ich würde ihn nicht daran hindern.«

Zimmermann konnte sich nicht zurückhalten und lachte.

»Paul, du hast gut lachen. Aber wenn Walker sich umbringt, bleibt das weit mehr an dir hängen als an mir. Damit diese Sache dir den Schlaf nicht raubt, begebe ich mich jetzt persönlich zum

Gefängnisdirektor. Ich bin überzeugt, eine passende Lösung zu finden.«

Zimmermann bedankte sich und ging.

Tschabold machte sich auf zum Bezirksgefängnis, wo ihn Blaser mit schier unbändiger Freude empfing. »Wie ich dich kenne, Felix, bist du einem guten Schluck nicht abgeneigt.« Blaser schwankte zum Wandschrank hinüber, öffnete ihn unsicher und kam mit einer Flasche Scotch zurück, bevor er sich setzte.

Tschabold amüsierte sich. »Dazu brauchen wir noch zwei Gläser. Arnold, bleib sitzen. Ich hole die Gläser.«

Mit zwei großen Gläsern kam Tschabold zurück. Sich schenkte er nur wenig, Blaser dagegen umso mehr ein. Dann begann Tschabold sein Anliegen beziehungsweise das, was er darunter verstand, vorzubringen.

»Felix, ich schlage vor, wir bringen die Zelle von Walker eigenhändig in Ordnung.« Er blickte auf die Uhr. »Dafür ist gerade der richtige Zeitpunkt. Walker befindet sich derzeit im Speisesaal.«

»Im Speisesaal?«, bemerkte Tschabold lachend.

»In diesem kleinen, heruntergekommenen Gefängnis gibt es keinen Saal, ich sage dem nur so. Da die Zellen fast so dunkel und unwohnlich sind wie die in Belp, wird das Essen bei uns manchmal auch in einem etwas größeren Raum serviert. Wie die Belper verwenden auch wir Stadtberner nur Besteck aus billigem Plastik, das nicht einmal geeignet ist, um Selbstmord zu begehen, sollte ein Häftling auf die Idee kommen, diese Fresswerkzeuge in das persönliche Aufenthaltsverlies zu schmuggeln.«

Blaser zeigte einen leicht beleidigten Ausdruck. »Als Präsident des Gerichts und Politiker könntest du dich bemühen, dafür zu sorgen, dass unser Gefängnis endlich renoviert wird. Doch lasse uns nun zu den anstehenden Aufgaben übergehen. Dort oben im Wandschrank«, Blaser tippte auf die Tür, »befinden sich einige Werkzeuge. Wir benötigen einen Satz Schraubenzieher. Wärst du so nett und holst ihn herunter, dazu eine

Zange und einen Hammer. Gegen Abend verliere ich oft das Gleichgewicht, wenn ich auf den Schemel stehe. Du brauchst ihn ja gar nicht, du bist größer als ich.«

»Gerne«, sagte Tschabold und tat wie ihm geheißen.

Die beiden begaben sich zur Zelle von Walker. Oben an der gut drei Meter hohen westlichen Seitenwand stand ein Fernsehgerät mit einem sehr kurzen Kabel. Tschabold zeigte mit dem Finger darauf. »Könnte Walker sich durch das Fernsehgerät mit elektrischem Strom töten?«

Blaser verneinte. »In unserem Leitungsnetz sind Fehlerstrom-Schutzschalter eingebaut. Wer mit einem mangelhaft isolierten Stromkabel in Verbindung kommt, erhält zwar einen harmlosen Stromschlag, aber danach wird der Stromfluss augenblicklich unterbrochen.«

Blaser sah sich in der Zelle um. »Gegenüber dem Fernseher ist ein großer, massiver Haken, der muss weg.«

»Das schaffen wir aber nur mit einer Leiter«, gab Tschabold zu bedenken.

»Stimmt.« Blaser stöhnte. »Jetzt müssen wir die lange Treppe wieder hinaufsteigen.«

»Lass, Arnold. Ich mache das für dich. Sag mir, wo ich eine finde.«

Blaser gab Tschabold vage Anweisungen, wo sich eine Leiter im Gefängnis befinden könnte. Es brauchte gegen zwanzig Minuten, bis Tschabold fündig wurde.

Tschabold schleppte die Aluminiumleiter in die Zelle und montierte mit dem Schraubenzieher und einer Zange den Haken von der Wand ab.

Als sie die Treppe hinaufstiegen, warf Tschabold einen Blick zurück durch die offene Zellentür und bemerkte die auf dem Tisch liegen gebliebenen Werkzeuge, schwieg jedoch.

Wenig später erschienen Markus Walker und drei Wärter in der Zelle. Einer sah den Haken und die Werkzeuge auf dem Tisch. »Verdammt noch mal, die haben vergessen, den Haken an die Wand zu montieren. Den braucht der Insasse, damit er seine Sachen dort aufhängen kann. Schiebe den Tisch zur Wand, ich hole das gleich nach. In der Zelle gibt es keinen Schrank, sondern nur eine offene Nische, in der der Häftling seine Kleidung ablegen kann.«

Walker setzte eine amüsierte Miene auf und sagte: »Vielen Dank.«

In fünf Minuten war der Haken wieder an der Wand.

Markus Walker lag immer noch leicht grinsend auf seinem schmalen Zellenbett, auch wenn er innerlich schon aufgegeben hatte. Er wusste, groß zu diskutieren wäre sinnlos, und nickte den Wärtern nur resigniert zu. Die Zellenwände waren eiskalt und die Stimmung unterirdisch, doch Walker war fest entschlossen, das Beste aus seiner Lage zu machen.

»Herr Doktor«, begann der offensichtliche Anführer der Wärter, ein älterer Kerl, »im Nachttisch finden Sie die aktuellen Tageszeitungen und außerdem zwei Bibeln – eine Zwingli-Bibel für die Reformierten und eine für die Katholiken.«

Die Wärter wünschten ihm noch eine gute Nacht und zogen sich zurück. Walker lag da, sinnierte über die Bibeln, die bestimmt verstaubt waren. Für die begrenzte Zeit, die ihm noch blieb, erschienen ihm die Bibeln wie ein schlechter Witz. Eine der Tageszeitungen zu lesen, wäre für ihn da schon eine bessere Ablenkung.

Walker entschloss sich schließlich aufzustehen und holte sich das »Berner Blatt«. Er ließ sich auf den Stuhl fallen und breitete die Zeitung auf dem Tisch aus. Auf den ersten beiden Seiten prangte ein Artikel über den Mord an Bettina Stettler. Der erste Teil drehte sich um das Motiv des Täters. Nachdem er den Artikel gelesen hatte, murmelte er: »Was für ein Idiot, der hat echt keine Ahnung.«

Der Artikel auf der zweiten Seite war in seinen Augen auch nicht viel aufschlussreicher. Es ging um seine angeblichen Selbstmordabsichten. Dort stand: »Dr. Walker hat wohl kaum die Absicht, sich umzubringen, sondern zielt auf eine möglichst milde Strafe ab, die er am ehesten bekäme, wenn er von einem Team von Psychiatern und Psychologen als geisteskrank eingestuft würde.«

Danach zog Walker sich wieder auf seine Pritsche zurück.

Es war ruhig in der Zelle, außer wenn die Wärter ab und zu vorbeischauten, um nach dem Rechten zu sehen. Walker war froh, dass sie ihn nicht mit unnötigem Geplapper belästigten. Aber selbst ihre kurzen Besuche gingen ihm auf die Nerven. Er brauchte mindestens zehn ungestörte Minuten, um seinen Plan umzusetzen, und manchmal kamen sie schon nach fünf Minuten zurück, manchmal dauerte es mehr als eine Viertelstunde.

Zum Glück konnte er ihre Schritte im Gang hören, lange bevor sie seine Zellentür erreichten. Er hatte auch herausgefunden, dass, wenn er sich die Decke über den Kopf zog und so tat, als würde er schlafen, die Wärter seltener reinschauten.

Die Stunden zogen sich hin, und die Nacht wurde dunkler, was er an dem kleinen Fenster oben in der Zelle sehen konnte. Als die Kirchenglocke nebenan elfmal läutete, beschloss er, dass es Zeit war zu handeln.

Als ein Wärter kurz nach Mitternacht in der Zelle nachschaute, fand er den leblosen Markus Walker. Aus der Kordel seiner Trainerhose und einem Verband hatte er eine Schlinge gebunden, diese am Haken befestigt und sich dann fallen lassen. Bei seinem Gewicht von über hundertundfünfzehn Kilogramm war das für seine Kehle keine sanfte Angelegenheit.

Ob die Todesursache Genickbruch oder Ersticken war, sah der Wärter nicht auf den ersten Blick. Nachdem er seinen ersten echten Schockmoment in seinem Job überwunden hatte, zögerte er keinen Augenblick, griff zum nächsten Telefon, wählte die Nummer der Ambulanz und erklärte die Lage – ruhig und klar, obwohl sein Herz wie wild klopfte. Dann gleich der nächste Anruf bei der Kriminalpolizei. Alles nach Protokoll, auch wenn seine Hände zitterten. Das Training bei seiner Amtseinführung hatte sich ausgezahlt, er wusste, was zu tun war. Aber innerlich war das eine ganz andere Geschichte. Er wurde sofort vom Dienst befreit, und ein Psychologe vom Care-Team nahm sich seiner an.

***

Da Kriminalkommissär Aebersold ein Auge auf den Fall Bettina Stettler/Markus Walker geworfen hatte, wollte er sofort informiert werden, falls etwas Unvorhergesehenes passieren sollte.

So war er zusammen mit seinem engsten Mitarbeiter, Theophil Leibundgut, innerhalb einer halben Stunde im Bezirksgefängnis. Die Fahnder der Kripo waren schon wenige Minuten nach dem Vorfall vor Ort und sicherten die Spuren.

Gleichzeitig traf auch die Ambulanz ein, begleitet von einem Arzt, der den Tod von Walker feststellte. Nach einer ersten Untersuchung der Leiche war klar, dass Walker durch einen Genickbruch beim Sturz am Seil sofort gestorben war.

Kaum hatte Aebersold das Bezirksgefängnis betreten, spürte er die angespannte Atmosphäre. Überall eilten die Polizisten und Sanitäter herum, machten Fotos, sammelten Beweismaterial und befragten die Wärter, andere Zeugen gab es vorläufig nicht. Leibundgut, immer an seiner Seite, notierte alles akribisch.

»Was haben wir bis jetzt?«, fragte Aebersold einen der vor Ort eingesetzten Fahnder.

»Es sieht nach Suizid aus. Der Insasse hat sich erhängt.«

Aebersold nickte nachdenklich. »Gut, halte mich auf dem Laufenden. Jedes noch so kleine Detail kann wichtig sein.«

Leibundgut und Aebersold zogen sich kurz zurück, um die nächsten Schritte zu besprechen. »Theophil, ich will, dass du dich auf die Hintergründe konzentrierst. Wie konnte der sich erhängen? War also doch ein Haken im Zimmer? Und halte die Augen offen, ich traue der ganzen Sache nicht. Wir wissen auch, welche Personen ein Interesse an Walkers Tod gehabt haben könnten.«

Während Leibundgut sich daranmachte, die möglichen Motive und Verbindungen bei Walkers Selbstmord zu durchleuchten, ging Aebersold zurück zum Tatort. Er musste sich selbst ein Bild machen, die Lage einschätzen, und vielleicht würde ihm etwas auffallen, das anderen entgangen war. Der Tod von Markus Walker war mit Sicherheit nicht nur die Folge einer Unaufmerksamkeit der zuständigen Wärter, da steckte mehr dahinter.

Aebersold wurde von zwei Spurensuchern begleitet. »Sichert mal die Fingerabdrücke am Haken.« In dem Moment bemerkte der Kriminalkommissär einen Schraubenzieher, der etwas versteckt in einer Nische der Zelle lag. »Die Fingerabdrücke am Schraubenzieher dürften noch aussagekräftiger sein. Hat jemand damit den Haken herausgeschraubt und jemand anders ihn wieder hineingeschraubt? Wer das war, werden wir bald herausfinden.«

Inzwischen war auch der Direktionssekretär eingetroffen. Aebersold fragte ihn nach den Fingerabdrücken des gesamten Gefängnispersonals.

»Warum benötigen Sie diese?«

Aebersold legte dem Sekretär die Hand auf die Brust. »Werter Herr, wenn ich sage, dass ich sie brauche, dann sind Sie verpflichtet, sie mir auszuhändigen.«

Nicht einmal fünf Minuten später tauchte der Sekretär mit einer Dokumentenmappe auf.

»Zeigen Sie mir die Seiten mit den Fotos der Fingerabdrücke.«

Er blätterte in der Mappe. »Das sind gegen vierzig Fotos, viel Vergnügen.«

»Ich benötige zunächst mal die Bilder der Abdrücke der Wärter.«

Der Sekretär reichte Aebersold das Blatt. »Kein Problem, das sind lediglich sechs.«

Aebersold verglich die Fotos. »Auf dem Schraubenzieher sehe ich den Abdruck des Wärters Benz Hadorn, schaffen Sie mir diesen Hadorn herbei.«

Der Sekretär sah auf die Uhr. »Jetzt ist es bald ein Uhr früh, ich lehne es ab, einen Bediensteten von uns mitten in der Nacht aus dem Bett zu zerren.«

»Dann unterlassen Sie es, und wir tun es. Geben Sie mir Adresse und Telefonnummer von Hadorn«, erwiderte Aebersold scharf.

Der Sekretär zögerte.

»Wird es bald? Ein Bediensteter des Bezirksgefängnisses

macht sich strafbar, wenn er die Ermittlungen der Polizei behindert.«

Das wirkte, umgehend hatte Aebersold den Ausdruck des Personaldokuments von Benz Hadorn in Händen.

Aebersold rief Hadorn zuerst auf dem Festnetz an, aber er ging nicht ran. Zum Glück war Hadorn einer der wenigen, die schon ein Handy hatten. Als Aebersold ihn darauf anrief, war Hadorn allerdings ziemlich genervt. »Ist es Ihnen entgangen, dass es mitten in der Nacht ist? Es ist zehn Minuten nach eins.«

»Aebersold hier, Kriminalkommissär. Ich muss Ihnen leider eine tragische Nachricht überbringen. Markus Walker hat sich im Bezirksgefängnis erhängt.«

»Und dafür wecken Sie mich? Das hätte doch bis morgen warten können. Außerdem, es ist wohl das Beste, was er noch tun konnte.«

»Das sehe ich anders. Walker war in einen frischen Mord verwickelt und hatte vor über einem Jahr einen Mordversuch begangen, für den er nie belangt wurde. Jetzt, wo er tot ist, kann der Fall nicht weiter untersucht werden. Das ist eine Schande. Das Opfer des Mordversuchs lebt noch und hätte ein Recht auf Entschädigung gehabt, die er jetzt vergessen kann.«

»Und was hat das mit mir zu tun? Warum sollte sein Selbstmord mich betreffen?«

»Ich verlange, dass Sie sich sofort ins Bezirksgefängnis begeben.«

»Ich verstehe immer noch nicht, warum Sie so darauf bestehen, dass ich komme.«

»Gut, Sie haben ein Recht darauf, das zu wissen. Sie waren die Person, die den Haken an die Gefängniswand montierte, an dem sich Walker erhängt hat.«

»Haben Sie Beweise dafür?«

»Ja, die haben wir. Wenn Sie nicht erscheinen, werde ich Sie in Polizeigewahrsam nehmen.«

Bis Hadorn eintraf, wollte Aebersold bei Leibundgut nachhaken, was dieser in der Zwischenzeit herausgefunden hatte. Sie trafen sich im Besprechungszimmer des Gefängnisses.

»Ich habe erfahren, dass Blaser gestern Abend Besuch von Tschabold hatte. Ich habe mit zwei Wärtern gesprochen.«

»Wirklich?«, fragte Aebersold erstaunt. »Und weißt du, was die beiden miteinander ausgeheckt haben?«

»Im Detail nicht. Die Wärter haben mir anvertraut, dass sich Blaser mit Tschabold in Walkers Zelle begeben hat. Später hat man gesehen, wie Tschabold mit einer Leiter die lange Treppe zur Zelle hinuntergestiegen ist.«

»Und war Walker in der Zelle?«

»Nein, er war beim Essen im Speisesaal.«

»Was haben Tschabold und Blaser in der Zelle gemacht?«

»Sie sind mit leeren Händen hinein und mit leeren Händen herausgekommen – abgesehen von der Leiter, die Tschabold mitgebracht und wieder mitgenommen hat.«

»Lassen wir uns überraschen, was Hadorn zu berichten hat.«

Hadorn kam endlich an, und Aebersold nahm ihn gleich in die Mangel. Aebersold erzählte ihm von den Fingerabdrücken auf dem Schraubenzieher. Hadorn erklärte, dass er mit zwei Wärtern Walker in die Zelle gebracht hatte und dabei einen Haken und einen Schraubenzieher auf dem Tisch bemerkte. »Jemand hatte den Haken von der Wand genommen und auf den Tisch gelegt. An der Wand war noch die Stelle zu sehen, wo die Schraube hineingehörte. Wir hatten zwei Möglichkeiten: Entweder wir nehmen den Haken und den Schraubenzieher aus der Zelle, oder wir montieren den Haken wieder an die Wand und nehmen nur den Schraubenzieher mit. Wir entschieden uns für die zweite Variante.«

»Alles klar«, sagte Aebersold. »Sie können nach Hause gehen.«

Leibundgut warf Aebersold einen Blick zu, und der nickte nur.

»Sieht so aus, als hätte Blaser Tschabold gebeten, den Haken abzuschrauben. Dann haben die beiden aber die Zelle verlassen und sowohl Haken als auch Schraubenzieher einfach liegen lassen«, mutmaßte Aebersold.

»Und Tschabold hat das einfach zugelassen?«, wollte Leibundgut wissen.

»Das kann ich mir gut vorstellen. Es war ja nicht Tschabolds Aufgabe, die Sachen wegzuräumen. Man kann ihm da keinen Vorwurf machen«, erklärte Aebersold.

»Dann ist wohl genau das passiert, was Tschabold sich insgeheim erhofft hatte.«

Aebersold stimmte Leibundgut zu. Um wirklich sicherzugehen, müssten sie allerdings noch mit Blaser und Tschabold sprechen, betonte Aebersold. Aber sie könnten die beiden nicht einfach so vorladen, sie müssten bei ihnen nachfragen, wie alles abgelaufen sei.

»Lass uns morgen vor acht zu Tschabold gehen und danach Blaser bei der Arbeit aufsuchen«, schlug Leibundgut vor.

»Gute Idee. Und davor holen wir uns noch fünf, sechs Stunden Schlaf«, sagte Aebersold. »Aber zuerst muss ich etwas erledigen. Ich muss ein Communiqué an die Medien herausgeben.«

Die Kriminalpolizei der Stadt Bern teilt mit:
In der Nacht vom Montag, den 15., auf Dienstag, den 16. Mai 1995, hat sich der Untersuchungshäftling Dr. Markus Walker im Bezirksgefängnis der Stadt Bern durch Erhängen das Leben genommen. Derzeit wird untersucht, wie es zu diesem Suizid kommen konnte. Sobald neue Erkenntnisse vorliegen, wird die Öffentlichkeit informiert.

Um halb acht am Dienstagmorgen klopfte Aebersold zusammen mit Leibundgut an Tschabolds Bürotür im Bezirksgericht Bern.

Tschabold beeilte sich, die Tür zu öffnen. »Was für eine Überraschung, der Kriminalkommissär höchstpersönlich.« Er ignorierte Leibundgut völlig. »Es muss ja etwas Wichtiges sein, dass Sie so früh hier aufkreuzen.«

Aebersold, dem nichts entging, bemerkte sofort, dass Tschabold schon über die Ereignisse der letzten Nacht im Bezirksgefängnis Bescheid wusste – sein Gesichtsausdruck verriet ihn.

»Erzählen Sie doch, was ist denn so Außergewöhnliches passiert?«, fragte Tschabold scheinheilig.

»Markus Walker hat sich erhängt«, erklärte Aebersold.

»Das darf doch nicht wahr sein!« Tschabold tat geschockt.

»Herr Gerichtspräsident, wir sind hier, weil wir wissen möchten, warum Sie gestern Abend Arnold Blaser, den Direktor des Bezirksgefängnisses, besucht haben. Der Mann hier neben mir ist übrigens Theophil Leibundgut, Kriminalwachtmeister und meine rechte Hand.«

»Oh, wie unhöflich von mir, Sie zu übersehen.« Tschabold umarmte Leibundgut und sagte: »Die gute Seele in der Abteilung Leib und Leben.« Dann warf er Aebersold einen schiefen Blick zu. »Herr Kriminalkommissär, Sie klingen fast so, als würden Sie mich verhören wollen.«

»Wenn Sie es so sehen wollen, Herr Gerichtspräsident, dann bitte. Ich bin nun mal dafür da, Verbrechen aufzuklären.«

»Ist Suizid denn ein Verbrechen?«

Aebersold lächelte leicht. »Da scheiden sich die Geister. Es könnte tatsächlich als Verbrechen angesehen werden, besonders wenn jemand damit einer Strafe entgehen will. Was bei Markus Walker sicher der Fall war. Aber darum geht es hier nicht. Uns interessiert, wie es zu seinem Suizid kommen konnte. Wir wissen, er wäre noch am Leben, wenn Wärter Hadorn nicht aus Versehen oder einem Missverständnis der Vorschriften den Haken wieder angebracht hätte. Und wir fragen uns, warum der abmontierte Haken mit dem Schraubenzieher einfach auf dem Tisch liegen gelassen wurde.«

»Was erwarten Sie jetzt von mir? Wissen Sie, wer den Haken abmontiert und liegen gelassen hat?«

»Wir nehmen mal an, das waren Sie.«

»Und wie wollen Sie das beweisen?«

»Endlich kommt die Frage, auf die ich gewartet habe, Herr Gerichtspräsident.«

Aebersold zog einen dünnen Ordner aus seiner schwarzen Ledermappe und fing an, darin zu blättern. Er öffnete eine Seite und reichte sie Tschabold. »Hier, schauen Sie sich die Fotos von den Fingerabdrücken auf dem Schraubenzieher an. Wir haben sie mit Ihren abgeglichen. Einer davon ist eindeutig Ihrer. Ein klarer Beweis. Sie haben die Schraube am Haken der Zellenwand gelöst. Man kann sogar die Drehrichtung erkennen.«

»Brillant. Das ist ja eine tolle Neuigkeit. Ich war es also, der den Haken abmontiert hat. Dass dann irgendein Trottel kam und den Haken wieder an die Wand geklatscht hat, dafür kann ich aber nichts. Vielen Dank, Herr Kommissär.«

Der nächste Besuch auf der Liste galt Arnold Blaser. Aebersold entschied sich wieder für die Überraschungstaktik, genau wie bei Tschabold. Zusammen mit Leibundgut klopfte er an dessen Bürotür.

»Herein«, kam es von drinnen. Blaser war nicht der Typ, der zur Tür sprintete, nur weil es klopfte.

»Wen haben wir denn da? Ich grüße Sie, meine Herren von der Kripo.« Blaser seufzte dann. »Letzte Nacht lief was schief. Tut mir leid. Dass es ausgerechnet Hadorn erwischt hat, wundert mich nicht. Der tut sich schwer mit Entscheidungen, aber wenn er dann mal eine trifft, ist sie meistens daneben.«

»Pech«, sagte Aebersold. »Wie Sie vielleicht wissen, haben wir mit den Ermittlungen angefangen.«

»Und wo führen die hin?«

»Zur Staatsanwaltschaft, aber in diesem Fall auch direkt an die Medien.«

»Ist es nicht riskant, wenn die Kripo Infos zu einem Verbrechen direkt an die Öffentlichkeit gibt?«

»Wir urteilen nicht, wir teilen nur Fakten mit. Was die Medien daraus machen, können wir nicht steuern.«

Blaser machte ein gekränktes Gesicht. »Haben Sie heute schon ins ›Berner Blatt‹ geschaut?«

»Das steht als Nächstes an«, murmelte Aebersold etwas verlegen.

Blaser hastete zu seinem großen Schreibtisch. »Kommen Sie schnell rüber.« Er schlug das »Berner Blatt« auf, und da prangte die Schlagzeile in fetten Buchstaben:

»DER MORDARZT DR. MARKUS WALKER BEGEHT SELBSTMORD IN SEINER GEFÄNGNISZELLE«.

Blaser fing an zu lesen: »Was bisher noch verhindert werden konnte, ist jetzt passiert. Dem Gynäkologen Markus Walker ist es gelungen, sich in seiner hoch gesicherten Zelle im Bezirksgefängnis Bern Stadt zu erhängen. Man muss sich echt fragen, wie die Bewachung dort funktioniert.«

Blaser wurde emotional. »Tschabold hat vor meinen Augen den Haken abgeschraubt –«

Aebersold fiel ihm ins Wort. »Klar, das wissen wir schon.«

»Dann wissen Sie auch, dass Hadorn den Haken wieder angeschraubt hat –«

»Weil Sie den Schraubenzieher und alles in der Zelle liegen gelassen haben.«

»Das können Sie mir vorwerfen. Aber Hadorn hat ihn, ohne zu fragen, wieder drangemacht. Klar, ich bin verantwortlich für ihn. Er hat das nicht aus böser Absicht gemacht, sondern wegen einem Missverständnis, vielleicht auch, weil er nicht der Hellste ist. Ich hatte natürlich erwartet, dass die Sachen, die herumliegen, auch wieder weggeräumt werden.«

»Sind Sie sich bewusst, Herr Blaser, was die Unvorsichtigkeit von Hadorn für Folgen hat?«

»Was ist das für eine Frage, die Sie einem Gefängnisdirektor stellen? Darauf gebe ich keine Antwort. Aber wenn Sie die Sache nicht lassen können, dann steht es Ihnen frei, den Kommandanten der Stadtpolizei oder die zuständige Gemeinderätin zu bitten, ein Verfahren gegen mich einzuleiten.«

Aebersold schüttelte verständnislos den Kopf und sagte: »Es ist besser, wenn wir uns jetzt verabschieden.«

»Lass uns zum Restaurant Kriminaltango gehen«, schlug Aebersold Leibundgut vor, als sie vor dem Gebäude standen. »Ich brauche dringend einen starken Kaffee und einen, nein vielleicht sogar zwei Nussgipfel.«

Während sie ihren Kaffee schlürften, sprachen sie über den Fall Walker. »Es ist noch keine zwölf Stunden her, dass Walker von uns gegangen ist. Wir haben jetzt die Möglichkeit zu handeln, bevor die Staatsanwaltschaft sich einschaltet. Erst morgen Abend, also zwei Tage später, wird sie normalerweise die Ermittlungen an sich ziehen. Was hältst du davon, jetzt ein Communiqué herauszugeben? Wir kennen die wichtigsten Fakten des Falles, der zuständige Staatsanwalt noch nicht.«

Leibundgut war von dem Plan begeistert.

»Wir müssen klar und präzise sein in dem, was wir kommunizieren. Nichts darf schiefgehen«, überlegte Aebersold laut. »Lass uns die Fakten noch einmal durchgehen und dann einen Entwurf verfassen.«

Leibundgut nickte zustimmend. »Genau. Und lass uns auch überlegen, welche Fragen aufkommen könnten und wie wir darauf reagieren. Wir müssen bei der Pressekonferenz, die wir danach kurzfristig anberaumen, sattelfest sein.«

Sie genehmigten sich mehrere Tassen schwarzen Kaffee und setzten den Text auf.

Sie hatten alles schön der Reihe nach aufgeschrieben, was vor, während und nach dem Selbstmord passiert war; wie sie das alles herausgefunden hatten, darauf gingen sie nicht ein. Kein Wort über die Unterhaltungen mit Tschabold, Blaser und Hadorn, obwohl deren Namen im Text auftauchten.

Die Pressemitteilung wurde gegen elf Uhr über die Schweizerische Depeschenagentur an die Medien verschickt, auf Deutsch, Französisch und Italienisch.

Felix Tschabold war total aus dem Häuschen. Der Suizid von Walker war das Topthema in der ganzen Schweiz. Und er, er kam etwas zwiespältig rüber. Dass er und Blaser den Haken in der Gefängniszelle abmontiert hatten, an dem sich Walker später erhängte, wurde so beschrieben, wie es passiert war. Dass die Werkzeuge dann einfach in der Zelle liegen gelassen wurden, wurde ebenfalls erwähnt. Sogar, dass der Wärter Hadorn alles wieder so hergerichtet hatte, wie es vorher gewesen war, wurde erzählt – ohne allerdings zu spekulieren, wie er auf diese Idee gekommen war.

Wie sollte Tschabold auf das Communiqué reagieren? Er

konnte es ja nicht richtigstellen, weil es stimmte. Er entschloss sich zunächst, die Füße stillzuhalten und abzuwarten.

Bereits am frühen Nachmittag kamen die Anfragen von den großen Zeitungen, den Radio- und Fernsehstationen der ganzen Schweiz.

In Tschabolds Team wirkte ein »persönlicher« Mitarbeiter, der politisch und mental auf derselben Linie wie er selbst war. Der »Mediensprecher«, wie ihn Tschabold bezeichnete, war juristisch und journalistisch ausgebildet und nahm die Interviewfragen in Empfang. Er besprach sie mit Tschabold, der sie dann nach der nötigen Bedenkzeit schriftlich festhielt, und die Antworten wurden per Fax weitergeleitet. Die Auskünfte Tschabolds waren nicht spontan, wie es sich die Interviewer gewünscht hätten, doch sie waren professionell und kamen entsprechend gut an.

Er reagierte auf die Frage, warum er den abmontierten Haken und den Schraubenzieher in der Zelle zurückgelassen hatte, mit den Worten: »Es klingt so, als hätte ich diese Sachen absichtlich dort ›vergessen‹. Das ist aber nicht der Fall. Direktor Blaser hat mir gesagt, dass die Wärter, die Walker später in die Zelle brachten – er war zu dem Zeitpunkt beim Abendessen im Speisesaal –, die Sachen natürlich mitnehmen und an ihren Platz bringen würden.«

Alles war perfekt eingefädelt. Arnold Blaser, der Gefängnisdirektor, hatte strikte Anweisungen, keine Medienanfragen zu beantworten.

An diesen Interviews hatte Aebersold wenig Freude. Leibundgut war in Aebersolds Büro, als er das Interview in den Nachrichten von Radio DRS hörte. Alles lief so ab, dass Tschabold sich keine Blöße gab.

Sogar auf den Hinweis, dass er, Tschabold, im Fall Eberhard Schläpfer, worin dieser nur mit Glück lebend davonkam, Walkers Gewalttätigkeiten »heruntergespielt« habe, hatte Tschabold eine plausible Erklärung. Das stimme überhaupt nicht. Schläpfer habe leider sehr spät gegen Walker eine Strafanzeige eingereicht. Wenn jemand Opfer eines gewaltsamen Übergriffs werde und sich bei den Maßnahmen dagegen so viel Zeit lasse, müsse er sich nicht wundern, wenn der Prozesstermin mehr als ein Jahr nach der Tat hinausgeschoben werde.

Doch es sei geplant gewesen, dass der Prozess im Juli oder August beginnen würde. Was sich nun leider erübrige, da der Täter nicht mehr am Leben sei.

»Was sollen wir jetzt noch tun?«, erkundigte sich Leibundgut.

»Wir müssen erst einmal abwarten. Im Laufe dieser Woche ist eine Medienkonferenz geplant, zu der auch die Kriminalpolizei der Stadt Bern eingeladen ist.«

»Das heißt, dass du, Robert, daran teilnimmst?«

»Ja. Und ich werde dort auf einiges hinweisen, über das die Medien bislang noch nicht berichtet haben.«

»Es sei denn, sie hängen dir einen Maulkorb um.«

»Interessante Bemerkung, Theophil. Bevor wir die gemeinsame Medienmitteilung von Justiz und Polizei herausgeben, setzen wir uns zusammen und besprechen, was kommuniziert werden soll. Es gibt einige Tabus, die wir beachten müssen, allen voran die Rücksichtnahme auf die Angehörigen der Opfer.«

»Auf die Angehörigen der Opfer? Ein Opfer wäre ja auch Markus Walker, er ist aber auch Täter.«

»Richtig, und seine Ehefrau, Renate Walker-Wälchli, ist doppelt betroffen. Dass Bettina Stettler, also ihre Schwester, nach unseren Erkenntnissen, die mittlerweile auch der Justiz bekannt sind, eine intime Beziehung mit Markus Walker hatte, darf nur nach Absprache mit dem Staatsanwalt und der Untersuchungsrichterin erwähnt werden. Ich denke nicht, dass Paula Wandfluh und Paul Zimmermann mit einer Weiterverbreitung einverstanden wären. Auch die Eltern von Bettina Stettler, die Wälchlis, und ihr Ehemann Udo Stettler könnten aus nachvollziehbaren Gründen etwas dagegen haben, dass die Affäre öffentlich wird.«

Leibundgut seufzte. »Das verstehe ich, aber was wäre, wenn Walker noch lebte?«

»Das ist genau der Knackpunkt. Dann würden wir die Affäre

zwischen Bettina Stettler und Markus Walker erst mal unter Verschluss halten. Die Ermittler von Polizei und Justiz wären natürlich eingeweiht. Diese Affäre, also die Missstimmung im Verhältnis zwischen Walker und Stettlers Frau, hängt für mich ganz klar mit dem Tatmotiv zusammen. Für den Mörder war das Fremdgehen von Bettina Stettler eine Einladung, sich an sie heranzumachen. Walker betrachtete Bettina als Eigentum. Als sie aber mit ihm brechen wollte, rastete er aus. Das Motiv ist sehr wichtig für die Anklage. Während der Ermittlungen würde nichts davon an die Öffentlichkeit dringen, aber im Prozess käme es dann doch raus.«

Leibundgut biss sich auf die Lippe. »Das heißt, in der jetzigen Situation könnte das Motiv unter Umständen geheim bleiben.«

22

Für Kirsten Tschabold war es hart, als Bettina Stettler und Markus Walker starben. Sie kannte nicht nur Bettina und Markus, sondern auch deren nächste Angehörige wie Renate Walker-Wälchli sowie das Ehepaar Wälchli.

Kirsten fühlte sich verpflichtet, ihnen beizustehen. Und dazu war sie prädestiniert wie keine andere Person, da ihr Mann, Felix Tschabold, Präsident des Gerichts war, das beide Todesfälle untersuchen musste.

Sie schrieb einen Brief.

Liebe Renate, liebe Familie Wälchli
Mit tiefem Bedauern und schwerem Herzen schreibe ich euch in diesen dunklen Stunden. Der plötzliche Verlust von Bettina und Markus hat uns alle tief erschüttert. Ich kann kaum in Worte fassen, wie sehr mein Herz bei euch ist in dieser schmerzhaften Zeit.

Obwohl Worte nur wenig Trost spenden können, möchte ich euch meine Unterstützung und mein tiefstes Mitgefühl ausdrücken. Ich bin für euch da, egal, was ihr braucht – sei es ein offenes Ohr, eine Schulter zum Anlehnen oder praktische Hilfe im Alltag.

In dieser schweren Zeit sind wir mehr als je zuvor eine Gemeinschaft, die zusammenhält. Lasst uns Erinnerungen an Bettina und Markus bewahren und ihnen ein ehrendes Andenken halten.

Mit aller Liebe und tiefstem Mitgefühl
Kirsten Tschabold

Kurz vor Samstagmittag zweieinhalb Wochen später kamen die Tschabolds in der Villa der Walkers in Vauffelin an. Renates Eltern waren schon am Tag zuvor angereist.

Renate und ihre Mutter hatten ein raffiniertes und feines Mittagessen hingezaubert. Als die Tschabolds klingelten, machte Renate die Tür auf und umarmte sie beide herzlich.

»Ich finde euch großartig, ihr seid meine besten Freunde.«

Renate führte sie ins Wohnzimmer, wo Patrick Wälchli bereits auf sie wartete. Er sah deutlich gealtert aus. Felix Tschabold legte ihm die Arme um die Schultern. »Du bist ein zäher Kerl und wirst das alles durchstehen.«

»Danke für deine Zuversicht. Aber es geht weniger um mich als um Yolanda und vor allem um Renate. Sie hat noch den größeren Teil ihres Lebens vor sich.«

»Schon gut, reden wir nach dem Mittagessen darüber, was wir nach den beiden Dramen noch tun können und vielleicht auch müssen.«

»Wir starten jetzt mit dem Zmittag. Denkt dran, wir reden jetzt nicht über Bettina und Markus und deren Tod«, sagte Renate, als sie hereinkam. »Das Leben muss weitergehen. Wir machen das Beste daraus und wollen wieder Spaß haben, dazu gehört auch das Essen. Ich weiß doch, Mama steht auf Rosé und Papa auf Weißwein, und ob das jetzt zum Essen passt oder nicht, ist mir egal.« Sie schenkte allen großzügig ein.

Alle lobten das wunderbare Essen: Braten, Kartoffelstock und verschiedene Salate mit unterschiedlichen Saucen. Gegen zwei Uhr war das Mittagessen mit einem raffinierten Dessert und Kaffee mit Kirsch zu Ende.

Nachdem Patrick und Yolanda sich für ein Nickerchen zurückgezogen hatten, nahmen die anderen ihre Jacken und traten hinaus in die frische Luft. Der Romontberg, bekannt für seinen malerischen Ausblick und die ruhigen Pfade, war der perfekte Ort, um den Kopf freizubekommen und die Beine zu vertreten. Während die Tschabolds und Renate den sanften Hügel hinaufwanderten, plauderten sie über dies und das, genossen die Natur und die gelegentlichen Sonnenstrahlen, die durch die Baumkronen blitzten. Es war eine willkommene Pause, die alle genossen, bevor sie sich wieder den ernsteren Themen des Tages widmen mussten.

Mitten am Nachmittag saßen alle um einen runden Tisch im

großen Wohnzimmer. Sie entschieden, Felix Tschabold zum Sprecher der Runde zu machen.

»Wir sind nicht hier, um Beschlüsse zu fassen, meine Lieben«, begann er. »Wenn wir unterschiedlicher Meinung sind, tauschen wir uns so lange aus, bis wir uns einig sind. Und zu meiner Rolle: Klar, ich werfe mal ein paar Ideen in den Raum. Ihr könnt sie aufgreifen oder versenken – es dreht sich nicht um mich, sondern um euch.« Er war voll in seinem Element.

Tschabold blickte auf seinen Notizblock. »Gerne würde ich mit einem Artikel aus dem ›Bild der Schweiz‹ beginnen, der vor zwei Tagen erschienen ist. Er legte Kopien davon auf den Tisch, damit sich die andern bedienen konnten.

Im Todesfall zu öffnen – Markus
Ein Umschlag mit dieser Aufschrift lag seit mehreren Jahren im Tresor von Walkers Schwiegereltern, Patrick und Yolanda Wälchli, in Faulensee bei Spiez. Das gibt den Untersuchungsbehörden zusätzliche Rätsel auf. Es scheint, dass Walker diesen Umschlag mit unbekanntem Inhalt zwischen dem 1. und 5. Mai aus dem Tresor genommen hat. Dazu hat er seiner Frau Renate den Hausschlüssel ihrer Eltern entwendet. Dies wirft laut Staatsanwalt Zimmermann »wieder ein Licht auf die Frage, ob es sich um eine Affekthandlung oder doch eher um ein geplantes Delikt gehandelt hat«. Walker hatte den Tresorcode von seinen Schwiegereltern unter einem Vorwand am Abend des 2. Mai erfragt – am Vorabend der grausamen Bluttat. Nach der polizeilichen Durchsuchung der Liegenschaft der Wälchlis nach Walkers Verhaftung wurde auch dieser Tresor – im Beisein der Besitzer – genauer angesehen. Nach Angaben von Yolanda Wälchli war dieser Brief plötzlich verschwunden.

Wir, die Redaktion, sind uns nicht sicher, was in dem Couvert war, aber es scheint, dass es etwas mit dem späteren Verbrechen zu tun hat. Und das deutet darauf hin, dass Walker den Mord an Bettina Stettler gründlich geplant hat.

Tschabold warf Renate einen fragenden Blick zu. »Hast du mehr Infos zu dem Vorfall?«

Renate nickte. »Klar, am Sonntag, dem 30. April, war Markus noch bei mir in Vauffelin. Er hat mich gefragt, ob ich ihm die Schlüssel für das Haus meiner Eltern geben könnte, weil er sie in den nächsten Tagen besuchen wollte. Aber er war sich nicht sicher, ob sie zu Hause sein würden. Vielleicht wäre Yolanda gerade einkaufen oder spazieren und Patrick unterwegs von Bern nach Faulensee.«

Tschabold schüttelte den Kopf. »Ist das jetzt wieder eine Erfindung des Journalisten, oder hat er dir den Schlüssel geklaut?«

Renate erklärte, dass es das Erstere war. Typisch für die Schweizer Presse. »Da sehen sie nur Schwarz und Weiß, Böse und Gut.«

Tschabold wollte wissen, ob Markus wirklich bei den Wälchlis war.

Das sei er tatsächlich gewesen. Er habe am 1. Mai um vier Uhr nachmittags in Faulensee geläutet. »Ich habe ihm geöffnet«, sagte Yolanda Wälchli. »Ich habe mich nicht groß dafür interessiert, was er beim Tresor gemacht hat. Er hat hie und da was reingelegt oder rausgenommen. Vielleicht hat er den Brief weggenommen, dann aber durch einen neuen ersetzt. Als Markus wieder gegangen ist, hat jedenfalls ein Couvert mit der genau gleichen Aufschrift dort gelegen. Und bis die Polizei das Haus in Faulensee durchsuchte, hat außer Markus niemand dieses Couvert geöffnet«, hielt Yolanda Wälchli fest. »Als dann ein Fahnder das Couvert unter unseren Augen öffnete, waren lediglich leere Blätter drin.«

»Du hattest auch keine Ahnung, was der Inhalt dieses Briefes war, bevor Markus ihn durch unbeschriebene Seiten ersetzt hat?«, fragte Tschabold bei Renate nach.

»Nein«, dieser Brief sei nie ein Thema gewesen, antwortete sie.

»Also, Tatsache ist, dass die Boulevardpresse aus einem Brief, den niemand außer dem Verfasser kannte, eine Story mit Interpretationen gemacht hat. Daraus zu schließen, dass Walker den

Mord an Bettina Stettler minutiös vorbereitet hat, ist eine gewagte Annahme«, meinte Tschabold.

Er nahm ein weiteres Blatt aus seinem Stoß von Papieren. »Staatsanwalt Paul Zimmermann äußerte sich am letzten Samstag im Regionaljournal von Radio DRS zum Bericht im ›Berner Blatt‹, in dem neue Fakten im Mordfall Bettina Stettler aufgelistet wurden. Darin hatte der Berner Frauenarzt Dr. med. D. B. geschildert, er habe sich vor vier Jahren von Walker ›an Leib und Leben bedroht‹ gefühlt, nachdem er Dr. med. Markus Walker in einem Haftpflichtfall eine ärztliche Fehlleistung nachgewiesen habe. Insbesondere rügte Gynäkologe B. den Umstand, dass er trotz entsprechender Mitteilung an die Polizei von den Berner Untersuchungsbehörden bisher nicht einvernommen worden sei.«

Wieder richtete Tschabold eine Frage an Renate. »Ist dir der Fall Dr. B. bekannt?«

»Eigentlich schon. Markus hat sich in meiner Gegenwart mehrmals über diesen Dr. Brigger geäußert. Mein Eindruck war, dass Brigger Markus beneidete. Er war im selben Krankenhaus Belegarzt.«

»Denkst du noch immer so?«

»Ja, das, was am 3. Mai in unserer Wohnung an der Lerberstraße geschehen ist, hat absolut nichts mit diesem Brigger zu tun. Der Konkurrenzkampf zwischen Gynäkologen ist schon seit Langem verbissen. Man vergönnt einander nicht mal das Zahnweh. Und wenn es einer Patientin nach einem Eingriff schlecht geht, sind es die Missgünstigen, die laut Kunstfehler rufen.«

»Genau, das ist echt ein hartes Pflaster«, meinte Tschabold. »Diese Gynäkologen-Szene kann schon brutal sein. Jeder versucht, den anderen auszustechen, und bei der kleinsten Sache schreien alle gleich nach einem schwerwiegenden ärztlichen Versagen. Manchmal ist es einfach nur Pech oder ein blöder Zufall, aber nein, sofort wird mit dem Finger auf jemanden gezeigt. Echt anstrengend, diese ständigen Schuldzuweisungen.«

Tschabold zitierte weiter: »›Wir mussten andere Prioritäten

setzen‹, sagte dazu Zimmermann dem Regionaljournal. Trotz den Äußerungen des Berufskollegen Dr. B. sei es wenig wahrscheinlich, dass Walker seine Schwägerin umgebracht habe, weil diese ihn wegen des erwähnten Haftpflichtfalls erpresst habe. Wenn jetzt Dr. B. das Gefühl habe, man habe seinem Hinweis zu wenig Beachtung geschenkt, dann tue ihm das leid, erklärte der Staatsanwalt. – Was sagst du zur Antwort von Staatsanwalt Zimmermann, Renate?«

»Zimmermann hatte wohl recht damit.«

Das sei auch seine Meinung, erwiderte Tschabold. Die Staatsanwaltschaft nehme viele Hinweise entgegen. Viele davon seien aber unzureichend oder gar nicht begründet. In solchen Fällen ermittle man nicht. Beim Hinweis von Dr. B. handle es sich nicht einmal um eine Strafanzeige.

»Glaubst du auch, dass Markus Bettina umgebracht hat, weil sie ihn wegen eines vermeintlichen Kunstfehlers erpresst hat?«

»Auf keinen Fall«, antwortete Renate. »Wenn Bettina Markus erpresst hätte, hätte er mir das gesagt. Und ganz ehrlich, Bettina würde so was nie machen. Ich kenne meine Schwester einfach zu gut.«

»Aber Markus hat das als Grund genannt, warum er Bettina umgebracht hat.«

»Das hat er nur behauptet, um von dem wahren Grund abzulenken.«

»Weißt du, was der wahre Grund ist?«

»Nein.«

»Hast du eine Idee, warum das passiert sein könnte?«

Renate bekam feuchte Augen. »Ich muss kurz nachdenken … Ja, ich habe schon eine Vermutung, möchte sie aber gerade nicht aussprechen …«

Tschabold schluckte mehrmals leer. »Ich frage nur, weil in den Zeitungen schon wild spekuliert wird. Eine häufige Theorie ist, dass es etwas mit Sex zwischen Täter und Opfer zu tun haben könnte.«

»Die Justiz hat gesagt, dass das Verfahren gegen den Verdächtigen eingestellt wird, weil Markus sich das Leben genommen hat. Lohnt es sich dann überhaupt noch, über das Motiv nachzudenken?«, fragte Renate.

»Das wird trotzdem noch untersucht«, antwortete Tschabold. »Die Justiz macht das auch. Die haben sogar eine Pressekonferenz für die nächsten Tage geplant, um genau darüber zu sprechen. Ein Verfahren wird nur eingestellt, wenn ziemlich sicher ist, dass es keinen anderen Täter gibt als den, der nicht mehr lebt.«

»Nimmst du an, Felix, dass das Motiv Sex bei der Medienkonferenz der Behörden zur Sprache kommen wird?«, erkundigte sich Patrick Wälchli.

»Die Möglichkeit besteht. Die Frage ist jetzt nur, wie die Behörden darauf reagieren werden. Die Ermittler haben sich selbstverständlich darüber auch Gedanken gemacht und recherchiert. Es ist nicht ausgeschlossen, dass sie diesbezüglich schon zu Erkenntnissen gekommen sind. Da es sich um eine sehr sensible Angelegenheit handelt, könnte es durchaus sein, dass sie ihre Erkenntnisse der Öffentlichkeit, zumindest derzeit, nicht preisgeben.«

»Ja, das klingt plausibel«, sagte Patrick Wälchli. »Bei solchen sensiblen Themen sind die Behörden oft ziemlich vorsichtig, was sie rauslassen und was nicht. Man kann nur hoffen, dass sie im Hintergrund ordentlich am Ball bleiben und alles tun, um die Sache aufzuklären. Aber klar, die Öffentlichkeit wird wahrscheinlich erst mal im Dunkeln tappen. Spannende Sache, mal sehen, was dabei rauskommt.«

Patrick Wälchli wollte von Tschabold wissen, ob sein Einfluss reiche, um zu verhindern, dass alle Erkenntnisse zu den Verbrechen Walkers an die Öffentlichkeit gelangen würden.

»Wir sind hier unter uns. Was ich jetzt sage, bleibt bitte vertraulich. Ich will nicht zum Buhmann werden, nur weil ich auch die Familie des Täters schützen möchte. Die Angehörigen sind auch irgendwie Opfer in der ganzen Geschichte und haben genauso ein Recht auf Hilfe wie alle anderen, denen Unrecht geschieht.«

»Klar, das verstehe ich. Es ist echt eine schwierige Situation, und es ist wichtig, dass auch die nächsten Angehörigen des Täters Unterstützung bekommen. Die stecken ja auch in einer ziemlich miesen Lage und haben das Ganze ja nicht gewollt. Gut, dass du auch an die denkst, Felix«, sagte Patrick Wälchli.

»Ja, genau. Es ist einfach wichtig, dass wir alle Seiten der Geschichte sehen und niemanden vergessen. Jeder braucht Unterstützung in solchen Zeiten, auch wenn es kompliziert wird«, sagte Tschabold.

Er suchte ein weiteres Dokument, was etwas dauerte. Dann fing er an, daraus vorzulesen. Es war ein Zeitungsartikel.

»›Hat Walker allein gehandelt, als er Eberhard Schläpfer mit Glasflaschen attackierte? Warum steht Renate Walker-Wälchli bedingungslos zu ihrem Mann? Warum wird nicht im familiären Umfeld von Markus Walker ermittelt? Stimmen in dieser Richtung wären die logische Folge, wenn die Staatsanwaltschaft sich entscheiden würde, alle Infos aus der Untersuchung im Fall Markus Walker gegen Bettina Stettler freizugeben.‹« Tschabold betonte, dass alles bedenkenlos zu veröffentlichen auch bedeuten würde, Hinweise so zu präsentieren, als wären sie handfeste Beweise.

»Danke, Felix. Ich glaube, jetzt haben wir es kapiert. Es wäre das Letzte, die Gerüchte um eine mögliche Romanze zwischen Bettina und Markus breitzutreten. Unsere Familie hat schon genug durchgemacht, und das würde alles nur schlimmer machen – ganz egal, ob an den Gerüchten was dran ist oder nicht«, sagte Patrick Wälchli. »Außerdem bringt das null für die Aufklärung der Tat. Das füllt nur die Taschen der Medien und bedient die Sensationslust der Leute.«

Tschabold nickte Patrick Wälchli dankbar zu. »Keine Sorge, das lass ich nicht zu.«

Die Anwesenden klatschten begeistert Beifall.

Nun meldete sich Renate wieder. »Vielleicht war ja alles ganz anders. Markus hatte zwar seine Macken, zum Beispiel seine extreme Leidenschaft für Waffen. Ich zitiere mal aus einem Artikel des ›Berner Blattes‹.«

Sie kramte in ihrer Handtasche und zog einen Zeitungsausschnitt hervor. »›... In Walkers Wohnort an der Lerberstraße in Bern wurde ein echtes Waffenarsenal gefunden: fünf Langwaffen und drei Handfeuerwaffen, dazu etwa dreißig Spazierstöcke, Stockdegen und Stockflinten – also Stöcke, die auch als Schusswaffen dienen können. Weitere Waffen, die Walker nachweislich gekauft hatte, sind bis jetzt noch nicht gefunden worden.‹ Ich habe schon lange versucht, Markus von seinem schrägen Hobby abzubringen, aber ohne Erfolg«, seufzte Renate. »Vielleicht wollte er Bettina bei ihrem Besuch am frühen Abend einfach nur seine Waffensammlung zeigen. Dabei ging aus Versehen ein Schuss los, der Bettina traf und sie schwer verletzte. In Panik feuerte Markus dann drei weitere Schüsse ab, um sicherzustellen, dass sie tot war. Danach versuchte er, die Leiche loszuwerden. Er musste sie zerteilen, weil er sie nicht ganz in einen Müllsack bekam. Da er nichts geplant hatte, unterliefen ihm lauter Fehler. Selbst Staatsanwalt Zimmermann bestätigte, dass Markus völlig kopflos gehandelt hatte, was seine schnelle Überführung zur Folge hatte.«

Alle waren baff, Tschabold eingeschlossen. »Das klingt einleuchtend«, sagte er.

»Oh Felix, das ist eine richtig üble Sache für alle Beteiligten. Markus und seine Waffensammlung – das war wohl eine zu gefährliche Kombination. Die Panikreaktion zeigt, wie schnell so etwas aus dem Ruder laufen kann. Kein Wunder, dass der Staatsanwalt da nicht lange fackeln musste, um Markus zu überführen«, bemerkte Renate.

»Daran habe ich zu wenig gedacht«, gestand Tschabold. »Aber wenn es wirklich so passiert wäre, hätte die Untersuchungsrichterin Markus das nicht geglaubt. Von Paula Wandfluh wäre das als Ausrede abgetan worden und hätte Markus nur noch mehr in die Bredouille gebracht. Markus hat es wohl selbst gemerkt – und dann einfach eine Lüge erfunden, um vom wahren Grund abzulenken. Dabei klang er meistens verdammt überzeugend.«

Kirsten Tschabold äußerte sich: »Ich halte Renates Darstellung für echt überzeugend. Wenn das stimmt, was sie sagt, dann war Bettinas Tod nur ein Unfall. Das würde bedeuten, Markus hat keinen Mord begangen.«

Patrick Wälchli stand auf, ging rüber zu Renate und nahm sie in den Arm.

»Ich bin sicher, dass du recht hast.« Die ganze Runde nickte.

Yolanda Wälchli sagte: »Wäre es nicht sinnvoll, Renates Theorie öffentlich zu machen?«

Tschabold riet davon ab. »Das würde nur zu einer öffentlich ausgetragenen Kontroverse führen. Genau das wollen wir vermeiden. Es ist besser, wenn nicht weiter über Bettinas Tod gesprochen wird. Warten wir die Medienkonferenz zu diesem Fall ab. Danach können wir uns vielleicht noch einmal treffen und entscheiden, ob wir noch etwas unternehmen wollen. – Aber das war noch nicht alles, was zu klären ist. Die große Frage ist: Wie geht es mit euch«, er blickte zu Yolanda und Patrick Wälchli, »und vor allem mit Renate weiter?«

Die Wälchlis würden auf jeden Fall dort bleiben, wo sie waren – das stand fest. Patrick Wälchli hatte ohnehin geplant, kürzerzutreten, und das hatte er sich schon vor Monaten vorgenommen. Er hatte eine Krebsdiagnose erhalten und wollte seine letzten Jahre entspannt und stressfrei verbringen. Der Verkauf seiner Firma war in die Wege geleitet, und im Herbst sollte sie dann an den neuen Besitzer übergehen.

»Das klingt nach einer ziemlich turbulenten Zeit für dich, Patrick, oder?«, bemerkte Tschabold. »Erst die Diagnose und dann der Verlust von Bettina. Gut, dass du dich entschieden hast, kürzerzutreten und den Fokus auf dich zu richten. Der Verkauf deiner Firma scheint der einzig richtige Schritt zu sein, um mehr Ruhe in dein Leben zu bringen. Hoffentlich kannst du den Herbst dann wirklich nutzen, um durchzuatmen, und dich über die schönen Dinge freuen, die noch kommen mögen.«

»Ja, du hast recht«, sagte Patrick Wälchli. »Es war wirklich eine Achterbahn der Gefühle. Die Entscheidung, die Firma zu verkaufen, fiel mir nicht leicht. Jetzt freue ich mich darauf, den Herbst zu genießen, vielleicht mehr in der Natur zu sein und einfach mal die Seele baumeln zu lassen. Danke für deine Unterstützung.«

Tschabold bat Renate, zu berichten, was sie nun zu tun gedenke.

»Auch Schicksalsschläge können einen weiterbringen«, erklärte sie. Sie habe ohnehin vorgehabt, ihre berufliche Situation zu verändern. Sie arbeite als Fürsprecherin in einer Anwaltskanzlei und habe sich vor einigen Monaten mit ihrem Arbeitgeber überworfen. In den letzten Wochen habe sie sich in Vauffelin um ihren verletzten Lieblingshund gekümmert und sei nur noch sporadisch an ihrem Arbeitsplatz gewesen. »Ich sorgte mich noch um einige auslaufende Rechtsfälle. Seit Monaten trage ich mich mit dem Gedanken, eine eigene Anwaltskanzlei aufzubauen oder eine bestehende zu übernehmen.«

»Das klingt ja nach einer ziemlich bewegten Zeit auch für dich«, meinte Tschabold. »Zwischen dem Stress bei der Arbeit und der Sorge um deinen Hund hast du wirklich viel um die Ohren gehabt. Aber es scheint, als hättest du trotz allem einen klaren Plan für die Zukunft. Das mit der eigenen Kanzlei hört sich nach einer spannenden Herausforderung an. Hoffentlich kannst du das umsetzen und mit voller Energie durchstarten. Manchmal ist so ein Neuanfang genau das, was man braucht, um wieder richtig Freude am Leben zu haben. Hast du vor, in Bern zu bleiben?«

»Das war ursprünglich meine Idee. Auf meinem Tisch liegt das Angebot eines Fürsprechers, der beabsichtigt, altershalber seine Kanzlei aufzugeben. Nicht in Bern und Umgebung, sondern in Nidau bei Biel. Doch auch Biel liegt im Kanton Bern. Nach dem, was am 3. Mai geschehen ist, habe ich nicht vor, eine Anwaltskanzlei in diesem Kanton zu eröffnen. Ich werde an das andere Ende der Schweiz ziehen und mir dort eine neue Existenz aufbauen.«

Tschabold fragte Renate, ob sie den Umzug und den neuen Job nach dem Tod von Bettina und Markus noch packen würde.

Finanziell mache sie sich keine Sorgen. Ihre Eltern seien nicht nur wohlhabend, sondern richtig reich. Und auch Markus habe ihr keine Schulden hinterlassen, sondern ein ansehnliches Vermögen. »Die Gerüchte der letzten Wochen entsprachen nicht der Wahrheit. Markus war ein sehr erfolgreicher Arzt gewesen. Körperlich fühle ich mich ebenfalls stark genug für den Wohnorts- und Arbeitsplatzwechsel.«

»Renate, du bist also die Alleinerbin von Markus. Du hast auf seinen Nachlass nicht verzichtet, oder liege ich da falsch?«, hakte Tschabold nach.

Renate schüttelte den Kopf. »Natürlich nicht, ich würde doch kein Vermögen in siebenstelliger Höhe ausschlagen.«

»Aber dir ist schon klar, dass da noch offene Forderungen gegen Markus bestehen könnten, oder?«

Renate lachte. »Keine Sorge, ich bin Anwältin. Ich weiß über Markus' Finanzen Bescheid. Dass da noch ein paar kleinere Beträge offen sein könnten, ist mir bewusst. Einiges davon habe ich bereits geklärt.«

Tschabold nickte. »Es gibt da ein paar Namen, die mir einfallen, wie zum Beispiel Christa Graber und Eberhard Schläpfer.«

»Ich bin echt allergisch gegen diese beiden. Christa Graber? Sie hat nicht mal zwei Monate bei uns gearbeitet, hat aber ein überdurchschnittliches Gehalt bekommen, Ferientage kassiert und sich wegen jeder Kleinigkeit krankgemeldet. Nachdem sie gekündigt wurde, ist sie mit ihrem Anwalt vor das Arbeitsgericht gezogen und hat – oh Wunder – auch noch recht bekommen. Das Urteil fiel erst in diesem April, nur wenige Wochen vor Markus' Tod. Markus hat es nicht angefochten, obwohl er es hätte tun können. Schließlich hatte sie sich geweigert, die Praxis zu putzen, obwohl das klar im Arbeitsvertrag stand. Ich glaube, Markus hat die Forderung schon beglichen, wenn nicht, werde ich das natürlich nachholen.«

Renate war aufgelöst und fing an, heftig zu atmen. »Dann war da dieser Eberhard Schläpfer. Seine Frau Johanna wollte, dass ihr ganzes Vermögen und das von ihrem Mann nach beider Tod an Markus geht. Eberhard war anfangs auch dafür. Aber nach Johannas Ableben hat er wohl seine Meinung geändert. Es waren einige zehntausend Franken, die Johanna schon zu Lebzeiten an Markus überwiesen hatte – die genaue Summe weiß ich nicht mehr. Nach ihrem Tod wollte Eberhard das Geld zurückhaben. Das führte zu einem heftigen Streit, bei dem Schläpfer handgreiflich wurde.«

Tschabold kniff die Augen zusammen.

Doch Renate ignorierte Tschabolds Skepsis. »Leider haben die Medien Eberhards Lügengeschichten zum Nennwert genommen. Dann kam es bekanntlich zur Anklage gegen Markus. Nach Markus' Tod hieß es, der Prozess hätte bald stattgefunden. Die Medienleute bedauerten, dass nun Markus nicht mehr verurteilt werden konnte und das Verfahren gegen ihn eingestellt wurde. Doch wir sahen mit großer Zuversicht diesem Prozess entgegen. Ich denke, Markus wäre freigesprochen worden.«

Tschabold sah sich etwas verloren um. Nach einem kurzen Moment fasste er sich ein Herz und tat doch noch seine Meinung kund. »Aktuell wäre es besser, diesen Prozess nicht laufen zu lassen. Ich kann nicht sagen, wie er ausgehen würde. Dass das Ganze mit einem Schuldspruch enden könnte, will ich nicht ausschließen. Da Markus nicht mehr da ist, müsste seine Erbin die Nachforderungen von Schläpfer zahlen. Ganz zu schweigen davon, dass die Medien das Drama vom 3. Mai 1995 ewig breittreten würden, was nicht zu unserem Vorteil wäre.«

»Gut, ich füge mich, lassen wir es dabei«, sagte Renate.

Die anderen atmeten erleichtert auf.

Kirsten schlug vor, zusammen mit Renate ein ausgiebiges Zvieri aufzutischen. Eine Gelegenheit, sich einem anderen Thema zuzuwenden, was allgemein begrüßt wurde.

23

Bei der Medienkonferenz am Mittwoch, den 24. Mai 1995, um zwei Uhr nachmittags im großen Saal des Gerichtsgebäudes waren Staatsanwalt Paul Zimmermann, Untersuchungsrichterin Paula Wandfluh und Kriminalkommissär Robert Aebersold dabei.

Der Andrang der Medien war enorm. Etwa dreißig Journalistinnen und Journalisten nahmen teil.

Die Versammlung wurde von Zimmermann eröffnet. Nach der Begrüßung zitierte er den Anfang des Leitartikels aus dem »Berner Blatt« vom 17. Mai.

»›Motiv weiterhin unklar. Polizei- und Justizbehörden haben gestern erstmals nach dem Selbstmord von Markus Walker über das Tötungsdelikt an Bettina Stettler informiert. Fazit: Obwohl Dr. Markus Walkers Täterschaft zweifelsfrei feststeht, kann über sein Motiv und seine Geistesverfassung während der grausigen Tat nach wie vor nur spekuliert werden.‹ Diese Feststellung gilt leider auch heute noch.«

Zimmermann beschrieb nun ausführlich, teilweise sogar ausschweifend, was die ermittelnden Polizisten, weitgehend unter seiner Aufsicht, herausgefunden hatten. Als er das Wort »Aufsicht« benutzte, gab es einige Zwischenrufe, was dazu führte, dass der Redner erklärte, was er damit meinte. Er sagte, dass die ersten Ermittlungen von der Kriminalpolizei vorgenommen würden. Der Staatsanwalt müsste diese dann auswerten. Danach käme die Untersuchungsrichterin zum Zug, mit den Vernehmungen der verdächtigen Personen. Zimmermann erntete dafür Gelächter.

Schließlich kam Zimmermann auf das Motiv des Täters zu sprechen. Da sei bereits viel geschrieben worden. Eine häufige Variante seien dabei Bettgeschichten zwischen Täter und Opfer gewesen. Ein eigentliches Beziehungsdelikt, so Zimmermann, dürfe indessen ausgeschlossen werden, »schon wahrscheinlicher« sei ein Zusammenhang mit den finanziellen Verhältnissen des Dr. Walker. Hier sei nämlich »ein grandios aufgebautes Kartenhaus« unmittelbar vor dem Zusammenbruch gestanden.

Wieder kam ein Zwischenruf: »Was meinen Sie mit einem ›grandios aufgebauten Kartenhaus‹?«

Zimmermann rief die Störenfriede zur Zurückhaltung auf. Am Schluss seiner Ausführungen könnten Fragen gestellt werden. Er war besorgt wegen der Kontroverse um den Suizid von Walker. Laut Zimmermann wurden genügend Sicherheitsmaßnahmen ergriffen, um einen Selbstmord zu erschweren, aber verhindern könne man einen solchen leider nicht.

Buhrufe wurden laut, sodass Zimmermann seine Erklärungen unterbrechen musste. Das passierte während er redete immer wieder. Allerdings ließ er sich nicht aus der Ruhe bringen und verwies immer wieder auf die nachfolgende Fragerunde.

Dann begann die herbeigesehnte Diskussion, die weit über ein Frage-Antwort-Spiel hinausging.

Sie startete mit einem Beitrag des Star-Journalisten Wolfgang Balzli des »Berner Blattes«. »Nachdem der Beschuldigte kurz nach seiner Festnahme schon einen Suizidversuch unternommen hatte, ist es schwer zu verstehen, wie so etwas dann noch einmal passieren konnte. Leider konnten wir in den letzten Tagen den Ermittlern nicht wirklich auf den Zahn fühlen. ›Nächste Woche ist auch noch früh genug‹, meinte ein Sprecher der Staatsanwaltschaft. Jetzt ist die Woche vorbei, und wir wissen immer noch nicht viel mehr. Diese Art von Informationspolitik ist fast so schwer zu verstehen wie der Suizid selbst. Oft laden die Behörden die Medien zu Pressekonferenzen ein, deren wesentlicher Inhalt locker auf ein A5-Blatt passen würde. Aber bei einem so brisanten Fall scheint man es nicht für nötig zu halten, schnell und klar zu informieren.«

Der Redner hielt inne, weil er wegen des Applauses nicht mehr zu verstehen war, und fuhr, als es wieder ruhiger wurde, weiter.

»Doch das ist noch nicht alles. Mit der bis gestern dauernden Informationssperre der Untersuchungsbehörden ist eine seriöse

Berichterstattung zum Mordfall praktisch unmöglich geworden. Niemand von der Justiz nahm das Wort Informationssperre in den Mund, man verweigerte einfach jegliche Auskunft. Das wäre noch hinnehmbar gewesen, hätte sich auch Staatsanwalt Paul Zimmermann ans selbst verordnete Schweigegebot gehalten; stattdessen hat er dem ›Bild der Schweiz‹ ein Interview gewährt und einem Lokalradio die Namen der Verteidiger des Angeklagten verraten. Dass zudem mehrere Details aus dem Umkreis der Ermittlungsbehörden an die Boulevardpresse durchgesickert sind, zeigt, wie wenig die Untersuchungsorgane das Heft in der Hand halten. Mit ihrem Versteckspiel hat die Justiz der seriösen Berichterstattung keinen Gefallen getan.«

»Haben Sie eine Frage, Herr Balzli?«, hakte Zimmermann nach.

»Da gibt es nichts mehr zu fragen, sondern nur festzustellen.«

Erneut brandete Applaus durch den Saal.

Das bewog Zimmermann, nicht weiter auf Balzlis Votum einzutreten. Nun gab Zimmermann der Vertreterin der privaten Fernsehstation »Bären TV« das Wort. Er bat sie, eine Frage zu stellen und nicht ein langes Statement abzugeben. Es wurde ganz still, denn der Sender war noch keine drei Monate in Betrieb.

»Herr Staatsanwalt, nach Ihren Worten kann über das Motiv des Täters nur spekuliert werden. Kurz danach schließen Sie das Motiv ›Beziehungsdelikt‹ einfach aus. Entweder haben Sie keine Ahnung, was das Motiv von Dr. Walker war, oder Sie verheimlichen uns Erkenntnisse. Was stimmt jetzt?«

Zimmermann hatte offenbar eine solche Frage nicht erwartet. Hilfesuchend blickte er zur Untersuchungsrichterin Wandfluh. Sie nickte und begann gleich zu reden. »Wir haben das Thema ›Beziehungsdelikt‹ ausführlich besprochen. Ich bekam den Auftrag vom Staatsanwalt, zu prüfen, ob eine intime Beziehung zwischen dem Opfer und dem nun auch verstorbenen Täter bestand. Darüber möchte ich aber keine Informationen geben, das gehört ganz und gar nicht an die Öffentlichkeit. Auch wenn es zuträfe, gehen wir mit Sicherheit davon aus, dass dies nicht das Motiv der Tat gewesen ist. Ist Ihre Frage damit beantwortet?«

»Nur zum Teil. Wie können Sie mit Sicherheit ausschließen, dass das Motiv der Tat nicht etwas mit einer möglichen intimen Beziehung zwischen Bettina Stettler und Markus Walker zu tun haben könnte?«

»Ich werde diese Frage nicht beantworten. Die Ermittlungsergebnisse sind vertraulich und nicht für die Öffentlichkeit bestimmt. Sie betreffen nicht nur die Verstorbenen und Täter, sondern auch deren Angehörige. Es ist nicht richtig, die Neugier von Leuten, die nichts mit dem tragischen Ereignis zu tun haben, auf Kosten der Betroffenen zu stillen. Reicht Ihnen diese Erklärung?«, fragte Untersuchungsrichterin Wandfluh mit einem Lächeln.

»Überhaupt nicht«, antwortete die Frau von »Bären TV«.

»Dann tut mir das leid für Sie«, erwiderte Paula Wandfluh etwas spöttisch.

Paul Zimmermann griff das Thema noch mal auf und betonte, dass es berechtigt sei, nach dem Motiv zu fragen. Doch darauf gebe es, außer den wilden Spekulationen gewisser Medien, keine schlüssige Antwort.

Wandfluh, die neben Zimmermann saß, reichte ihm ein Dokument. Er las es sofort, was für etwas Unruhe im Saal sorgte. Dann wandte er sich erneut an die Versammlung. »Walker selbst hat sich in Untersuchungshaft mehrfach als ›nicht mehr normal‹ bezeichnet.« Das sei, meinte Zimmermann, wohl noch die glaubwürdigste Aussage. Doch nach allem, was sich zugetragen habe, sei sie nach dem Suizid belanglos.

Danach kamen einige freundliche, aber nichtssagende Fragen oder Bemerkungen, auf die der Staatsanwalt zuvorkommend und ausschweifend einging.

Dann aber zog eine Wortmeldung aus dem Publikum wieder alle Blicke auf sich. Der Redaktor einer kleinen Lokalzeitung aus dem Schwarzenburgerland wollte wissen, was eigentlich die Rolle der Polizei gewesen sei. Ob sie die Ergebnisse ihrer Spurensuche in einem Bericht an die Staatsanwaltschaft weiterleite und dann nichts mehr zu sagen habe. Das weitere Verfahren gehe ja an die Justiz über. Die Beschuldigten würden von der

Untersuchungsrichterin oder dem Untersuchungsrichter vernommen. Über eine mögliche Anklage müsste dann die Staatsanwaltschaft entscheiden.

Zimmermann sah zu Robert Aebersold hinüber und bat ihn, zu diesem Punkt Stellung zu nehmen.

Die Darstellung des Redaktors über den Ablauf des Verfahrens bei einem Verbrechen dieser Art sei größtenteils korrekt, sagte Aebersold. »Doch es stimmt nicht, dass die Kriminalpolizei, nachdem sie die Ergebnisse der Ermittlungen an die Staatsanwaltschaft weitergegeben hat, nichts mehr zu tun hat. Bei Verbrechen gegen Leib und Leben sind die Ermittlungen auch nach der Übergabe an die Justiz nicht abgeschlossen. In der Regel gibt es mehr als ein Verhör, oft sogar zehn oder mehr. Vor jedem Verhör fragen die Untersuchungsrichterin oder der Untersuchungsrichter sowie die Staatsanwaltschaft bei der Polizei zum aktuellen Stand der Ermittlungen nach. Natürlich fällt das Gericht das Urteil, und die Polizei hat auf den Prozess keinen Einfluss mehr.« Er möchte nicht verhehlen, sagte Aebersold weiter, dass er als Kriminalkommissär nicht über jeden gefällten Richterspruch glücklich sei. Es liege jedoch nicht in der Kompetenz eines Kriminalpolizisten, gegen den Beschluss des Gerichts zu rekurrieren oder sich darüber zu beschweren. »Das sind Grundsätze des Rechtsstaates, die man bei der Polizei zu respektieren hat.«

Robert Aebersold schlug mit den Knöcheln auf den Tisch. »Da der Täter sich selbst gerichtet hat, kann in diesem Fall kein Urteil gefällt werden. Aber es steht mir frei, zu sagen, was ich von Dr. Markus Walker halte. Es muss bei der Tat ein ungeheures Maß an krimineller Energie freigesetzt worden sein, die in der jüngeren Verbrechensgeschichte des Kantons Bern einzigartig dasteht. Sie dürfte auch die des Kühltruhenmordes von 1985 in Kehrsatz übertreffen.«

Es meldete sich eine Reporterin einer Emmentaler Zeitung. Der Mord an Bettina Stettler habe die lokale Bevölkerung aufgewühlt, und der Suizid von Markus Walker sei dann der Tropfen gewesen, der das Fass zum Überlaufen brachte. »Anscheinend gibt es in der Berner Justiz einige Kreise, die keinen Prozess gegen Walker wollten. Leider haben diese Leute ihr Ziel erreicht, was unserem Rechtssystem echt geschadet hat.«

Untersuchungsrichterin Wandfluh äußerte sich. Überall höre und lese man jetzt, dass die Gefängniswärter schlampig gearbeitet hätten, was dazu geführt habe, dass Markus Walker nicht mehr am Leben sei. Das sei leicht gesagt, aber es entspreche nicht der Wahrheit »Ich meine, wenn jemand wirklich entschlossen ist, sich das Leben zu nehmen, kann ihn letztlich niemand daran hindern. Früher oder später findet die Person einen Weg, besonders wenn sie so intelligent und einfallsreich ist, wie Dr. Walker es war. Keiner hätte gedacht, dass er bei der ersten Möglichkeit versuchen würde, sich die Pulsadern aufzubeißen. Vielleicht hätte man den zweiten, erfolgreichen Versuch verhindern können, aber den dritten oder vierten wahrscheinlich nicht. Walker hätte sich auch mit einem Fernsehkabel erhängen können. In Schweizer Gefängnissen ist es normal, einen Fernseher in der Zelle zu haben. Es wäre nicht toleriert worden, ihm den wegzunehmen.«

Ein Journalist aus Freiburg i. Ue. brachte den Verdacht zur Sprache, der schon in vielen Medien kursierte: Markus Walker könnte noch zwei weitere Morde begangen haben, einen an seiner ersten Frau Klara 1989 und einen an seinem Rivalen Dr. Pedro Gyger 1980.

Staatsanwalt Zimmermann war darüber nicht begeistert. »Schon wieder. Es ist ja in Ordnung, in der Berner Kriminalgeschichte herumzustöbern, aber oft führt das zu keinem Ergebnis. Der Fall Dr. Gyger ist jetzt schon fünfzehn Jahre alt. Zeugen nach so langer Zeit zu befragen, bringt meistens keine zuverlässigen Erkenntnisse mehr. Ein paar Journalisten behaupten jetzt stur, die Polizei habe damals nicht richtig ermittelt. Im Nachhinein ist das leicht zu sagen, aber es stimmt so nicht. Es gibt Protokolle dazu im Archiv der Stadtpolizei. Ich habe sie mir selbst angeschaut. Klar, vielleicht hätte man noch gründlicher sein können. Aber in den vorhandenen Unterlagen findet man echt keine Anhaltspunkte, dass Dr. Walker etwas damit zu tun hatte.«

Zimmermann dachte kurz nach. »Ach ja, da war noch der mysteriöse Tod von Walkers erster Frau Klara. Auch dazu gibt es nichts Neues. Und falls doch, müsste man sich an die Kantonspolizei Bern im Bezirk Courtelary wenden.«

Dann bat der Staatsanwalt darum, die beiden ungeklärten Fälle von Pedro Gyger und Klara Walker nicht mehr zu erwähnen. Einen Prozess könne es sowieso nicht mehr geben, da der mutmaßliche Täter verstorben sei.

Nur eine Hand war noch oben.

Zimmermann war erleichtert und forderte die Person auf: »Legen Sie los, zum Schlussvotum.«

Der Sprecher vom Radio Oberland entgegnete, dass er noch lange nicht fertig sei. Ihm mache es Sorgen, dass schwere Verbrechen einfach ignoriert würden, nur weil der Täter schon tot sei. Es gäbe immer noch Leute, die darunter litten. Diese Menschen hätten das Recht, genau zu wissen, was passiert sei. Er wundere sich, warum diese Konferenz überhaupt stattfände.

Zimmermann erwiderte, viele Leute hätten Bedenken, aber die Gesetze seien demokratisch entstanden. Wenn man damit nicht zufrieden sei, müssten eben die Gesetze geändert werden. »Für das Gericht zählen die aktuellen Gesetze, nicht, was die Leute gerade denken.« Bei der Pressekonferenz sei es darum gegangen, die Bevölkerung auf den neuesten Stand zu bringen, »also wie es nach dem Selbstmord aussieht.«

Dann schloss er die Konferenz.

24

Robert Aebersold und Theophil Leibundgut trafen sich im Kellerrestaurant Kriminaltango an der Gerechtigkeitsgasse. Da schüttete Leibundgut so richtig sein Herz aus.

Er war auch bei der Pressekonferenz dabei gewesen. Er durfte als einer der wenigen ohne Presseausweis teilnehmen. Da er alles mitverfolgt hatte, konnte er sich seine eigenen Gedanken darüber machen. Was er akzeptieren musste, war, dass nach dem Suizid von Walker kein Delikt, das dieser allein begangen hatte, weiter untersucht werden konnte. Sollte allerdings herauskommen, dass Walker bei seinen Untaten Helferinnen oder Helfer beistanden, galt diese Regel nur bedingt. Das hieße, dass auch Walkers Rolle weiter untersucht werden dürfte.

Ende Mai trafen die beiden sich erneut im Kriminaltango. Immer wenn sie über ihre Kriminalfälle sprachen, sahen sie sich vorsichtig um. Sie saßen in ihrer Stammecke und hatten alle Gäste im Blick. So konnte sie keiner unbemerkt belauschen.

Wachtmeister Leibundgut konnte es nicht fassen, dass die drei Fälle – ein Verschwinden, ein Todesfall und ein Mordversuch – einfach ad acta gelegt wurden. Kurz vor seiner Pensionierung kam ihm eine Idee: Könnte er die Fälle heimlich noch mal aufrollen? Als Kriminaler hatte er die besten Voraussetzungen. Klar, er musste das Amtsgeheimnis wahren, aber Schreiben konnte ihm keiner verbieten. Bevor er damit an die Öffentlichkeit ging, wollte er das Ganze mit Aebersold besprechen, seinem cleveren Kollegen.

Die drei Monate, die Leibundgut noch in seinem Job blieben, wurden durch einen Monat Urlaub unterbrochen. Aebersold schlug vor, dass Leibundgut diese sechs Wochen vor seiner Pensionierung nehmen sollte. Niemand würde ihm einen Vorwurf machen, wenn er während seines Urlaubs teilweise im Büro wäre. Diese Zeit könnte er nutzen, um Akten zu studieren. In diesem Zusammenhang könnte er Akten kopieren oder fotografieren. Es sei auch erlaubt, Kopien oder sogar die Originale mit nach Hause zu nehmen.

»Aber was passiert mit den Papieren und Bildern, die ich mit nach Hause genommen habe, wenn ich in den Ruhestand gehe?«, wollte Leibundgut wissen.

»Streng genommen müsstest du alle Unterlagen, die sich nicht in deinem Büro befinden, mir abgeben. Das ist eigentlich kein Problem, da du ohnehin alle Sachen, die du nach Hause mitnimmst, registrieren musst. Hast du das auch immer getan?«, fragte Aebersold mit einem schlitzohrigen Lächeln.

»Ich habe mich, wenn ich es sinnvoll fand, immer an die Vorschriften gehalten.«

Aebersold lachte. »So kann man das auch beantworten.« Er fuhr fort: »Und denk dran, dass du mir alles vor deinem Stellenende noch abgeben musst.«

»Und wer prüft das nach?«

»Meistens kontrolliert das keiner. Aber wenn du Dokumente einfach in den Müll oder ins Altpapier wirfst und jemand sieht das, könntest du echt Ärger kriegen.«

»Alles klar, Robert. Ich versichere dir, dass ich mir keine Probleme aufhalse.«

Aebersold klopfte Leibundgut freundschaftlich auf die Schulter. »Mach einfach, was du nicht lassen kannst.«

Die letzten Ferien in seinem Job bei der Kriminalpolizei der Stadt Bern waren für Leibundgut so arbeitsintensiv wie selten zuvor.

Er recherchierte im Archiv der Kripo und machte Menschen ausfindig, die 1980 mit Pedro Gyger und seinem Umfeld zu tun hatten, die Augenzeugen des mysteriösen Brandes von Walkers Ferienhaus am Romontberg 1989 waren und Umgang mit dem Opfer Klara, der ersten Frau von Markus Walker, pflegten. Er führte auch intensive Gespräche mit Eberhard Schläpfer, der im Januar 1994 durch eine Gewaltorgie Walkers beinahe ums Leben gekommen wäre. Leibundgut war seinerzeit auch an den Ermittlungen in diesem Fall beteiligt und hatte dieses Verbrechen noch gut in Erinnerung. Die meisten Personen im Umfeld von Schläpfer und Walker kannte er persönlich. Trotzdem hatte er den Eindruck, er wüsste noch längst nicht alles über diese Tat.

Leibundgut erinnerte sich plötzlich an den eigenartigen Jungen, Melchior, der zu jener Zeit etwa zehn Jahre alt gewesen war. Heute würde er ein junger Erwachsener sein. Mit etwas Glück könnte er ihn schnell ausfindig machen, vorausgesetzt, seine Mutter wohnte noch am selben Ort. Sollte dies nicht der Fall sein, müsste er seine Suche ausweiten. In den Archivunterlagen fand er den Nachnamen der Mutter; sie wurde damals als Bratschi Katharina geführt.

Sie war 1994 verstorben. Daraufhin begann Leibundgut eine ausgedehnte Suche, wie er es sich gewohnt war. Schließlich entdeckte er die Adresse, die zu einem Studentenheim im Berner Quartier Bethlehem führte. Er machte sich auf den kurzen Weg dorthin. Wie angenehm musste es sein, ohne zeitlichen Druck zu recherchieren, wenn man seinen eigenen Zeitplan bestimmen konnte, dachte er beim Gehen.

Er machte in einem Gasthaus halt, um sich einen Milchkaffee und einen Nussgipfel zu gönnen. Währenddessen dachte er über den Jungen von einst nach. Der junge Mann musste trotz seiner geistigen Einschränkungen außerordentlich intelligent sein, zu diesem Schluss war er nach der Lektüre des Berichts über dessen Aussagen gelangt. Offensichtlich war Melchior Autist, und es ist bekannt, dass einige Autisten hochbegabt sind, eine Erkenntnis, die Leibundgut einfiel. Diese Personen verfügen häufig über ein erstaunliches Gedächtnis und herausragende mathematische Fähigkeiten.

Er fand das Studentenheim schnell. Die Wohnung von Melchior befand sich in einem Hochhaus, das entfernt an einen Plattenbau erinnerte.

Nachdem das Läuten verklungen war, dauerte es einige Momente, bis Melchior Bratschi erschien. Er war sichtlich verschlafen, hieß jedoch Leibundgut sehr herzlich willkommen. Er entschuldigte sich dafür, dass er seinen Besucher momentan nicht in sein Zimmer bitten könne, da dort ein heilloses Durcheinander herrsche. Er habe bis spät in die Nacht für eine Prüfung gelernt, die er übermorgen ablegen müsse. »Aber bitte warten Sie einen Augenblick. In zehn Minuten bin ich so weit, dass wir uns in der Mensa im Erdgeschoss treffen können.«

Leibundgut bemerkte, dass ihm das sehr gelegen komme.

Leibundgut, ein Kriminalpolizist mit ausgeprägter Menschenkenntnis, war von Bratschis Auftreten nicht überrascht. Er entsprach genau dem Bild, das er sich von ihm gemacht hatte.

Was er denn studiere, erkundigte sich Leibundgut.

»Physikalische und analytische Chemie im letzten Semester.«

»Dann sind Sie wohl bald fertig mit der Ausbildung?«

»Nicht ganz. In meinem Fach ist eine Doktorarbeit üblich. Und das dauert noch mindestens drei Jahre. Kein Problem für mich, mir gefällt es an der Uni«, erklärte er.

Leibundgut stellte sich vor und erklärte Bratschi den Grund seines Besuchs.

Ein Lächeln breitete sich auf Bratschis Gesicht aus. »Daran erinnere ich mich sehr gut. An den Laternenpfahl, an dem ich die Größe des Mannes beschrieb, der vermutlich Pedro Gyger ermordet hatte.«

Leibundgut nickte. »Da wären wir gerade mitten im Thema. Haben Sie eine Ahnung, wer der mutmaßliche Mörder von Dr. Gyger sein könnte?«

Die gesamte Angelegenheit habe ihn zutiefst beschäftigt, erklärte Bratschi. Pedro Gyger, der spurlos verschwunden war, sei ein netter Nachbar gewesen. Deshalb habe er sich intensiv und über einen längeren Zeitraum mit dem Fall auseinandergesetzt, Zeitungen gesammelt und Artikel ausgeschnitten, die über Gygers Verschwinden berichteten. »Ich bin zu der Erkenntnis gelangt, dass ein Kollege Gygers möglicherweise dafür verantwortlich war. Ich bitte Sie, mir einige Minuten zu gewähren. Ich werde schnell in mein Zimmer gehen und den Ordner holen, in dem ich die Unterlagen zu Pedro Gygers Schicksal aufbewahrt habe.«

Eine Viertelstunde später kehrte Bratschi mit einem prall gefüllten Aktenordner zurück. »Ich habe ihn jahrelang nicht berührt. Erst Anfang 1994 begann ich, die Dokumente darin erneut zu durchforsten, und ergänzte sie teilweise. Es war damals wegen des Falles Schläpfer, jenem alten Herrn, der beinahe von Walker getötet worden wäre und der glücklicherweise noch lebt.«

»Das ist mir bekannt«, erwiderte Leibundgut.

Bratschi öffnete den Aktenordner, in dem einige Dokumente am Rand mit dünnen Papierstreifen als Lesezeichen versehen waren, die jeweils ein Datum trugen. Eines dieser Lesezeichen war mit dem 29. Oktober 1980 beschriftet.

»Zu jener Zeit war ich neuneinhalb Jahre alt.« Bratschi entnahm der Klarsichthülle ein Blatt und bemerkte: »Hier steht es, noch in meiner Kinderschrift.«

»Danke, ich kann es lesen«, entgegnete Leibundgut.

Auf dem Blatt stand geschrieben: »Nun weiß ich, wer der Mörder von Pedro Gyger ist: sein Kollege Dr. med. Markus Walker, Gynäkologe in der Frauenklinik des Inselspitals.«

Der Wachtmeister reagierte überrascht und fragte: »Können Sie mir erklären, wie Sie darauf gekommen sind?«

Bratschi erwiderte, dass es eine ziemlich heikle Angelegenheit gewesen sei. »Ich fotografierte diesen Mann. Das erste Mal am 16. Oktober, einen Tag nachdem Pedro Gyger als vermisst gemeldet worden war.«

»Besaßen Sie zu diesem Zeitpunkt bereits eine Kamera?«

Seine Mutter habe ihm einige Wochen zuvor eine geschenkt. Bratschi bekam feuchte Augen. »Sie ist vor einem Jahr verstorben, meine herzensgute Mama. Sie wurde nicht einmal fünfzig Jahre alt. Ihr Herz hörte plötzlich auf zu schlagen, und von einem Moment auf den anderen war die bis dahin gesunde Frau tot. Sie hat alles für mich getan. Ohne sie hätte ich niemals studieren können. Schon früh erkannte sie meine Krankheit. Sie wusste damit umzugehen und förderte meine Talente, was meine Lehrerinnen in den ersten Schuljahren nicht verstanden.«

Leibundgut hätte gerne mehr erfahren. Offensichtlich gab es auch einen Vater. Zudem musste Geld vorhanden gewesen sein, denn eine Wohnung in der Junkerngasse war schon damals ein Privileg und sicherlich nicht billig. Doch der Wachtmeister fragte nicht weiter. Seine umfangreiche Lebenserfahrung und Menschenkenntnis hatten ihn gelehrt, sein Gegenüber nicht über persönliche Angelegenheiten auszufragen, es sei denn, es war für eine Ermittlung unbedingt notwendig.

Leibundgut wusste, wann er auf die Bremse treten musste. Manchmal ist weniger eben mehr, und in seinem Job als Wachtmeister hatte er gelernt, dass man nicht immer alles bis ins kleinste Detail ausgraben muss. Die Junkerngasse war definitiv eine feine Adresse, das sagte schon viel aus. Aber solange es nicht direkt relevant für den Fall war, hielt er sich zurück.

Bratschi sprach weiter: »Meine Mama hatte mir auch eine Dunkelkammer eingerichtet, wo ich die Fotos entwickeln konnte. Das hat mir ungeheuer Freude bereitet. Ich besitze eine imposante Fotosammlung, die ich seit fünfzehn Jahren angelegt habe.«

Bratschi zog ein weiteres Klarsichtmäppchen heraus und entnahm ihm drei große Schwarz-Weiß-Bilder. »Kennen Sie diesen Mann?«

»Und ob ich ihn kenne«, bemerkte Leibundgut. »Unverkennbar Dr. Markus Walker. Er sieht zwar jünger aus, war aber schon damals ebenso massig wie heute. Seine Gesichtszüge hatten sich in den vergangenen anderthalb Jahrzehnten bis zu seinem Tod nicht verändert.«

»Walker spazierte, nachdem Gyger vermisst gemeldet worden war, über einen Zeitraum von zwei Wochen in Abständen von zwei Tagen die Junkerngasse entlang, stets am späten Nachmittag oder frühen Abend. Sein Erscheinungsbild war markant, gekennzeichnet durch einen weißen Arztkittel, blaue Hosen und polierte schwarze Schuhe.«

Aus der Zeitung hatte Bratschi erfahren, dass Pedro Gyger als Gynäkologe in der Frauenklinik tätig war. »Ich begab mich dorthin, meldete mich am Empfang, zeigte die Fotos vor und erkundigte mich, ob dieser Mann in diesem Krankenhaus arbeite. Die Dame am Empfang blickte mich mit großen Augen an. Dann brach sie in lautes Lachen aus. ›Dieser Mann heißt

Dr. Walker. Sei vorsichtig mit ihm, er ist nicht zu unterschätzen.‹«

Leibundgut erkundigte sich, wie es mit der Geschichte weiterging.

Bratschi erzählte, dass er seiner Mutter von seinem Besuch in der Frauenklinik berichtet hatte. Er konnte sich noch genau an den Ausdruck in ihrem Gesicht erinnern, als wäre es erst gestern gewesen. Sie hatte zu ihm gesagt: »Junge, was machst du denn schon wieder? Du solltest nicht ohne Erlaubnis Leute fotografieren und dann auch noch herumfragen, wer sie sind.«

Daraufhin fragte er sie, ob er die Fotos behalten dürfe. Sie antwortete, dass er sie behalten könne, solange er sie niemandem zeige. Damit war die Sache für ihn erledigt – vorerst jedenfalls.

Leibundgut nickte, als ihn Bratschi nochmals an die Worte seiner Mutter erinnerte. Er hatte die Fotos sorgfältig in einer Schublade verstaut, wo sie niemand finden würde. Doch die Neugier ließ ihn nicht los. Er wollte immer noch herausfinden, wer die Person auf den Bildern war, auch wenn er es niemandem erzählen konnte. Eines Tages, als er wieder durch die Stadt lief, kam der Mann ihm entgegen. Melchiors Herz klopfte schneller. Sollte er ihn ansprechen? Er entschied sich dagegen, erinnerte sich an das Versprechen an seine Mutter. Doch das Schicksal schien andere Pläne zu haben, denn kurz darauf fand er sich in einer Situation wieder, in der er, ohne es zu wollen, mit genau dieser Person ins Gespräch kam.

Es war der Mann, den er bei der Laterne mit seiner Kamera aufgenommen hatte. »Beim Zytgloggeturm fragte er mich, ob er mich kenne, und er wollte wissen, wo ich wohnte. Ich nahm allen Mut zusammen und erwiderte, dass meine Mutter mir untersagt habe, mit wildfremden Menschen zu reden. Der Mann kam noch einen Schritt auf mich zu, fasste mich am Arm und sagte: ›Ich weiß genau, wo deine Mutter ihre Wohnung hat. Mach dich gefasst darauf, irgendwann werde ich euch beide besuchen.‹ Ich riss mich los und rannte panisch davon. Der Mann eilte mir nach, jedoch nur über eine kurze Distanz. Denn uns kam ein Polizist entgegen, in dessen Arme ich geradezu lief.

Ich rief: ›Ich werde verfolgt, bitte helfen Sie mir, Herr Polizist.‹ Dann erzählte ich ihm vom großen, dicken Mann, der wie vom Erdboden verschluckt war. Der Polizist begleitete mich nach Hause und fragte noch dies und das.«

Es dauerte mehr als eine halbe Stunde, bis Melchior Bratschi Leibundgut seine Geschichte erzählt hatte. Noch eine Frage liege ihm auf der Zunge, fuhr Leibundgut weiter. »Was hätten Sie getan, wenn Ihre Mutter Ihnen keine Vorwürfe gemacht hätte, als Sie ihr die Geschichte vom großen, dicken Mann erzählt hatten?«

Er hätte darum gebeten, nochmals zur Polizei zu gehen.

»Ja, man hätte die Polizei benachrichtigen sollen. Ob das jedoch damals erfolgreich gewesen wäre, wage ich zu bezweifeln. Es ist möglich, dass die Justiz uns untersagt hätte, weiter zu ermitteln, da die Angehörigen von Pedro Gyger keine Anzeige erstattet haben. Nun jedoch gestaltet sich die Situation anders. Als bald pensionierter Polizist ist es mir erlaubt, die Nachforschungen fortzusetzen, obwohl ich keinerlei Aussicht auf einen Prozess habe. Sollte mein Vorhaben jedoch so weit gedeihen, dass zumindest die Wahrheit dieses Falles ans Licht kommt, wäre bereits viel gewonnen.«

Bratschi war sehr begeistert. »Bitte tun Sie das, verfolgen Sie Ihren Plan. Vielleicht kann ich etwas beitragen, indem ich Ihnen meinen Aktenordner leihe.«

Leibundgut klatschte erfreut mit beiden Händen auf seine Oberschenkel. »Das wäre großartig. Ich nehme Ihr Angebot gerne an. Morgen, nachdem ich die Dokumente kopiert habe, werde ich Ihnen den Ordner zurückgeben.«

Bratschi und Leibundgut verabschiedeten sich.

Leibundgut war zuversichtlich. Er hatte die erforderlichen Unterlagen für den Fall Pedro Gyger früher zusammengestellt, als er es sich erhofft hatte.

Allerdings musste er diese Unterlagen noch auswerten.

Neu dazugekommen waren die Fotos von Melchior Bratschi. Ein starker Hinweis, dass Walker etwas mit dem Verschwinden Gygers zu tun hatte, aber eben kein Beweis.

Doch da waren noch die zahlreichen Kopien und gesammelten Artikel von Bratschi. Es waren viele handschriftliche Notizen darunter.

Melchior Bratschi erinnerte sich an einen großen, schweren Mann in Arbeitskleidung, der am Abend des Verschwindens von Pedro Gyger behauptete, eine Wasserleitung in dessen Haus reparieren zu müssen. Diese Beschreibung stimmte mit den Fotos von Markus Walker überein, was darauf hindeutete, dass Walker sich möglicherweise unter falschem Vorwand Zutritt zu Gygers Haus verschafft hatte.

Zusammen mit den Dokumenten, die Leibundgut aus dem Archiv der Kriminalpolizei aussortiert hatte, ergab sich ein verdächtiges Bild von Walker. Obwohl diese Beweise allein vielleicht nicht ausreichen würden, um vor Gericht einen Mordnachweis zu führen, waren sie doch von erheblichem Interesse für die Kriminalgeschichte des Kantons Bern. Leibundgut blieb optimistisch, dass weitere Beweise auftauchen könnten, die zur vollständigen Klärung des Falls beitragen würden.

Der damals noch nicht einmal zehnjährige Junge, Melchior Bratschi, hatte eingehende Überlegungen darüber angestellt, wie Walker Gygers Leiche möglicherweise entsorgt haben könnte. Hätte Walker sie in die Aare geworfen, wäre sie zweifellos später an irgendeinem Ort entdeckt worden. Ebenso wäre eine Leiche in einem Abwasserkanal nicht unbemerkt geblieben. Daher verwarf Melchior diese beiden Möglichkeiten.

Auch das Verbrennen der Überreste an einer abgelegenen Stelle schien aufgrund der Emissionen, die es in der näheren und weiteren Umgebung verursacht hätte, keine praktikable Lösung zu sein. Folglich kam Melchior zu dem Schluss, dass Walker die sterblichen Überreste Gygers irgendwo vergraben haben musste.

Wie also hatte Walker Gyger getötet? Angesichts der Erkenntnisse Melchiors musste dies in Gygers Wohnung an der Junkerngasse äußerst diskret geschehen sein. Ein spitzer Gegenstand oder ein scharfes Messer hätte für einen Chirurgen wie Walker eine plausible Waffe dargestellt. Selbstverständlich hätte Walker jegliche Blutflecke oder Hautpartikel entfernen müssen.

Allerdings konnte dies in der relativ kurzen Zeit, die Walker in der Wohnung verbrachte, nicht fachgerecht durchgeführt worden sein. Wäre die Polizei tatsächlich dazu übergegangen, die Wohnung nach Spuren zu durchsuchen, hätten sie zweifellos Beweise gefunden. Doch die Polizei hatte keine Durchsuchung von Gygers Wohnung vorgenommen.

Nachdem Leibundgut den Ordner von Melchior Bratschi sorgfältig durchgesehen hatte, stellte er fest, dass die Kriminalpolizei, bei der er zu jener Zeit bereits beschäftigt war, gravierende Fehler begangen hatte.

Das jedoch veranlasste Leibundgut dazu, darüber nachzudenken, ob er von seinem Vorhaben absehen sollte, die Verbrechen von Markus Walker für die Nachwelt aufzuklären.

Leibundgut nahm sich fest vor, mit dem, was er begonnen hatte, weiterzufahren.

***

Als Nächstes wollte Leibundgut sich dem Fall Klara Walker zuwenden. Die besondere Herausforderung bestand darin, dass dieses Verbrechen nicht von der Kriminalabteilung der Stadtpolizei Bern bearbeitet worden war. Als Kripowachtmeister hatte er jedoch Zugang zu den Ermittlungsakten und führte zu dieser Zeit die Verhandlungen mit den Kollegen aus Courtelary.

Er studierte das Vernehmungsprotokoll, das er in den frühen Morgenstunden des 28. Dezember 1989 mit Markus Walker angefertigt hatte. Dort war auch die Lücke in dessen Alibi festgehalten, die sich von halb neun am Brandabend bis zwei Uhr morgens erstreckte.

Leibundgut hatte sowohl die Justiz in Bern als auch die in Courtelary darauf hingewiesen, doch die Information von Walker, dass sein Jeep Cherokee während dieser Zeit ungenutzt in der Tiefgarage der Terrassensiedlung gestanden habe, wurde überprüft und bestätigte sich als korrekt. Dies wurde von der Staatsanwaltschaft als Alibi anerkannt, was Leibundgut als Fehler ansah.

Leibundguts Einwand nach dem Verhör mit Walker, dass dieser durchaus die Möglichkeit gehabt hätte, mit einem Auto nach Vauffelin zu fahren und wieder zurück nach Bern, fand bei der Justiz kein Gehör.

Leibundgut überlegte, ob er damals vielleicht nicht hartnäckig genug gewesen war. Zu jener Zeit hatte niemand aus der Justiz in Betracht gezogen, dass Walker jene wenigen Stunden genutzt haben könnte, um das Haus in Vauffelin in Brand zu setzen.

Obwohl kaum jemand daran glaubte, dass man dieses Zeitfenster nachträglich noch einmal untersuchen könnte, sah Leibundgut das anders. Er kontaktierte Melchior Bratschi, der mittlerweile seine Abschlussprüfung als Diplomchemiker an der Universität erfolgreich abgelegt hatte.

Leibundgut schilderte Bratschi die Vorkommnisse um den blauen Fiat, der mit einer gefälschten Kennzeichennummer bei der Taubenlochschlucht zweimal geblitzt worden war. Leibundgut war überzeugt, dass Markus Walker in diesem Fahrzeug gesessen hatte.

Bratschi bat Leibundgut um einen Moment Bedenkzeit. Er erklärte jedoch, dass er bereits jetzt den Ablauf solcher Geschäfte skizzieren könne. Es sollte grundsätzlich möglich sein, den Eigentümer des Fiats zu ermitteln, sollte dieser tatsächlich an Walker vermietet worden sein. Die Zeitspanne, in der Walker das Fahrzeug genutzt habe, sei bekannt. Es erscheine plausibel, dass Walker sich an zweifelhafte Autovermieter gewandt habe. Bratschi erwähnte, dass er zufällig einen Studienfreund kosovarischer Herkunft habe, dessen Vater ein derartiges Unternehmen führe. Er habe selbst bereits Fahrzeuge bei ihm gemietet. Dies bedeute jedoch nicht, dass die Betreiber solcher Firmen keine Kenntnis über die Identität ihrer Kunden besäßen. Sie wüssten sehr wohl, wem sie ihre Fahrzeuge anvertrauen.

Leibundgut lächelte leicht, als er erwähnte, dass er als Kriminalpolizist bereits eine Vorstellung davon habe, welche Geschäftspraktiken von Autohändlern aus dem Balkan angewendet werden könnten. Es würde seine Arbeit jedoch erheblich erleichtern, wenn er eine zusätzliche Person hinzuziehen könnte, die mit diesen vertraut sei. Denn sobald diese Händler auch nur den Verdacht hegen würden, dass jemand ein Informant der Polizei sei, würden sie jeglichen Kontakt abbrechen und nichts mehr mit dieser Person zu tun haben wollen. Als Polizist sei er in diesen Kreisen bekannt, und sie würden ihm nur das preisgeben, was er ohnehin bereits wüsste oder bald erfahren würde, obwohl diese Personen durchaus an einer guten Beziehung zur Polizei interessiert seien. Was Markus Walker betreffe, so dürften sie Informationen über ihn weitergeben. Da Walker nicht mehr am Leben sei und ein schweres Verbrechen begangen habe, könnten sie keine Geschäfte mehr mit ihm tätigen. Es falle den ehemaligen Kosovaren allerdings schwer, der Polizei direkt Informationen zu verraten. Wenn es jedoch Vermittler gäbe, die Gespräche mit der Polizei erleichtern könnten, würden sie diese Möglichkeit bevorzugen.

Melchior Bratschi nahm einige tiefe Atemzüge. »Das ist eine interessante Herausforderung. Ich werde meinen Studienfreund Luan Rexhepi kontaktieren. Er wird seinen Vater Ervin fragen. Falls sein Vater mit Markus Walker Geschäfte geführt hat, werde ich davon erfahren und Ervin, den ich persönlich kenne, um ein Gespräch ersuchen. Er würde mir dieses sicherlich ermöglichen. Es könnte jedoch komplizierter werden, falls er Markus Walker nicht gekannt hat.«

Leibundgut nahm das Angebot voller Hoffnung an. »Es ist wahrlich ein Glücksfall, dass ich Sie kennengelernt habe«, bemerkte er und ließ Bratschi ziehen.

Ervin Rexhepi hatte tatsächlich Geschäfte mit Markus Walker gemacht. Darüber hinaus war Walker auch der Arzt von Ervins Ehefrau und der Mutter von Luan. Dies teilte sein Studienkollege Bratschi mit, nicht ohne zu bemerken, dass seine Mutter sehr viel von Walker hielt. Sie hatte Luan anvertraut, dass er ihr das Leben gerettet habe. Was der Arzt getan habe, sei für seine Eltern ein Schock gewesen. Doch sie würden Walker deswegen nicht verurteilen. Seine Mutter habe wortwörtlich gesagt: »Ich gehe davon aus, dass unser Freund Markus von seiner Schwägerin tief beleidigt worden ist. Schweizer Gesetze hin oder her.«

Es kam zu einer ausgedehnten Diskussion zwischen Melchior Bratschi und Luan Rexhepi. Schließlich schlug Luan vor, das Gespräch mit seinem Vater zu arrangieren. In dieser delikaten Angelegenheit wäre es vorteilhafter, wenn er, Luan, das Zusammentreffen zwischen seinem Vater und Melchior organisieren würde.

Das Treffen zwischen Ervin Rexhepi und Melchior Bratschi fand am Montagmorgen des 7. August 1995 statt.

Ervin Rexhepi drückte Melchior Bratschi kräftig die Hand und sagte: »Nun bist du schon seit einigen Jahren erwachsen, somit sind wir auf gleicher Augenhöhe. Von jetzt an kannst du mich Ervin nennen anstatt Herr Rexhepi.«

»Das nehme ich gerne an«, antwortete Bratschi.

Er habe lange mit seinem Sohn über die Angelegenheit gesprochen und glaube nun, zu einem Schluss gekommen zu sein. »Ich betrachte Markus Walker nicht als Verbrecher«, sagte er. Er habe mit seiner Handlung nichts anderes getan, als seine Ehre zu verteidigen. »Aber hier in der Schweiz sind die Gesetze anders. Markus hätte keine Chance gehabt, einer lebenslangen Freiheitsstrafe zu entkommen.« Ervin Rexhepi bat Bratschi eindringlich darum, ihn nicht misszuverstehen. »Ich halte mich hier an die schweizerischen Gesetze und erkenne an, dass Markus hätte verurteilt werden müssen. Wäre er noch am Leben, würde ich jedoch alles in meiner Macht Stehende tun, um ihn vor einer Strafe zu schützen. Da er nun verstorben ist, gebe ich dir gerne Auskunft zu deinen Fragen«, äußerte Ervin Rexhepi, während er seinen Zeigefinger hob. Allerdings stellte er eine Bedingung: In einer nachfolgenden amtlichen Verlautbarung dürften weder sein Name noch der seines Unternehmens genannt werden.

Soweit es in seiner Macht liege, würde er dieser Bedingung gerne nachkommen, meinte Bratschi.

Ervin Rexhepi runzelte die Stirn und hielt einige Augenblicke inne, bevor er weitersprach. »Das Vorgehen ist für mich einfach. Sollte mein Name in einem amtlichen Communiqué oder in den Medien genannt werden, würde ich klagen und behaupten, dass Markus Walker zu der fraglichen Zeit keinen Wagen von mir ausgeliehen hat. Ich würde sämtliche Spuren in meinen Unterlagen, die darauf hindeuten, entfernen.«

»Wenn ich dich richtig verstehe, gibst du mir derzeit also keine schriftliche, sondern nur eine mündliche Bestätigung, dass du Markus Walker für die Zeit seines Alibis den blauen Fiat vermietet hast.«

»Danke, du hast es begriffen, Junge.«

»Und was geschieht, wenn Angehörige von Walker, etwa seine Witwe, gegen die amtliche Verlautbarung oder eine entsprechende Medienmitteilung ohne Nennung der Informationsquelle vorgehen?«

»Ich glaube ehrlich gesagt nicht, dass man gegen eine Mitteilung ohne Nennung der Informationsquelle vorgehen würde. Doch in diesem Fall würde ich die Dokumente, die die Ausleihe des Wagens an Walker belegen, herausgeben«, versprach Ervin Rexhepi.

Melchior Bratschi suchte Theophil Leibundgut auf und informierte ihn über das Treffen mit Ervin Rexhepi. Der Wachtmeister war hocherfreut darüber und stellte Bratschi in Aussicht, dass er zu Beginn seiner letzten zwei Arbeitswochen ein Communiqué darüber herausgeben werde.

Es sei allerdings nicht üblich, dass ein Kriminalwachtmeister eine amtliche Verlautbarung lanciere. Doch ihm würde man das nachsehen, da es eine seiner letzten Amtshandlungen sei.

Zu Beginn der letzten Arbeitswoche von Wachtmeister Theophil Leibundgut veröffentlichte die Kriminalabteilung der Stadtpolizei Bern ein Communiqué.

<u>*Die Kriminalpolizei der Stadt Bern informiert:*</u>
Am Abend des 27. Dezember 1989 wurde das Ferienhaus von Dr. med. Markus Walker, einem Gynäkologen, durch ein Feuer vollständig zerstört. Bei diesem Brand verlor Walkers damalige Ehefrau, Klara, tragischerweise ihr Leben.

Dr. Markus Walker, der am Morgen desselben Tages mit seinem weißen Jeep Cherokee zu seiner Praxis in der Monbijoustraße in Bern gefahren war, geriet unter Verdacht, den Brand selbst gelegt zu haben, da er für die Zeit des Brandes kein lückenloses Alibi vorweisen konnte. Walker behauptete, er habe sich zur fraglichen Zeit in seiner Wohnung in der Lerberstraße aufgehalten, und führte als Beleg an, dass sein Fahrzeug den gesamten Abend über in der Tiefgarage der Terrassensiedlung geparkt gewesen sei. Diese Angabe wurde bestätigt.

Da die Ermittlungsbehörden keine Beweise dafür finden konnten, dass Walker unbemerkt nach Vauffelin am Romontberg hätte reisen können, wurde das Verfahren gegen ihn eingestellt. Allerdings geschah dies unter dem Vorbehalt, dass bis zur Verjährung eines möglichen Mordes keine weiteren Belege auftauchen, die Walker überführen würden, sich zur fraglichen Zeit dennoch in Vauffelin aufgehalten zu haben.

Am späten Montagabend, den 15. Mai 1995, nahm sich Dr. Markus Walker in seiner Zelle das Leben. Infolgedessen musste das Verfahren gegen ihn, welches auch seine noch unaufgeklärten früheren Verfehlungen hätte einbeziehen sollen, gemäß unserem Strafgesetz eingestellt werden.

Es ist jedoch von öffentlichem Interesse, die Vorwürfe gegen den Täter des Tötungsdelikts und seine tatsächlichen Vergehen zu kennen.

Der lange schwelende Verdacht, dass Walker den Brand gelegt habe, hat sich mittlerweile erhärtet. Die Polizei verfügt über Beweise, die darauf hindeuten, dass Walker am Abend des 27. Dezember 1989 in der Nähe von Vauffelin zugegen war.

Was jahrelang verborgen blieb, ist in den letzten Wochen ans Licht gekommen. Walker mietete am frühen Abend jenes Tages von einem Autoverleih im Berner Quartier Wankdorf, dessen Namen der Polizei bekannt ist, einen blauen Fiat.

Walker brachte gefälschte Zahlen an das Nummernschild des Wagens an. Der Fiat wurde auf der Hin- und Rückfahrt vom Romontberg auf einem Abschnitt der Nationalstraße bei der Taubenlochschlucht geblitzt. Trotz der manipulierten Kennzei-

chen konnte die Identität des Fahrzeugs mittlerweile festgestellt werden.

Theophil Leibundgut, Wachtmeister der Kriminalabteilung der Stadtpolizei Bern.

Nach diesem Communiqué, das in allen Medien veröffentlicht wurde, fügte das »Berner Blatt« einen redaktionellen Kommentar hinzu.

Es wird auch an eine der Verfehlungen Walkers erinnert. Ende Januar 1994 kam es zu einem weiteren Vorfall, der mittlerweile vollständig aufgeklärt werden konnte. Dabei handelt es sich um den Gewaltakt gegen den Rentner Eberhard Schläpfer. Der achtundsechzigjährige Schläpfer wurde dabei schwer verletzt und überlebte nur durch einen glücklichen Zufall und seinen ausgeprägten Überlebenswillen.

Die Einzelheiten zu diesem Fall wurden im »Berner Blatt« ausführlich diskutiert. Gemäß dieser Publikation gebe es keine Zweifel an der Schuld Walkers beim Angriff auf Schläpfer. Es wurde ebenfalls berichtet, dass die Ermittlungen in dieser Angelegenheit abgeschlossen seien und der Prozess bereits begonnen habe, wenn Walker nicht freiwillig aus dem Leben geschieden wäre, wie eine Sprecherin der Justiz behauptet.

Jedoch seien in dieser Hinsicht Zweifel angebracht, wie das »Berner Blatt« anmerkte.

Die Justiz benötigte mehr als ein Jahr, um diesen offensichtlichen Fall zu beurteilen. Es liegt die Vermutung nahe, dass es im Bezirksgericht Bern Personen gibt, die versucht haben könnten, dieses Vergehen zu vertuschen.

In einem späteren Artikel werden wir erneut auf den Fall Schläpfer eingehen. Nach unserer Einschätzung handelt es sich hierbei um einen klaren Mordversuch.

25

Am Montag, den 17. Juli 1995, mehr als zwei Monate nach dem Suizid von Markus Walker, konnte Carolin Gantenbein nicht anders, als eine wichtige Mitteilung auf der Hauptwache des Waisenhauses zu hinterlassen. Dazu musste sie ihre Anonymität aufgeben, die sie bislang in der Öffentlichkeit bewahrt hatte.

Carolin Gantenbein, eine Bewohnerin der Mädergutstraße in Bern-Bümpliz, trat entschlossen in die Hauptwache. Trotz ihres anfänglichen Zögerns fühlte sie sich verpflichtet, eine wichtige Mitteilung zu machen, die möglicherweise Licht in die tragischen Umstände des Suizids von Markus Walker bringen könnte. Ihre Entscheidung, sich zu erkennen zu geben, begründete Carolin Gantenbein mit ihrem Verantwortungsbewusstsein und ihrer Hoffnung, zur Aufklärung des Falles beitragen zu können.

»Es geht um einen Ausflug in den Forstwald, den Dr. Markus Walker mit mir am 30. März 1982 unternommen hatte.«

Als sie den Namen Walker am Empfangsschalter aussprach, machte die Polizistin, die sie anhörte, große Augen. »Warten Sie bitte, ich hole den Wachtmeister der Kriminalabteilung, er hätte zwar Urlaub, aber ist derzeit gerade hier.«

Die Polizistin eilte davon, um den Wachtmeister zu holen. Währenddessen saß Carolin Gantenbein gespannt im Wartebereich, umgeben von den gedämpften Geräuschen des Polizeireviers. Kurze Zeit später kehrte die Polizistin mit einem älteren Herrn zurück, der sich als Wachtmeister der Kriminalabteilung vorstellte. »Guten Tag, mein Name ist Wachtmeister Leibundgut. Sie haben Informationen über Dr. Markus Walker? Erzählen Sie mir alles, was Sie wissen. Aber hier geht das nicht. Folgen Sie mir bitte.«

Leibundgut führten Gantenbein in sein Büro, wo sie ihm von ihrem Erlebnis mit Walker berichtete..

»Vertrauen Sie mir Ihre Geschichte von damals an, als Walker den Schädel ausgrub? Darf ich das, was Sie mir verraten, mit meinem Gerät aufnehmen?« Leibundgut schob ihr ein schwarzes Kästchen unter die Nase. »Das erleichtert meine Arbeit.«

»Natürlich, Herr Leibundgut«, erwiderte Carolin Gantenbein. »Sie dürfen die Geschichte aufnehmen. Es war ein bemerkenswerter Tag, als Walker den Schädel ausgrub, und ich erinnere mich genau an jedes Detail.«

»Bitte beginnen Sie, wann immer Sie bereit sind.«

Carolin Gantenbein dachte einige Momente nach, dann begann sie zu reden. Leibundgut hörte geduldig zu. Zwischendurch stellte er Fragen.

Kurz bevor sie mit der Schilderung zu Ende war – es dauerte eine gute halbe Stunde –, ließ sie verlauten: »Walker nahm den Schädel aus der Plastiktasche, wickelte ihn in ein Tuch ein und legte das Ganze in einen Stoffsack. Die Plastiktasche überreichte er mir mit der Aufforderung, sie zu entsorgen.«

»Was machte Walker mit dem Schädel?«

»Das, was er mir sagte, als er mich in den Forstwald lockte. Er werde diesen Schädel in die Praxis nehmen, ihn reinigen und dann im Besprechungszimmer ausstellen.«

»Wie sah der Schädel denn damals aus?«

»Grauenhaft. An ihm hingen Haare und Hautfetzen.«

»Was haben Sie mit der Plastiktasche gemacht?«

»Ich habe sie nicht weggeworfen, sondern aufbewahrt. Sie stank zwar bestialisch. Ich habe sie mit einem Spray desinfiziert und in eine Schublade gelegt, falls ich sie später noch verwenden möchte. Es war eine wirklich schöne Tasche. Allerdings habe ich sie nie gebraucht. Irgendwie kam sie mir unheimlich vor.«

Leibundgut wurde immer ungeduldiger und fragte schließlich: »Haben Sie diese Tasche noch?«

»Ich habe sie mitgebracht.« Sie zog sie aus ihrem Rucksack.

Leibundgut sah hinein.

»Da sind ja noch Haare drin. Woher stammen die?«

»Vom Schädel natürlich.«

»Wie bitte?« Diese Bemerkung riss den Wachtmeister beinahe vom Sessel. »Das ist wirklich unglaublich.«

Er erkundigte sich, ob sie ihm die Tasche abgeben würde. Sie nickte zustimmend.

Leibundgut bedankte sich und verabschiedete sich von Carolin Gantenbein. Anschließend rief er den befreundeten Gerichtsmediziner Helmut Ledergerber an und fragte ihn, ob es möglich wäre, eine DNA-Analyse an einem Haar durchzuführen. Ledergerber bestätigte, dass dies realisierbar sei, sofern die Probe genügend Wurzelmaterial enthalte. Er bat Leibundgut, das Haar so schnell wie möglich in sein Labor zu bringen, damit er mit der Analyse beginnen könne.

Ledergerber betrachtete das Haar unter einer Lupe, äußerte, dass dies kein Problem darstelle, und erkundigte sich nach dem Hintergrund. Leibundgut berichtete ihm von seinem Treffen mit Carolin Gantenbein und erwähnte, dass sie erhebliche psychische Probleme habe. Er wusste, dass sie in jüngster Zeit längere Aufenthalte in der Psychiatrischen Klinik Waldau verbracht hatte.

Ledergerber hörte zu, machte Notizen und überlegte, welche Untersuchungen noch nötig wären.

Leibundgut glaubte, die Justiz würde den Fall wegen des Todes des Täters nicht weiterverfolgen und die Ermittlungen einstellen. Außerdem hätte die Staatsanwaltschaft die Beweise wohl vernichtet.

Der Gerichtsmediziner bemerkte, dass auch er das Schicksal von Pedro Gyger mit großem Interesse verfolgt habe. Die Justiz würde es sich in dieser Angelegenheit zu einfach machen. Es gebe Angehörige des Opfers, die das Recht hätten, zu erfahren, was mit Gyger geschehen sei.

Er betonte, dass es von entscheidender Bedeutung sei, alle verfügbaren wissenschaftlichen Methoden zu nutzen, um die Wahrheit ans Licht zu bringen. Dies schließe die Notwendigkeit ein, eine DNA-Analyse mit Proben von Blutsverwandten durchzuführen, um zweifelsfrei feststellen zu können, ob die gefundenen Spuren, zum Beispiel Haare, wirklich von Gyger stammten.

Leibundgut bedankte sich bei Ledergerber für seine bereits geleistete Arbeit.

Leibundgut handelte effizient und konnte schnell die Cousine von Pedro Gyger ausfindig machen. Er bat sie, sich beim gerichtsmedizinischen Institut der Universität zu melden, um eine DNA-Probe abzugeben. Die Cousine kam der Bitte nach, und die erforderlichen Tests wurden umgehend durchgeführt.

Die Analyse dauerte einige Tage, und das Warten war für alle Beteiligten eine nervenaufreibende Zeit. Schließlich, acht Tage nach der Probenentnahme, erhielt Leibundgut das Ergebnis des Gutachtens. Der Gerichtsmediziner konnte selbstverständlich bestätigen, dass das gefundene Haar dem verschwundenen Gynäkologen Pedro Gyger gehörte. Diese Information war ein bedeutender Durchbruch in dem Fall und brachte neue Dynamik in die weiteren Ermittlungen.

Erst danach nahm Leibundgut Kontakt mit Staatsanwalt Zimmermann auf. Dieser zeigte sich überrascht. Bevor er eine Stellungnahme abgeben würde, müsse er sich mit dem Gerichtspräsidenten Felix Tschabold absprechen.

Es war dann auch Tschabold, der Leibundgut anrief und ihn zurechtwies. »Wachtmeister, Sie haben in diesem Fall Ihre Kompetenzen überschritten. Es ist nicht angebracht, in einer Angelegenheit zu ermitteln, bei der das Verfahren eingestellt wurde. Dadurch entstehen unnötige Kosten, und wir als Justiz werden mit lästigen Klagen belastet. Es könnte sogar so weit gehen, dass die betroffenen Personen Schadenersatzforderungen stellen.«

Leibundgut nahm die Zurechtweisung ernst, entschuldigte sich jedoch nicht, da er fest davon überzeugt war, im Interesse der Gerechtigkeit gehandelt zu haben. Er erklärte Tschabold, dass neue Beweise aufgetaucht seien, die es unerlässlich machten, den Fall wieder aufzunehmen. Tschabold hörte sich die Argumente geduldig an, blieb jedoch bei seiner Meinung, dass die Wiederaufnahme des Verfahrens ohne vorherige Absprache mit den zuständigen Justizbehörden unangebracht sei.

Leibundgut verzog das Gesicht und fragte nach. »Warum wünschen Sie eine Absprache mit den Justizbehörden?«

»Es könnte ja auch noch anders rauskommen. Carolin Gantenbein könnte etwas mit dem Mord zu tun haben ... Sie käme als Täterin eigentlich auch in Frage, da ihre Fingerabdrücke auch auf der Plastiktasche waren, in der der Schädel gefunden wurde ...«

Leibundgut, der für seine Direktheit bekannt war, runzelte die Stirn und dachte einige Momente nach. Dann reagierte er prompt und entschieden auf Tschabolds Kritik. Er betonte, dass es sich um einen Fall von öffentlichem Interesse handle, und wies jegliche Rüge zurück. »Sie sprechen den Ausflug von Carolin Gantenbein mit Markus Walker in den Forstwald an. Sie war dabei, als er den Schädel ausgrub. Nun versuchen Sie, den Verdacht des Tötungsdelikts an Pedro Gyger auf Carolin Gantenbein zu lenken. Theoretisch ist es nicht ausgeschlossen, dass sie etwas mit dem Verbrechen zu tun hat. Aber man müsste ihr nachweisen, dass sie das Opfer gut kannte. Das allein scheint schon unwahrscheinlich. Ganz zu schweigen von einem Motiv, das sie für die Tat hätte.«

Tschabolds Stimme nahm an Schärfe zu. »Passen Sie auf, Herr Leibundgut, dass Sie das Gutachten der Gerichtsmedizin nicht an die Medien weiterleiten.«

Leibundgut kicherte. »Wir werden sehen.«

Als Felix Tschabold am folgenden Tag den Leitartikel des »Berner Blattes« zur Kenntnis nahm, geriet er außer sich.

Die Schlagzeile lautete: »Das Schicksal des im Oktober 1980 spurlos verschwundenen Gynäkologen Dr. med. Pedro Gyger ist seit gestern bekannt. Gyger wurde höchstwahrscheinlich von seinem kürzlich verstorbenen Berufskollegen Markus Walker ermordet.«

Der Journalist berichtete detailliert, wie es zu dieser Erkenntnis kam. Er verschwieg nicht, dass es im Verlauf der Ermittlungen zu Unstimmigkeiten zwischen dem Wachtmeister der Stadtpolizei und der Justiz gekommen sei.

Das für den nächsten Tag in diesem Beitrag angekündigte Interview mit Felix Tschabold wurde kurzfristig zurückgezogen. Das Echo auf die Veröffentlichung im »Berner Blatte« blieb, wie erwartet, nicht aus. Felix Tschabold und Paul Zimmermann wurden dabei stark angegriffen. Allerdings reagierten beide zunächst nicht darauf.

Erst als die Forderung laut wurde, den mysteriösen Tod von Klara Walker, die beim Hausbrand in Vauffelin ums Leben kam, erneut zu untersuchen, sah sich Tschabold gezwungen, Stellung zu beziehen.

»Die Polizei und die Justiz haben damals gründliche Untersuchungen zu dieser Tragödie durchgeführt. Es konnte jedoch nie ein Täter für dieses Verbrechen ermittelt werden. Das Verfahren wurde abgeschlossen, und eine Wiederaufnahme ist nicht vorgesehen, auch weil die entsprechenden Ermittlungsdokumente, wie es in solchen Fällen üblich ist, vernichtet wurden.«

Die Reaktion des Gerichtspräsidenten in Bern stieß landesweit auf Kritik. Dies führte zu einer Anfrage im Großen Rat, dem Kantonsparlament.

Die Regierungsrätin betonte, dass die Ermittlungsbehörden keine Gesetze verletzt hätten. Die Justizministerin unterstützte den Gerichtspräsidenten und wollte Vertrauen in die Justiz stärken. Die Anfrage im Großen Rat, so sagte sie, werfe allerdings Fragen auf. Jetzt hieße es abwarten und sehen, wie sich das Ganze entwickle und was das für die Politik in Bern bedeute.

Theophil Leibundgut kritisierte die Antwort der Regierungsrätin zur parlamentarischen Anfrage. Er meinte, der Tod des Täters sei kein Grund, den Fall abzuschließen. In seinem Schreiben an Gerichtspräsidenten Tschabold forderte er weitere Ermittlungen, besonders zum am 30. März 1982 ausgegrabenen Schädel im Forstwald, der wohl von Pedro Gyger war. Leibundgut appellierte an die Ermittlungsbehörden, den Schädel zu finden, um neue Erkenntnisse zu gewinnen.

Tschabold fand Leibundguts Forderung unzumutbar und lehnte ab. Er meinte, ein formeller Antrag von einem Angehörigen des Opfers sei nötig. Leibundgut ließ die Cousine des Opfers einen Antrag stellen.

Schließlich gab Tschabold nach, und Mitte August 1995 beauftragte Staatsanwalt Zimmermann den Kriminalkommissär Aebersold, nach dem Schädel zu suchen.

Diese Suche blieb allerdings erfolglos. Man musste davon ausgehen, dass Walker ihn noch vor seiner Verhaftung entsorgt hatte.

Dies war jedoch nicht mehr von Bedeutung. Carolin Gantenbeins Aussagen und die von ihr aufbewahrten Haare und Hautfetzen wiesen darauf hin, dass Dr. Markus Walker für das Verschwinden von Dr. Pedro Gyger verantwortlich war. In Anbetracht der Walker nachgewiesenen Verbrechen hatten nicht nur die Leute auf der Straße, sondern auch viele juristische Fachpersonen kaum Zweifel an seiner Täterschaft beim Mord von 1980.

Mehr benötigte Kriminalwachtmeister Theophil Leibundgut nicht.

26

Theophil Leibundgut begann die vorletzte Woche seines Dienstverhältnisses bei der Stadtpolizei Bern. Ein ungeklärter Mordfall beschäftigte ihn noch, den er in seiner verbleibenden Zeit als Kriminalwachtmeister aufklären wollte. Es handelte sich um den mysteriösen Tod von Pirmin Schwegler, dessen sterbliche Überreste am 27. Juni 1994 im Forstwald, im Westen des Gemeindegebiets der Stadt Bern, von einem Wanderer entdeckt worden waren. Es war sehr wahrscheinlich, dass Schwegler am Tag seines Verschwindens, dem 13. Juni 1994, ermordet wurde.

Leibundgut sah es als seine letzte Aufgabe an, die Wahrheit um Schweglers Tod zu enthüllen. Die Entdeckung von Schweglers Überresten im Forstwald hatte damals für Aufsehen gesorgt, und Leibundgut hatte sofort Markus Walker im Verdacht. Walker, der Gynäkologe mit einer düsteren Vergangenheit, war bereits für den Tod von drei Personen verantwortlich und hatte versucht, einen weiteren Mann tödlich zu verletzen.

Der Mord an Pirmin Schwegler sorgte nur kurz für Medienrummel. Markus Walker wurde als möglicher Täter genannt, was zu einer Hausdurchsuchung führte. Walker wusste durch eine Indiskretion schon vorher davon. Da keine Beweise gefunden wurden, strichen die Ermittler seinen Namen von der Verdächtigenliste. Leibundgut hatte das hinter vorgehaltener Hand kritisiert, sich aber auf Drängen von Aebersold nicht öffentlich dazu geäußert.

Aebersold ließ Leibundgut eigenständig arbeiten, was ihm half, den Mord an Schwegler mit neuen Ideen anzugehen. Aebersold bot weiterhin Unterstützung, was Leibundguts Motivation stärkte. Leibundgut vertiefte sich in die Akten des Mordfalls Schwegler, die im Keller der Hauptwache Waisenhaus archiviert waren. Diese Unterlagen hatte Leibundgut schon während der Untersuchung geprüft und größtenteils selbst zusammengestellt. Bei der Durchsicht stellte er fest, wie dürftig die Ergebnisse der Ermittlungen waren. Es gab nur wenige Zeugen, und die meisten hatte er selbst befragt.

Er befragte die Zeugen erneut, außer einer Dame, die auf Weltreise war. Beim Vergleich der Protokolle fielen ihm Unterschiede auf. Die Erinnerungen schienen verblasst, aber die Zeugen beschrieben die Ereignisse dennoch detailliert. Leibundgut entschloss sich, die Tatorte nochmals zu besichtigen: die Wohnung an der Lerberstraße, die Praxis im Immobilia-Areal und die Fundstellen im Forstwald. Wohnung und Praxis waren noch versiegelt, da die Untersuchung des Mordes an Bettina Stettler nicht abgeschlossen war.

Für seine Nachforschungen investierte Leibundgut zwei Tage. Aufgrund der Fundorte im Forstwald gelangte er erneut zu der Erkenntnis, dass die Tat minutiös geplant worden war. Jedoch trug dies kaum zur Aufklärung des Verbrechens bei. Fast war er geneigt aufzugeben, als er im letzten Moment eine aufschlussreiche Entdeckung machte.

Am Nachmittag des 25. August 1995 durchsuchte Theophil Leibundgut Walkers Arztpraxis. In einer Schublade von Walkers Büro entdeckte er ein einzelnes A4-Blatt, das mit einer Schreibmaschine getippt worden war. Über dem Text prangte handschriftlich in rotem Filzstift das Wort »Entwurf«. Es handelte sich um eine Einladung, die an Herrn Tschabold gerichtet war und ein Treffen im Haus am Romontberg betraf. Dieses Dokument schien jedoch nicht das zu sein, wonach Leibundgut suchte. Er war gerade dabei, das Papier zu zerknüllen und wegzuwerfen, als ihm ungewöhnlich große Punkte nach einigen Sätzen auffielen.

Leibundgut betrachtete die Punkte durch eine Lupe genauer und bemerkte, dass sie in einem ungewöhnlichen Muster angeordnet waren. Es schien, als ob sie eine Art Code darstellten. Neugierig geworden, entschied er sich, das Blatt nicht wegzuwerfen, sondern es mitzunehmen, um es später genauer zu analysieren. Vielleicht verbarg sich hinter diesem scheinbar harmlosen Entwurf einer Einladung doch mehr, als es auf den ersten Blick schien. Er steckte das Papier sorgfältig in seine

Aktentasche und setzte seine Durchsuchung nicht mehr fort. Auf dem Weg zu seinem Büro kehrten seine Gedanken immer wieder zu dem mysteriösen Dokument zurück.

Leibundgut begab sich in sein Arbeitszimmer und betrachtete erneut das Blatt mit der maschinengeschriebenen Schrift. Daraufhin wählte er die Nummer von Aebersolds Tischtelefon. »Robert, ich habe in Walkers Praxis an der Monbijoustraße ein merkwürdiges Dokument gefunden. Kann ich kurz zu dir kommen?«

Aebersold prüfte das Papier. »Auf den ersten Blick scheint es nicht mit Walkers kriminellen Machenschaften zusammenzuhängen. Aber warum hast du dieses Dokument sichergestellt?«

»Die Punkte«, antwortete Leibundgut prompt.

»Die Punkte? Was meinst du damit?«

»Schau genau hin. Die Punkte nach jedem Absatz sind nicht einfach nur Punkte. Sie sind leicht versetzt, manche höher, manche tiefer. Ich vermute, dass es sich um eine Art Code handelt.«

Aebersold beugte sich näher über das Papier und betrachtete die Punkte, die Leibundgut erwähnt hatte. Nach einem Moment des Nachdenkens nickte er langsam. »Das könnte tatsächlich sein. Hast du schon eine Idee, wie wir diesen Code entschlüsseln könnten?«

»Ich habe bereits einige Gedanken dazu. Ich meine, wir sollten dieses Dokument zu unserer technischen Abteilung bringen. Sie haben die Ausrüstung und die Expertise, um uns vielleicht weiterzuhelfen.«

»Ein guter Plan. Ich werde das sofort arrangieren. In der Zwischenzeit halte die Augen offen. Wenn Walker diesen Code verwendet hat, gibt es womöglich noch weitere Dokumente, die ähnliche Merkmale aufweisen.«

Mit einem entschlossenen Nicken verließ Leibundgut das Büro, um seine Untersuchungen fortzusetzen, während Aebersold das Dokument zur Analyse vorbereitete. Beide waren sich bewusst, dass sie möglicherweise eine entscheidende Spur in Händen hielten.

Leibundgut kehrte erneut zum ehemaligen Standort von

Walkers Praxis im Immobilia-Komplex zurück. Dort suchte er gezielt nach weiteren A4-Blättern, die mit einer Schreibmaschine beschrieben waren, und er entdeckte tatsächlich zwei zusätzliche Seiten.

Eine Stunde später befand sich Leibundgut wieder in Aebersolds Büro. Er platzierte die beiden Seiten auf dessen Schreibtisch.

Aebersold drückte demonstrativ seinen rechten und linken Daumen auf die Blätter und warf Leibundgut einen bedeutungsvollen Blick zu. Dann begann er zu sprechen: »Du wirst es kaum glauben. Was du mir gebracht hast, ist eine echte Sensation.«

Aebersold nahm die Blätter, stand auf und winkte Leibundgut mit einer lässigen Handbewegung zu sich. »Komm, wir gehen jetzt in unser technisches Labor.«

Ein älterer Herr mit nahezu weißem Haar empfing sie.

»Das ist Dr. Arno Stämpfli, unser Chemiker«, führte Aebersold ihn ein.

Leibundgut lachte herzhaft. »Ich kenne ihn schon viel länger als du. Grüß dich, Arno. Was hast du uns zu berichten?«

»Es ist unglaublich«, erwiderte Stämpfli. »Offenbar war Markus Walker mit alten Geheimdienstmethoden vertraut.«

»Und wie steht es mit dir? Besitzt du ebenfalls Kenntnisse über Geheimdienste?«, fragte Leibundgut.

»Ein bisschen mehr davon solltet ihr beide schon noch wissen. Die verkleinerte Abbildung ist mit circa einem Quadratmillimeter etwa so groß wie ein mit einer Schreibmaschine getippter Punkt. Sie kann dann als Satzzeichen in einen Text eingeschmuggelt werden. Richtig, dahinter steckt ein recht komplexes Verfahren. – Ach, das ist dir noch unbekannt. Bevor ich bei der Stadtpolizei anfing, war ich vier Jahre lang im militärischen Nachrichtendienst der Schweiz tätig. In dieser Zeit erlernte ich eine ausgeklügelte Technik zur Weitergabe von Dokumenten auf minimalstem Raum. Diese Methode ermöglicht es, den Inhalt einer ganzen A4-Seite, einschließlich Texten und Skizzen, zu komprimieren. Sie wird ›Mikropunkte‹ oder ›Steganographie‹ genannt und wurde von dem russisch-deutschisraelischen Chemiker Emanuel Goldberg entwickelt, der 1970 verstarb. Bei diesem Verfahren werden Bilder auf Mikrofilmen festgehalten, die dann als Punkt über einem ›i‹ oder als Satzzeichen in Briefen oder sogar unter Briefmarken versteckt werden können.«

Aebersold warf die Hände in die Luft. »Spare uns die Details, Arno …«

»Es wäre dennoch von Vorteil, wenn ihr beide ein wenig mehr darüber wüsstet. Das verkleinerte Bild hat etwa die Größe eines mit einer Schreibmaschine getippten Punktes, ungefähr ein Quadratmillimeter. Es kann dann als Satzzeichen in einen Text eingefügt werden. Ja, es handelt sich um ein ziemlich komplexes Verfahren.«

»Hast du, Arno, eine Ahnung, wie Walker auf diese Dokumentationsmethode gestoßen ist?«

Er könne sich das gut vorstellen, erwiderte Stämpfli. Walker habe in der Armee als höherer Stabsoffizier gedient. Da müsse er wohl Beziehungen zum militärischen Geheimdienst gepflegt haben.

Leibundgut erkundigte sich ein wenig ungeduldig, ob er und Aebersold einen entwickelten Film und ein vergrößertes Bild ansehen könnten.

»Natürlich, Theophil, das Material wartet bereits auf euch. Ich habe es mit Robert schon am Telefon besprochen.«

Stämpfli startete den Projektor.

Leibundgut und Aebersold konnten ihren Augen kaum trauen.

Auf der Leinwand erschien ein Text.

Die »Entsorgung« von Pirmin Schwegler

Ich erinnere mich noch genau an meine Worte, die ich dem Direktor der Klinik »Paradis de Berne« sagte: »Sollte die Besprechung mit Schwegler unbefriedigend verlaufen, habe ich noch eine andere Lösung dieses Problems im Hinterkopf. Allerdings möchte ich mich dazu noch nicht äußern.«

Der Direktor blickte mich nur verwundert an, ohne auch nur im Geringsten zu ahnen, was ich damit andeutete. Zu jenem Zeitpunkt hatte ich bereits beschlossen, Schwegler zu beseitigen. Dies tat ich weniger aus persönlichem Interesse, sondern vielmehr aus Loyalität gegenüber meinem Spital.

Ich rief Pirmin Schwegler an und lud ihn zu mir nach Hause ein, um die Anzeige, die er gegen das Klinikum »Paradis de Berne« eingereicht hatte, zu besprechen.

Zu meinem Erstaunen nahm Schwegler die Einladung an. Immerhin war es Sonntag, den 13. Juni. Ich hatte bereits einen Plan ausgearbeitet, für den Fall, dass er ablehnen würde. Ich bot ihm sogar an, eine weitere Person, etwa seinen Anwalt, mitzubringen.

Wie ich von ihm erwartet hatte – Schwegler war mir als Einzelgänger bekannt –, teilte er mir mit, er würde alleine kommen. Einen Fürsprecher brauche er nicht. Jetzt konnte nichts mehr schiefgehen.

Als Pirmin Schwegler bei mir eintraf, empfing ich ihn höflich an der Tür. Ich hatte das Wohnzimmer hergerichtet, um eine angenehme Atmosphäre für unser Gespräch zu schaffen.

Ich erwähnte, dass meine Frau derzeit nicht anwesend sei, da sie sich in unserem Ferienhaus am Romontberg aufhalte, und entschuldigte mich leicht dafür.

Nachdem wir Platz genommen hatten, bot ich Schwegler etwas zu trinken an, um eine freundliche Stimmung zu erzeugen.

Ich eröffnete das Gespräch mit dem Ausdruck meiner Besorgnis bezüglich der Anzeige und betonte, wie wichtig es mir sei, die Situation gründlich zu verstehen und gemeinsam eine Lösung zu erarbeiten. Schwegler hörte aufmerksam zu und erläuterte dann ausführlich seine Beweggründe für die Anzeige gegen die Klinik »Paradis de Berne«. Er berichtete von seinen Erfahrungen und den Missständen, die ihn zu diesem Schritt veranlasst hatten.

Während unseres Gesprächs bemühte ich mich, auf seine Darlegungen respektvoll und empathisch zu reagieren. Ich stellte Fragen, um sicherzustellen, dass ich die Situation vollständig verstand. Herr Schwegler schätzte diese Herangehensweise, da sie seine Anliegen ernst nahm.

Nachdem wir alle Aspekte der Thematik besprochen hatten, erörterten wir mögliche Maßnahmen, wie die Klinik »Paradis de Berne« auf die Vorwürfe reagieren und Verbesserungen implementieren könnte. Ich versicherte, seine Bedenken an die zuständigen Stellen weiterzuleiten und mich für eine transparente Überprüfung der Vorfälle einzusetzen.

Zum Abschluss des Treffens dankte ich Herrn Schwegler für seine Offenheit und seinen Mut, diese wichtigen Themen anzusprechen. Wir vereinbarten, in Kontakt zu bleiben, um den Fortschritt des Geschehens zu überwachen. Als er sich zum Ausgang bewegte, fühlte ich mich ermutigt durch die konstruktive Natur unseres Austauschs und die Aussicht auf positive Veränderungen.

Daraufhin steckte ich meine Hand in die Tasche meiner Weste, nahm meinen kleinen Revolver heraus und richtete ihn auf seinen Nacken. Ich drückte ab. Er war sofort tot. Ich nehme an, dass er nichts bemerkte.

Nun begann die zweite Phase meines Projekts.

Ich hatte alles sorgfältig im Badezimmer vorbereitet. Messer und sogar eine Axt waren bereitgelegt. Um die Aufgabe zu erleichtern, hatte ich diese Werkzeuge zuvor selbst geschärft.

Ich zog einen preiswerten Regenmantel und Einweghandschuhe an und begann dann mit dem Zerteilen. Ich entfernte die Gliedmaßen und den Kopf, den Rumpf ließ ich unversehrt.

Es war eine anspruchsvolle Arbeit, fast wie die eines Chirurgen. Nachdem ich mit dem Zerteilen fertig war, verteilte ich die Körperteile in fünf große Müllsäcke. Anschließend reinigte ich das Badezimmer, was etwa eine Stunde in Anspruch nahm.

Die Dämmerung setzte ein, und ich konnte zur dritten Phase übergehen.

Ich achtete darauf, unbemerkt zu bleiben, während ich die Kehrichtsäcke in meinen Jeep Cherokee lud. Nach Einbruch der Nacht fuhr ich mit meiner Fracht in den Forstwald, wo ich die sterblichen Überreste Schweglers gemäß einem vorher festgelegten Plan verteilte.

Nachdem ich fertig war, rief ich Felix Tschabold an. Es war vorteilhaft, dass ich mein Mobiltelefon bei mir hatte. Glücklicherweise ging er ans Telefon.

»Ich bin ziemlich erschöpft, es war eine anstrengende Operation. Hast du vielleicht jetzt Zeit? Ich würde mich über einen Umtrunk freuen. Du kannst gerne auch Kirsten mitbringen.«

»Natürlich, ich verstehe vollkommen, dass du nach so einem Tag Entspannung brauchst«, antwortete Felix Tschabold. »Ich werde Kirsten Bescheid geben, und wir treffen uns in der Altstadt. Gibt es einen bestimmten Ort, den du im Sinn hast, oder sollen wir etwas Neues ausprobieren?«

»Etwas Neues?«, rätselte ich.

»Nein, Markus, es gibt da schon ein in die Jahre gekommenes Lokal an der Gerechtigkeitsgasse. Sein Name: Kriminaltango. Ich habe gehört, das sei einen Besuch wert.«

»Das kenne ich ja, aber da sitzen immer wieder Aebersold und Leibundgut.«

»Lassen wir uns die gute Laune von diesen zwei Blödmännern nicht verderben. Los, Markus, komm mit. Wir begeben uns an die Gerechtigkeitsgasse.«

Es war ein wunderbarer, feuchtfröhlicher Abend. Um ein Uhr morgens, Montagfrüh, kamen zwei Taxis und fuhren die kleine Festgemeinde nach Hause. Keine der teilnehmenden Personen wäre in der Lage gewesen, zu Fuß nach Hause zu pilgern.

Stämpfli las den Text laut vor, wobei er nach jedem Satz eine kleine Pause einlegte. Als er damit fertig war, starrten sich Leibundgut und Aebersold ratlos an.

»Hast du schon mal so etwas gelesen?«, fragte Aebersold Leibundgut.

»Nein, nicht einmal in einem Krimi. Was war dieser Markus Walker für ein Mensch?«

Nun sei auch der Tod von Pirmin Schwegler aufgeklärt, stellte Leibundgut fest.

Stämpfli räusperte sich. Es gebe noch mehr Punkte, unter denen ein Fall verborgen liegen könne. »Wann soll die nächste Vorführung stattfinden?«, erkundigte sich der Polizeichemiker.

»Im Moment reicht es mir«, sagte Aebersold. Dann musterte er Leibundgut. »Du musst entscheiden, du bist ja die Person, die Walkers Verbrechen restlos aufklären will.«

Leibundgut nickte zurückhaltend. »Es lässt sich nicht vermeiden, aber ich muss zunächst Walkers heutigen Aufsatz verarbeiten. Ich schlage vor, dass wir uns nächsten Dienstag, den 29. August, um zehn Uhr vormittags im technischen Labor treffen, und Arno Stämpfli wird uns weitere Informationen liefern.«

»Was planst du für die Zwischenzeit?«, fragte Aebersold.

»Die Öffentlichkeit hat ein Recht darauf, die Wahrheit über den Mord an Pirmin Schwegler zu erfahren. Ich werde über das Wochenende ein entsprechendes Communiqué vorbereiten«, erklärte Leibundgut.

»Willst du es dir, Theophil, nicht einfach machen und Walkers Text veröffentlichen?«, meinte Stämpfli.

Aebersold sah Stämpfli entsetzt an. »Das hätte gerade noch gefehlt. So etwas darf keine Zeitung publizieren. Da würden ja die Leser massenhaft in Ohnmacht fallen. Nein, diese Medienmitteilung muss knapp und sachlich überbracht werden. Auf jeden Fall ohne den kriminellen Zynismus von Markus Walker. Kriegst du das so hin, Theophil?«, wollte Aebersold wissen.

»Gar keine Frage, das traue ich mir zu«, erwiderte Leibundgut.

Das Wochenende verging. Am Montagmorgen, dem viertletzten Tag vor seiner Pensionierung, verfasste Leibundgut das Communiqué. Es war kurz und nüchtern, ohne die Grausamkeiten Walkers zu erwähnen. Wer es las, erfuhr, dass Walker auch Pirmin Schwegler umgebracht hatte. Wie er das getan hatte, darüber wurde nicht berichtet.

Am Dienstagmorgen traf man sich im Labor von Arno Stämpfli. Er präsentierte drei weitere Texte von Walker, die die Morde an Pedro Gyger und Klara Walker sowie den Mordversuch an Eberhard Schläpfer beschrieben. Alle waren eindeutige Geständnisse.

Leibundgut fragte sich, ob das nun alles sei. Man wisse es

nicht, meinte Aebersold. Aber es stehe fest, dass Walker ein Serientäter gewesen sei, und es könnte noch weitere Morde gegeben haben, die möglicherweise als Unfälle registriert worden waren.

»Was habt ihr beide nun vor mit den Texten in den Mikropunkten?«, fragte Stämpfli nach.

»Die kommen nach einer Wartefrist von zehn Jahren ins Kriminalmuseum und werden damit der Öffentlichkeit zugänglich«, informierte Aebersold.

***

Anlässlich seiner Pensionierung Ende August 1995 erschien im »Berner Blatt« ein langer Artikel auf der ersten Seite, betitelt und bebildert:

Das ist Wachtmeister Theophil Leibundgut von der Kriminalabteilung der Stadtpolizei Bern, der die größten Verbrechen, die in diesem Jahrhundert im Kanton Bern verübt wurden, restlos aufgeklärt hat.

Personenverzeichnis

Aebersold, Robert – Hauptmann und Kriminalkommissär der Stadtpolizei Bern

Aebi, Greti – Nachbarin von Markus Walker an der Lerberstraße

Balmer, Reto – Fürsprecher, Scheidungsanwalt von Christa Graber

Balsiger, Helene – Oberärztin in der Frauenklinik des Inselspitals 1985 bis 1999

Balzli, Wolfgang – Journalist »Berner Blatt«

Basler, Albert – Professor für Psychotherapie an der Universität Bern in den 1990ern

Bezzola, Gian – Anwalt von Markus Walker

Blaser, Arnold – Direktor des Bezirksgefängnisses Bern Stadt

Bratschi, Katharina – Mutter des Zeugen Melchior im Fall Dr. Pedro Gyger

Bratschi, Melchior – Zeuge im Fall Dr. Pedro Gyger

Brigger, Darius – Dr. med., Gynäkologe, Arztpraxis in Biel

Farner, Bert – Oberarzt, Frauenklinik Inselspital 1980 bis 1983

Felber, Johannes – Staatsanwalt und Untersuchungsrichter in der Stadt Bern in den 1980ern

Gantenbein, Carolin – Zeugin im Vermisstenfall Pedro Gyger

Gfeller, Georg – Wirt im Restaurant Romontberg

Graber, Christa – Hebamme und Arztgehilfin bei Dr. Markus Walker von Dezember 1993 bis März 1994

Gyger, Pedro – Dr. med., Gynäkologe und Oberarzt in der Frauenklinik des Inselspitals

Hadorn, Benz – Gefangenenwärter im Bezirksgefängnis Bern Stadt

Haussener, Walter – Dr. med., Arzt in der Klinik Permanence Bern

Horrisberger, Valentin – Wachtmeister auf dem Kantonspolizeiposten Kehrsatz

Howald, Mario – Dr. med., Chirurg in der Klinik Paradis de Berne

Jaggi, Alfons – Wachtmeister auf dem Polizeiposten Hauptbahnhof

Ledergerber, Helmut – Dr. med., Gerichtsmediziner Bern Stadt

Leibundgut, Theophil – Wachtmeister, Stadtpolizei Bern

Mächler, Emil P. – Starjournalist beim »Bild der Schweiz«

Mäder, Alex – Korporal, Kriminalpolizei Stadt Bern

Nüssli, Benedikt – Gymnasiallehrer, Bern Stadt

Plüss, Martin – Dr. med., Hausarzt von Christa Graber

Rexhepi, Ervin – Autohändler im Quartier Wankdorf

Rexhepi, Luan – Studienkollege von Melchior Bratschi

Schläpfer, Eberhard – Elektroingenieur HTL im Ruhestand, Eriz

Schläpfer, Johanna – Gattin von Eberhard

Schweizer, Herbert – Dr. iur., pensionierter Abteilungsleiter im Eidg. Justiz- und Polizeidepartement

Schwegler, Irma – Patientin von Markus Walker

Schwegler, Pirmin – Ehemann von Irma

Sepp – Häftling im Bezirksgefängnis Belp

Stalder, Barbara – Arztgehilfin und medizinische Laborantin in der Praxis Dr. Walker bis November 1993

Stämpfli, Arno – Dr. phil. nat., Chemiker im technischen Labor der Stadtpolizei Hauptwache Waisenhaus

Stettler, Udo – Dr. med., Zahnarzt, Gatte von Bettina

Stettler-Wälchli, Bettina – Arztgehilfin und medizinische Laborantin in der Praxis Dr. Walker von März 1994 bis Mai 1995

Tschabold, Felix – Fürsprecher, Gerichtspräsident Stadt Bern

Tschabold, Kirsten – Ehefrau von Felix Tschabold

Wälchli, Patrick – Elektrounternehmer in Bümpliz mit privatem Wohnsitz in Faulensee bei Spiez

Wälchli, Yolanda – Gattin von Patrick

Walker, Klara – erste Gattin von Markus Walker

Walker, Markus – Dr. med., Gynäkologe mit eigener Praxis an der Monbijoustraße

Walker-Wälchli, Renate – zweite Gattin von Markus Walker und Schwester von Bettina Stettler

Wandfluh, Paula – Untersuchungsrichterin und Staatsanwältin des Gerichtskreises Bern Stadt

Wegmüller, Aline – Patientin von Dr. Markus Walker

Werren, Raphael – Nachbar der Walkers an der Lerberstraße

Wüthrich, Waldemar – Dr. iur., alt Großratspräsident, Generaldirektor der Immobilia

Zimmermann, Paul – Fürsprecher, Staatsanwalt und Untersuchungsrichter in der Stadt Bern

Glossar

Amtsbezirk, auch Amt – war bis 2009 die Verwaltungseinheit zwischen Kanton und Gemeinden. Seither ist es lediglich noch ein Wahlbezirk.

Belegarzt/-ärztin – ein*e niedergelassene*r Arzt/Ärztin, der/die einige Betten in einem Spital mit seinen/ihren Patient*innen belegen darf

Bezirksgericht – Gericht erster Instanz in Zivil- und Strafprozessen

Elektroschockgerät – Elektroimpulsgerät oder Elektroschocker genannt, ist eine in der Regel nicht tödliche Waffe, die nach dem Prinzip eines kontrollierten elektrischen Schlages arbeitet. Wird ein Elektroschocker für Vieh (Kühe, Stiere, Ochsen) auf einen Menschen gerichtet, kann es für ihn tödlich sein.

Fürsprecher/-in (schweizerisch) – Anwalt/-wältin. Mit den Begriffen Fürsprecher*in, Fürsprech, Rechtsanwalt/-anwältin und Advokat*in ist dasselbe gemeint. Da es sich um ein kantonales Patent handelt, sind die Ausdrücke lokal bedingt.

*Gerichtspräsident*in* – Vorsitzende*r eines Gremiums aus Richter*innen

Goldvreneli – bekannteste Goldmünze der Schweiz. Die Münze im Wert von zwanzig Franken wurde von 1897 bis 1949 geprägt. Die Gesamtauflage betrug nahezu sechzig Millionen Exemplare. Der Name Vreneli (Verkleinerungsform des Vornamens Verena) stammt von einem Frauenbild des Künstlers Fritz Ulysse Landry. Die Münze folgte der von 1883 bis 1896 geprägten Goldmünze Helvetia.

Heilmittelkontrolle (IKS) – interkantonale Vereinbarung über die Kontrolle der Heilmittel vom 3. Juni 1971

Intranet – von lateinisch *intra*, »innerhalb«, und englisch *net*, »Netz«; übersetzt: »lokales Netzwerk«; ein Rechnernetz, das im Gegensatz zum Internet unabhängig vom öffentlichen Netz benutzt werden kann, nicht öffentlich zugänglich ist und andere, zusätzliche oder eingeschränkte Funktionen bietet

*Kantonsapotheker*in* – erteilt und entzieht Bewilligungen in seinem/ihrem Zuständigkeitsbereich. Ihm/ihr unterliegen die Kontrolle des Verkehrs mit Betäubungsmitteln und die Kontrolle der Entsorgung von Betäubungsmitteln und die Inspektionen von öffentlichen Apotheken, Drogerien, ärztlichen und zahnärztlichen Privatapotheken.

*Kantonschemiker*in* – leitet ein kantonales Labor und ist der/die fachliche Vorgesetzte der kantonalen Lebensmittelinspektor*innen und der Lebensmittelkontrolleur*innen. Die kantonalen Labors sind zuständig für die Einhaltung des geltenden Lebensmittelrechts.

Radio DRS – Das Schweizer Radio DRS (Radio der deutschen und rätoromanischen Schweiz (SR DRS)) war zusammen mit dem Schweizer Fernsehen (SF) eines der beiden ehemaligen Schweizer Medienunternehmen, die am 1. Januar 2011 in der Unternehmung Schweizer Radio und Fernsehen (SRF) vereint wurden.

Regierungsrat/-rätin – Mitglied der Kantonsregierung

*Regierungsstatthalter*in, auch Statthalter*in* – Im Kanton Bern stehen die Regierungsstatthalter*innen der kantonalen Verwaltung in den Amtsbezirken (Ämtern) vor. Sie stehen unter der Aufsicht des Berner Regierungsrats. Das Amt der Regierungsstatthalter wurde im Zuge der liberalen Revolution von 1831 eingerichtet. Die Regierungsstatthalter wurden zunächst von der Kantonsregierung ernannt. Nach der Einführung der Neuen Berner Kantonsverfassung von 1893 wurden die Regierungsstatthalter durch Volkswahl bestimmt. Das Gesetz von 1939 erweiterte den Kompetenzbereich der Statthalter zusätzlich und verstärkte die Dezentralisierung der Verwaltungsaufgaben. Erst seit 1971, mit der Einführung des Frauenstimmrechts im Kanton, gibt es auch Statthalterinnen. Die Statthalter*innen haben umfangreiche Kompetenzen, besonders was die Aufsichtsbehörden betrifft: Strafvollzug, Fürsorge, Vormundschaft, Krisenmanagement.

Staatsanwalt/-anwältin – Ankläger*in

*Untersuchungsrichter*in* – vor 2011 wurden Untersuchungsrichter*innen in einigen Kantonen als Verhörrichter*innen bezeichnet. Mit der Einführung der neuen schweizerischen Strafprozessordnung im Jahr 2011 hat sich das geändert. Früher leitete der/die Untersuchungsrichter*in die Ermittlungen unabhängig, während die Staatsanwaltschaft nur als Partei auftrat. Seit 2011 übernimmt die Staatsanwaltschaft die Leitung der Untersuchung, und die Rolle der Untersuchungsrichter*innen entfällt.

Orte der Handlung

Kanton Bern – ein autonomer Staat in der Schweiz mit mehr als einer Million Einwohnern, eigener Regierung, eigenem Parlament, eigener Polizei und Gerichtsbarkeit

Stadt Bern – Schweizer *Bundesstadt* mit 135'000 Einwohnern

Agglomeration Bern – umfasst mit ihrem Gürtel eine Bevölkerungszahl von mehr als einer halben Million und besteht aus zahlreichen Gemeinden: *Köniz* – ist die größte Agglomerationsgemeinde südwestlich der Stadt gelegen mit 40'000 Bewohnern; *Kehrsatz* – mit 4500 Einwohnern, liegt im Süden; *Riggisberg* – ist flächenmäßig groß, hat eine Bevölkerungszahl von 3000.

Eriz – politische Gemeinde, die sich auf über tausend Metern Höhe befindet, im nordöstlichen Verwaltungskreis Thun, mit einer großen Fläche und weniger als fünfhundert Einwohnern. Bis 2009, dem Jahr der umfassenden Verwaltungsreform, gehörte sie zum Amtsbezirk Thun, der danach nahezu an Bedeutung verlor.

Faulensee – Dorf am Thunersee mit 1300 Einwohnern

Heiligenschwendi – Höhenkurort am rechten Berghang des Thunersees

Vauffelin – liegt am Romontberg, im östlichen Berner Jura, und hat 450 Einwohner

Nachwort

Die Erzählung basiert auf tatsächlichen Kriminalfällen, die zwischen 1980 und 1995 verübt wurden. Der Täter, ein renommierter Gynäkologe und tief in der Berner Gesellschaft verwurzelt, betrieb eine erfolgreiche Praxis, war einige Jahre Oberarzt und als Belegarzt in einem Privatkrankenhaus tätig. Er diente als höherer Stabsoffizier der Sanitätstruppen in der Schweizer Milizarmee.

Sein letztes Verbrechen konnte ihm schließlich nachgewiesen werden. Ein erster Selbstmordversuch während der Untersuchungshaft scheiterte, es folgte ein erfolgreicher Suizid. Es kam nie zu einem Gerichtsverfahren gegen ihn, obwohl es sehr wahrscheinlich ist, dass er mindestens drei Menschen ermordet hatte, möglicherweise sogar mehr. Für einen gescheiterten Mordversuch lagen eindeutige Beweise vor.

Der Roman ist fiktiv, reale Namen werden darin nicht genannt. Dennoch enthält er viele Wahrheiten. Dass der Täter anderthalb Jahrzehnte lang weitgehend unbehelligt Mitmenschen töten konnte, lässt sich dadurch erklären, dass es in der Schweiz, insbesondere im Kanton Bern, bis zum Ende des 20. Jahrhunderts schwierig war, Personen auf einer hohen gesellschaftlichen Stufe zur Rechenschaft zu ziehen.

Alle Titel von Erfolgsautor Peter Beutler
Auch als eBook erhältlich

Weissenau
ISBN 978-3-89705-971-9

Hohle Gasse
ISBN 978-3-95451-058-0

Kanderschlucht
ISBN 978-3-95451-136-5

Morgarten
ISBN 978-3-95451-246-1

Kristallhöhle
ISBN 978-3-95451-389-5

Berner Münstersturz
ISBN 978-3-95451-711-4

Kehrsatz
ISBN 978-3-95451-967-5

Hauptwache Urania
ISBN 978-3-7408-0164-9

Der Lucens-GAU
ISBN 978-3-7408-0432-9

Der Bunker von Gstaad
ISBN 978-3-7408-0608-8

Langnauer Gift
ISBN 978-3-7408-0950-8

Die Geldwäscher
ISBN 978-3-7408-1316-1

Der Bundesbrief
ISBN 978-3-7408-1616-2

Der Blausee-Skandal
ISBN 978-3-7408-1948-4

Trachselwald
ISBN 978-3-7408-2316-0